为我的母亲而写——生母与养母

南洋泪

四部曲

第一部 艰难岁月

昆洛 著

中国华侨出版社
·北京·

图书在版编目（CIP）数据

南洋泪：四部曲/昆洛著.—北京：中国华侨出版社，2017.7
ISBN 978-7-5113-6909-3

Ⅰ.①南… Ⅱ.①昆… Ⅲ.①长篇小说—中国—当代
Ⅳ.① I247.5

中国版本图书馆 CIP 数据核字（2017）第 151960 号

南洋泪：四部曲

著　　者 / 昆　洛
责任编辑 / 桑梦娟
责任校对 / 高晓华
经　　销 / 新华书店
开　　本 / 787 毫米 × 1092 毫米　1/16　印张 / 92　字数 /1605 千字
印　　刷 / 三河市华润印刷有限公司
版　　次 / 2018 年 1 月第 1 版　2018 年 1 月第 1 次印刷
书　　号 / ISBN 978-7-5113-6909-3
定　　价 / 184.00 元

中国华侨出版社　北京市朝阳区静安里 26 号通成达大厦 3 层　邮编：100028
法律顾问：陈鹰律师事务所
编辑部：（010）64443056　　64443979
发行部：（010）64443051　　传真：（010）64439708
网　　址：www.oveaschin.com
E-mail：oveaschin@sina.com

此书献给几个世纪以来，那些苦斗于南洋的，无论是在艰难困苦、饥寒交迫之中抑或是在事业有成、腰缠万贯之时，都对故国以及侨居地怀着深沉执着、世代相承之爱的晋江人（包括活着的以及逝者的魂灵）；献给在漫长的岁月里如乳娘般哺育了一代代晋江华侨的淳厚善良的菲律宾人民。

总　序

和平博爱是人类社会的终极追求

——在电视剧《南洋泪》开拍新闻发布会上的演讲

2012年2月13日于马尼拉

尊敬的中华人民共和国陈美銮领事；
尊敬的菲律宾国家教育部长官洛多拉·律·番第士阁下；
尊敬的菲华总商会庄前进理事长；
尊敬的菲律宾中国和平统一促进会曾福应会长；
尊敬的菲华新联公会王书侯会长；
尊敬的各位来宾，女士们、先生们：

今天能有这么多尊贵的朋友光临新闻发布会，我深感荣幸。

尊敬的洛多拉·律·番第士女士，在开始我的正式演讲之前，我聆听到您在刚才充满睿智与幽默的演讲中说："明天就是情人节了，但我今天在这里的发言并不涉及爱情，而是关于电视剧《南洋泪》……"其实，尊敬的番第士女士，在我的《南洋泪》中，有许多高尚凄美的、特别是中菲两个民族之间的爱情故事，我深信这些故事同样能令您感动。

1995年5月，第一次走进菲律宾的时候，我的心便被深深地震撼了，震撼我的除了这里绮丽的热带风光之外，更重要的是这片土地上自然而然弥漫的那种善良的气息。无论是菲律宾人民，还是生活在这里的华侨华人。

达尔文说过：良心是人类所有属性中最为高尚的属性。而第一次走向菲律宾，我便深深地感受了这种属性。无论是菲律宾的普遍社会或是菲华社会，这种良心都震撼了我。我还特别发现，生活在这里的华侨华人把中华民族优良的传统美德带进了菲律宾，与菲律宾人民的传统美德融合了，不仅融合了，而且得到了美好的升华。

我是一名作家，而不是写手，作家的神圣使命就是把人类社会中最美好、最高尚的属性表现出来，这就是良心。通过自己的作品使人类社会更善良、更美好。

所以，从第一次认识菲律宾社会之后，我就决定，我往后的生命，将用最大的心血来写菲律宾，写菲华社会，这是我作为一名作家的责任，是出于一名作家的良心与责任，为了这种良心与责任，在以后多年之中，我一直在写着菲律宾，写着菲华社会。终于有了如今的《南洋泪》三部曲，则《艰难岁月》《春风秋雨》《夕阳西下》共一百来万字。

在创作《南洋泪》的过程中，我多次往返于中国和菲律宾。菲律宾，尤其是菲华社会的各界友人都给了我胜似亲人的关照与指教，提供了大量的史实。而在中国内地、香港、澳门、台湾，无论是民间的，还是学术界的或是各级政府部门，也都无不给予我大力的支持。所以，《南洋泪》并不仅仅属于我，它首先是属于菲律宾，属于菲华社会。

有关南洋现当代华侨华人题材的文学作品，大多没有真正地从本质上去表现他们，一写到华侨，似乎就是灯红酒绿，就是美味佳肴。而我发现的却是你们的流血流汗，你们的勤俭诚信，你们的艰辛拼搏。你们中的多数甚至要比国内的同胞生活更加艰难。在这种艰难中，你们始终坚守了一种人类的良心，而且将这种良心付诸行动，感恩社会，回报社会。我发现菲律宾的许多公益事业，都凝聚了广大华侨华人的心血。同样，在国内，在我从事20多年的侨务工作中，我曾经参与经手了数千万元来自菲律宾侨胞捐助故国教育、医院、交通等公益事业的人民币，我能理解，这些巨款，每一个铜板都浸透了你们的血汗，在故国矗立起来的，那些你们捐建的高楼大厦上，每一块砖头，每一粒沙子，都渗透着你们的血汗。

由于在《南洋泪》中，我写到了"二战"中的菲律宾，所以我不能不在这里回溯过去。在那段腥风血雨的岁月中，你们或者你们的前辈都曾经与菲律宾人民唇齿相依、血肉相融、并肩战斗。为故国的抗战胜利、为菲律宾的解放，你们做出了巨大的贡献，付出了巨大的牺牲，认真研究"二战"中的南洋华侨史，我们便可以发现：当年菲律宾的华侨华人最少，但他们的贡献却最大,牺牲最大。

忘记了这一切,就意味着背叛。亵渎了这种感情,就当天诛地灭。

我们的国家、我们的民族,至今还待统一,而一个分裂的民族是很难自立于世界民族之林的。我在《南洋泪》中写到了发生于1942年的"四一七"惨案:中国政府驻菲总领事杨光泩等8位烈士惨遭日本侵略者杀害,这其中就包括了祖籍福建南安县的杨庆寿烈士。这是近代世界外交史上最野蛮、最残暴的事件之一。令人欣慰的是,杨光泩等8人已被中华人民共和国民政部追授为烈士。他们是属于我们整个中华民族的。我更欣慰地看到,多年前,在你们的推动之下,中国和平统一促进会成立了,我们完全可以相信,我们中华民族、我们中国是一定能够和平统一,也必须和平统一的。

写到这里,我想起了一件事,在不久前,我们的温家宝总理就海峡两岸中国人的关系时说过,不要因为50年的政治分歧而割断了中华民族5000年的历史。由此我又想起了一件事,2009年10月25日,我的台湾同胞、尊敬的马英九先生,也曾就海峡两岸中国人的关系,在金门讲了一句充满诗情的话:"让杀戮走入历史,使和平成为永恒。"我非常崇拜这句话,因为和平博爱是整个人类社会的终极追求,当然也是中华民族的终极追求。

在这里,我还要感谢中国影视界的艺术家们多年以来对《南洋泪》的极大关注。2005年5月,《南洋泪》第一部《艰难岁月》刚问世不久,晋江市人民政府就与中国电影集团及北京长河魂文化传播公司合作,将之改编成25集大型电视剧,并于当年11月前来菲律宾投拍,其时,得到了菲律宾及菲华社会各界友好人士的鼎力支持。当年的著名导演吴天明为此说过:"我已年过花甲,但我还是决定要导演这部戏,亲临菲律宾,我才感受到我们的南洋华侨原来是这么一个可亲可敬的中华民族同胞群体啊!"

而到了2009年夏天,《南洋泪》第二部、第三部都已公开发表或即将公开发表的时候,国内多家影视部门被菲华社会侨胞的事迹所感动,积极筹备将之改编成影视,最终决定由人民日报华闻影视中心与福建桃园文化传播公司合作投拍,而台湾著名导演吴国信先生毅然承担总导演之职。在这里,我对他们为宣传闽南籍南洋华侨所做的不懈努力表示深深的感谢,因为据我所知,《闽南番客》剧组,主创人员的祖籍地都不在闽南。我深信,在今后的投拍工作中,我们菲华社会的所有侨亲都将一如既往地给予《南洋泪》剧组关照指教。

最后,我还要披露一件事,《南洋泪》的第四部也就是《月圆月缺》已开始动笔,预计再写40万字,但愿生命能假以我时间。对于我文学创作的生命(灵感)而言,菲律宾给予我的是整个大海,而我至今回报的只是微不足道的一滴,这就是《南洋泪》。

关于《南洋泪》

——自序

1999年春天,晋江市文联主席杜成维同志对我说:"昆洛,你来写一部晋江侨乡的长篇小说吧。"我当时就像中了邪,竟不加思索地说:"好吧。"几天后的一次创作会议上,成维同志当众将这事公开了。至此,我才知道大事不好,是赖不掉了。于是,我怀着一种豁出去的悲壮,老老实实地铺开稿纸,写起了《南洋泪》。其实,我当时甚至连一个字的正正经经的素材也没有,更没有一个字的正正经经的提纲了。我只是不停地写,而且边写边交给报纸杂志去刊载,就这样将《南洋泪》的第一部写出来了。

20世纪60年代后,我以少年之身第一次回到晋江故乡。我是从异乡融入故土的,所以能以异乡人的眼光去认识这处故土;能够发现在这片土地上土生土长的乡亲们难以发现的东西。我又从青年时代直到中年都一直在这里生活着,尤其是在主持侨务工作的这么多年来,认识了众多的旅外侨胞,又多次往返于东南亚各国,我自信自己对"侨乡"有着很深层次的理解。作为一个作家,我有责任将自己这种理解写成作品,交给社会。

《南洋泪》是一部彻头彻尾的悲剧小说。

全书分三部,第一部可算为整部作品的序幕,以倒叙的写法,从作为知青的第三代华侨下笔,着重写了"二战"期间晋江侨乡与南洋侨居地的人与物:侨乡女人被压抑、被扭曲的人生;侨乡的封建迷信、愚昧落后;当年在南洋浴血抗击日本侵略者的"菲华支队""民武会""血干团"……1942年4月17日中国驻马尼拉总领事馆8位外交官惨遭日军杀害的这桩现代国际外交史上最野蛮的血案……在写这一切的时候,我努力做到既忠于历史,又不束缚于历史,在写作过程中,我一直追求着"史"与"诗"

的结合。

　　书中的多数人物都来自真实的生活，很多侨胞，尤其是老一代的侨胞（包括早年从南洋回国工作的老同志），都可能从这部作品中找到自己的一段人生，甚或是自己的影子。

　　我的这部作品是真诚的——而真诚的作品往往是粗糙的，没有任何矫饰的——就如一个刚刚带着母亲身上的鲜血降生的孩子——一丝不挂地袒露在你的眼前。

　　《南洋泪》只能是这么一部作品。

昆洛
二〇〇二年十月六日

第二版序

2003年7月《南洋泪》(第一部)问世不久,不少读者便纷纷来函、来电,责询该书内容差错问题,包装印刷问题,我唯能统统答之曰:"由于种种原因……"至自己重新翻了一遍,才真正感到该书面目之狰狞,差错之百出,果然惨不忍睹,由此决定忍痛销毁之。谨此向所有读者致歉,并向那些为此无谓献身(化为纸浆、白纸)的大树小树们致哀。

随后,《厦门日报》校对老前辈尤秀萍先生重新为该书校对了一遍,华北(北京)科技学院读者曾海华先生,泉州黎明大学周之汉先生亦指正多处差错。

于是才有了现在这个模样,谨此致谢!

但愿这部多灾多难的作品从此平安无事。

昆洛

二〇〇四年四月二十八日

第三版序

在《南洋泪》(第一部)要出单行本时及出单行本以后的一段时间内,它一直享受着某些书商与评论家的白眼,有好心的书商和评论家甚至建议我写成《番客婶秘史》。我知道那意味着什么。我用不着为讨好某些评论家或书商而用下身写作。我不愿意看气候、赶时髦而写。所以,我选择了寂寞地退出。

2004年6月,人民文学出版社编审汪兆骞先生首先评价了《南洋泪》,称:"《南洋泪》是一部深邃厚重的、有关侨乡家庭命运、抗争、苦难和追求变迁的小说。

"小说在一个较高的叙述点上,悲悯而又充满希冀地洞烛着侨乡小镇十年的历史。在宏阔的历史背景下,展示了侨乡绚丽而又苦难的生活状态,刻画了一群有血有肉的人物形象,写出了他们在正统秩序之外处于民间状态的鲜活生命力。

"特别是小说一改写侨乡漂泊、回归、苦尽甘来的传统模式,而是重在写人、写人性、写抗日战争中一个普通华侨家庭的苦难经历,写他们与苦难命运的抗争。具有一种人性美和一种诗情……"

随后,梁晓声先生于2004年10月15日在《人民日报》发表长文,评价《南洋泪》是"诗性写作的脉迹……""庄重与诗性的气质,使它异乎于别的同类题材的小说……此书代表了一种可贵的少数的存在……它属于'异类'。它是极其庄重的……它追求的是'史'与'诗'的结合,它基本做到了……"

再随后,有数十家海内外媒体推介了《南洋泪》,接着,汪兆骞先生力促北京长河魂文化传播公司、中影集团公司、晋江市人民政府合作,共同拍摄了25集大型电视连续剧《南洋泪》；还力邀第一位获得中国导演终身成就奖的吴天明先生执导该剧；著名剧作家罗雪莹先生、新疆作家协会主席杨威立等人执笔编写剧本；多位著名演员加盟演出……

如此说来，《南洋泪》（第一部）是走出了白眼与寂寞了。

然，对我而言，"南洋泪"还是"南洋泪"，当初它差不到哪里去，今天它也好不到哪里去。

我还将我行我素地写下去——将《南洋泪》的第二部、第三部写出来，我想明年该书的第二部就可以与读者见面了。

昆洛

二〇〇五年六月六日于厦门

第五版序

  2012年2月,《南洋泪》第四版面世后不久,我突然感到视力严重下降,常常是面前一片模糊,更要命的是视野变窄。直视脸前的东西还可以应付,而两旁的、上下的,越来越看不见了,"盲点"越来越大了。于是,骑车或行走时,不免会横冲直撞旁人,往往自身也撞得红肿乌青。于是,接二连三地就间接地或直接地听到这样的指责:这家伙,端的什么架子,眼中无人啊……于是,我很快就调整了自己:凭"感觉"有人过来了,不管是什么人,我立马挤出满脸笑容。还好,至今没有因此被骂"神经"。从去年夏天以来,一直忙于求医问药,还有针灸,连续地下针,那些固定的穴位都难以再进针了,结论是"视神经萎缩",世界难题。第五版付印时,我又十分吃力地翻了一番,改正了一些错别字。此外,根据《南洋泪》已成书的三部改编的60集电视剧《闽南番客》筹拍工作,我也不得不要凭着"眼睛"吃力参与进去,《南洋泪》的第四部(确定名为《望乡》)写下了大部分,且于2012年2月已应《世界日报》主编侯培水先生之约,将首先在该报连载,开弓没有回头箭。但"眼帘"正在上下左右向中拉拢,视神经萎缩的最终结果是视线完全被闭合。所以我必须在这之前将《望乡》写出来。希望能再给我几个月的时间。

昆洛
二〇一三年七月八日

文学拯救了我

——关于《南洋泪》的一封信的片段·代序

……接到您的信有好些日子了，一直想好好地、认真地给您写回信。然，越是这样越是难以下笔。

您说到多年来，您是一部接着一部地将《南洋泪》读了下来的，每一部读着，您都落泪了。直到四部都写出来了，您又用15天的时间，连续通读了两遍，还是读得热泪淋漓……这使我深感不安：作为一个作家，我的作品不能给读者带来欢乐，反要读者陪着流泪——几乎所有给我来信来电的读者，都说到了他们（读着《南洋泪》时）流泪的情形。

《南洋泪》其实就是这么一部作品：它写的是闽南侨乡一个再普通不过的华侨世家（家族）近60年的岁月（从20世纪30年代的抗战初期到20世纪90年代的改革开放初期）中几代人所经历的人生变数。他们既不是顶天立地的英雄，也不是呼风唤雨的高官大贾。他们只是一个个平凡的"小人物"。我更多写到的是他们的灾难与不幸；写自然的、社会的大灾难，写长年的战乱，写兵燹匪患，写民族分裂，写饥荒瘟疫等等等等，强加在这些小人物身上的灾难与不幸；写他们的生别死离，写他们的守望相助，写他们的凄美爱情……写他们灾难中的人性光辉；不幸中的道德光芒。通过那些个体的叙事展现我们这个民族的整体风骨。

文学的唯一目的是为了人类社会变好。不可能指望一部文学作品就能使某一个人变好。但负责任的作家，至少应当做到让读者在读他的作品的那个时刻心灵能得到净化。我想，《南洋泪》或许就是能让作家自己也能让读者以泪洗涤心灵的这么一部小说吧……

……以童少年时代乃至青少年时代生命的历史中所经受过的不幸与屈辱（那是包括精神上和物质上的；那常常是见到一块大块石头也想抱着哭

一场的屈辱），我完全可能变成一个残酷的人——面对不幸；尤其是面对长年的屈辱，有时堕落也是一种解脱。然而，我没有用"堕落"来解脱自己，我终于作为一个"人"活了下来；而且终于作为一个正直善良的作家写着正直善良的作品活了下来——我想，很大的因素上，是文学拯救了我——我是幸运的

——在我最艰难痛苦的同少年时代，青少年时代，我有幸读到了一部又一部的古今中外名著——我因而有了勇气作为"人"活了下来——是文学拯救了我。

……我可能会写错——那是不懂装懂。但我绝不会写假——那是懂装不懂。我想，一个作家，这才是最可怕而且是最可耻的了。

……《南洋泪》成书的这么多年中，正是鸡汤散文，娱乐小说，甜品小诗沸沸扬扬的时候。《南洋泪》没有去凑这个热闹。它是真诚的，我想，我是可以问心无愧地将之留在世上了。我深信，100年之后的读者还会流着泪水读它的……

昆洛
二〇一六年十一月八日

目 录

第一卷 | 故土

第一章　儿子　003
第二章　侨乡女人　021
第三章　童年　049
第四章　新婚之夜　062

第二卷 | 异乡

第一章　海难　069
第二章　椰林中的家园　087
第三章　菲律宾，亲爱的奶娘　090
第四章　根·摇篮血迹　107
第五章　1942年，沦陷中的马尼拉　114
第六章　战争片断　162

第三卷　｜　艰难岁月

第一章　　炼狱（上）　181

第二章　　炼狱（下）　187

第三章　　血肉长城　193

第四章　　北吕宋岛记事　197

第五章　　阿黄　218

第六章　　慰安妇　226

第七章　　两个番客婶与四只地老鼠　248

第八章　　唐山的召唤　258

第九章　　重返马尼拉　265

第十章　　无题　270

第十一章　青春年华　283

第十二章　乱世年头　289

第十三章　张飞小姐　312

第十四章　归心似箭　329

第十五章　埃德加·斯诺　341

第十六章　椰林深处　347

第一卷

故土

让我们一起去叩开晋江侨乡那一座座红砖碧瓦的海外游子的故居；
翻阅这一座座老屋里深锁着的，那一个个已被尘封或未被尘封的，
番客或番客婶的，浸透了泪水或鲜血的悲凉凄绝的人生。

——题记

第一章　儿子

/ 一 /

正是清明时节，几场暮春的雨后，绵延数百里的戴云山区一下子热闹起来了，你瞧：高耸的松树林，已褪去了经霜的那一层墨绿，抹上了新鲜的翠绿；挺拔的枫树，早抖掉了血红的旧叶、枝枝丫丫探头探脑生出稚嫩的新芽；而顶破大地的春笋，你把耳朵贴在它的躯干上，可以听到它吸吮着春水，奋力拔节的声响；就是这一株春笋，当你早上走过它身旁的时候，或许它的笋尖刚够上你的脖子，傍晚再来到它的身旁，你会发现，它的笋尖已越过你的眉毛了！这万紫千红的世界里，一切都是轰轰烈烈、生机勃勃的，这边是杜鹃、鹧鸪深沉昂奋的啼唱，那边是阳雀、布谷活泼多情的啁啾；而从四面八方的山坡上突涌而出的泉水，正淙淙歌唱着朝坡下流去，涨满春水的沟涧里，漂流着五彩缤纷的花瓣；血红的是杜鹃、野玫瑰，粉红的是桃花、月季，雪白的是梨花、夜来香……你在涧水旁驻下脚来吧，你弯下腰去捧一掬泉水闻一闻吧，你可闻到那沁人心肺的花香，然后你把手掌上的水抹到脸上、手背上，你的身上将久久留下这来自深山的圣洁的芬芳。

从山山岭岭汇集而来的泉水，汇成一条溪，在流经银杏集时，便缓慢了下来。银杏集是悬挂在半山坡里的一片平地。这个古老的小镇已存在了几个世纪，谁也不知最初是从何说起，一条石卵铺成的街道，从远古的年代走来，又朝未来的岁月走去，路面的石卵经过几代、十几代甚至是几十代人的脚底踏磨，晶莹发亮；街旁两排古老的楼房，像一个个上了年纪的老人，佝偻着腰背站在那里，深灰色的砖墙、深灰色的瓦顶，即使是在这个 4 月的流红溢绿的山村，银杏集依然执着地保持着它郁郁寡欢的苍老色彩。银杏集是有过自己的青春岁月的，集上那些已老或半老的山民们，在他们雪白或花白的头发裹着的脑子里，记忆着银杏集曾经掩映在茂密的银杏林里的岁月。在20世纪50年代与60年代交接的那几个年头，这小镇上一时间建起了好几座炼钢炉，成片银杏树便一棵棵地被放倒下来，填进熊熊的炉膛里，映红了小镇上那些个火热的年代。如今，银杏集的孩子们已无从知道银杏果的味道了。

银杏集人民公社就设在这古老的小镇上。在公社办公大院的对面，背溪并排的几个铺面，便是供销社的门市部。

尽管银杏集供销社天天营业，然而山里人家居住分散，就在银杏集人民公社范围内，从最边远的横云岭来到镇上，竟要走两个小时的山路。这样，绝大多数的山民们总是在10天一次的墟日来到镇上，提着鸡蛋，带着家养的兔子，背着从山里割来的藤条棕片或什么的，出手了——上供销社买几斤盐，扯几尺布或买上一双解放鞋。所以，10天一次的墟日，是山里供销社最繁忙的日子。

这天又到了墟日，农盐门市部的阿昭早早就打开了店门，把店铺内外打扫得干干净净。为了迎接这个墟日，阿昭已经忙了两天，门市部内的几口大木桶，是装得下上万斤农盐的，阿昭在昨天下午就把它们装满了。仓库离门市部有一段路，是阿昭一担担把农盐挑过来的。现在，他靠在窗口边，看着屋后流淌的小溪，那上面漂浮着星星点点色彩斑斓的花瓣。阿昭忽然想了起来，家里天井中那棵高高的玉兰树，时下不也长出骨朵儿了吗？那玉兰树干早已高过屋脊梁，茂密的枝叶把整个天井都遮蔽了，这个时候，妈妈在做什么呢？他几天前寄回去的信，妈该收到了吧？她此刻会不会坐在玉兰树下读他的信？

阿昭是从横云岭的知青点调来的营业员。那时候，银杏集人民公社各方面的工作都是排在全县前面的，而体育工作，总是落在后头，尤其是一年一度的春节全县篮球赛，倒数第一必是银杏集公社代表队。后来，晋江专区体委一位领导下放到永春县革委会任职，在一次会议上对银杏集公社革委会主任提起了阿昭：你们那里其实是藏龙卧虎的，别的不说，泉州城内外闻名的篮球场上的"麦芽糖昭"眼下就在你们公社知青点……

/ 二 /

当年，阿昭是篮球场上的一员骁将，每每出场，打的都是主力中锋。他手上似有麦芽糖，一粘上球，谁也别想夺走，而且命中率非常之高，不管是远投还是近投，极少落空，往往令人咋舌称奇。那一年"八一"队到泉州参赛，阿昭正在高中毕业班，他作为泉州队主力上场，在球场上龙腾虎跃，竟如入无人之境，屡屡得分，引得场外观众不停鼓掌喝彩。"八一"队的那位主教练一时都看傻了眼，球赛过后，这位主教练拉着阿昭的手不放，希望他能到"八一"队打球。运动会结束了，"八一"队离开泉州，可这位教练请示上级之后，在泉州城住下几天，他跑了各个有关单位，硬是要走了阿昭的档案。作为一名资深主教练，他十分清楚阿昭这样的苗子是非常难得的，以阿昭的素质水平，不是进不进得"八一"队的问题，而是经过更规范系统的强化训练后将成为"八一"队主力的问题。

然而，阿昭最终没能进入"八一"队。"八一"队作为代表全军的一支篮球劲旅，其成员在政治上必须是纯之又纯，而阿昭却有一种"祖传"的海外关系。这种"祖传"的海外关系可以上溯到他的曾祖父，如今他们都已作古。而他健在的父亲，仍侨居在菲律宾。这种直系的海外关系就更不能容忍了。尽管那位主教练在很长一段时间里一直为此奔走呼号，但阿昭进"八一"队的事也没能成功。

由于晋江专区体委那位领导的提议，阿昭很快就从他插队的横云岭知青点调到银杏集公社革委会来，挂了个文体助理员的衔头，由他牵头组织了银杏集公社篮球代表队，这支由泉州"麦芽糖昭"挂帅的农民篮球队，很快就打遍永春无敌手。后来，银杏集公社革委会的刘主任又为他争取到一个以工代干的临时编制名额，挂在银杏集供销社职工花名册上，这样便于进行篮球训练。供销社最繁重的工作是卖农盐。农盐是未经净化处理的海盐，在山区销路很大，用来做肥料或养牲口。那时候，一斤食盐1角2分钱，而一斤农盐是6分钱，山里人穷，为了省下6分钱，许多人都买农盐腌制咸菜，在银杏集供销社，一个墟日里要卖出1万多斤农盐，别说把1万多斤农盐从仓库挑到门市部来，单说从大木桶里把这1万多斤货物舀出来一个个过称给顾客就够把人累得骨头散架了。

"阿昭，有你的信哩！"是邮递员老何的声音。

"来来来，何叔，我在呐！"阿昭忙迎了出来，把老何让进店内。老何从邮包里掏出一封信，阿昭一看信封上那行娟秀的字：泉州南门外御桥村杨月珍寄，啊！那是母亲的来信！老何把阿昭递过来的茶喝了一口搁到桌上，看看四下没有旁人，又从胸前口袋里掏出一封信："阿昭，还有哪，外国信。"

老何每两天上一次县城邮局取回银杏集的邮件，自从认识了阿昭之后，凡是寄给他的"南洋信"，老何必先单独挑出来，还一定要亲手交给他，山里人善良厚道，生怕一封外国信又会给他带来什么麻烦。阿昭这么好的小伙子，以前不就是被"海外关系"耽误而进不了"八一"篮球队吗？

阿昭拆开了妈妈的来信——

昭儿：

每年的清明节，你总要回来陪妈上山扫墓的，今年怎么不回来呢？妈在清明节前就早早剪好了纸钱，准备好香烛，还蒸了一笼麦麸粿，等你回来一齐上山祭扫祖墓，可妈一直等到了午后，还不见你回来……

妈妈，儿是在清明节前一天就准备好要回去的，可是一场暴雨过后，山洪下来，盘山公路被冲垮了一大段，过河的桥也断了，儿被困在山沟里，回不了家，信也寄不出去。

昭儿，妈知道你忙，一定要把工作做好，不要为家里的私事耽误了公家的大事，但如有时间，你要事先捎个信儿回来，免得妈倚门而望。

昭儿，山区山高水寒，你一定要好生照顾自己的身体，干完活儿或打完球后，万万不可满身大汗时用冷水冲凉，一定要用毛巾把汗水擦净后，热水冲洗……

妈，儿已经20多岁了，一米八的男子汉了，可在妈你的眼中儿永远是小孩子，儿答应过你，满身大汗时，绝不用冷水冲凉，虽然妈不在眼前，但儿会按妈的嘱咐做的。

妈等待儿的来信……

阿昭把信笺整整齐齐地折好了，他的眼前又出现了妈那一张瘦削的脸，妈还不满47岁，可头发已经泛白了。她一个人，守着偌大的一座老屋，该是多么孤单。

/ 三 /

1966年夏天，阿昭高中毕业了，那时候，一批又一批的知识青年离开城市上山下乡，走向广阔天地。阿昭是独子，按规定是可以留在母亲身边的。然而等到一拨又一拨的伙伴走了之后，他突然觉得整个城区空荡荡的，他有一身力气，怎好就这么在城里一直吃闲饭？

1967年开春的一个上午，阿昭把家里几口大缸洗刷得干干净净，又满身大汗地往缸里挑满了水。妈妈依在门旁，看着儿子的举动，她知道儿子要做出什么事来了。当儿子忙完一切之后，低着头嗫嚅着就要开口时，妈伸手捂住了他的嘴巴：

"昭儿，妈知道你想说什么，你就别说了吧。这几天，妈一直在看着，你从市上买来的那头小黑狗，是想让它日后与娘做伴吧，你一上午从井里挑来那么多水，是怕妈日后提水难吧，再多的水也会用完的。儿大了总得离开娘，妈知道你也要上山下乡去了，是不是……"妈说着，把阿昭的头搂进自己怀里，豆粒大的泪水扑簌簌地涌出来，落在阿昭的头上，一会儿，他那头浓密的黑发便被母亲滚烫的泪水浇湿了。"妈知道是留不住你的，就像当年你妈留不住你的爸，你爸是在婚后的第15天[1]去的南洋，那时候妈并不知道已怀了你，你爸那天跨出门槛，直到你出生的那一年，才回来一趟。可那一次走了以后，一转眼就过去了20年。20年了，你爸就再没有踏进这个家门。自从有了你，这冷冷清清的老屋才有了一些生气，你这一走，这红砖老屋又是空荡荡了……"阿昭抬起头来，他第一次发现母亲已经苍老了，而这时候，妈才刚过了41岁的生日啊。屈指一算，妈是在20岁时，嫁进这座红砖小院的。作为儿子，他可能理解：母亲一生中最美好的岁月是怎样在这座古屋里被蚀去的？在多少个"春寒雨如泉"的漫长雨季里，母亲是如何坐在屋檐下，默默地凝望着水滴无休无尽地落在天井里，思念远在南洋的夫君？而在冬天，夜是那样漫长，当沉重的夜幕压抑得母亲几近窒息，只有儿子均匀的鼾声能给母亲凄寒的心带来一丝温暖的慰藉！只有儿子能够理解母亲孤寂的心境。多少年来，母子就是这样相依为命过来的。当年阿昭考上泉州城内高中时，许多同窗都到学校寄宿了，而阿昭一直坚持"通学"，不论是严寒酷暑，风里雨里，哪怕是太阳能晒焦一层皮，哪怕一滴雨能砸死一个人，阿昭也必定要在放学后回到母亲身边陪伴她。

/ 四 /

1967年春天，刚过完20岁生日的阿昭，揩去母亲眼窝里的泪水，来到距泉州古城250公里外永春县深山里的鲁山村落户。转眼间，4年过去了。那时候，交通闭塞，200多公里的路程，竟要辗转换乘几次班车，折腾两天的时间。回家一趟看妈多么难啊！尽管如此，阿昭每年都要回来两趟的，一趟是在过大年的时候。大年除夕，阿昭一定整夜守在妈房间里，直到初一凌晨点燃鞭炮"开正"。一次是在清明节，这一趟回家，不仅是为了妈妈的心愿，更是为了远在南洋的父亲的嘱咐。想到这里，他掏出那封"南洋信"，信上的"PHILIPPINES"（菲律宾）告诉他，这是父亲的来信！

云昭我儿并转告你的母亲：

屈指算来，再过二十几日就是清明了，为父我切望吾儿无论工作多么繁忙，务必在清明节告假回家，陪同你母亲上山祭扫祖墓，并上祖厝祠堂焚香化纸。父漂洋过海二十余载，恨至今未能还乡携你母子在列祖列宗灵前告慰。今生今世，何日能圆夙梦，未可预卜。而今，只盼吾儿替为父在祖宗灵前多烧几张纸钱了……

父　林子钟　于菲律宾
一九七三年三月十五日

阿昭已经20多岁了，可是他至今还只能从照片上认识父亲，虽然在他周岁的时候，父亲是抱过他的，但襁褓时代的记忆早已荡然无存。遵照南洋父亲的交代，清明节到来之前，阿昭就采来了许多含苞待放的山花，准备带回家扫墓时供到祖坟上去。可是一场大雨将盘山公路冲毁了，班车进不了山，回家扫墓的事竟耽误了，这使得阿昭觉得愧对南洋的父亲。

……在古城泉州南郊、在晋江侨乡，最让漂流在外的游子牵肠挂肚的，除了亲人之外，那便是故乡的祖墓祠堂了。亲人可以作古、可以仙逝而成为过眼烟云，但那沐浴过多少历史风雨的祖墓祠堂，却将一代代召唤着旅外游子之心，天长地久，直到永恒……

漂泊在外的游子是一只风筝，祖墓祠堂是系着他的线；漂泊在外的游子是流出去的水，祖墓祠堂是源头……

再说到今天是10日一集的墟日，阿昭早早把门市部的铺子打理好了，就等着四面八方赶集的山民们上门来了。

云雾渐渐散去了，初夏的阳光一下子照遍了银杏镇的每一个角落。过了晌午，从四面八方而来的山民们陆续涌进了银杏镇，老街一下子热闹起来了，到处是熙熙攘攘的人群，到处是嘈杂的人声，到处是浓烈的汗味。虽然清明节刚过不久，但被四面高山团团围住的银杏镇，竟没有一纹丝风儿，有些山民们已敞开了衣襟，让身上的热气冒出来。

临近中午，阿昭已经卖出去几大桶农盐了，身上的单衣湿得能拧出水来。供销社食堂已经开饭了，看着顾客稀了，阿昭锁上放钱的抽屉，上食堂提饭去了。

当他端着饭菜返回门市部时，看到装农盐的大桶旁站着几个孩子，阿昭一眼认出他们是银杏镇初级中学的学生。

"小弟弟，要买盐吗？"阿昭招呼了他们一声。

听到招呼声的孩子慌忙收回了搁在盐桶沿上的小手："没，没，不，不是，我们只是进来看一看……"他们嗫嚅着，低着头红着脸，快步走出了门市部，走到屋后的枫树下去了。阿昭奇怪了，他清楚山里的孩子纯朴诚实，他们绝不会与"偷"字沾边，他们是来干什么的？他们的神色有点不对啊。想到这里，阿昭放下饭罐，走到窗下，往外一看，只见这群孩子正团团围坐在枫树下，茂密的树冠挡住了他们头上正午的阳光，他们在谈着什么？

这是一群从最穷僻的鲁山村来的孩子。

这群孩子正围坐在窗后的树荫下吃午饭。阿昭知道，山里民居分散，来镇上上中学的孩子，若是家景好一点的，午饭就在学校食堂搭伙，但绝大多数的学生，则是从家里自带饭包来的。枫树近在咫尺，倚着窗口往下望去，阿昭清楚地看到，孩子们带的是一色的竹叶饭：山里人把褪落下来的大笋壳收集起来洗净了，将要蒸煮的食物包在里面，形似一个大粽子，早上熬粥的时候，将它一起放进锅里煮熟。正当青黄不接的时候，从全乡最穷的鲁山村来的孩子，他们带来的是什么样的饭包？他们打开了竹叶，包在里面的，除了稀少的米饭之外，多半是南瓜、番薯米、豆腐渣。天气热了，未到中午，这样的饭就馊了，家里往往掏不出买盐的钱，更不用说给孩子准备一点下饭的小菜了。要咽下这些有馊味的杂粮饭是何等艰难！刚才他们光临门市部，是将汗津津的小手按在装盐的桶沿上，让手指粘上几颗盐巴。此刻，孩子们把沾来的盐巴集中到一个牙缸里，从溪流里舀上水来，用筷子把盐巴搅散了，他们就这样一小口一小口轮流分享着那一牙缸农盐溶成的咸涩汤水，翻着白眼，大口大口地咽下那馊了的杂粮饭。看着这一幕，阿昭不禁一阵心酸。他提起热水瓶，取下货架上的一个面盆，倒出一点开水烫过了，就把自己从食堂打来的那份菜反扣进盆里，把5磅装的一瓶开水都倒了进去，泡成一盆汤，端起来朝孩子们走去。

他把那盆汤放在地上，从一个孩子手中夺过那个牙缸："你们怎么能喝这种水？"

孩子们一下愣在那里了，他们误解了阿昭的本意。过了片刻，一位胆大一点的孩子终于开口了："大哥，我们事先商量好了，我们口袋里只要有了一分钱，就一定先把这盐钱还清……"这位大胆的孩子名叫燕杰。

"小弟弟，别说了，我是说，我卖的是农盐，不是食盐，不是供人吃的。再说，这溪里的生水也不卫生。"阿昭说着把那盆临时泡成的汤端到孩子们面前来，"来，我们一齐吃，来，喝汤。"

那时候，山沟里供销社的日常伙食是清苦的，但是，在10天一集的墟日里，食堂还是想方设法在午餐时往菜里多加一些油、一点肉，让在这一天里特别繁忙的职工们打打牙祭。此刻，鲁山村来的4个小孩围坐在阿昭这个大孩子旁边，美美地吃着午餐。阿昭不时用筷子把悬浮在汤盆里的青菜、肉丝捞出来，依次送到各个孩子的饭包里。

他们很快把各自的那份饭吃完了，汤盆也被吃得一干二净。阿昭搁下饭碗说："从今天起，我们是朋友了，来，我叫林云昭，就叫我阿昭，你们也报出名来。"

"我叫燕杰，陈燕杰。"

"我姓陈，叫宏华，陈宏华。"

"我们鲁山村的学生，都姓陈，我叫宝兴。"

"我也姓陈，陈大山。"

孩子们报出了自己的姓名之后，阿昭又问他们："你们都是中学生了，能说说为什么来上学吗？"

孩子们沉思了片刻，就你一言，我一语地说开了。

"阿妈说，不识字就得被人蒙，我阿爸去年在生产队里出工345天，记工员只记了338天，白做了7天。阿妈说，只怪阿爸不识字，不能逐日与记工员对账，爸妈一定要我上中学。"

"我想读书读出息来，将来能成为公家人，吃皇粮，领工资。"

"对，爸爸说，他们已经在鲁山村受苦受穷了一辈子，就盼着我读好书走出鲁山村。"

一架飞机在横云岭那边的空中低低飞旋。那是在为国营林场播种造林。听着飞机的轰鸣，孩子们伸长脖子仰起头来望着天空不再作声了。

阿昭望了一眼头上的飞机，又问起了孩子们："你们有没有想过要做些别的什么？比如说，驾着飞机飞上天空？"

"想，怎么不想呢？可我们山里人有这个能耐吗？"孩子们异口同声地说。

"谁说不行呢？说不定这架飞机上的那个飞行员就是来自哪个山旮旯呢！"阿昭认真地说。

"我相信阿昭哥的话。"

"将来我要能驾驶飞机，一定带着阿昭哥一起上天。"这是燕杰说的。

这时，阿昭忽然想起了什么："好，我们现在再来讨论一下，什么东西最好吃？"

孩子们想了一下，几乎是同时开了口："大肥肉，大肥肉熬糟菜[2]！"

那个年头，永春山区里的人家，日子过得几乎是清一色的贫困，一年到头，难得能吃上几回肉。平日里熬菜煮笋的时候，能多滴几滴食油，便是一种难得的享受。这样的日子，阿昭并不陌生。1967年横云岭还没有建立知青点时，阿昭在鲁山村落户近半年的时间，那里人家的灶台上都有一个不大不小的盐瓮，瓮里插着一根竹片，竹片一端开着叉，叉口上用铁丝捆着一块大肥肉。炒菜熬笋的时候，等到铁锅烧热了，就抓起这根竹片将大肥肉在铁锅底来回一擦，算是下了油。然后又把大肥肉插回盐瓮里。逢年过节了，当这块大肥肉再不能在铁锅里擦出一道油光时，人们这才不得不将它卸了下来，做成年节里的一道菜。

"好，我也爱吃大肥肉熬的糟菜。就这样定了，每个墟日中午，我们一齐在这里吃上一回肥肉熬糟菜。"阿昭说。

"可我们掏不出打肉的钱。"孩子们为难了。

"你们只要把嘴巴带过来就行了。"

……

童年时代的记忆必将久久且执着地占据人们的心。孩子们，你们终究要长大的，今后你们或许要走出贫困的山窝，谋上一官半职，吃上皇粮；或是真的架着飞机上天。当你们能真正吃上山珍海味的时候，还会记起大枫树下这顿午餐以及后来的肥肉熬糟菜吗？

会的。

/ 五 /

圩日过后，银杏集供销社的门市部依然每天按时开张，但生意显然要比圩日里冷清多了。第二天，当阿昭准时将店门打开时，一位腼腆的女孩子便走了进来。她微微低着头，似乎涨红了脸，羞涩地开了口：

"阿昭同志，我们知道你是个好人，好心人。可我们阿妈说，我们不能当客店臭虫，在家吃客，让你破费。燕杰他们更不该揩公家的油，拿供销社的盐巴泡汤下饭。昨天供销社到我们队里收购笋壳，每户人家预支了两元钱，我阿妈让我先把盐钱送过来了。"说着，她张开手掌，把几个在手心里捏出汗的硬分币摊放到柜台上。

"你是？"阿昭惊诧地问。

"我是燕杰的姐，我叫陈燕玲，在银杏镇中学上初二。"把钱搁到柜台上之后，燕玲似乎完成了一项重任，心里踏实多了，她平静地说。

阿昭一看，柜台上是5个1分钱的硬币，他一把将它们抓在手里，硬是塞给燕玲：

"这钱怎么能……收呢？其实，就那么一点盐巴……"阿昭突然觉得胸怀里滚过一阵热流，他的心被山里人的极其贫困又极其纯真诚实所震撼，竟激动得差点说不出话来。

"不，阿妈说了，这钱一定要交，何况我们今年又被选上了'五好家庭'，这钱就更一定要交。"她再一次将那几个分币搁到柜上，不容商量地说。

阿昭听着，这才注意打量起眼前这位小妹妹。她穿一件用装尿素的尼龙布袋"改做"的单衣。不久前，公社革委会从供销社调去一批装过尿素的尼龙布袋，作为物质奖励奖给本年度各村被评为"五好家庭"的社员。说是改做，其实就是在袋子底部开了三个洞，然后就像穿背心那样罩到身上，头部从中间那个洞露出来，两条手臂从旁边的口子穿过去。这样，穿在燕玲身上的这件单衣，胸前就有"日本尿素"的商标，后背则是"保证含氮60％以上"的承诺。她是鲁山村眼下唯一的一名女中学生，她那一件看似有点滑稽可笑甚至不伦不类的衣裳里裹着的，是一具大山深处的少女圣洁的胴体，那圣洁的胴体里有一颗同样圣洁的心，从五年制小学毕业后读到初中二年级，她已经过了15岁的生日。尽管生活贫困，但毕竟是到了一个女孩子发育的年龄了，她的两条本是枯黄的羊角辫正在变黑并生发光泽，镶嵌在她椭圆形脸盘上的那双眼睛，明净得如同深秋的天空。她的胸前正开始隐约凸现出朦胧的乳峰。她是清晨里山野上一棵带着露水的草；是森林深处一泓清澈见底的山泉。站在她身旁，阿昭突然从胸怀里升腾起一股莫名的亲情，这难道仅仅是因为她来自鲁山村？

"小妹妹，你知道不，我曾经在你们鲁山村插过队？"他突然产生了一种想与她谈心的欲望。

林云昭哪里知道，当年他刚到鲁山村住进生产队库房里的时候，村里有一个黄毛小丫头一直好奇地关注着他的生活起居。现在，那个黄毛丫头就站在他面前了，只是她矜持着没有提起往事。她这样对林云昭说：

"大哥，那样子你就更应当收下这盐钱，你是知道我们鲁山村的风俗的。"

"好吧，这些钱我收下充入营业额，但是有个条件。"他知道，在青黄不接的季节里，这5个硬币可能就是燕玲家里的全部现款了。他在鲁山村生活过，他知道那里的山民过日子的艰辛，他更知道，不收下这5枚硬币，对燕玲一家是一种亵渎。他不得不收下这5枚硬币。

"阿昭哥，你是好人，我想你的条件我会答应的。"昨天枫树下那一幕，她是看得清清楚楚的。当时她也坐在大枫树附近的一丛麻竹下吃她的笋壳饭，她不会忍心去拒绝这位善良的大哥的请求的，所以，她十分认真地说。

"好，燕玲妹妹，你既然知道了这件事，那么，在往后的墟日里，你一定要和燕杰他们几个一齐来这里吃肥肉糟菜，这是你刚才答应的。"阿昭也十分认真地说。

终于，燕玲把头点了一下。

"我还想问你，你知道吗，你们鲁山小学有一位陈文东老师？"

"知道的，但是我上学的时候，他已经不在人世了。你认识他？"

"你知道他是怎么死的吗？他是为救我而死的啊！"

听完阿昭这句话，燕玲抬起的眼睛一亮，注视了他一眼，和缓地说："是你!这事阿妈对我说过了。我们鲁山村的人,谁遇上那样的事,都知道该那样做,而且谁都会那样去做的。要不然,到老到死都会被我们鲁山村的人指着脊梁骂。"

阿昭没有想到,这么多年过去了,当年在陈文东老师坟前,鲁山村的乡亲们曾经对他说过的那些话,几年之后,同样的话又从这个来自鲁山村的15岁的女中学生口中毫无矫饰地重复出来。

陈燕玲在完成了这个神圣的使命之后,如释重负地走了出来,在拐弯的路口,她情不自禁又回过头来,看到阿昭正站在那里目送着她,便脸一红,心怦怦跳着加快了脚步。

送走燕玲之后,阿昭心里不禁翻腾起一股热流,这股热流是因为对遥远鲁山村的深深的思念——他欠那个贫瘠的山村的情是太多太多了——那是一种刻骨铭心的感恩之情;那是一种用满腔热血甚至性命都难以报答的生死之情。阿昭想着那个山村,想得心都发疼了……

/ 六 /

对于贫瘠穷困的鲁山村,多年以来,阿昭一直怀着一种难以言状的深情。

1967年春天,阿昭插队到了鲁山村后,这个闭塞的小山村里的每个农民便都一直将阿昭当亲人看待。他们手把手教他干各种农活,他一个人住在生产队的一间空库房里,村里人怕他孤寂,便夜夜有后生们前来串门,陪他谈天。逢上过节,哪一家有一口好吃的,都要给他送过来一份,那是推也推不掉的:"怎么啦,你怕日后我们上泉州城,吃你家的?"话说到这种地步,你能推吗?生产队里口粮紧,定量很低,粮食打下来的时候,生产队长一锤定音:"给阿昭多分一份口粮。"近百名社员没有一个提出异议,他换下来的脏衣服,马上有人帮他收拾洗涤,晾干折好,送过来。一个人能在这样充满人间真情的山村生活过,便不枉来到这个世界上,一个人要是忘记他曾经承受过的这种人间真情,就真是天理难容了!

这一年夏天，阿昭在鲁山村遇上了一场灾难。

那一个晚上，阿昭在大队开完会，夜已经深了。在他走回所住库房的山路上，突然觉得脚脖子被蜇了一下，接着便感到那里火灼般地剧痛起来。他记起了山里人说过的话，知道这是被毒蛇咬伤了！他解下鞋带，在伤口的上方把腿脖子扎紧了，当他走到几步远外的库房门外时，已觉得浑身无力，冷汗淋漓。然而，他头脑清醒着，他咬着牙根点燃了门前那一堆松明，然后扳响鸟铳——这些，都是山民们为他备下来的。他独身一人居住，万一在深夜遇上劫难，只要燃着松明，扳响鸟铳便会有人赶来相助。做完这些之后，他瘫软在门槛旁……

过了片刻工夫，整个鲁山村竟然骚动起来了，一条条山路上，一把把燃烧的松明火朝着库房、朝着阿昭涌了过来。这时候的阿昭，腿脖子已肿得如同水桶。人们把他放到床铺上。

"啊，是五步蛇咬的。快，泡一碗盐水过来。"这是民办小学教师陈文东说的。他使劲将阿昭的裤管撕开了，漱了一口盐水，便把嘴巴贴到伤口上，用尽全力，从伤口里吸出一口口发黑的瘀血。"得马上送医院抢救，要不然十分危险！"陈老师着急地说。

"送公社医院？"

"不行，公社医院治不了的。只有送县医院。"陈老师说。

"这里到银杏镇要走一个多小时，银杏镇再到永春县城70公里，夜这么深了，能叫到车吗？"众人急得不知如何是好。

"是不是可以送天湖山矿区医院？"情急之中，有人提了一句，大家便一起看着陈文东老师。

"啊，对，我怎么就没想到天湖山矿区医院呢，那里不比县城医院差。"陈老师的眉结解开了。"只是路太难走了，要翻过坑仔口、古格山、羊头岭三座山梁，尽是羊肠小道，走得快也得两个小时。"

"我们轮流背着走，走，上路吧！"一个叫陈胜利的壮小伙说着将阿昭背了起来，没有任何商议，没有谁来安排，10来个年轻力壮的小伙子举着10来把松明火站了出来，前呼后拥着背起阿昭上了山路。

他们到达天湖山矿区医院时，矿山家属区的公鸡已响起了第一声报晓的啼鸣，阿昭是在半昏迷状态中被送进急救室的……

这一个夏天的夜晚，是阿昭再生的夜晚，他曾经走到阎王爷的身边，是鲁山村的山民们把他从地狱门口抢了回来，使他获得了第二次生命。当他在急救室里苏醒过来的时候，映入他眼帘的是鲁山村的那一张张还挂着汗珠的年轻人的脸。于是，他流泪了：他仅仅是从古城泉州流落而来的一个一文不名的知青，他们与他无亲无故，却这样拼死拼活地救活了他。于是，他又想到了母亲：小时候，有一次他发高烧昏迷不醒，母亲彻夜不眠地将他搂在怀里，深情地呼唤着他的名字，把他从死神那里召唤回来，作为一个"番客儿子"，他深知一个作为一生苦守空房的"番客婶"的母亲，对他这个独生子的爱是何等浓烈，母亲为什么活着，为什么能够活下去，那都是为了他，这叫相依为命。如果这个夜晚他就那样死去，他的母亲必会随他而去的。如此说来，鲁山村的山民这个夏夜拯救的不仅是他，更是他的母亲，是一个世代侨家。

/ 七 /

阿昭在天湖山矿区医院住了一个星期。

回到鲁山村，阿昭要做的第一件事就是去鲁山小学。是陈文东老师的及时处理和当机立断使阿昭得救，他得去看望这位救命恩人。

鲁山小学是由一座山神庙改建的，它坐落在村外的山坡上。他记得他出院那一天并不是星期日，但是他来到校门口时，里面却空寂无声。他走了进去，正对大门的墙壁上，是陈老师披着黑纱的照片！

一位临时前来看管学校人称桐叔的"五保户"告诉他：阿昭被送进矿区医院的第二天上午，当孩子们前来上学的时候，陈老师已全身发紫，直挺挺地躺在床上，孩子们推他喊他，他再也没有回应，孩子们敲起了乱钟……

后来公社卫生院来了人，经过验尸，证明陈老师是因蛇毒而死。由于严重营养不良，陈老师长期患着牙龈溃疡症，在他从阿昭的小腿上把瘀血吸吮出来的时候，蛇毒已通过溃疡的牙龈进入血液，引起全身中毒。他独居校舍，整个学校从校长到校工，实际上只由他一人承担。到了夜晚，孩子们离去，就他一个人孤零零地守卫着这座偌大的山神庙。

"你来了，我让你看一样东西。他是为你而死的，我相信，你会善待他留下的这项物件。"桐叔用颤抖的手掏出一个油纸密封的小包，"你把它打开，你知道，我是他的远房叔父，我在整理他的遗物时，唯一像样的就是一个装着书籍的樟木箱，这包物件就是他珍藏在箱底的。"

阿昭打开它，那里面是一沓手稿，由于存放时间太久，纸面已经发黄，但上面工整的字迹异常清晰，这是一份关于在银杏集公社范围内的荒山上广种银杏树的报告。那上面详细地分析了银杏镇发展银杏的地质气候有利条件，以及银杏树巨大的经济价值；论证了广种银杏树对保护自然环境的重大意义等等。报告写于1966年春天，报告是写给永春县林业局的，它为什么没有被送上去？其实这只是一份底稿，多年来，连陈老师也说不清已复抄了几份呈报上去，但一直石沉大海。

1958年，作为鲁山村的第一个中专毕业生，陈文东从泉州农校毕业后分配到银杏集公社当了农技员。其时，公社所在地满山遍野的银杏树正被成片地砍倒下来，推入熊熊的炉膛炼钢。选修林业的陈文东深知栽培一棵成材结果的银杏树是何等艰难，他不能昧着良知坐视不管。他大声疾呼四处奔走，但最终也没能保住祖宗留下来的满山遍野的银杏林。

多年过去，他的双亲已先后作古，他一直没有成家，他没有兄弟姐妹，多年来就自己一个人孤零零地过日子。他创办了鲁山小学，一个人苦撑着这个学校，全校20多个学生，从一年级到五年级，他一个教师实行的是复式教育。在他的辛苦操劳之下，一年前，鲁山小学终于有了首届毕业生走出校门。他没有编制，几年来一直只领着一个月12元钱的补贴，这一点补贴，他又大部分用来购买文具送给学生们。如今，他去了，鲁山小学也就停办了。

阿昭把那份报告又用油纸重新包好揣在怀里，神色庄重地说："桐叔，既然你信得过我，这份报告由我来保管，相信将来会有用的。另外，我想接替陈老师，把这个学校办下去，我知道陈老师放不下这些孩子。"

然而，阿昭终究没有执起教鞭。在代课了两个星期之后，教育局就另外分配别人到鲁山小学来了，这自然又是因为他沾上了"海外关系"的光。对此，他并不感到过分的意外，他感到痛苦内疚的是因为自己的原因，竟然要撇下那些孩子，以至于无从报答陈文东老师的救命之恩。

/ 八 /

这一年深秋，横云岭建立了知青点，知青点的哥们儿大都来自古城泉州。这些哥们儿盛情邀请阿昭加入，阿昭想了想：在鲁山村近一年了，他实际上处处成了鲁山村民的"额外负担"。他欠这山村太多太多的情，又无从报答。而且，公社及县知青办也希望外地来的知青能集中在一起生活，以便于统一管理领导。所以，阿昭填好表格，决定在秋忙以后搬到横云岭知青点去。

到了深秋，山区的农活一般都少了一些，在阿昭上横云岭知青点这一天，一大群山民送他上了路。

在村外的山坡上，在走过一堆墓冢的时候，阿昭驻足伫立，神情肃穆。这是陈文东老师的墓地。这位鲁山村的儿子，在他将要跨入 30 岁门槛之时，为了一个无亲无故的上山下乡知青的生命，长眠在这里了。

除了多读几年书以外，陈文东老师也跟所有的鲁山村民一样，呱呱落地之后，便在地里刨食。在这厚重的大地里，他刨到了维持生活的粗茶淡饭，也刨到了千万年来生发于这土地上的一种生生不息的道德传统。如今，他死了，他把自己归还于这片土地——他把自己的肉体化为养分归还给这片土地了。要不然，何以在这万木凋零的季节里，他的棺形的坟堆上的萱草还能依然长得那样翠绿？而因了他的死，生发于这土地上的那种道德传统又多了一层积淀。

鲁山村的山民们对陈老师的死，除了感到深深的痛惜之外，似乎没有引起很大的轰动。仅是在阿昭出院的那一天他上山神庙学堂时，一再询问之下，陈文东老师的那位远房叔父才对他谈起了陈老师的死因，除此之外，再没有人刻意在阿昭面前提起过这件事，他们确实是将之视为一种理所当然而保持着沉默。而在这大地一样朴素的沉默中，阿昭感受到了一种山崩地裂般的震撼，这种震撼让阿昭在往后的生命中，不敢忘怀更不敢背叛这片土地。

他在墓前肃立了片刻，然后，他跪了下去，把脸久久地贴在坟堆上，手指深深地抠进泥土里。许久许久，当身后的山民将他扶起来的时候，人们发现他的眼窝里奔涌着泪水，脸颊上挂着血珠，那是被营草的叶尖扎伤的。山民们这样安慰他："你能记住他，这就够了。其实，我们每一个鲁山村的人，遇到那样的事，知道应当那样去做，谁都会去做的。你在我们鲁山村生活久了，你也会那样做的。"

鲁山村山民们的这些朴实无华的话，将伴随着阿昭一生一世，哪怕他走到天涯海角，他也不敢将之遗忘；他将一生一世感恩于这片土地以及世世代代生活在这片土地上的山民同胞……

多年之后，阿昭离开银杏镇，前往香港，其时他已趋向成熟。他在香港邂逅了当年那位"八一"队老教练。老教练当年到泉州为"八一"队挑选球员之时，一眼看上了阿昭，因为阿昭的"海外关系"，竟不能如愿地吸收他进"八一"队。当年的主教练拉着阿昭的手，谈起往事，谈起知青"上山下乡"，还在不住地为阿昭惋惜。而阿昭却异常平静地说："对于知识青年'上山下乡'，我不像别人那样将它看成是一场悲剧，那里的人民可以祖祖辈辈的在贫困的土地上艰辛地生活，而我们就不可以，难道我们比他们高贵？至于打篮球成健将，我以为，一个人的运动员生涯毕竟仅是短暂的几年时间。我虽然未能进入'八一'队，但是我因此进入了另一个值得我一生一世珍惜的天地。在这个天地里生活了几年，我才懂得了爱这片土地以及在这片土地上生活的人；懂得了这一些为什么值得我爱，而这，才是永恒的。从这个意义上说，比起我得到的，我失去的其实微不足道。"

注释：

〔1〕闽南侨乡风俗，新婚夫妻，必须同房满14个夜晚才能分开。

〔2〕糟菜：以盐渍过的荠菜，经日晒后，装入陶瓮中密封起来，长年累月不坏。20世纪70年代中期，我在永春山区曾吃过密封了7年的老糟菜。

第二章　侨乡女人

——番客婶

/ 一 /

现在，让我们走出阿昭插队的这个山区，走进历史，走进阿昭的祖母朱秀娥与母亲杨月珍生活过的那个年代、那个侨乡。我要带着你去认识曾经在这片土地上默默地活过，又默默地死去的许许多多的番客婶……

东西塔的彩灯通宵达旦地亮着，泉州城里的爆竹响了一夜，烟火放了一夜。

8年了，日本投降了，抗战胜利了！

距泉州古城一箭之遥的南郊，在江的彼岸，有一个长满了龙眼树的村庄，这村庄因有一条叫"御赐桥"的石板桥连接着外面的世界而称为"御桥村"。而从外面的世界走来，首先映入你眼帘的是一棵枝繁叶茂的擎天巨榕，3丈有余的御赐桥整个被淹没在墨绿的榕荫里，一条自北而来的河溪，静静地流经村东的田野朝南远去。河面上争先恐后地长满了四季常青的水浮莲，由巨大的石板铺成的御赐桥，似乎悬浮在流水之上。

相传在700多年前，南宋幼主赵昺由一代忠臣陆秀夫丞相护驾南下，为逃避战乱途经此地，在7月如火的烈日中，歇息在石桥的榕荫下，便封此无名石桥为"御赐桥"。之后，君臣一行又被元兵追逐至广南海角，前无去路后有追兵之时，丞相怀抱幼帝投入大海，结束了一个朝代。闽南方言中"御赐"与"牛屎"谐音，我的无忌无邪的乡亲们竟戏谑而又亲切地称之为"牛屎桥"。无奈朝亡帝死，再没能有人来追究这大不敬之罪。其实，数百年来，这座石桥一直是很干净的，即使胆大妄为的水牛走过石桥，也从不敢在上面屙屎。

过了御赐桥，在一处隆起于水乡泽国的丘陵坡地上，有一个栽着许多龙眼树的村落，这便是御桥村了。

这个夜晚，御桥村的番客婶——仁和婶是彻夜不眠的，从泉州城里传来的爆竹声，整夜烧燎着她，震撼着她：自从南洋沦陷之后，8年过去了，一直没有仁和的消息，如今战事结束，御桥村那些侨居南洋的番客，已经陆陆续续给家里捎来了信息。而仁和怎么至今还没给她来信？如果说，在南洋沦陷的8年中，她是牵肠挂肚过来的，那么，在战乱结束后的这一段时间里，她牵挂海外亲人的心境，就更难以言状了。从海外传来的同村番客的消息中，有平安的喜讯，有不幸的噩耗，这就更让那些尚未知道亲人信息的番客婶们坐立不安了。在这个泉州城内万民同欢的夜晚，仁和婶是在揪心的煎熬中度过的。这个夜晚，甚至比她已支撑过来的那8个年头还要漫长！多少次，她想撕开铅一般沉重的压迫着她的夜色，呼唤她的"仁和"啊！然而，她忍住了。她毕竟已忍了8年。不，确切地说，她已经忍了21年了！她的整个少妇时代，就是在这种难以忍耐的思念中逝去的！这个晚上，她先是将上齿咬住下唇，十指深深抠入被褥之中，直到嘴唇出血！后来，她又咬住被角。一会儿，她感到被角太软，便把泛滥着泪水的那张脸埋向枕边，狠命地啃咬着床框，她就那样强忍着不让自己呐喊出来……

多年以前，当我还是一个乳香未褪的少年的时候，我（即作者本人）第一次踏进晋江侨乡，踏进我父母的故乡。那时候，我的祖母还健在，我看到祖母睡的那张木床铺，在靠头的那一端，床框上有密密麻麻的齿痕。我问祖母是怎么回事，祖母说那是想你祖父想出来的。我不知道为什么会有这样的事，祖母说等你长大了，你就会知道的。祖父是在娶了祖母之后的第15天去了南洋的，祖母苦苦等了他53年，她最后等回来的是祖父的骨灰盒……

/ 二 /

终于，太阳光缓缓地泻进房间，泉州城内的爆竹声稀落了，仁和婶想爬起来，但是刚刚抬起头，便感到一阵天旋地转，她知道眩晕症又发作了，便四肢无力地瘫倒在床上。

就这样，她躺了很久很久，直到外面响起了敲门声，有人叫着："朱秀娥女士！"

她张开了眼睛，又一声道："朱秀娥女士！"她才记起来，这是叫自己哪！自从嫁到御桥村，伴随着她19年的名字便渐渐被遗失了，对她的称呼便被"仁和嫂"或"仁和婶"替代了。尤其这整整8年来，能从丈夫的来信上看到自己本来名字的机会也失去了！

"哎，来啦，来啦！"门外响起第三声呼唤时，她才慌忙回应，从床上爬了起来，匆匆梳洗了一下，挑开门帘，走出房门，走过天井，拔开门闩，拉开两扇厚重的大门。映入她眼帘的是一张熟悉的脸庞：啊，这不是南门批局的张先生吗？8年不见，老了老了，变老了，她是从他两眉间那颗大大的双龙戏珠痣认出来的。

"快，快，屋里，屋里坐坐！"她忙不迭地将张先生让进厅堂，沏上一杯热茶递了过去。"天寒地冻的，暖暖身子。"说着，她又记起了什么，"慢，慢着！"她转身从玻璃罐里掏出一块冰糖放入张先生的茶杯。张先生呷了一口热茶，把腋下的背包拉到胸前，解开扣子，从里面掏出一封信说：

"秀娥女士，'吕宋批'来了。"

尽管在认出张先生时，她就预感到他将给她带来什么，此刻，听到"吕宋批"三个字，她仍然全身一震，手上的糖罐差点没掉到地上，当她看到张先生递过来的信封上那亲切的笔迹时，她悬在半空里的那颗心踏实了——经过了长年的战乱，能在战火平息的时候，见到远方亲人来信，人世间能有什么比这更加珍贵的？

张先生没有提出要为朱秀娥读信，他知道她能识文断字。在闽南侨乡，人们把这种民间邮局称为"批局"或"批馆"。为了方便海内外亲人间的通信联络，自清朝始，这种批局就遍设于闽南侨乡及海外华侨的聚居地。他们非常及时地将寄件人的信物收集过来，又非常及时准确地传递出去，其信誉度，往往要超过官办邮局。那些分递批件职员，一般都有一定学问，不少人还懂得英文，他们往往要为收信人解读书信，还常常要当场为收信人写回信带走。朱秀娥神色庄重小心翼翼地将信笺放进房间的梳妆盒内，又转身下灶屋为张先生煮鸡蛋去了。

"别煮了，秀娥女士，我是从村头一路送信过来的，家家都吃了，确实是吃不下去了。你还是在回执上按个手印让我回去交差吧。"

"既是吃了别家的，也一定要吃我家的，图个吉利安详。"

朱秀娥很快就端上来4个冰糖鸡蛋，盛情难却，张先生不得不又吃了一个蛋。从年轻时代开始，他就当起了批局的信差。那时候，甚至连自行车都没有，他就靠自己一双脚板，走进千家万户。对于泉州南门外众多侨户的喜怒哀乐，兴荣衰败，他心中都有个谱。他十分理解这些苦守空房的番客婶们的盛情，他知道她们生活的全部希望都寄托在海外的亲人身上，能给她们带来海外亲人的平安信息，似乎是他的荣幸，是他的功劳，而万一不得不给她们带来不幸的噩耗，他总感到那是自己的罪过。

/ 三 /

送走张先生后，朱秀娥又关上大门，奔入房间，浑身颤抖着拆开了信："秀娥贤妻如面"，一股热气从胸腔内升了上来，她知道自己脸红了，8年了，8年中没有听到这样亲切的称呼，她流泪了……

8年抗战总算结束了，为夫未能伴护贤妻于朝夕，更无从接济于你，深为愧疚，为夫深知我们家底清薄，未知你如何度过这艰难的八年！

8年，8年！人生有几个8年？亲人！你能知道这8年我是怎么过来的吗？我们田地没有一丘，果树没有一株，靠什么过日？收成的季节，我下水田、拾稻穗、扫遗谷；青黄不接的时候，我上旱地挖地瓜秧；我是包着头巾扮成老人下地的，我不敢给你丢脸，有一餐没一餐地熬到了今天，幸亏出世的时候，妈没给我缠足，凭着一双大脚我才没有饿死！

　　子钟儿随夫我来吕宋不久，南洋各岛即告沦陷，日寇铁蹄所到之处，烧杀淫掠，无恶不作，我家开在马尼拉王彬街的那爿杂货铺，因不挂膏药旗，竟被日本人放火烧尽，为夫只好携子钟儿辗转至北吕宋佬允隆岛摆地摊为生。后经李东泉先生鼎力扶助，才于三年前能重回王彬街店铺务商。多年来，余父子省吃俭用，更因多年未汇款回唐山[1]，略有积蓄。今子钟儿已二十有余，该是成家之年，近年来，菲地多有华裔淑女前来提亲，余父子皆婉言回绝，为不断唐山故土香火，子钟应回乡成婚。为此，贤妻接信后，应着手物色合适女子，其德才貌均由秀娥贤妻定夺，事情如何进行，望贤妻及时告知。另：永明内弟久未通音讯，待得确切踪迹后，当及时告知，望贤妻回娘家时，宽慰仁玉妹……

朱秀娥把信读了好几遍，将它折好插进信封时，才发现里面有一帧照片，她拉出来一看，这不是仁和吗？不对不对，这是20多年前的仁和，当年秀娥到御桥村时，见到的仁和不就是这模样吗？可如今仁和早已过了这个年龄，秀娥翻过相片背面一看，上面有一行端端正正的字："母亲大人存，钟儿叩拜。一九四五年十月三日摄于菲律宾马尼拉"。这是一张4寸见方的黑白照，背景是一家打理得整齐有序的杂货铺，招牌上书"林记商号"。这当然是自家的店铺，可那个冤家为什么不也照一张相片寄回来呢？

/ 四 /

　　10天之后，媒人张婶娘就给朱秀娥提妥了一门亲。女方叫杨月珍，19岁，是御桥村以西8里路的前店村一个侨家闺女，对张婶娘送过去的林子钟的照片，她们无可挑剔，再查朱秀娥的家风为人之后，这门亲事她们便应允下来，并将杨月珍的照片交张婶娘送到朱秀娥家中。按照闽南侨乡风俗，女方的照片是包在一方红纸内，红纸上写着她的生辰庚日，男方家将照片压在贴有《灶君司命》的灶头上整7天，这7天中，男家不得有碗匙摔破之事发生，当然，更不容许一家内外大小甚至所养禽畜发生意外，否则，这门亲事便要告吹。

　　7天终于过去，朱秀娥家安然无恙，她满心高兴地取出灶头盐（"缘"的谐音）罐子压着的杨月珍的照片，张开红纸，这才发现，杨月珍长得如此俊俏！接下来，朱秀娥便给南洋的夫君去了信，详细地介绍了杨月珍一家的情况，并把杨月珍的相片也夹了进去。

　　林仁和、林子钟父子的回信交到朱秀娥手上时，已是新历年底了，父子俩应允了这门亲事，吩咐朱秀娥择下吉日，以便"结衫带"（我的乡亲们将订婚仪式称之为"结衫带"，这真是惟妙惟肖，这就是说，从此以后，两个人的衣带便打结拴在一起了，命运便连结在一起了），并随信寄来50粒"线丸"[2]。信中还说：由于经历战乱，百废待兴，店中商务繁忙，"结衫带"时，子钟就不回去了，待正式成婚之日，父子俩定同返故里，共享大团圆之天伦乐。

/ 五 /

　　朱秀娥在收到这些南洋来信之后，心情是异常欢欣的，一来是经过战乱，亲人无恙，在南洋还有了一点基业；二来是她终于熬出了头，儿子长大了，已到了成婚的年龄！她就要当婆婆了！日后她不再是孤单一人守着小院了。

　　20年前，也就是她嫁到这红砖小院的第二年，婆婆便患病不起，患的是中风病，落下半身不遂的后遗症。婆婆吃喝拉撒全在床上，子钟又刚刚落地不久，这边老的呻吟，那边幼的哭闹，全是指望着朱秀娥照顾。夏季里，婆婆长了褥疮，朱秀娥要没日没夜地为她翻转身子，上下抱她洗澡换衣。这边婆婆刚放下手，那边儿子又哭啼起来，常常是好几个日夜睡不上一个囫囵觉。有一回，好不容易把婆婆安顿睡下了，她也困得不行，就提个小板凳坐在婆婆床边睡去了。朦胧之间，她被一阵异样的声音惊醒，她借着透过小窗的月光一看，婆婆已经把脖子套进一个用布条打成的活结里，活结的一端拴在床柱上，朱秀娥惊叫一声，扑过去把婆婆搂进怀里：

"妈，你这是怎么啦，你不能这样啊！"

"秀娥，妈不能再拖累你了……"

"妈，秀娥对你不够尽心，你骂我打我都行，可你不能这样做啊！"秀娥说着，呜呜地哭了起来。

"妈怎么是嫌你不尽心哩，你把'心头肉'都剜给妈吃了，妈是心疼你，见不得你这样没日没夜地操劳，如此下去，铁打的身架儿也要散。娘这样不死不活地躺着，把你拖垮了，这个家也就塌了。再说了，添了子钟，你往后的日子也有个伴了……"娘说着，搂着秀娥，婆媳俩哭成一团。

"娘，你心疼秀娥，秀娥心里清楚，秀娥就是剩下一口气也要服侍着婆婆把病养好，你这样，我怎么向仁和交代呀？"

"娘想过了，娘给仁和留下了信。"婆婆抖索着把手伸进枕套，摸出一封信来交给朱秀娥，秀娥忙点灯一看，那是写给仁和的：

仁和儿：

  为母卧床一年多了，母亲能活到今天，全亏了大贤大惠的秀娥媳。以吾儿每月接济之家费，仅够精打细算维持生活，现为母生病，更难应付，为给母求医问药，秀娥节衣缩食，更要日夜照料为母及幼孙子钟，真是艰难困苦。为母思忖再三，深感自己康复无望，为减轻秀娥之重负，为母只好走这条路了。

  秀娥自入我家门，历经千辛万苦，仁和吾儿及子钟吾孙从今往后，绝不可辜负秀娥。

母示
民国十二年八月十日

秀娥读罢信，揩去了眼泪，解下床柱上的布索条，到天井里，一根火柴将信烧了，然后返回房来，字字深情地对婆婆说：

"妈，你一定要活下去，只要你活下去，秀娥累死累活也甘心。"

朱秀娥的艰辛，朱秀娥的无限孝心，使婆婆的生命又延续过了春节。这样，婆婆就多了一岁阳寿！其时，子钟已过了第一个生日又三个月了，能满屋子跑着叫妈，叫祖母了。临终前回光返照时，婆婆一手拉着儿媳一手拉着孙儿叮咛嘱咐：

"秀娥，娘实在是舍不得离开你俩，娘这一闭上眼睛，仁和这一桃的香火，这一桃的根脉，全靠你了，子钟，要听妈的话，长大了孝顺你妈……"

婆婆走了，这一年是1924年3月，享年46岁。

/ 六 /

婆婆原名唐山玉，是出生于北吕宋岛名门华裔的大家闺秀。她的祖籍地是距御桥村不到4里路的一处叫"唐厝村"的风景秀丽的小山村。她娘家祖上是清朝康熙年间下南洋的，世以植种烟叶为生。仁和的父亲林清水在19岁这一年由御桥村来到北吕宋，就在唐山玉娘家的这座烟叶园打工。手脚勤快、厚道老实，又通文墨的林清水很快就被唐山玉的父亲提升为账房。3年之后，又提出要把长女唐山玉许配给他。林清水的初衷是在南洋挣一点钱，回唐山老家娶个媳妇，家中老母好有人照应，再说，御桥村摇篮血迹难割舍的"根"也得以繁衍下去。面对唐山玉一家的好意，他为难了。一方面，他不忍心拒绝，因为他心里也是深深地爱着唐山玉，而另一方面，他又不能背着母亲答应这门亲事。后来，他向唐山玉一家人提出两个条件：一是要征得家中老母的同意，二是婚后唐山玉要回唐山御桥村去。唐山玉的爸一口答应："嫁鸡随鸡，嫁狗随狗，夫唱妇随，嫁了你林家，哪有不进林家门的理。"

这桩婚事很快就办妥了，婚后，唐山玉为林家生下仁和和仁玉一双儿女。这一年夏天，林清水携儿带女伴着唐山玉回御桥村，把妻子安顿下来，交给老母之后，他心里踏实多了。出外这许多年来，他一直有种"无根之草"

的感觉。尤其是在异乡娶下唐山玉之后，这种随风漂泊的无根之感愈加强烈。现在，他的心可以贴在肺上了。从此以后，他在唐山留下了根，留下了他这一挑的香火。之后，他很快又去了北吕宋那片橡胶园，直到唐山玉去世，他再没有回来……

哦，你就别问我什么是侨乡真正意义上的根了——我在泉州南郊的晋江侨乡，在这块诞生过我的祖父、我的父亲的土地上，在这块曾经有过我的祖母、我的母亲苦等最终抛骨南洋的祖父、父亲而死不瞑目的土地上生活了这数十年，所以，我能理解你提出的问题甚至是残酷的，你叫我怎么回答？

如果把晋江侨乡的每一个侨户都比成一棵大树，那么每一个番客婶便都是深埋于树下大地里的根，因为他们背负着大地的深沉的重压，大树的生命之绿才得以延续……

/ 七 /

朱秀娥在为子钟与月珍"结了衫带"（订了婚）之后，又上庆莲禅寺的送子观音佛龛前求择了一个黄道吉日，准备迎娶杨月珍过门——这个日子选定在订婚两个月后的农历二月初七。那时候，从泉州到南洋的信函来回往往需要一个月的时间。

一个月后，仁和、子钟父子捎来了信，说是他们已定好船期，可于农历二月初五回到唐山，这样距婚期还有两三天时间。随信又汇来了50元大洋作为筹备婚礼之用。

正月过去了，二月快快地到来了，初一初二过去，过了初三，朱秀娥便不时情不自禁地猛然心跳起来。啊，二月初五这一天，阔别23年的丈夫将带着儿子双双回到她的身旁！

终于到了二月初五这一天，整夜难眠的朱秀娥早早就起了床，她已经好些日子难以安然入眠了，眼睛里布满了血丝。忽有一只喜鹊飞到天井的屋檐上，喳喳地叫了一阵，怎么，这小精灵难道也知道今天有番客回到这红砖小院来？朱秀娥今天特意将自己细心地打扮了一番——为了仁和，也为了儿子眼前的这场婚事。

早饭过后，邻里亲朋都拥进了朱秀娥的红砖小院，按照双方约定的"三日盘"，他们将依照古老的习俗，帮助朱秀娥在今天准备下"轿前盘"，明天一早挑到杨月珍家，侨乡人所称的"轿前盘"，就是指的新娘花轿到来之前男方送给女方的彩礼。朱秀娥为这趟"轿前盘"备下了全猪全羊的大礼。她要向邻里亲朋向亲家显示：她朱秀娥将是一位拿得起放得下的婆婆，尽管丈夫远在南洋，尽管家中上无公婆指点，下无妯娌帮忙，她朱秀娥也要把儿子的喜事办得像模像样！

初五这一天，仁和、子钟没有回来，该是他们的船已靠在厦门，明天回泉州吧？朱秀娥自己为自己解释。

初六过去，仁和、子钟依旧没有到来，朱秀娥的心提到了嗓子眼儿上。她向来知道丈夫办事不含糊大意，特别是这样的儿女人生大事。这究竟是怎么一回事？

到了初七，朱秀娥已急红了眼，婚期是早定下来的，铁钉钉在大柱上了，不可变卦。明天新娘花轿必须过门，各方亲朋都要前来热闹贺喜一番的，可还不见仁和、子钟父子回来！朱秀娥急得像热锅上的蚂蚁。仁和、子钟再不回来，明天这场面怎么对付？几天下来，朱秀娥已经焦急操劳得心力交瘁，她声音沙哑，眼睛发涩，好几次觉得天转地摇，直要晕死过去，然而，在这节骨眼儿上，她终于强迫自己镇静下来，她用沙哑的声音缓慢地对众人说：

"仁和、子钟肯定要回来完婚的，路途遥远，必是路上耽搁了。我们已'结了衫带'，月珍是我们林家的人了，明天花轿按时过来，该怎么办大家还怎么办，还有一个晚上的时间，说不定他们明早赶到，万一赶不及了，我们按祖宗的先例办，就是'抱公鸡迎亲寄房'。"

事到如今，大家也只有同意这个办法了。

/ 八 /

二月初七，杨月珍的花轿准时抬到林家小院！

杨月珍的花轿是在晌午时节到来的，这个"吉时"也是朱秀娥从庆莲寺求来的。花轿停在门外，长串的鞭炮轰鸣起来，唢呐鼓钹一齐奏响，这个时节，该是新郎踢轿脚，掀轿帘了，可是此刻，谁能知道新郎在哪里呢？只见送嫁娘抱过来一只大红公鸡，掀去轿帘，将它塞入新娘怀中，然后，又是送嫁娘一手举着一个竹米筛遮在新娘头上方，一手牵着新娘走进大门。

朱秀娥今天穿一件大红偏襟衫，站在大门内迎接过门的儿媳，这样的礼遇，在晋江侨乡是空前的。朱秀娥感激这位儿媳及她的娘家识大体顾大局的德行，如果她们临时反悔不同意"抱公鸡迎亲寄房"，那事情将会是一种什么结局呢？朱秀娥接替送嫁娘，用微微颤抖的手，握紧杨月珍那只细嫩的手掌，将她牵入空空的洞房，然后与怀抱着大红公鸡的杨月珍一齐坐在床沿上，用充满母爱的怜悯对月珍说：

"孩子，好闺女，委屈你了，我们做番客婶的，常常就是这样的命，你就把我当成你'后头'[3]的娘，我会疼你的，子钟回来后，我也要他加倍疼你……"听到婆婆这些话，原来低低啜泣的杨月珍一下子抽搐着身子哭开了：

"子钟，子钟，他会回来吗？"

儿媳的这句话捅穿了她的心窝，多少日子了，她自己不敢想，自己不敢问的这句话，现在，从儿媳口中说了出来，她怔在那里，久久不能开口，后来，自己竟也随着儿媳抽搐着啜泣起来了。

见到婆婆也哭了，儿媳反倒止住了泪：

"娘，子钟回不回来，我都要服侍你一辈子，我既然进了这个门，那就认定了一个理，那就要嫁鸡随鸡，嫁狗随狗，嫁了……"听着儿媳说到这里，朱秀娥赶忙抽出一只手来，捂住了她的嘴，她知道，这句话完整的说出来是"嫁了亡夫抱木主"。

——在我们晋江侨乡，自从有了南洋的番客，便有了这句话，那是说，一个女人，在跟番客"结了衫带"之后，她就是番客婶了，她们的远在南洋的未曾完婚同房过的夫婿，若是不幸丧身异乡，她们便往往要抱着他们的木主完婚……

我不忍想象，几个世纪以来，我们侨乡有多少番客婶，从她们丰姿绰约的花季年华开始，便以一方沉默的木主为侣，终生保持处女之身，从满头青绦到满头霜雪，到牙齿脱光、双颊深陷——就在昨天，就在杨家答应让女儿抱公鸡进洞房之后，杨月珍就已经横下了一条心：她随时准备迈上这条曾经有过多少番客婶走过的路……孤单无助地走进晚年，直至走进坟墓。

1946年农历二月初七，杨月珍怀抱着大红公鸡，度过了她的新婚洞房夜。当这只公鸡随着邻里报晓的公鸡啼鸣的时候，杨月珍低下头去，看着自己衣襟上的那摊鸡屎，她再一次无声地流泪了……

/ 九 /

而在另一个房间里，这一个夜晚，朱秀娥几乎是彻夜未眠的。送走客人关上大门之后，已是下半夜了。她走到儿媳房门口，脸颊贴在门缝上往里一望，只见明亮的烛光里，罩着红头布的杨月珍双肩在搐动着。她能想象到红头布里儿媳两腮挂满泪珠的情景！她鼻子一酸，赶紧回到自己的房间里，一头栽倒在床上，她闭上双眼，直挺挺地躺在那里，任凭自己的骨架松散开来，让整个身子一直沉落下去。她庆幸自己今天眩晕症没有发作，总算支撑着把整个场面应付过来了。

这时候，小姑仔林仁玉端了一碗糖水四果汤（红枣、莲子、桂圆、冬瓜）走了进来：

"阿嫂，你这就睡啊，美得你！吃下这碗汤才睡！"

"你自个儿吃吧，我不想吃。"朱秀娥浑身无力，懒洋洋地闭着眼睛说。

"哈，我看你是当上婆婆乐的，可乐也得吃，我见你今儿净喝茶水，未沾饭菜，净乐！"

"我能乐吗？我实在是嘴干舌涩的，啥也咽不下。"

是的，她能乐吗？"子钟，子钟，他能回来吗？"儿媳上午问出来的这句她一直不敢想的话，使她的心一直悬着！"这就更得吃，往后日子长呐，够你乐的！"林仁玉看着嫂子紧闭着眼躺在那里，便伸出手拉住了她。

朱秀娥抽回自己的手掌，求饶地说："我的好阿姑，你就让我好生躺一会儿罢。"

"我舀了三碗，你、我、月珍都有一碗，你不吃，我们怎么好意思吃？"林仁玉说着，把汤搁到床前桌上，伸手去嫂子腋下抓她的胳肢窝。

"好好好，好姑奶奶，我吃我吃行了吧？"朱秀娥只好挣扎着坐了起来，她知道她这位姑奶奶犟劲上来了，这一碗汤要不吃下去，姑奶奶会折腾到天亮的。

那碗汤确实是做得很可口的，朱秀娥喝下几口，顿时觉得胃口开了，此时才觉得确实是非常饿了，她很快吃个碗底朝天，望着仁玉说：

"再给我一点汤吧。"

"一点汤？不行，要么就得再一碗，现在轮到你来求我了。"

"好，一碗就一碗。"朱秀娥只得依了她，又美美地吃下了一碗四果汤。

仁玉把碗匙收拾出去之后，又返身给嫂子送进一盆热水："好嫂子，帮人帮到底，让我给你擦擦身子，洗过了我们姑嫂俩美美睡一觉。"说着，动手解开了嫂子的衣扣。

朱秀娥吃完四果汤之后，觉得精神多了，便坐到床前的踏斗柜上，任凭仁玉为她脱光了衣裳。朱秀娥嫁到御桥村时，是20岁，那时仁玉已是17岁的大闺女了。当年仁和在唐山读完私塾，又下南洋去了，家中就剩下她伴着妈过日，孤母独女，她这身泼辣的劲儿，就是让娘宠出来的。说也奇怪，人称"狗咬脚后跟都不会吭声"的老实巴交的朱秀娥，跟这位南洋出生的"番仔"小姑却特合得来。仁和婚后几天又出洋去了，那时候，林仁玉还没出嫁到溜滨村，是这位天真无邪的小姑仔，一天到晚嬉笑打骂陪伴着新婚的嫂子度过了那些孤寂的时日。她甚至常常整夜地死赖在嫂子的被窝里不走。此刻，她绞干了毛巾看着嫂子赤裸着的上身，叹了一口气：

"嫂子，我记得那时你细皮白肉的，身体丰满，现在怎么整个人都干瘪了。"

"好个仁玉，你不能说点正经的，叫月珍听到，像话吗？"

"不说不说，你如今是婆婆了，该有个婆婆的样儿。"仁玉好容易闭上了口，为秀娥搓洗着后背。搓着搓着，那张嘴又没遮没拦地说开了："依我看呐，天底下的女人就数我们番客婶最划不来，看人家夫妻，是苦是穷，枕头边总有个说话的人，而我们……"

秀娥深知小姑仔那副德行，见她已放低了声音，便不再拦着，任由她自顾自地唠叨着。"你看你看，今天这么大的事，仁和哥他竟敢不回来，日后他回来了，嫂子，我替你出这口恶气——哎，你那位好弟弟，出洋时我对他打开天窗把话说在明处，他在外不许拈花惹草牵番婆，不然，我在唐山就交个'干哥哥'给他脖子上抹黑[4]。"

提到弟弟，朱秀娥在心里暗暗叹了一口气。抗战都结束这么些时日了，可他至今没捎个信来，不过她忍住了没在这位小姑兼娘家弟媳的面前叹出声来：

"你看永明是那号人吗？再说上哪去找你这样的美人儿？"朱秀娥终于被小姑撩开了话匣子。

"我正是看重他是条站得直、立得正的汉子，才这样一世清白地为他守着。"

"人生一世，我们番客婶就图个名声，不给夫婿抹黑，不给后代丢人，此外还有什么图的？"

见秀娥打开了话匣子，小姑仔便贴到她耳边神秘兮兮地问："我给你的那物件你用过吗？"

"什么物件啊？"朱秀娥奇怪地问。

"角车[5]呀，那一年我朝永明多要了一副，我知道你脸皮薄，不好意思向我哥要那物件。"

听明白了那"物件"，朱秀娥一下子绯红了脸："哎，这么多年来，累都累不过来，能有那心思。"

"都是吃五谷的人，嫂子你真能熬得住？"

"那物件还原封不动地放在床架抽屉里，你还拿回去吧。"

"唉，都说嫁鸡随鸡，嫁狗随狗，我们番客婶连鸡狗都不如，下辈子投胎，我绝不做女人，绝不当番客婶——哎，嫂子，还记得那'鸡骑鸡，狗粘狗'的事吗？"

好个姑奶奶，又把十几年前那场恶作剧翻箱倒柜搬出来了。

/ 十 /

1922年4月，朱秀娥从5里路外的溜滨村嫁到了御桥村。在新婚洞房里度过了14个夜晚之后，丈夫林仁和又取道厦门乘船去了南洋。那时候，从唐山到吕宋，风平浪静的日子，要坐半个月的船，留在家中的新娘朱秀娥得到丈夫安抵菲律宾的回音，至少要在一个月以后，而且，这一去，是三年五年？是十年八年？甚至是一辈子再也返不了唐山？在那段时日里，朱秀娥真是度日如年！

这一天上午，朱秀娥手脚麻利地把婆婆、小姑仔换下来的衣裳浆洗好了后，又把小院里里外外打扫得干干净净，看看还未到做午饭的时辰，便搬了块矮板凳在洞房门外的屋檐下，又像往日那样眼直直地望着天井对面的大门。

正是晚春四月大地复苏万物骚动的季节。天井里，是一对正在叽叽咯咯"谈情说爱"的公鸡母鸡。那一只大公鸡从地里啄出一条蚯蚓来，用口衔着，送到那只大母鸡眼前的地上，围着它咯咯地叫着献殷勤，哄着母鸡吃下蚯蚓，然后叼着它的鸡冠爬到它背上……连禽畜都懂得这般恩爱！秀娥正看着，忽有两条浑圆的手臂从背后绕了过来，搂住她的脖子，同时一张脸贴在她腮边，这就是她的小姑仔林仁玉：

"嫂子，说说，我哥像不像鸡公疼鸡婆那样疼你？"

小姑仔这一问，把秀娥闹了个大红脸。看着嫂子羞红了脸，小姑仔咯咯地笑着跑出门去了，可刚到门口立刻又跑了回来，不由分说地拉起嫂子的手："嫂，你出来看，门外龙眼树下有一条狗，前后都长着头，两个头哩！"

秀娥被小姑仔拉着推着来到大门口，顺着林仁玉的手指望去，不远处的树荫下，是一公一母两只"热恋"中的狗正难分难解地交媾在一起。朱秀娥一看，心跳得涨红了脸，抽回手来在小姑仔肉乎乎的膀子上捻了一把：

"鬼丫头，叫别人看了多不好意思。"说着，奔回房里去了。

仁玉关上大门，随即也追进嫂子房里，只见嫂子坐在床沿上泪眼汪汪，她吐了一下舌头，知道是自己造的孽，忙紧紧地偎在嫂子身上：

"好嫂子，我是见你想我哥想得慌，想逗你乐一乐，别怪我吧，我以后再也不敢了。"

秀娥转过脸来，紧紧抱住小姑仔，把脸贴在她肩上，嘤嘤地抽泣了起来："我怎么会怪你哩，没有你，我会更闷得慌。我也不知道为什么就流下泪来了……"

如果把女人比成种子，男人比成雨露，那么，一个女人，在她十几年、几十年的处女时代，她或许可以像一颗种子那样平静地处于休眠状态。而一旦经历了男人恩爱的雨露，一夜之间成为妇女之后，她便是一颗发了芽的种子了！你能想象一颗发了芽的种子再没有雨露的滋润吗？而在我们晋江侨乡，几个世纪以来，有多少番客婶，就像那一颗颗发了芽又失去雨露的种子——在她们作为女人的一生中，仅在她们生命中的14天甚至更短暂的时间里，刻骨铭心地得到过作为一个完整的女人所应当得到的那份最原始、最起码的爱之后，便在漫长或短促的生命历程里，默默地干枯直到默默地死去——这样的命运一代延续着一代。

/ 十一 /

晋江水从这里静静地注入大海。江的那边，水的北面，是泉州城区，江的这边，水的南面，就是溜滨村了。溜滨村西南，是逶迤而去的雁山、塔山、螺山、狮山。名为山，实际上仅仅是隆起在这片水乡之上的丘陵而已。而在溜滨村以东，出了村口，便可望到无边的海，闻到海风的咸味了。这里，在微黄的晋江水与湛蓝的东海水交汇之处，溜滨村张开多情的双臂拥抱着一处美丽的港湾，这便是溜滨古渡头。这个港湾，曾经有过自己辉煌的岁月，那时候，古渡头内外的水面上，常有千舟云集，这多是从闽南的石狮、安海、厦门、漳州张帆而来的船，经这里进入泉州。这片水域，称"溜石湾"。

溜石湾的海滩上，一座7层楼高的古塔拔地而起，此塔因建于溜石湾而名"溜石塔"，始建于明朝万历年间的溜石塔，数百年来，一直作为航标矗立在溜滨渡口。啊，它像一位经历了多少人世沧桑的老人，默默地俯视着自己脚下那片土地，它在沉思些什么？它曾经目送着从自己身后的土地上走来的一拨又一拨的晋江侨乡儿女，从这个古渡口漂泊到南洋去，那叫离乡背井、抛妻别子。又一拨一拨地从南洋把那些失去青春的活者或是客死他乡的死灵招引回来，那叫叶落归根、魂归故土。

双桅船在海上航行了15个日夜，黄昏时进入了泉州湾，这是一艘从马尼拉起锚，穿越南海而来的机帆船。

此时正是晚春三月，泉州湾笼罩在迷雾之中。站在船板上的林子钟用力睁大了双眼，他要在迷雾中寻找一座久违的塔、一座故乡的塔。

8年前，他刚满15岁，在御桥村三省学堂毕业后，就去了南洋，那一年，他父亲林仁和在马尼拉经营一间杂货店，竟无暇抽身回唐山一趟来带他出洋。长到15岁，他还没真正见过自己的父亲！是姑父兼舅父的朱永明带着他从溜滨古渡登上舢板到厦门港转上大船出外的。他清晰记得，那是深秋里一个十分晴朗的上午，娘和姑妈站在溜石塔下送别他们。很远很远了，他还能看到娘和姑妈在那里抓起衣襟揩泪；很远很远了，还能看到那高高的塔顶。而现在，船已进了泉州湾这么长一段路了，怎么还见不到那座塔呢？

终于，从朦胧的雾色中，一座熟悉的塔身出现了，林子钟快步走进船舱，告诉林仁和：

"老爸，到唐山了，到家了，溜石塔……"

林仁和随儿子来到船板上，尽管他的一只眼睛已经失明，另一只眼睛也只剩下几分视力，只觉得脸前迷茫一片，但他能从迎面而来的风感到，船正在驶近故乡的港湾，他甚至闻到了夹带在风中的故乡那温馨的炊烟味……

/ 十二 /

掌灯时节，杨月珍来到婆婆朱秀娥房里。嫁到御桥村已一个多月了，一直没有丈夫的消息，她是从那帧婆婆送去的寄自南洋的照片上见到丈夫的。仅有这张照片陪伴着她度过了新婚的那些漫长日子——那是她的蜜月！

这时候，正是农历二月底，是闽南"春寒雨如泉"的季节，多少时日了，没完没了的春雨下得让人心慌意乱！这个夜晚，婆媳俩，两代番客婶，又要在昏黄的油灯下相伴到深夜。

房外传来了敲门声！

谁这么晚了还来串门，婆媳俩警觉地对视了一眼。

又是一阵敲门声，比刚才的急促而沉重！

婆媳俩霍地站了起来，两只手不约而同地握紧在一起，从微微颤抖的双手上，她们能感到对方激烈的心跳！

"妈妈，我是子钟啊！"这声音是陌生的。

"秀娥，我是仁和！"这声音是久违了的。

朱秀娥猛烈地战栗了一下："是子钟他们父子！月珍，快，开门去！噢，不，不，月珍，你该回避到房里去，不能面对面冲走了缘分。等会儿子钟进房时，你要背向着他。"

朱秀娥把儿媳推进洞房后，一手举着油灯，一手慌乱地拢着头发，朝大门走去。

这是泉州南郊这个月里的一个难得没有落雨的夜晚。朱秀娥拉开大门，她看到了，在拨得非常明亮的灯光里，站着一个风尘仆仆的文静的年轻人。

"秀娥吗，这是，子钟啊！子钟，这是妈！"站在子钟身后的另一个上了年纪的男人开口了，这自然是仁和了。

子钟跨进门来，扑通一声跪在妈跟前："妈，儿回来了！"

秀娥扶起子钟："这么重要的终身大事，你们父子怎么才回来啊？"

仁和说:"说来话长,秀娥,难为你了。月珍呢?"

"进屋来吧!"秀娥把父子俩迎进自己房里,给仁和倒上一杯加了糖的开水又道:"子钟,你该去新房,让月珍给你斟茶,第一杯茶该她侍候你,妈不给你备了。哦,慢着。"她自己先去了月珍的新房里。

秀娥走进月珍房里,指点着儿媳妇准备好冰糖茶,又让月珍背朝房门站在床前,这才回头来朝房外叫了一声:

"子钟,你过来。"

/ 十三 /

朱秀娥忙着张罗好让全家人吃下团圆的线面后,又让月珍烧好两大盆热水,让仁和父子洗了个痛快澡。在船舱里闷了 15 个日夜,刚才婆媳俩都从自己男人身上闻出了一股汗馊味。

夜已经很深了。

灯灭了。

/ 十四 /

24 年就那么过去了!当年的丈夫,只剩下那个高高的鼻梁!他的双颊凹了下去。他的双眼本来是深邃而明亮——他走的时候,她记得他的双眼就像那深秋的天空一样深邃而明亮啊!刚才,朱秀娥甚至不忍在灯光下多看丈夫几眼,不然,她将禁不住酸楚而恸哭!

现在,灯灭了,一切都沉入到黑暗中了。一切都朦胧地融入了无边的夜色里。阳光下或灯光里一切所必须面对的现实:包括人世间那些无穷无尽的难忍的哀怨;那些连绵不断的难言的痛苦与无奈……都因黑夜而模糊了。

仁和把瘦弱的秀娥搂在怀里,当年的她丰满的散发着芬芳的胴体已成为逝去的记忆了。他怀着一种深深的歉疚而怜悯之情，在黑暗中把妻子紧紧拥在胸前，就那样沉默着——他不想说什么，他又能说什么？

她把头埋进丈夫的怀里，在黑暗中咬住了丈夫胸前的衣襟，使劲地咬啃着。许久许久，她终于像一个受尽了委屈的孩子那样哭了，无声无响地激烈地抽搐着身子哭了。这是结婚24年来第15个偎依在丈夫怀里的夜晚；这是分别了24载之后，第一次偎依在丈夫怀里的夜晚。她有许多话要说，她有许多话要问丈夫，她终于没有开口。这样不是很好吗？但愿这个夜晚是无边无际的；但愿这个夜晚是无穷无尽的，直到天荒地老，直到海枯石烂……

而在这个时候，从子钟的新房里，响起了一声声虽然低微却是热烈，说不清是痛苦或是幸福的令人魂魄荡漾的女性的呻吟……

那是一个少女向一个少妇蜕变的呻吟。

在我的故乡，在晋江侨乡，在这个春末的夜晚，又有一颗"种子"发芽了——但愿从今以后风调雨顺。

鸡啼了……

/ 十五 /

第二天，林仁玉早早回到御桥村娘家，20多年没见到骨肉兄弟了；8年多没有南洋丈夫的消息了，她能不牵肠挂肚？别看她都活到39岁了，很少有过锁眉愁脸的样子。但她毕竟是个人，是个女人。都说人心是肉长的，尤其是女人的心，更何况是番客婶的心，她能不牵挂海外亲人？

她是刚满20岁那一年"姑换嫂"嫁到溜滨村的。她不像一般侨乡女人那样文静娇柔，她长得人高马大，一身匀称的骨骼裹着如脂如玉的肌肤，丰满而又结实。如今都40边上了，还不显老，身板仍是那样挺拔，身材仍是那样线条分明。她与朱秀娥的弟弟朱永明结婚19年中，丈夫有3次返回唐山。抗战之前10年中，朱永明回来了3次。在侨乡的番客中这是少有的。难怪有邻居的番客婶们私下里逗着她乐："仁玉，永明是离不开你那张脸还是离不开你那身肉？"仁玉也当仁不让地答道："都有，都离不开！"

来到娘家的小院前，仁玉一脚还在门槛外就亮开嗓子叫开了："阿哥，你真横得下心，一走24年，子钟那样的终身大事，你敢躲在外头，撒手让阿嫂和我操劳去，如今你当'甩手'公公回来了。"说着，她跨到哥的面前，举起拳头想捶兄弟几下，然而，她拳头举在半空里，却没有落下去。站在那里的亲哥哥，已不是当年的壮小伙，是实实在在的一个老头了！她心里不禁涌上来一阵酸楚，拳头再也不忍落下去。倒是子钟一声甜甜的"姑妈"驱散了她脸上怅然的神色。

"大的老了，小的大了，子钟，当年可是姑姑我抱着你，背着你长大的。如今都长出胡子来了，人能不老？"她一把将子钟拉了过来，"如今姑姑抱不动你了。"

仁和望了秀娥一眼，那意思是说，接下去的话怎么开口？仁和的这一眼让仁玉瞥到了，她终于发现大伙的神色有点不对头，禁不住心里咯噔了一下：

"哥，嫂，子钟，你们怎么啦？"

这一问，大家竟都怔住了，一下子愣在那里，仁玉一看，更急了：

"你们是有什么事瞒着我，是不是永明他……牵了番婆不回来了……他……"

听到仁玉已挑开了话头，心想着这些话是迟早要出口的，秀娥便顺着小姑仔的话说了下去：

"仁玉，房间里坐着说吧。"她拉着小姑仔的手走进了房间，在床沿上坐下来，仁和、子钟父子也跟了进去。随后，朱秀娥从床架上提下来朱永明那包遗物，搁到床中解开了：

"这是永明的……"说着，她把双手搭在小姑仔的双肩上，又缓缓地开了口：

"仁玉，你说过，是祸躲不了，是命，你我就都认了吧。永明是我的亲兄弟，是骨肉之亲。永明是你的夫婿，是夫妻之亲，是心心相连之亲。永明，他在南洋被日本人杀害了……"

仁玉一下推开嫂子搭在自己肩上的那双手，从床沿上蹦了下来，逼近朱秀娥站在那里：

"什么，你说什么，你再说一遍！"接着，又一步跨到哥哥跟前，双手像铁钳那样紧紧抓住了仁和的臂膀："哥，哥哥，你说这是真的吗？"

仁和沉重地点了一下头，然后，就那样把头垂在胸前。

天塌了下来，地陷了进去，屋顶压了下来！

仁和只觉得妹妹那双抠得他臂膀发痛的手慢慢地松开了。接着，扑通一声，仁玉瘫倒在他跟前。

子钟一步跨上前来，捏着姑姑的虎口，掐着姑姑的人中。秀娥忙着给她喂下几口热糖水，仁玉终于苏醒过来了。她张开了眼，叉开脚，从地上站了起来，咬牙切齿，一字一顿地说：

"给我一把刀！"

说着，她突然挣开哥哥嫂嫂的手，抓起褡裢里的那把匕首，拔出鞘来，紧紧地握在手里说：

"哥，嫂，这把刀就给我吧，我深信总有一天会遇上仇人的！"

她带走了这把刀，从此以后，这把刀连同她的杀夫之仇一直伴随着她直到生命的终点。

/ 十六 /

仁玉终究没能举起匕首涉洋去手刃杀夫的仇人。南洋是那样遥远！况且战事已经结束，日本人早已败回东瀛，她哪里能找到不共戴天的仇敌？她只能那样把仇恨咬嚼着，和着泪水咽下去。

别看她平日里吃得下睡得着，每次回娘家见到秀娥忧心忡忡的模样还奚落她：

"嫂嫂，该吃吃，该喝喝，就是上刑场也要当个饱死鬼，是福丢不了是祸躲不掉。"

别以为她不懂得忧愁烦闷，她和秀娥不同的是：秀娥是每天都把那"可能"的不幸化整为零分散地承受着。而仁玉是能够强迫自己把包围着她的"可能"的不幸埋藏得更深一些，甚至能以一种做作的嬉笑来冲淡潜伏的烦愁。她的痛苦可能只有她自己能够体会。战事结束后,她常常在夜里被噩梦惊醒,她甚至多次梦见满身鲜血的丈夫向她呼救,她惨叫着冷汗淋漓地坐了起来,幸亏婆婆又聋又瞎,没能听到她凄厉的叫声,没能见到她惊恐的模样。

可是当那种"可能"的不幸变成血淋淋的事实迎面袭来的时候,同样的不幸,她所受的打击要比朱秀娥沉重得多——朱秀娥是化整为零,而她是"整个儿"。

因为家中有个又聋又瞎的婆婆,朱秀娥当天傍晚就陪着林仁玉回到溜滨村去了。

在得知永明的噩耗之后,仁玉一下子蔫了,一下子由一个风姿绰约的少妇变成一位老妪。她原先油黑的满头青丝几天里白了!她就那样静静地躺在自己床上,不哭不闹、不吃不喝,几天中任凭谁劝她都不管用。

最初的时候,她曾想过死,对她来说,这是一种十分轻松而又彻底的解脱,然而瞎眼的婆婆在隔壁房间里哼哼吱吱,使她记起来有人需要她活下去。她不能那样拍拍屁股就走了,那样子,永明这一桃就绝了!她曾经怀孕过,那是在初婚的那一年,怀孕后,永明就去了南洋。为了支撑起这个清贫的家,她像溜石湾里的男人那样从事繁重的劳动。退潮时,她下海挖蚬鲑;涨潮时,她泡在海水里捞泥虾、讨小海。沿海农村向来缺柴火烧,晋江上游发大水的时候,常有山里的木头随水漂到溜石湾,沿滩的人家便下水捞出这些浮木当柴薪,这种连男人都视为危险的重活,仁玉也从没害怕过,那是逼出来的!那是因为她的男人去了南洋!她第一次流产是在她怀孕后的第5个月,当她奋力从滔滔的江水中拖出一截游木时,另一截游木被激流从侧面带了过来,击在她的小腹之上……

以后几年中,永明两次回乡,她又怀孕了两次,又都流产了,她至今没有儿女。如今,永明走了,再没有人让她怀孕了,她得想法抱养一个孩子,应该是男的,让永明这一桃的香火有个延续。还有,日后孩子长大了,她要告诉他这一桩家仇国恨。

于是,她活了下来,为了爱,也为了仇。

她在床上死一般地躺了3天之后,终于坐了起来,对一直守在她床前的朱秀娥说：

"嫂嫂，给我做一碗面条，要大海碗的。"

她终于活了下来——虽然活着比死去还更艰难。

而后，她们开始商量给永明引魂的事。

仁玉说："老人家不知道永明走了，就瞒着她吧。改日叫子钟过来，让老人家摸摸他，就说是永明从南洋回来了，这事要一直瞒下去。"

第二天，子钟依照妈妈的吩咐，来到溜滨村外婆家。

一进家门，仁玉就拉着他的手，将他推到瞎眼婆婆跟前："你让她好好地摸一摸吧。"而后，她忍住泪贴在婆婆耳旁竭尽全力叫着："娘，永明回来了！"

婆婆是雷炸也听不到声响的人，可是，此刻，她显然是感应到了媳妇的呼唤，哆哆嗦嗦地伸出手去，把跪在跟前的子钟搂进怀里：

"回来了，回来了就好，怎么这才回来？仁玉等得你好苦啊——好，好，身子都硬朗，胳膊腿儿都粗。"她上下摸索着林子钟，又把脸贴在他身上："是永明，是身上有一股南洋味。"

林仁玉听着，强忍住泪水，把子钟带过来的芒果干一片一片送入婆婆口中："娘，这是永明从南洋带回来的，你吃吧。"

娘嚼着芒果干说："永明，你这次回来，要让仁玉怀上身子，就40了，再耽搁下去，就怀不上了。"

仁玉听着，再也忍不住了，哇的一声跑到一旁去，尽情地放声大哭起来。

极端悲哀的时候，哭也是一种解脱甚至是一种享受。而几天来，仁玉一直没能痛痛快快地哭过，那一天，在娘家得到永明的死讯，她没有哭出声来，子钟正在新婚蜜月里，那是犯忌的，她必须忍住自己的泪水。

现在，她终于可以放声地哭了……

/ 十七 /

朱秀娥现在正忙着着手筹办两桩红白大事。一是为从南洋回来的儿子与抱着鸡公拜过天地的儿媳"补礼"。儿子儿媳一生一次的终身大事，这"礼"是一定要"补"的，她自己是番客婶，她知道作为一个番客婶的艰难，她就更不忍心委屈了杨月珍。而为弟弟朱永明"引水魂（招魂）"，更需要她回娘家张罗。

仁和离开菲律宾时，北吕宋红奚礼示朱倪宗亲会的乡亲们将收集到的永明的遗物交给了他，让他带回唐山。那是一套永明穿过的贴身内衫和一双旧的黑色万里鞋，还有200块大洋——主要是由红奚礼示市的朱倪乡侨们凑来的"金银钱（丧事份子钱）"，这在当时是一笔不小的数目。

这一天，朱秀娥先把弟弟的遗物送回娘家，这是"引水魂"必须用的。

娘家也正张罗着"引水魂"的事。糊纸师傅已在朱氏祠堂里忙开了，纸花圈、纸屋、纸船都要精心糊制，仁玉就在那里守着。

朱秀娥把小姑仔叫回家中，将那包衣物递给她。仁玉在床上解开了布包，把丈夫的遗物摊开在自己床上，那双黑色橡胶底万里鞋已经褪色了，那件米黄色的内衣显然已经浆洗过，但斑斑血迹依然可见，那是无法洗净的。胸前几个烧焦的小洞，那是穿过子弹的印证。他是被日本人枪杀在红奚礼示的近郊的。关于这桩南洋血案，我将会带着你，踏上千岛之国的菲律宾，去寻访这热带国土上遭受过"二战"中日寇铁蹄蹂躏的那一代华侨，让他们翻开那散发着浓烈血腥味的华侨史，用带泪的声音对你追述——此刻，作为这一桩血案殉难者遗孀的林仁玉，在解开先夫遇难时穿的那件内衬衫衣扣时，发现胸前的衣襟上三行工整的墨字，那是朱永明的笔迹：

"林仁玉

"林□玉

"林仁玉"

中间那行的第二个字，已被一个弹洞毁去——那是贴着心口的，据为朱永明洗殓的菲律宾人说，朱永明是双手紧捂着胸前这几行字躺倒在红奚礼示郊外的。可以想象，当他面对日本兵射来的子弹时，他首先想到的是保护远在唐山的妻子铭刻在自己胸前的名字不遭劫难。

然而，他最终没能护住"林仁玉"——子弹穿过他的手掌，穿透那件贴胸的衬衫，直至心脏——他就那样满怀屈辱，死不瞑目地躺在南洋大地上。

有人过来招呼，那边糊纸师傅的活儿完了，要仁玉过去看看。

秀娥和仁玉走了过去，在祠堂里，对那些花圈、纸屋之类，仁玉只是粗略地看了看，而对那只纸船，她却看了又看。

"怎么是单桅船？要双桅的，永明每次回来，都是坐的双桅船——还有两根桅杆中，要有个我，写上我的名字。"

糊纸师傅为难地说："这桅杆可以补上，可是将你糊到上面……"

仁玉说："你糊吧，我不会亏了你的。"

"我不是那个意思，我是想，从来没有把活人糊上去的，那，那吉利吗？"糊纸师傅说罢看着一旁的朱秀娥。

"你就照她说的那样子糊吧。"朱秀娥理解小姑仔的心思：她是要亲自漂洋过海，去把永明接回唐山。

/ 十八 /

第二天上午，依然刮着北风，天空阴沉着，只是雨歇了下来。

在溜滨村朱氏祠堂外面，聚集了一群披麻戴孝的人。时辰一到，他们将被道士带领着，前往古渡头的溜石塔下，将朱永明的亡魂招引回来。

看着时辰将到，林仁玉快步走回家里，一把将婆婆背了起来，大步往古渡头走去：

"娘，永明又要出洋了，我们去送送他。"

穿着黄袍的道士，手摇铜铃，走在前头，带着众人朝村外走去，随在他身后的，是林仁玉，她背着婆婆，深一脚、浅一脚地朝前走去，婆婆把脸贴在儿媳腮边：

"永明呢？"

"上船去了。"

"我想再摸摸他。"

"跳板拆了。"

"这趟回来，该让你怀上身子了……"

"……"

"……"

在古渡口，仁玉让人在溜石塔下铺上一层稻草，在上面摊开了油布，安排婆婆靠着塔座坐在那里。

此时，道士举起纸船，率领众人朝滩下走去。紧跟在他身后的是举着一根竹竿的林仁玉，竹竿上挂着朱永明的那件内衬衫，林仁玉在道士的指点下，将竹竿植入水中，双手抓住那条系着竹竿的麻绳，从水中走回滩上，接着，道士将纸船慢慢推入水中，一阵猛烈的北风刮来，纸船摇摇晃晃地向着南方的海面漂了出去——那是南洋的方向，望着纸船远去，道士摇着铜铃叨念起来：

"菲律宾北吕宋红奚礼示唐山福建泉州南门外朱氏永明的游魂听着：今有唐山你母朱王娟娘你原配夫人朱林仁玉胞姐朱秀娥偕众亲堂兄弟引你回来木主做好大厝盖成派船前去接你回唐山安居了——回来——回来——回——来。"

黄袍道士朝着南方海面叨念了几遍后，林仁玉就开始牵动手中的麻绳，于是，挂着衬衫的竹竿慢慢地向着林仁玉的身上倾斜了过来，最后连同那件衬衫倒在林仁玉的怀里——永明回来了！

现在，该火化永明的遗物了，是那双万里鞋、那件衬衫。火是道士点着的，众人随着道士围着火堆转起圈来……

看着地上的物件将要烧尽，林仁玉一下子跪了下去，用头使劲地磕碰着沙滩，同时撕心裂肺地呼唤起来：

"永明，你要回来，你一定要回来，我陪着你……"

喇叭、唢呐令人断肠的哀鸣萦绕在沙滩上，那是一曲《孟姜女哭倒万里长城》。

风来了，纸钱灰纷纷扬扬地飞了起来，飞进了溜石塔上阴沉的空中……

落雨了，如丝的春雨浇熄了地上永明遗物上的余火。

林仁玉被众人扶了起来，她额头上渗着血，鼻孔里滴出血，眼窝里泛滥着滚滚的泪水。雨水从她的刘海上流到脸上来，她伸手一抹，雨水、泪水伴随着浓浓的鲜血把她那张脸涂得血糊糊的。她脱下孝服，铺到地上，把余火已灭的永明遗物的灰烬拢了进去，结成一个褡裢挂在胸前。然后，她朝木然地坐在溜石塔下的婆婆走去，脱下外衣，遮罩在婆婆头上：

"娘，下雨了，我们回家去，永明还要回来的。"

仁玉背起了她，她什么也没有看到，什么也没有听到，她沉默着——就如她身后的溜石塔。她把双手搭在儿媳妇胸前，就那样自言自语着："永明，早点回来……"让仁玉背着，走出了沙滩。

纷纷扬扬的雨丝，在阴沉低垂的天际中筛撒着，降落在高高的塔顶，汇成涓涓细流，从塔檐上默无声息地流淌下来，渗进塔底的沙滩里……

哦，溜石塔，唐山的塔，故乡的塔，你为什么也流泪了？哦，你哭吧——战事虽已结束，战争也已远去，然而，缭绕着人类"二战"史的中国妇女的哭声还要延续多少年啊……

注释：

〔1〕唐山：旅外华侨将中国称为唐山。

〔2〕"线丸"则"现银"之谐音，当年泉州一带民营批局办理侨汇都是套汇，由海外汇户按当日牌价交给当地批局等额外币，国内批局直接兑成银元交给收款人，为避免节外生枝，汇款人多以"线丸"代称银元，久而久之，已成公开秘密，"线丸"实际是缝纫机用的纱线。

〔3〕后头：泉州方言，指娘家。

〔4〕就是戴绿帽子。

〔5〕一种女用性自慰器，那时候番客出洋往往一去多年，丈夫常常为守家的妻子备下这状似男性生殖器的物件。

第三章　童年

/ 一 /

林子钟的家在御桥村西侧的塔山坡，他家红砖小院的前面，就是他儿时就读的三省学堂。三省学堂始建于民国初年，因御桥村曾姓村民占了绝大多数，校董会便认定了用曾氏老祖宗曾子哲言"吾日三省吾身"的"三省"为校名。

林子钟在三省小学毕业后，即以少年之身去了南洋，转眼8年多过去了，现在，他终于回来了。

他记挂着母校——一个人的一生会经历许多事情，也会忘记许多事情。然而，不会有一个人会忘记自己的母校。从溜滨村为舅父朱永明引水魂回来的第二天，他就去了三省学堂。

校门口的那棵大榕树似乎更加苍老了，树冠上飘拂下来的气根甚至已垂到地面上，真真正正一副老态龙钟的模样了，而操场上的龙眼树、皂角树，早已高过了那座二层红砖校舍。红楼依旧，铜钟还在，而当年的师长，当年的同窗呢？尤其是那位一直叫林子钟难以忘怀的卢老师，您在哪里？

林子钟走进校门的时候，黄昏已近，学校早放学了。他轻轻走上空寂的二楼，他记得自己当年上课的教室是在东边最后那间。啊！教室门外骑楼的那根顶梁柱还在！他的心一下猛跳起来，快步走了过去，抚摸着这根红砖砌成的顶梁柱。是的，就是这一根，那一天，他的班主任卢老师就是站在这根红砖柱旁，对着三省学校众多师生及御桥村多少百姓，说出一席令人长久难忘的话。他小心翼翼地爬到骑楼的栏杆上，从下往上数去，第20层！在第20层的红砖上，他找到了一行铅笔字：

我是中国人

　　　　　　　　　　林子钟
　　　　　　　一九三八年八月三十日

　　这是小学毕业后，他在离乡背井去南洋前夕写下的。历经 8 年岁月，这几个带着童稚韵味的铅笔字，至今仍然清晰可见，啊，他又回到了自己的童年时代……

/ 二 /

　　一双女性的温暖柔和的手掌仿佛又按抚在他头上。啊，多少年来，他一直没有忘记那只曾经在他孤单无助的童年里爱抚过他的这双手，像母亲的手？像姑姑的手？

　　那一年春节过后不久，三省学校来了一位年轻的女教师，据说她来自闽西永定。她的身材高挑，皮肤非常之白，又总是穿着一身白色的旗袍。她总是使人联想起那种开在冬天里的圣洁无瑕的白色茶花，她身上也总是散发着这种花的高傲的香味。她在教室的黑板前一站，整个儿像是一尊半透明的汉白玉雕像。

　　她有时也讲闽南话，但总是带着一种很动听的外乡腔，她更多的是讲国语（普通话）。讲的是另一种韵调。比如说"时间"，她说"shi jian"而不像泉州人说"xi jian"；"吃饭"她说"chi fan"而不说"qi huan"；"石狮"她说"shi shi"而不说"xi xi"。她的声音十分温柔又十分悦耳，她的每一句话都像一首歌，是唱出来的，而不是说出来的。

　　那时候，随她住在学校里的，还有一个五六岁的女孩，那是卢老师的女儿，她叫白莹。母亲叫她"莹莹"。她总是穿一套鲜红的衣裳，梳着两条羊角辫，长得胖乎乎的，一双长着双眼皮的眼睛特别大，像一泓清澈见底的泉水。星期天或放了学的时候，她常偎着穿白旗袍的母亲走在春天校园里宽阔的草坪上——就像是在绿茸茸的季节里，一掬圣洁的雪和一团燃烧的火。

她站到讲台上，把教鞭放到一边：

"孩子们，从今以后，我是你们的班主任了，你们是我的学生了。但首先，我们都是中国人，是同胞，我们今后都成为好朋友，好不好？"

第一次见面的这一席话，像淙淙泉水流入孩子们的心田，听说班主任要成为自己的好朋友，孩子们先是一愣，直到确认自己没听错之后，他们便像经过严格训练的合唱团一样异口同声地高呼：

"好！"

"好，我很高兴能成为你们的朋友。现在，我们都来自我介绍，我姓'卢'（她回身在黑板上工整地写下了这个字），记住，不是葫芦的'芦'，没有草字头，名叫'翠林'（她又在黑板上写下这两个字），'翠'就是绿色的，就是永远保持生命之绿；'林'就是树林，我希望自己能配得上这个名字，做一棵扎根于大地——大地就是人民——不怕风霜雷雪的常青之树。好，孩子们，轮到你们介绍自己了。"

她按照点名册上的顺序，依次让孩子们到黑板上写下自己的姓名。轮到林子钟写完自己的名字时，卢老师问：

"这个'子'是什么意思，大家讲一讲。"

面对和蔼可亲的班主任，孩子们原先那些生分已荡然无存，他们七嘴八舌甚至是戏谑地嚷开了："就是儿子。""是孙子。"

卢老师拍拍手掌，大家立刻安静了下来：

"这个'子'字有多种解释，我们以后再说。子钟同学，希望你长大以后能做中华民族的好儿子，劳苦民众的好儿子。这个'钟'字，如果作为铜钟解释，希望你能警钟长鸣，永远勤奋向上。作为钟情解释，相信你长大后能钟情于中华民族，始终不渝地爱自己的民族，爱自己的国家。"

这一年，林子钟，上四年级。卢老师作为他们的班主任，兼教国语、历史、地理。

留在子钟脑海里的另一个难以磨灭的记忆是一个初春的日子。这是卢老师来到三省学堂后的第4个星期。

春雨下了好些日子，终于放晴了。放学后，孩子们都到操场上玩起了

"过五关"。那是用瓦片在泥地上画出一个几十米见方的大格子，大方格再画出5条横道，由一方的6个人把守，作为冲锋陷阵的"关公"是拈阄抽出来的。若能连冲5关而不被拦住，便是"过五关斩六将"的英雄关云长了。

第一个拈阄冲关的是曾文宝，这一个虎头虎脑，身体壮实的孩子，在奋力冲过4道关卡之后，来到第五关，第五关这条横道比较长，是由两个孩子把守，其中一个是林子钟。

一向以来，曾文宝是不把瘦弱的林子钟放在眼里的，而偏偏在冲越这一道关时，他被林子钟揪住了。如此说来，他是前功尽弃了。守关这一方的孩子一下子欢呼了起来。这一欢呼，羞怒了曾文宝，一看林子钟还紧紧揪住自己不放，竟一拳朝着林子钟鼻梁打去。子钟捂住了自己的脸，很快的，鲜红的鼻血从他的指缝中淌了出来，曾文宝还不罢休，脚一绊又把子钟摔在地上，然后骑到他背上去：

"来，当我的赤兔马，驮着我关帝爷去过关斩将，驾！"

雨过刚晴，操场地面上十分潮湿，子钟手脚撑地，在那里拼命挣扎，他浑身上下沾满了红泥浆，一直不能挣脱曾文宝揪住他后衣领的那一只手。围观的孩子愣在那里，这个曾文宝平日里谁也惹不起，这时候更不敢有人上前劝架。

终于，卢老师匆匆从二楼办公厅赶了过来，她提着教鞭走近曾文宝，厉声喝道：

"曾文宝，把子钟放开！"

曾文宝抬起脑瓜，睥睨了卢老师一眼，仍然双脚夹紧林子钟的腰背，一手抓着一截小木棍抽打着子钟的屁股，他根本不把这位年轻女老师当一回事。

"驾，驾！快跑！"

卢老师怒气冲冲地举起教鞭，照着曾文宝那圆滚滚的屁股打了下去。曾文宝这才摸着被打痛的屁股，放开了林子钟。突然间，他像一头抵角的牛犊似的扑向卢老师，用那双沾满红泥巴的手抓住了卢老师雪白的旗袍，胡搅蛮缠起来。那旗袍的前襟下摆被弄脏了，卢老师一手抓住曾文宝的手臂，又一教鞭落了下去，斗红眼的曾文宝这才被镇住了。他没想到这位说话像唱歌般温柔悦耳的外来老师敢动手打他，更没想到她的手劲竟那么大！

卢老师扶起林子钟，拉着他的手，上了二楼办公厅。她给子钟打来一盆水，用自己那条白色的毛巾擦洗着林子钟脸上、手上的血迹泥污。然后，她坐到椅子上，把林子钟拉到自己眼前，将那双还散发着香皂芬芳的手搭在他肩上。她开口了，她讲出了一席让林子钟终生难忘的话——在告别童年之后的漫长坎坷的人生中，在离乡背井的异国他邦的那些多灾多难的岁月里，他常常回想起这席话：

"你虽然被打倒在地，但你没有求饶，你一直在拼命抗争；你流血了，但你没有流泪，这很好……"卢老师说着，转过头去对偎在身旁的女儿说："莹莹，你要向子钟哥哥学习，要勇敢，不要轻易掉泪……"说罢她一手一个，把女儿与子钟搂到胸前。

而后，她把目光从林子钟脸上移开，望着窗外，望着很远很远的地方，喃喃着：

"若是四万万同胞都像这个孩子，中华民族还会任人宰割吗？"

天又晴了许多，一抹雨后血红的夕阳从窗口泻了进来，映红了卢老师那张年轻美丽的脸庞。

她久久地静静地坐在那里。

林子钟离她坐得那么近，他以一种童真无邪的眼神真挚地望着她。他发现，从她那双深沉的略带忧郁的眼睛里，落下了一滴眼泪，又一滴……

/ 三 /

曾文宝一家，在御桥村算是大姓大房的大户人家。曾文宝的父亲曾人虎，兄弟中居大，他下面还有人豹、人狮、人象三个弟弟，便是曾文宝的叔父了。四兄弟名字连起来是"虎豹狮象"。许多年来，这一家人在御赐桥上一跺脚，厚重的石板桥也要晃三晃。曾文宝被卢老师整治的事，一下子就在御桥村传开了。

第二天上课前，人虎带着三个兄弟阴着脸进了三省学堂办公厅，为首的曾人虎瞪圆了眼睛朝厅内扫了一眼，明知故问：

"昨天是哪一位下手打了曾文宝？"

卢老师放下手中的教案，依然坐在她的位子上，抬起眼来不亢不卑地望着曾人虎，不紧不慢地开了口：

"是我。"

顿了顿，她才又接着说：

"你应该问曾文宝，他为什么挨打。"

"不就是让林家的子钟出一点鼻血，那算什么。"

"你既然知道了，那我告诉你，文宝他触犯了校规，应当受到处罚。"

"好啊，你打狗也不问问主人是谁！"

"问过了，我知道你们曾家有钱有势，有理无理赢三分，按照你的想法，不仅子钟要任文宝欺负，就是教师校长也得让着你们，是不是？"

"是又怎么样？"

"那是你们一厢情愿的想法，可在我这里就不行。再说，我也从来不把文宝当狗看待，他是我的学生，我有职责教好他，他不应该像你们，像他祖父，蛮不讲理，横行乡里。看来你们曾家从上到下，就会欺负人。我依照校规惩罚文宝，是让他尝试一下挨打的滋味，或许他会因此改过来，不再欺侮人。"

曾人虎这一户，他爹曾瑞昌当过两任区联防主任，别说在御桥村，在周围的三乡五里，也是惹不起的人物。昨天夜里，曾文宝对大人们哭说起屁股挨打的事后，曾人虎感到大失脸面，今天找上学校来兴师问罪，原来他们打算往办公厅一站，让那个卢老师搬椅递茶当面道歉，将面子争回来就打道回府，没料到这位文静柔弱的女教师不仅不给他们面子，还不软不硬地教训起他们来，禁不住恼羞成怒了：

"好，到御桥村混饭吃，也不问问谁是本方土地，走着瞧，白、白骨精！"

见曾人虎出口伤人，卢老师怒不可遏，一掌砸在办公桌上，霍地站了起来，一步跨到人虎面前：

"你放尊重点，这里是三省学堂，不是你曾家大院，不许你在这里扰乱秩序！"

见到卢老师逼近前来，曾人虎不禁退了半步，冷笑着说：

"怎么，连我你也敢打吗？"

"你们再如此横行霸道，欺压民众，迟早会被百姓打倒的，时候一到，打你们不是用教鞭，而是用枪、用炮。在我们闽西，在龙岩，在永定，在上杭，像你们这样的土豪村霸，早被农会收拾了，在全中国，这样的日子也不会太远了！"

曾人虎四兄弟一下子愣在那里，他们完全没有料到这位外来的年轻女教师会如此厉害！

卢老师抬眼望去，见到走廊里以及楼下的操场上正挤着一大帮人，她撇下人虎四兄弟，向门外走去，站到骑楼上那根红砖顶梁柱旁，把齐耳的短发往后一拢，面对众人高声激昂地说：

"各位农民兄弟、劳苦大众、父老乡亲们，我们大家都是中国人，我们每个人都应该是平等的。绝不允许人欺负人、人压迫人的现象存在，不管你是做工的、务农的、当官的、经商的，不管是小姓小户还是大姓大户，不管男人在家或出洋谋生，都不允许互相欺侮压迫，尤其是在今天，在国难当头的今天，更不允许这样！

"各位同胞，各位乡亲，日本强盗发动'九一八事变'，侵占我东三省，烧杀淫掠我中华民族，我们更应举国上下，团结一致，争民主，争平等，反封建，抵抗外侮……"

操场上走廊上虽然聚集了那么多人，但秩序井然，鸦雀无声，直到卢老师讲完了话，人们才依依不舍地散开了。

卢老师低下头来，这才发现林子钟一手插在裤袋里，紧紧地偎靠在她身旁。其实，当曾人虎四兄弟气势汹汹地登上二楼的时候，林子钟心里就猜到是怎么一回事了。他也跟着上了楼，当卢老师拍案而起逼向曾人虎的时候，他便紧紧地靠到卢老师旁边，他一只手插在裤袋里，紧紧握着一把铅笔刀：只要曾人虎敢碰卢老师一下，他一定持刀向他扎去！

现在，见曾人虎四兄弟灰溜溜地下楼去了，他才松开那把捏出汗的小刀，把手伸了出来。

一切都远去了，童年岁月，学生时代，还有敬爱的卢老师，都成为昨天亲切的记忆了。

林子钟又一次深情地望了一眼那根留着他少年笔迹的红砖顶梁柱，恋恋不舍地离开了已暮色朦胧的走廊。

/ 四 /

童年的记忆永远是执着的，多少年来，卢老师的音容，并不因岁月的流逝而模糊。相反，随着年龄的增长，卢老师的形象在他的脑海里愈加清晰。在遥远的南洋，每当想起唐山，除了母亲之外，最令他思念的人便是卢老师了。他长大了，他懂事了，他知道了，在灾难深重的古老祖国，正有一群人，有一群中华民族的优秀分子在为这个民族的生存与崛起而战，国家与民族的希望正是寄托在这群人身上，而卢老师正是这样的优秀分子之一。

在菲律宾，他多少次对那里的华侨，特别是当他对自己的父亲深情地谈起卢老师时，林仁和不止一次地对儿子说："这个好人肯定是共产党，不会错的。"

1941年，当宋庆龄等人发起组织的"中华民族武装自卫会"菲律宾分会筹集侨资支援延安的时候，仁和父子将马尼拉的一爿小杂货店盘卖出去，得款全部捐了出来。林子钟对父亲说：

"卢老师说不定也到了延安，我能不能给她写封信？"

"人海茫茫，兵荒马乱，相隔万里，到哪儿找她，你要写就写吧，明天沈尔齐先生押款回唐山，托他捎上就是了。"

——这是后话了。

林子钟穿过暮色走回家时，妻子已备好了晚饭，一家人正在灯下等他回来。

"子钟，你上哪儿去了，不见天晚了？"母亲问。

"到三省学堂去了，你还记得卢老师吗？"

"怎么会忘记呢，好人呐。你去南洋的那一年冬天，她就离开了三省学堂，也不知道她现在在哪里。"

晚饭后，一家人又谈起了卢老师。

……那一天黄昏，卢老师在办公厅里为子钟洗去身上的血迹泥污后，又拉着他的手把他送回家里，当母亲开口数落儿子时，卢老师说：

"子钟没有错，他是对的。"

"这个世道是个不讲理的世道，你知道，我们林家是小姓小户，子钟他爸又不在家，我们能不处处低着头让人三分地过日子吗？"母亲说着，看着子钟鼻孔里又渗出血水，禁不住泪水涌了出来。

见这位番客婶、这位善良的母亲因屈辱而哭泣，卢老师沉默了。她能说些什么呢？她想起了远在闽西永定的母亲，此刻是否也在红土坡上那座土楼里滴泪？那一年，白色恐怖重新笼罩闽西大地，参加农会的父亲惨遭还乡团杀害后，她只身一人投靠厦门的堂亲。

不久，她以优异的成绩考进了陈嘉庚先生兴办的集美学校，由于品学兼优，她一直享受着甲等助学金，临毕业那一年，她在生活的道路上遇上了一个人叫曾思远，后来，他成了她的丈夫。

那时候，陈嘉庚先生还兴办了集美侨校，专门招收来自海外的年轻学子。曾思远出生于马尼拉，他告诉过她，他的祖籍地就在泉州南门外的御桥村。他的父亲将他送到集美侨校念商业专科，指望他学成之后返回马尼拉继承父业，他的父亲在那里经营着一个很大的木材商行。正当他毕业将要回马尼拉的时候，"九一八事变"发生了，他退掉了船票，与众多青年走上街头，参加示威游行，他很快就成了厦门青年抗战组织的中坚。不久后，他参加了地下党，他参与领导过厦门岛的抢米风暴，也参加过当年陶铸领导的厦门劫狱，就在那场劫狱战斗中，他被捕了，随后被押往江西上饶监禁，后来病死牢中……

得知丈夫的死讯时，她也已是地下党员了，那时，她正在同安、南安等地小学任教。她陷入了巨大的伤悲之中。后来，在组织上的帮助下，她辗转来到晋江侨乡，来到丈夫的祖籍地御桥村，她想在这里寻找到丈夫的先辈们的踪迹。尽管结果令她大失所望——丈夫的整个家族早已在他的太祖父那辈人就南渡去了菲律宾，现在的御桥村已经没有他们的近亲了，但是，在这里，她仍然感到一种莫名的慰藉，一种莫名的亲切——这里毕竟是丈夫的"根"之所在！然而，这片土地不也和她的闽西故乡一样，到处都存在着人欺侮人的现象？这种状况何时是个头啊？

看着坐在一旁默默无言的卢老师，秀娥揩去泪水，又开口了：

"我们这样的人家，地无一垅，田无一丘，只好世世代代出洋谋生，男人在外，我们总要忍气吞声过日。子钟这孩子，从小就受屈啊，他还没过自己的第一个生日，就被土匪绑票了……那一天，见子钟在摇篮里睡着了，我便下屋后普沟河洗衣裳去了，洗完衣服回来一看，摇篮空了！青天白日的，孩子又不会走路，能上哪里去？我一下心慌起来，再仔细一看，摇篮里一把匕首下压着一张字条：'大洋三百圆，备齐了，用木炭在大门上画个圆，我们随时交人，不许声张，否则交尸！'我吓出一身冷汗，300大洋，是个大数目啊！可救人如救火，土匪是杀人不眨眼的，我能卖的都卖了，又上娘家筹足了这笔款，又花100大洋托曾人虎出面摆平这桩事，共是400大洋，总算把子钟赎了回来。几天时间，孩子受惊受饿，只剩下皮包骨，但好歹活了下来，我们虽也知道曾人虎兄弟与绑架子钟的土匪是一条道上的人，可这个冤上哪里申？没办法，御桥村住不下去了，我们只好避到溜滨村娘家去了，一避几年……"

朱秀娥说着，眼泪又扑簌簌地落了下来。卢老师最见不得人家流泪，一时间眼窝也红了，只有子钟不哭也不吱声，他拿过来一条毛巾，帮母亲揩去了腮帮的泪：

"妈妈，别哭，哭是没用的，卢老师，你说是吗？"

卢老师点了点头，她是从心底里喜欢这个文静瘦弱却倔强得宁可流血也不流泪的孩子：

"我们整个国家、整个民族都沉浸在灾难深重的大海里，你们一家人的灾难其实只是这个灾难深重的大海里的一滴。除了土匪，除了曾人虎这样的土霸，更有众多的贪官污吏。这个社会太不公平、太不合理了，这个社会充满了罪恶，这个社会不整个儿改变，我们随时都要受灾受难的，能领导中华民族彻底改变这个社会的，只有中国共产党。"

卢老师动情地说着，她眼窝里的泪水已经隐去，脸上泛着红晕。

"卢老师，我知道你是好人，这些话也说得在理，但是你得多提防着点儿，一个人单身在外的，又是个女人。"朱秀娥低声嘱咐。

"自从认定了这个道理之后，我就没有后悔过，也把自身的安危忘记了。如果没人去奋斗，没有人做出牺牲，这个社会能改变吗？"卢老师平静地说。

"卢老师，你是共产党吗？"林子钟突然这样问了起来。

卢老师笑笑说："你看像吗？"接着，她又对子钟说："你要永远记住这一切，你终究要长大的，你要立志于改造这个社会。"

是的，你终究要长大的，你也终究没有忘记过从褴褛里就开始的种种屈辱，你也终究没忘记过要立志改变这个社会——从童年开始，你就过多地遭受了这个社会的欺凌与压迫，你完全有可能被同化或被驯化于这个社会，变成一个极端自私甚至残酷无情甚或是逆来顺受的人。然而，你没有！你是幸运的。在小学生时代，曾经有过让你毕生珍惜的两个年头，这两年里，你认识了一个难容于当时那个社会的人，并从她身上发现了一种不可抗拒的人格力量——自从你在卢老师身上发现了这种力量之后，无论你在唐山，在南洋，它伴随了你一生一世。它激励着你永远作为一个"人"；一个中国人活着，如果不是小学毕业后的那一次生活道路的转折，你去了南洋，你或许也会走上卢老师那一条路的。

那一年冬天，一个严寒的夜晚，卢老师轻轻地敲开了朱秀娥的家门，把一个捆得很结实的纸包交给她：

"泉州城里的侦缉队就要来学校搜查了，这些东西就放在你这里，小心保管好。"

"你放心好了，有我们母子在，这东西就丢不了。"朱秀娥说。

子钟从母亲手里抓过那个纸包："卢老师，这是什么？"

"不瞒你们，这是上级刚发下来的标语，要赶在元旦前贴出去，过两天就是元旦了。"

林子钟想了想说："卢老师，妈，这些东西由我来保管了。"

"你？"母亲不放心地望着他。

卢老师深思了一会儿说："好，就由你保管，相信你能保管好它们的。"说罢，她匆匆地走了。

那一个夜晚，侦缉队没有来。而第二天早上，村民们发现，在御桥村通往邻村柴塔的老街上，到处张贴着"团结抗日，反对内战"的标语！

这一天是星期天，卢老师得知这个情况后，大吃一惊，她急忙走到林子钟家里。

已近晌午了，林子钟还睡在床上，卢老师走了过去："告诉我，子钟，这是怎么回事？"

他想坐起来，但却头晕得厉害，又一头栽了下去："卢老师，是我贴出去的。"

他是深夜里穿着单衣赤脚翻过院墙把标语贴光的。他自己睡一个房间，连妈妈也没发现，他把母亲那桶裱鞋帮的糨糊用光了！

"子钟，我不忍批评你，但你要学会保护自己，万一被歹人撞见了，怎么办？"卢老师说。

"就是被抓住了，就是被砍下头来，我也不说，不说出卢老师来，绝不……"

卢老师心里一热，一步跨上前去，把浑身滚烫的子钟拥在怀里——她知道，她的这个学生说出来的每个字都是真诚的！

"卢老师，让我跟着你吧，把这个旧社会砸烂！"

"你还小，等你长大了再说吧。啊，不不，等你长大了，中国已经解放了。那时候，你们是要建设一个新中国的。你看，一年又过去了，明天就是元旦了，又是新的一年了，我们又向新时代迈进了一步……"

他把整张脸埋在卢老师怀里，感受着她身上的像母亲那种特有的温馨，他听到了她胸膛里那一颗炽热的心脏跳动的声音，他情不自禁地张开了瘦弱的双臂，紧紧地搂着卢老师。之后，他哭了，奔突而出的泪水把卢老师的衣襟打湿了……

这是他少年时代最后一次流泪——从今往后，他长大了！

两年之后，林子钟读完了小学，毕业的时候，父亲林仁和从南洋捎来了信，要林子钟到南洋去帮手。在他随着舅父朱永明下南洋的前一天，他来到学校向卢老师道别，卢老师沉思着说：

"其实，你更应当去延安，中华民族的希望在延安。如果要出国，还是到欧洲去，自从巴黎公社以来，那里一直是新思想的发源地，现代中国许多优秀人物都在那里旅居过，既然你父亲要你去南洋帮手，你就去吧，无论到了哪里，你都不要忘记自己是中国人……"

"我会记得的，会的……"

学校已经放假，只有老校工还留在楼下。莹莹自个儿坐在一旁画画，偌大的二楼校舍里只有他们三个人，他们谈了许多，而后就静静地坐在那里，望着初秋的夕阳渐渐西沉……

林子钟抬起头来，望着卢老师说："卢老师，明天就要去南洋了，不知道什么时候才能再回来，我想在这里留下一个纪念。"

他向卢老师要来一截铅笔，在走廊的顶梁柱上，留下了那行字……

第二天，他在溜石湾古渡口登上了南去的双桅船……

第四章　新婚之夜

/ 一 /

转眼间，林仁和、林子钟父子回到唐山半个多月了，是应该择个吉日为林子钟、杨月珍补办喜事了。杨月珍是举行过"抱公鸡寄房"婚礼了，按照本地风俗，迟到的番客新郎官，回来后，还要重新举行婚礼，热闹一番的。朱秀娥一直没有勇气去择这个吉日：丈夫一去24年，儿子一别8年，这个吉日一择下来，子钟的婚礼过后，丈夫、儿子又要去南洋了，这一去又会是个8年？24年？或者是……

然而，这个吉日是一定要择下来的。这一天大清早，朱秀娥只喝了几杯清茶就上5里路外的庆莲寺来了，她虔诚地在寺内各尊佛祖前烧香磕头，终于求得初九吉日——5天之后。

临近吉日的两三天里，天气竟放晴了。本是晚春，正当春雨下个没完没了的季节，是闽南侨乡称为"四十九日乌"的梅雨季节，这样的雨是要下到杨梅泛红的时候的，乌云雨幕是要笼罩大地49天或更长时间的。而这几天不仅雨停了，甚至失踪多时的太阳也露面了。

初九这一天，各地的亲戚朋友该来的都来了，林家小院又为子钟的婚礼热闹了一番。这一次，最高兴的要算杨月珍了，她不必再抱着公鸡拜天地了，一个实实在在的丈夫已经和她共同渡过了十几个夜晚，一夜夫妻百年恩情，她今后的命运便和林子钟不可分割地连结在一起。她因幸福而流泪，不像上一次，她是为抱公鸡进洞房委屈而哭泣。

夜深时，最后一拨闹洞房的后生们离去了，这一拨后生家是子钟的小学同窗，分别8年后，都长大成人了，他们闹起洞房那个劲，简直翻江倒海、翻天覆地。

他们终于离去了，夜也沉寂了下来，一阵阵风过，阴沉沉的乌云很快又把侨乡重重地笼罩了，接着，歇了几天的春雨又无边无际地落了下来，林家小院融入了伸手不见五指的夜色中。

操劳多天的林仁和一家，都已进入了睡乡。

朦胧中，忽然从院子里传来一声沉闷的扑通声，又一声……

朱秀娥一听不对劲，霍地坐了起来，揉揉发涩的眼睛，推醒了一旁的林仁和。

脚步声！是有人闯进天井来了，不是一个，而是一伙。门是关紧了上闩了，这伙人显然是翻墙而入！

来者不善！

新房里，林子钟和杨月珍也惊醒了，她紧紧偎靠在丈夫身旁，搂着他，浑身哆嗦。

几乎同时，朱秀娥和林子钟的两间睡房都被撞开了。林子钟顾不得披上衣裳就从床上跳了下来，洞房的烛光里，两个脸上涂了锅灰的黑衣人提枪逼了过来，房门口那边也守着两个人。

"你们是……"林子钟厉声问。

不等子钟说完，黑衣人的枪已顶住了他的腮帮：

"不许声张，'货色'都在哪里？"

"要钱没有，要命一条！"林子钟脸不变色、心不跳地说。

"好，是条汉子，那我们自己动手了。兄弟们，上！"

两个匪徒提着张开大口的麻袋，把子钟房间里大箱小箱里的细软衣物全部扫了进去。有子钟从南洋带回来的行李，还有今天杨月珍家挑过来的嫁妆，子钟手腕上的那块表也被扯去了。一个匪徒走到床前，嘶一声拉下红帐帘，掀开棉被，只穿着内裤肚兜的杨月珍偎缩在床后，那匪徒一脚跨上床去，揪下了她胸前的项链。该拿的都拿了，几个装满"货色"结了口的圆滚滚的大麻袋都被送了出去。那个揪下杨月珍项链的匪徒又返回房里，用淫荡猥琐的眼神贪婪地望着在那里瑟瑟发抖的杨月珍，好一会儿，才回头对用枪顶着林子钟的那个匪徒说："大哥，你看那膀子、那大腿，从来没见过那么白、那么嫩、那么肥的，我受不了啦，大哥我上了？"

他狞笑着跨到床前,猛醒过神来的杨月珍拔下发髻,用银簪顶着自己的喉管,此刻,她反而镇定很多了:"你们要过来,我就死在这床上!"

一股鲜血顺着银簪淌了下来……

几乎是在同时,林子钟猛地推开顶在腮帮的枪口,怒吼着扑上前去:"畜牲!"

然而,他立刻就被反扭双手按倒在地上。

这个时候,屋后响起了一串串猛烈的枪声,匪徒们慌了手脚,打开大门,逃离了林家小院。

/ 二 /

卢老师,你在哪里?你说过,我的灾难,我们一家的灾难,仅是深重的民族灾难大海里的一滴,这个社会不整个儿改变,个人的灾难永远不能消除,老天爷,这样的苦痛何时是个头?

连天的阴雨,又把泉州南门外的侨乡笼罩了。

林子钟坐在厅堂前屋檐下的矮凳上,双手屈在胸前顶在膝盖上支着下颚,紧锁双眉,默默地望着屋檐上落下的雨滴。现在,他们已经家徒四壁了,父子俩多年来在南洋苦挣打拼,勒着裤腰带攒下的那一点钱,还有杨月珍的嫁妆,都在一夜之间失去了。那一个晚上,朱秀娥的房间也被洗劫一空。父子俩的"南洋大字"(菲律宾护照)也被抢走了。番客断了南洋路,往往是上天无路,入地无门了。

见到丈夫久久地沉默着,杨月珍走了过去:

"子钟,你就不要发愁了吧,别愁坏了身子。"

林子钟说:"我不是愁,是恨,恨!"

"总得把心放宽才好。"杨月珍也不知道怎么才能安慰他。

她喉管上被银簪扎下的伤口还结着痂,那个晚上的"枪声"救了她的命,也救了他们一家——那实在不是枪声,那是林子钟儿时的伙伴闹完洞房离去时,又找来两个空铁桶,放到屋外洞房窗下的屋檐底,铁桶里各点燃了一炷香，香尾部连接着一长串爆竹的引信。侨乡风俗，在新婚蜜月里，是可以随时闹洞房的，也允许闹出各种恶作剧，这个恶作剧无意中救了林子钟一家。当土匪洗劫完财物，即将对杨月珍施暴时，香炷燃到尽头，引发了爆竹，那一伙土匪以为是枪声，慌忙逃离林家小院，遁入夜色落荒而去。

见到林子钟还一直闷坐在那里，杨月珍怕他憋坏了身子，便偎在他身旁坐了下来，动情地说：

"子钟，天无绝人之路，去不了南洋，当不了番客，你就是当了乞丐，我提着茄自袋[1]也跟着你！"

注释：

[1]茄自袋：用生长在海边滩涂上的一种草编织的袋子，旧时乞丐叫花子多备有这种袋子。

第二卷

异乡

用我们的肉体与灵魂，
去感受这处被漂泊于异乡的晋江人视为摇篮血迹的热土——
这处他们带着母亲身上的热血降生的土地，
是如何地让他们生死不忘、梦萦魂牵。

——题记

第一章　海难

/ 引子 /

遥远的南洋！
南洋是多么遥远！
南洋有多么遥远？

哦，你太年轻了，你年轻到以为世界只是这么一个泥丸；以为从厦门到马尼拉，只是波音737飞机一个半小时的那么一段距离。你可知道，在20世纪的40年代，世界是何等之大——从厦门港出发，机帆船抵达马尼拉港，竟是半个月的旅程。

/ 一、孤单的双桅船 /

（一）

一艘崭新的双桅船依依不舍地离开码头驶出了鹭江口之后，便调转船头，一直朝南而去。这是一艘从中国厦门港开往菲律宾国马尼拉港的机帆船。在20世纪40年代，闽南一带那些离乡背井、抛妻别母的番客们，多是乘坐这样的船漂向南洋的。

其时正是晚春4月，海面上一直刮着不紧不慢的北风，顺风的船涨满了帆，在茫茫无边的海面上行驶了8个昼夜后，穿过南中国海，进入热带东南亚水区——这里便是南洋海域了!

在唐山,在故乡晋江下游的土地上,人们此时还未脱去棉袄,而在四季如夏的南洋,现在却是一年中最炎热的时候。久居南洋的番客都知道:这里4月的海,向来是多风浪、多暴雨的季节,向来多是台风裹着暴雨肆虐的季节。而在1946年,尽管4月已过去了十几个日夜,而整个南洋海域依旧是出奇地平静,微微的偏北风,从船后徐徐而来,把帆船轻轻向前推去。

4月的南洋海应当是风急浪高的,怎么它如今变得文静缄默了呢?无际的海犹如一面无边的大镜,镜面是湛蓝的,湛蓝的水面上是一只只悠闲飞翔着的雪白的海鸥或漆黑的海燕,湛蓝的镜面下是深沉莫测的海。海是那样的温柔,甚至连笼罩着双桅杆的阳光也是那样温柔。深沉的海是否正在孕育着惊天动地的风暴?

这是一片让人看不到真面目的海,这是一片充满着阴谋的海。

这是一片戴着假面具的海——它平静得让航海人毛骨悚然!

(二)

双桅船犁开湛蓝的水面,奋力向前驶去。终于,在一无所有的海平线上,星星点点的小岛映入了航海人的眼帘——那是东沙群岛!过了东沙群岛故乡愈远,南洋愈近了。

又是一个黑夜过去了,已是第11天了,再有三天的航程,机帆船便可进入马尼拉湾!但愿神秘莫测的大海把假面具戴到第15天!

又是一个白天过去,如血的夕阳正沉向西天的水面。船舱里已点上了昏黄的油灯,这里面拥挤着72位唐山客。他们清一色男性,都是从晋江而来,取道厦门前往南洋的林仁和父子,就在这条船上。

离马尼拉越近,离唐山故土就越远了,亲人远去了,故乡远去了,唐山远去了……哦,炊烟缭绕的溜石湾,哦,默默无言的溜石塔,只能从梦中去追寻了。

（三）

多日来单调无味的海上生活，使一个个远航者在夜幕降临时就进入了梦乡。

儿子已经睡去，而林仁和却依然盘着腿坐在他身旁，上了一点年纪的人，多是难以入眠的，他正低着头，一口接一口地吸着烟。

船舱里犹如一个大蒸笼，这蒸笼里散发着汗馊味、烟呛味、脚臭味，这些气味混合成一种莫名其妙的酸腐味弥漫在船舱里。

半夜后，船舱里更加闷热了，睡去的人和醒着的人都大汗淋漓。靠在舱壁上打盹儿的林仁和，额头上挂满了汗珠，汗珠汇成细流，漫过额上的皱纹爬进了眼窝。咸涩的汗水蜇痛了双眼，睡意被驱散了，他伸手抹去眼窝里的汗水，终于感觉到船速已慢了下来。

——莫不是北风止了！

（四）

他走出船舱，来到甲板上。

已经过了子夜，满轮的月亮偏向西方，大海更加平静了，只有孤独无伴的机帆船喘息着，在黑夜中行进——林仁和朝船后望去，哦，北斗星悬挂的夜空下，那是遥远的唐山……

北风真是止了！海更静了，而林仁和的心却揪紧了——他是在千岛之国的菲律宾生活了几十个春秋的人了，他能理解连续刮了十几天北风突然静止下来意味着什么：风向就要转了！连续刮了十几天的北风，被前面一堵无形的墙挡住了，聚集在那里，马上就要回过头扑过来了——在4月的南洋海域，这样的骤然转向的回头风常常要给远航者带来灭顶之灾——那叫台风。

（五）

久违的南风终于扑面而来，向着双桅船献起了殷勤，平静的海面上排排涌来的细浪，争先恐后地亲吻着船身，然后又沿着船的两舷向后退去。

于是，被亲吻着的双桅船开始飘飘然起来了。

由于刮起了顶头风，船速更慢了——船在迷恋着海的亲吻。

望着神秘莫测的水面，仁和心里清楚：大海就要躁动了！

而遥远的马尼拉港，还有两天两夜的航程。

但愿双桅船能平安走过这两天两夜的航程。

但求唐山的祖宗在天之灵庇护。

但求唐山的菩萨保佑。

月亮完全融入了大海，黎明前的海是这样的黑暗！

波浪开始涌动了，涌向船头的浪头不再是含情脉脉的吻了！

晨曦中的大海慢慢地升起了一轮红日。林仁和发现，这是一轮裹着水晕的朝阳——这样一轮裹着水晕的红日出现在4月的南洋海域，那是预兆着这个海正在孕育着一场暴风雨！

天亮了，大海苏醒了……

风向变了！

菩萨保佑！

/ 二、唐山番客婶 /

（一）

御桥村笼罩在苍茫的暮色中。

清明节刚过去不久，可怕的倒春寒来了，正如闽南方言所说："清明谷雨，冻死虎母。"连虎母都会冻死！尤其是刮着北风的日子。多少时日了，一直刮着的是偏北风，奇寒凛冽的风从遥远的北方呼号而来，涌向御桥村，涌向朱秀娥那座孤零零的红砖小院。人们都说南风是圆钝的，而北风是尖利的，所以北风是无孔不入的。一阵接着一阵的北风从窗缝里，从天井里灌进这座小院来。尽管门窗都是紧闭的，而厅堂上那盏黄豆油灯火还是被风吹得摇摇晃晃。真是个冻死虎母的严寒季节哟！

（二）

自从在溜石湾渡口送走仁和、子钟父子俩后，朱秀娥、杨月珍婆媳俩就一直日夜在厅堂里的神龛前供点着香炷烛火。

佛法无边的观音菩萨，只有您能保佑在海上航行的亲人平安抵达南洋了，大慈大悲的观音菩萨，从仁和、子钟离开溜石湾下南洋的那一天起，我们婆媳俩就一直吃素，要等到他们传来平安到达马尼拉的消息。

北风还在刮着。

但愿北风一直刮下去——但愿北风能刮上十五六天——仁和说的：去南洋的船，刮北风是顺风船，顺风船半个月就能抵达马尼拉港！

（三）

第13个夜晚将要过去的时候，朦胧中朱秀娥突然听不到窗外呼呼的北风了。

北风止了！

而在天亮的时候，竟然刮起了南风！阴霾多日的天空放晴了。由于害怕寒冷，隐匿多时的太阳终于露面了——那是挂在溜石湾海面上的一轮热烘烘的春日。阳光下，塔山坡上株株含苞的桃花都在暖洋洋的和煦的南风中盛开了！

而朱秀娥、杨月珍婆媳俩的心却骤然冷了下来！

啊！天爷，天爷，莫刮南风，莫刮南风，再刮两天北风吧——再刮两天北风，仁和、子钟父子俩的船就靠在马尼拉码头了！

南风是越刮越紧了，朱秀娥婆媳俩的心也悬得越高了！

啊，菩萨菩萨，可怜可怜我们婆媳吧，保佑仁和父子俩海上平安！

从北风静止的那一个早晨开始，朱秀娥、杨月珍婆媳朝夕在观音佛龛前跪拜叩头的次数已从 24 下增加到 48 下。多少时日了，婆媳俩的额头上一直瘀着黑青印，那是叩头留下的！

而西南风还在刮着，且愈刮愈烈了！

在第 14 个傍晚，竟有一股穿堂而来的南风将神龛前的红烛吹灭了！

当朱秀娥用颤抖的双手将红烛重新点着以后，回过头来，她发现站在身后的杨月珍竟呜呜咽咽地哭了起来。朱秀娥紧紧拉起她的手：

"闺女，莫哭莫哭，没事的。我们一生未做亏心事，善有善报，吃饭去吧。"朱秀娥极力想让自己镇定下来，但她发觉自己的手在发抖，声音也在发抖。

婆媳俩坐到饭桌旁，杨月珍舀了一碗地瓜粥送到婆婆面前："妈，吃吧。"

"月珍，你也吃吧！"婆婆说。

婆媳俩互相嘱咐着，就着咸豆豉，把地瓜粥一口一口扒了下去。

一只晚归的乌鸦飞过红砖小院时，朝天井里丢下一串刺耳的呱呱声……

"啊，是乌鸦！"朱秀娥脱口而出，心头咯噔一震，手中小半碗稀粥竟倾倒在桌面上。

/ 三、大海撕去了"假面具" /

（一）

太阳仿佛裹上了厚厚的一层蓬松的棉纱，海面上便逐渐混沌起来，裹在太阳外面的棉纱愈来愈厚了，终于，混沌的大海与混沌的穹庐拥在一起，成了一片混沌的世界！在这片混沌苍茫的海天之间，孤零零的双桅船朝着前方驶去——再有两天一夜的时间，双桅船将靠上马尼拉港。

老天爷，再给这孤单的帆船 36 个小时吧！

（二）

然而，风还是来了！风推着波浪从遥远的天际奔涌而来，一排排的浪头撞碎在船头上……而又一排排的浪头紧跟而来，在船头上又撞碎了……

于是，海被激怒了，浪峰愈发高了，浪势愈发猛了。起先浪头只是撞在船头上，逐渐地，浪峰高过了船头，扑到船板上来了！接着，船身底下的大海也涌动起来了，波峰托起了船身，仿佛要将它抛上空中，于是，船舱里乘客的心也随之提到嗓子眼儿上来了。然而，很快地，船身又随着浪谷沉落下去，以至于水面上只能看到船桅杆了，乘客们的心也随之堕了下去，堕到不见底的深渊之下。

尽管在风向逆转之时，船帆已经降落，甲板上只剩下光溜溜的主桅杆与副桅杆。而船身却愈来愈颠簸得厉害，尽管马达已是竭尽全力在吼叫，但相对怒号的大海，那只是一种无力的呻吟，船体只能是进三步退二步，仿佛只在原地起落。船舱里几乎所有的人都呕吐了，地板上一片狼藉，令人恶心的气味充塞着船舱的每一个角落，酸馊的是肠胃里翻腾出来的未被消化的食物，腥臭的是呕吐出来的胆汁……

没有雨，只有干风，这样的干风一直刮到下午。仁和心里清楚：夹着暴雨的飓风并不可怕，最可怕的是不带雨的干飓风。生长在闽南海边的人都知道什么叫"一斗风三斗雨"，这是说一斗不带雨的干风将带来三斗暴雨，这是说，只有雨才能降住风，而降住一斗风需要三斗雨。

至于一斗风是多大？一斗雨是多少？也只有闽南沿海人才说得清楚。

（三）

船在原地起落。

船在原地打转。

船上的食物、淡水愈来愈少了，而风却愈来愈大！

仁和与子钟也早已把胃里的一切呕尽了。仁和从褡裢里掏出一节面包来——这是两天前船靠香港码头时他上岸买来的，他一掰两半，大的一块递给子钟，他无论如何要子钟吃下它，他自己也咬嚼起来。他有一种预感：在劫难逃了！要紧的是无论如何要往胃里多填一点食物——这就多了一份抗击劫难的能量……

（四）

船在激烈地摇晃着。人们畏缩在一块儿——堆在一起的活人似乎能够相互壮胆稀释恐怖的气氛。

船摇晃得非常厉害。船舱里的人像荡秋千一样，一下子荡到右边，一下子又荡到左边，这样子，船身就更加摇晃得厉害了！

这时，一直守在舵房里的船长走进了船舱，他提醒大家不要挤在一起，而要分成两边，他要大家各自紧紧抓住船舱的两边内壁，这样有助于船的平衡。

风还在加大，浪还在加剧。

船舱外是咆哮的风浪，船舱内是死寂的恐怖。

打雷了！

突然间，船舱上面像有千万只空油桶在滚动，一会儿，这种沉闷的响声又变成了震耳欲聋的霹雳声——那是闪电在划破苍天大海！在这种令人毛骨悚然的交响中，忽有一声"咔嚓"巨响传入船舱，一件庞然大物砸落在船舱上头，船身激烈地震动了一下——那是主桅杆被风拦腰折断了！那截沉重的桅杆从半空中掉落下来，使船舷裂了一道缝！

（五）

终于，雨来了！

那不是由一条条雨丝组成的一场雨，那雨之大，你可以想象是无边的巨大的水块从空中连绵不绝地倾砸下来！

精疲力尽的船在徒劳地挣扎着。

一方面是漫无边际翻滚暴怒的海，一方面是孤单无助断桅漏水的船。

船与海就这样对峙着。

生与死就这样对峙着。

哦，天爷，你发发慈悲，留给这伤痕累累的船一条生路吧，你可怜可怜这些从溜石湾古渡口漂泊出洋的番客吧，可怜可怜他们在唐山的亲人，尤其可怜那些苦守空房的番客姆吧！

……几个世纪以来，自从有了晋江番客闯荡南洋的历史，便开始有了晋江番客葬身大海的悲剧！啊，有谁估算过：在这段漫长的岁月里，从溜石湾到菲律宾，从故乡到异乡，这片辽阔的海域里，这深不可测的大海底到底沉积了多少晋江番客的白骨？

（六）

这时，从裂缝的船舷外灌进来的，分不清是海水还是雨水。

船舱里的水漫过了脚板。

雨还在落，浪还在涌。

船舱里的水漫过了膝盖。

而雨依然在泻，而浪依然在滚。

……

/ 四、沉船之后 /

（一）

1946年4月19日厦门《江声报》载：

　　本报讯：记者从厦门侨务局局长江阿醒先生处获悉：一九四六年四月十六日，从厦门港开往马尼拉的机帆客船"安平号"，在经过东沙群岛海域后，因遭遇十二级热带台风袭击沉没，十一名船务人员及七十二名番客共八十三人全部遇难。这七十二名番客均来自晋江县，他们都是旅居菲律宾的番客，"二次大战"结束回乡省亲后欲返马尼拉……

几天之后的一个中午，朱永明那个在厦门邮政局谋生的远房堂兄朱志远把这一天的《江声报》带回溜滨村，交给林仁玉。那时候，林仁玉正与婆婆吃着午饭，朱志远指给她看到了报纸上这则新闻，她忽地推开饭碗，一把抓过报纸，慌慌张张而又仔仔细细地读了两遍，接着她又担心自己眼花看错了——自从办了永明的"白事"之后，前后不到三个月的时间，她完全变成了一个半老妪。她不仅头发花白了，耳也开始发背，本来能够穿针引线的那双眼睛，如今竟视物模糊了。她从房间里取来老花镜，又从头到尾细读了三遍，最后，她断定了：仁和父子乘的就是这趟船！

她是一个痴情的女人，她曾经刻骨铭心地爱过一个男人，这就是她的丈夫朱永明。后来朱永明被日本人枪杀了，许多人，包括她自己都不敢指望能承受得了那场丧夫的剧痛。然而，她毕竟承受下来了，她终于又活了下来。像她这样的女人，既然已经承受过那样的劫难，那么，人世间任何其他的灾难对她来讲都显得淡薄了。

那一个晚上，她彻夜不眠，她在思忖着如何将这噩耗告诉朱秀娥：是开门见山地和盘托出或是"化整为零"留有余地地暗示？她深感为难了，她不知如何是好——朱秀娥面对的可是丧夫失子的双重灾难啊！

（二）

第二天，她早早起来梳洗过了，张罗着让又聋又瞎的婆婆吃过早饭，然后到隔壁将朱志远的女人招呼了过来，把婆婆托付给她——她要回娘家把那件事告诉朱秀娥，说不定还要伴着兄嫂住上几天。

响午的时候，林仁玉回到了御桥村。

娘家小院里，只有朱秀娥一个人在，杨月珍上屋后普沟河洗衣裳去了。

在房里坐定以后，朱秀娥给小姑仔端来一杯热茶，林仁玉喝了一口，便开门见山把话挑明了：

"阿嫂，还是那句话：是福丢不了，是祸躲不了。"

朱秀娥听罢，心猛跳着悬到了半空，她望着小姑仔，等着她把话说下去。

"听说有一艘厦门开往吕宋的机帆船途中出了事……"她不忍把事情一竿子说绝了，便"化整为零"留有余地地继续说下去，"我担心仁和兄他们会不会在这艘船上……"

朱秀娥怔怔地看着小姑仔，过了半晌才缓缓地问："好阿姑，老实告诉我，不要瞒我，你听到了什么消息？一五一十都说出来，我听着。"她在心里合算着：仁和父子走了19天了，照说是已到达马尼拉往唐山捎消息了，可她又放心不下：无风不起浪，尤其是人命关天的消息，是不能随意传扬的。

仁玉便把"安平号"沉船的事大体说了一遍，朱秀娥追问着这消息是谁说的，林仁玉不忍将《江声报》的事说出来，只轻描淡写地提了一下朱志远的名字，而后便坐在一旁细细地观察着阿嫂的神色。她发觉她的脸色霎时间里苍白了，但阿嫂毕竟"化整为零"地闯过了第一关支撑了下来。

朱秀娥轻轻地舒过来一口气，强迫自己镇定下来之后，缓缓地说：

"人命关天的生死大事，耳听为虚，眼见为实才是。"口里虽这样说，可回忆起几天前穿堂风吹灭观音龛前的红烛，以及落进天井里的那一串乌鸦凄厉的叫声，她越想越心虚，越想越后怕！

看着时辰不早，估计杨月珍就要洗完衣裳回来了，朱秀娥神色庄重地交代小姑仔："告诉志远兄弟，这件事千万别张扬出去，更不能让杨月珍听到一丝风声。你知道吗，她怀上身子了，千万不要让她伤了胎气。如果事情真是那样，仁和、子钟这祧的香火就指望着月珍的肚子了。"她顿了顿接着说："仁玉，今夜你就住下来吧，我怕夜里想着这件事睡不着觉，你陪我说说话吧，好阿姑，你知道阿嫂就怕黑夜……"

/ 五、大海息怒了 /

（一）

"安平号"与风浪搏斗了两个昼夜之后，带着满身的创伤沉没了——沉没在距马尼拉港不远的水域里——那里已是菲律宾红奚礼示海域了。

愤怒的海，在吞咽了可怜的双桅船后，也疲倦不堪了，在阳光下，它漾开了胜利者平静的微笑——或者说，它又戴上了那张和蔼可亲的"假面具"。

（二）

"安平号"上那83名遇难者都丧生了吗？

没有，还有3个幸存者，在"安平号"沉没了两天之后，他们还在海上漂浮着，其中有两个人就是林仁和、林子钟父子。

林家是在子钟新婚之夜被土匪洗劫一空的，连他们父子回菲律宾的护照也被搜了去，可是过了几天之后，土匪又把那两张护照完好无缺地送放在他们的红砖小院。有了这两张护照，林仁和、林子钟父子俩才得以顺利返回南洋。

沉船的时候，父子俩各紧紧地抓住一块烫过桐油的杉木船板，竟然没被海浪吞没，父子俩一直紧紧相随在一起。在三天两夜的漂流中，他们父子俩有幸活下来，不能不归功于林仁和从香港码头带来的那一大节面包，他们在嚼下那节面包又喝下一大碗雨水之后，船便沉没了，其他的落难者，在多日的颠簸中，呕尽了胃里的一切，在落海之后，他们再没有与风浪搏斗的气力了。而赖着沉船前咽下的那一大节面包以及喝下的那一大碗雨水，林仁和、林子钟父子竟然挺了过来。

此刻，他们就在漫无边际的大海里漂浮着。水面上，时而掠过的几声鸥鸟凄厉的叫声，更使大海显得空旷而苍凉……

太阳出来了，朝阳中的大海闪烁着万道粼光。海面上，不时飞过各色各样的水鸟，那些耐不住寂寞的飞鱼，也常常成群地冲出水面，随即又潜入水中。这是一片漫无边际的海，林仁和、林子钟就在这片海域里漂浮着。

（三）

4月的热带海洋，水并不凉，可是饥饿！口渴！前两天咽下的那节面包，早已消化殆尽，胃肠里再没有可以消化的东西了。沉船的时候，他们父子俩的行装都丢了，只有仁和肩上背的褡裢还在。那里面有用油纸包着的一撮土，那是一撮唐山的土，那是清明节扫墓时从祖坟上取来的，朱秀娥又从林氏祠堂的香炉里抓了一把香灰拌进去。褡裢里还有两瓶水，也是从祠堂前那口井里汲来的——这都是闽南侨乡古老的习俗：出洋的人怀里揣上来自故乡的泥土与井水，那么他即便走到天涯海角也忘不了唐山的根基了。这些唐山客到达侨居地之后，便要把这些来自故乡的泥土与泉水融入当地的山水之间——这就意味着他们将自己也融入了这片土地。据说怀着这种虔诚之心的番客们从来就没有出现过在异乡异地水土不服的现象。而谁能意料到：汲自唐山的这两瓶井水，在沉船之后，竟成了仁和、子钟父子俩的活命之泉。这些水是装在长颈的玻璃瓶里的，在两天两夜的漂流中，尽管父子俩精打细算，还是把其中的一瓶喝尽了，第三天的中午，他们又喝掉了另一小半瓶。

（四）

饥饿！难忍的饥饿！肠和胃像绞干了水的毛巾紧贴在一起，前胸贴着后背。头上是如火的热带太阳，喉咙里是如火烧灼般的干渴。

活着是这样的艰难！

子钟又一次陷入了朦胧的半昏迷状态，眼前一片模糊，迷糊之中，他回到了自己的童年时代：他回到了三省学堂，那是母校的操场，下过春雨的红土操场上湿漉漉的。在这操场上他被人摔倒在地上——他记起来了，那不是曾文宝吗？曾文宝骑到了他的腰背上，他挣扎了几下，再没有力气了，就那样趴下了吗？没有力气了，就这样趴着吧……可是冥冥中走过来一个人：一个像母亲那样的女性站到了他的面前：

"子钟，你虽然被打倒了，但你不能趴下！"

"你虽然被打倒在地，但你没有求饶，你一直在抗争，你没有趴下……"

——啊，这不是卢老师吗？

卢老师，我绝不趴下！

林子钟完全清醒了，他用力张开沉重的眼皮——四周依然是漫漫无边的大海，而自己的一只抓着船板的手已经松开了，无力地垂在水中，他从水中抬起这支手臂，又抓住了船板——卢老师，我绝不趴下！我要活下去！

父亲就在身边——那是一张苍白得令人颤怵的脸，他们依偎在一起，任凭风吹着，送着，漂流着……

不远的水面上浮动着一个黑点！

近了，近了，那是一团身影，那是一个人！

他们终于认出来，这不是曾文宝吗？

（五）

曾文宝在三省小学毕业后，就到泉州城里上完了中学，之后到厦门他二叔公开的土产行里去帮手。厦门沦陷后，他就回到了御桥村，那一年春后，泉州南门外暴发了一场可怕的瘟疫，在这场瘟疫中，曾文宝一家有几十口人染病。虽倾尽家产救治，但最终都相继亡故了。曾文宝的父亲及三个叔父都死于这场瘟疫中，一时间里，曾家大院萧条冷清了下来，家道中落了。曾文宝自小被宠娇了，如今上不着天，下不着地，唯恐断了生计，更因一向以来，区公所凡"抓丁派款"一类的事，都是绕过曾家大院，不敢上门催征。如今区公所的保安队也频频上门来了，曾文宝已到了"壮丁"的年龄，区公所也就不客气地将其列为"抓丁"对象。曾文宝家早已缴不起"买丁"的款了，所以一有风吹草动，他便要逃离家乡，躲避"抓丁"。

这是最令曾文宝和他的新婚妻子胆战心惊的事了。眼看着唐山混不下去了，抗战胜利后，他那位在马尼拉经商的舅父回乡省亲时，到御桥村看望外甥来了，看到外甥一家败落下来的凄凉景象，听着外甥的哀求，他禁不住潸然泪下。这样，这位舅舅就带着外甥下了南洋，应该说，曾文宝是为了逃"壮丁"出洋的。他们乘的也是"安平号"，尽管仁和、子钟父子与曾文宝是挤在一个船舱里的同村人，但是在十几天的航途中，他们几乎是形同陌路，没有打过招呼。"安平号"沉船以后，只有3个幸存者，3个幸存者都是来自同一个村落，这不能不说是一个奇迹！

现在，在死神笼罩的大海上，3个死里逃生的同乡在漂泊了3天2夜之后，又邂逅在一起，这又是一个奇迹！

这真是冤家路窄！林家在御桥村属小户小姓，几代人受着曾文宝一家的欺侮，对此，仁和、子钟父子是不能忘怀的。可是他们现在共同面对的是恐怖的大海，是随时扑面而来的狰狞的死神，他们现在是共同漂泊在人世与地狱之间，那就只能把人世间的一切恩怨都抛到一边！

呈现在仁和、子钟父子面前的是一张死气沉沉的脸，这张脸上有一双布满血丝深凹下去的眼睛，还有燥起一层皮的双唇，那是极端缺水的症状。沉船以后，他一直滴水未沾，他那张一向露着骄横神色的脸孔，现在无可奈何地耷拉着。

"林先生，渴死我了！"他终于吃力地用沙哑的声音咕噜了一句。

"怎么，给他一点水吗？"仁和、子钟父子俩对望了一眼——褡裢里是还有大半瓶水。

不，不能给，哪怕是救一条垂死的虫也不能救这种曾经几代人欺压过他们的人！更何况，这大半瓶水就是他们父子生存的希望，每减少一滴就意味着减少一线生的希望。

父子俩就那样对望了许久许久，然后，他们各自从对方的目光里发现了一种默许，最后，这种默许便成了一种大慈大悲的宽容。

终于，父亲从儿子眼睛里看到了3个字：

"给他吧。"

于是，林仁和从胸前的褡裢里掏出了那半瓶水……

人之将死，其言亦善。曾文宝在猛喝了一大口淡水之后，顿时感到火烧火燎的喉咙冰凉了。他真想再喝一口，但终于盖上瓶塞，把剩下的水递给林仁和：

"林先生，我，我实在是活不下去了，今天见到你们，求求你们看在同村的份儿上，如果你们能活下来，请你们日后回唐山，告诉我的屋里人，把我的魂引（招）回去，别让我当无家可归的散鬼，如果我没有记错的话，今天应当是4月19日，这就是我的忌日了……"说着，他渐渐松开了胸前那块船板。

"你千万得挺住，既然我们能活到今天，还是得咬着牙活下去。"林仁和说。

"我实在是受不了这样的煎熬了，再说我的舅父也没了，即使到了南洋，我又能投靠谁？"

"你还算是条汉子吗？我们把仅存的一点淡水匀给你喝了，并不是为了让你滋润喉咙说出去死的话。"林子钟实在是从心眼儿里瞧不起他现在这个样子。

……

不远的水面上出现了一些忽沉忽浮的形影。

那是一群鲨鱼，那是一群在浅水中起伏游弋的鲨鱼，它们背脊上的鱼翅时而露出水面，时而又埋进水中。

这是一群凶残的虎鲨，那是鲨中之王。它们朝着三个奄奄一息的落难者游了过来，它们围在他们身边游了几个圈之后，竟然离开了他们！

这显然是一群撑胞了肚子的鲨鱼，几天前沉没的"安平号"，给这片海域留下了80具人尸，这无疑给鲨们送来了丰盛的一餐，这便是这群凶残的虎鲨为什么懒于向他们发起攻击的原因了。

鲨鱼群游离了他们。

他们松了一口气，心里暗暗庆幸。

可是他们马上发现了，一头硕壮的鲨鱼又回过头朝他们游来了！

它显然是对三个活人发生了兴趣。

这是一头母鲨，它这一回头，把鲨群中两头雄鲨也引了过来！三头鲨鱼形成了一个圈绕着他们浮游着。当它们的头露出水面的时候，它们的眼睛也同时露了出来——那是虎鲨那种令人不寒而栗的细小的凶残的眼睛！

林仁和、林子钟在千岛之国的菲律宾生活了多年，他们深知虎鲨是什么样的鱼——他们深知自己面临着一场致命的攻击，他们深知自己将会葬身鲨腹无疑了！

就这样闭上眼睛等待死亡？

不！

林仁和掏出那个空玻璃瓶，用手握紧瓶颈，将瓶底猛力砸向船板上的铆钉，玻璃瓶的底部破碎了，他又掏出另一个还有一点淡水的玻璃瓶递给了钟：

"喝光它！"

子钟喝尽了瓶中的水，像父亲那样把瓶底敲碎了。

现在，林仁和、林子钟手中都握着一只破了底的长颈玻璃瓶，这种原来用于装酒的玻璃瓶将近一尺高，它的瓶壁异常坚厚，现在，它成了一种比匕首更可怕的武器。破了底的玻璃瓶张牙舞爪，锋利无比，父子俩背靠背把赤手空拳的曾文宝夹护在中间。

最先发起攻击的是那头母鲨，它在游近子钟身旁的那一刹那，突然张开狰狞的大口，像离弦的箭，冲向他搂着船板的那裸露在水面上的左手臂。而在这一瞬间，子钟右手握着那只烂了底的玻璃瓶向鲨鱼头扎了过去，几乎是同一时间，林仁和以同样的方法击退了一条雄鲨鱼的进攻。

鲨鱼的血染红了水面，三头鲨，两头受伤的和一头未受伤的，逃离开去。

搏斗暂时胜利了——只是暂时——仁和知道，这鲜血的腥味将引来群鲨的围攻。

不出所料，只过了片刻工夫，远近的水面上便躁动起来了！成群的鲨鱼围了过来——这是为复仇而来的鲨群！

难以言状的恐怖笼罩着他们——他们必死无疑了……

（六）

这片海域其实距离菲律宾红奚礼示港已经不到两海里了。

这时候，在不远的海面上出现了一条小小的渔船，这条渔船来自红奚礼示海湾，船上两个人是菲律宾马来族父子。

船上的父子显然发现了这三个落难者，他们拼尽全力将船朝着落难者划了过去。

小船几乎是与成群的虎鲨同时靠近了落难者——小船抢先了一步。

三个落难者眼巴巴地望着身旁的小船——他们之中谁也没有力气攀上船沿了……而鲨群已经逼近他们了！

这时，叫比罗的年轻渔民毫不犹豫地跳进水中，把林仁和托进了船舱，而另一名叫扶西的中年人则横提船桨，随时准备击打向落水者进攻的鲨鱼。

第二个被托上船沿的是曾文宝，当他一头栽进船舱以后，便呜呜地哭啼起来。最后被托上船的是林子钟，他被托起来后，鲨鱼向着比罗发动了猛烈地攻击，渔船周围的海面被鲨群搅动着，船身激烈地摇晃起来，扶西站在摇晃的小船上尖叫着：

"比罗，当心，快！"同时挥起船桨朝着逼近比罗的鲨鱼劈打着。

把林子钟托进船舱之后，比罗双手抓住船舷，上半截身子攀上了船沿，而就在这一瞬间，他忽然撕心裂肺地惨叫了一声——随着这一声惨叫，他的半只左脚掌消失了……

第二章　椰林中的家园

/ 一 /

扶西和比罗的家在菲律宾小城红奚礼示西郊的海边。这是一个依山傍海的渔村。在海滩的深处，有一片茂密挺拔的椰林，椰林里到处可见悬空而挂的茅屋，这种茅屋是拦腰架在4棵椰树的树干上，这4棵椰树的间隔差不多刚好呈四方形。连接着椰树的作为底梁与顶梁的是上下各4根大麻竹，在下梁的麻竹之间，再横着铺上竹片，垫上茅草，作为楼板。屋顶与四周的墙壁当然也是盖上茅草的——这就是菲律宾马来族渔民的家了，当地称之为"吊楼"。这中间就有一处吊楼属于扶西、比罗父子。此时，在这处吊楼里，有3个中国人睡熟了，在他们旁边，还躺着没有入睡的比罗。他的左脚掌上缠着纱布——把林子钟托上渔船以后，他自己爬进船舱的那一瞬，他的那只来不及收回的左脚掌遭到鲨鱼的攻击，那头凶残的虎鲨张开血盆大口叼住了他的左脚掌，然后鱼头使劲一扭，上下两排牙齿便像两把锋利无比的锯刀，将他的半只脚掌连筋带骨锯去了。

他们的船是在午后靠岸回村的，一时间里，那些留在沙滩上晒鱼干的女人与老者便涌了过来，帮着扶西把受伤的比罗和三个奄奄一息的中国人背过沙滩，背上吊楼。过后，人们送来了椰子芭蕉，送来了芒果鱼干。扶西一边给比罗敷药，一边吩咐正挥着锋利的劈刀削劈椰果的二女儿罗茜：

"别把口子劈得太大了，他们饿了两三天了，不能一下子暴食暴饮，不要伤了肠胃。"

三个落难者在喝了一些椰汁，吃了一点水果之后，便昏昏沉沉地睡死了过去。

/ 二 /

终于，三个落难者都陆续醒过来了。

最先醒过来的是林子钟，他想爬起来，浑身骨头却如同散了架一般无力，挣扎了一阵才能坐起身子。望着泻进吊楼的阳光，他用当地语言问罗茜：

"这是啥时候了？"

见林子钟醒来，罗茜高兴地拍着手说："都快中午了，你们是从昨天下午睡到现在的，爸爸交代了，不让我叫醒你们，还说了，你们醒来后可以吃一点饭了。"说着，她揭开了身旁的铁锅，给子钟盛了半盘子饭，在上面搁上一大片金枪鱼肉，又舀了一碗海带汤，一齐端到林子钟面前。

这里马来族人吃饭不用刀叉匙子，更不用筷子，就用手抓着饭团吃。见到香喷喷的那半盘子饭，林子钟大团大团抓起来送进口中，罗茜忙挡住他的手说：

"爸爸要你们慢慢吃慢慢嚼，多喝汤，只能吃个半饱。"

林子钟不好意思地笑了笑，这才记起昨天扶西给比罗敷药时说过，饿了两三天了，不能一下子暴食暴饮的话来。

随后，林仁和与曾文宝也先后醒了过来，罗茜安排他们都吃过了饭。饭后，三个落难者又躺了下去，而躺在一旁的比罗，因为伤痛一夜未眠，是天亮时才睡过去的，此时正发出均匀的鼾声。

罗茜是比罗仅存的一个妹妹，罗茜本来是有一个姐姐叫芭拉的，这个姐姐在4年前的1942年被日本人杀害了，罗茜的妈妈也于两年前病故了。现在的罗茜就是这吊楼的女当家，她虽然刚满16岁，但热带少女成熟早，她已经发育得很好了。她正在收拾餐具，一会儿站起来，一会儿跪在楼板上，从她身上散发出来的那一阵阵少女特有的温馨气息，引起林子钟一阵强烈的情思。他想起了在遥远的唐山，在御桥村那座红砖小院里他的妻，她身上散发出来的气息更是无比亲切、无比芬芳！

这个时候，朝北的窗口吹进了阵阵海风，辽阔的椰林在风中沙沙作响。啊，北风，那不是从唐山吹过来的风吗？那风中不也带着一种亲切的、芬芳的气味吗？那是杨月珍身上散发出来的吗？望着绿叶掩映下的那个窗口，林子钟在思索：他想起了遥远的唐山，想起了御桥村那座他们家世代居住的红砖小院，想起新婚之夜土匪闯进家中，他们父子在南洋节衣缩食攒下来的一点财物竟被洗劫一空，那一夜，若不是来闹洞房的童年时代的伙伴，在他屋后窗下的空铁桶里放下的那一串爆竹，那将是怎样的一种结局……他又想起了在菲律宾的几年战乱之中，他们饱受日本人的欺凌蹂躏，战乱终于结束了，当他想把这满怀的屈辱向唐山的母亲倾诉的时候，没想到在唐山故土，他仍然受着欺凌——这难道是命吗？这难道就是番客的命吗？他忽然觉得：他深深爱着的那个故国对他是那样的绝情，甚至是那样的冷酷！于是，他怀疑了，那片土地是不是值得他那样刻骨铭心地爱？以至于在临别的那天晚上，他把脸久久地埋在杨月珍温柔的怀抱里，一再喃喃地说："你等着吧，我再打拼几年，把妈和你都接到南洋去，我们再不回来了……"妻说："我等着你……"

可是你真能忘却那片故土吗？如果你真能忘却，你为什么还要把取自唐山祖墓上的那抔泥土带在身上？为什么还要把汲自故乡古井的那瓶水带在身上？你突然感恩起那瓶来自故乡的水了，是它使你在海难中绝处逢生，是那个装水的空瓶使你击退了鲨鱼的攻击。故乡的水土生养了你们，故乡的山水在冥冥之中又给了你们一次生命……你真能忍心将它割舍……啊，啊，都说是故土难离——哪怕她是穷乡僻壤，哪怕她曾带给你苦难，你能将她遗忘？你忍心恨她？

哦，这才是番客心中剪不断，理还乱的情结哟……

第三章　菲律宾，亲爱的奶娘

——国父，诗人，何塞·黎刹与他的根

遥远的菲律宾！绚烂多彩、丰饶富庶的千岛之国菲律宾哟，你到底由多少岛屿组成，是7000个？是8000个？谁也说不清楚！这些大小不一的岛屿，就像撒在水面的珍珠，由北而南密密麻麻地点缀在赤道海洋上，她的每个岛屿都美丽得可以比成传说中神秘多姿的海市蜃楼。在这些岛屿上，不分四季的花果满目：夜来香、茉莉、三角梅、玫瑰、椰子、芭蕉、芒果、榴梿……一年到头不停地发芽、开花、结果。一直以来，我们习惯于把美丽的妙龄少女比成鲜花，而如果有一处国度，她的美丽足以比成鲜花般的少女，她的美在于她是一种原始的美，天然的美，一种没有也无须经过人工修饰的美，而菲律宾便是这样。

组成这个国家的岛，是由海底喷薄而出的火山灰积成的，这样的土地，只要撒上种子，就能结出果实，不必施加任何肥料。

你如果踏上这片土地，就会被这个国家的淳朴善良所震撼，这种淳朴与善良是从生于这个国度上的民族的眼神里流露出来的——你可以从他们那一双双略带一点忧郁神色的漆黑的眼睛里，发现一种真正属于人类的朴实而善良的光芒。而这种光芒之于人类，已是日趋珍稀。几个世纪以前，一些殖民者就是用这种眼神盯上菲律宾，并开始了对菲律宾的侵略——自1565年西班牙殖民者登上这片土地，在其后漫长的数百年里，菲律宾便一直作为殖民地而存在。在这片土地上生活着的原生民族与众多的华人华裔都在遭受着殖民者的蹂躏，而他们也一直在并肩战斗抗击着殖民者，从来没有停止过！并在长年的斗争中诞生了许多英雄，这样的英雄中就有后来被菲律宾人民尊为国父的著名诗人：何塞·黎刹。

现在,让我们用我们的心去吻一首诗吧——

我的诀别

何塞·黎刹 Jose Rizal

别了我崇敬的祖国——阳光抚爱的大地
东海的明珠——我们失掉的乐园
我欣然将悲哀的生命献给您
为使您更光辉、更鲜活、更甜美
——更为了您未来的荣盛呈献

在血战的沙场上,在暴烈残酷的斗争中
多少人已献出生命毫不畏惧地牺牲
不计处境如何是杉松月桂或百合
是战场监狱甚至刑场,是流血酷刑或阵亡
——为了祖国的召唤我都将勇往直前

我将死的时候看到天空刚露出的曙色
透过阴沉的黑暗宣示白日的到来
祖国啊!如若需要殷红将您的黎明染饰
请倾出我的鲜血洒向高空
为您新生的光明增添绛彩

在童稚的往昔我就曾经梦想
当精力勃沛我的青春这梦想仍至死不渝
希望能看到您啊东海明珠我的祖国
高抬起洁净的头额明亮的双眼不再含泪
那上面没有悲戚的皱纹更没有屈辱

我一生的梦想我热烈生活的向往
祖国我即将坠亡的生命向您致敬
愿我的死换得您的新生
我愿死在您的苍空下
在您迷人的土地上甜蜜长眠

如果有一天您看见我的坟头
一朵朴实的花儿迸生在茂密的丛草间
那是我的灵魂请将它放在唇上亲吻
那时在寒冷的墓里我额上将感应到
您爱抚的亲切您的温暖的气息

让月亮照我以静美而柔和的清光
让黎明喷发的朝阳向我沐浴它耀眼的辉煌
让风儿低吟它哀婉悲凉的乐曲
如有一只鸟儿栖息在我的十字架上
就让它也自由地歌唱令人安宁的小调

让炽热的阳光把雨露蒸发
我临终的呼声也随之飞上天庭
让善良的朋友为我的早逝哀伤
在寂静的夜晚如若有人为我祷告
亲爱的祖国啊！请您也为我的安息祈祷一声

祈祷吧！为一切不幸死亡的人们
为那些遭受酷刑的狱囚
为那些哀泣着的母亲
为那些无助的遗孀与孤儿
也为您祈祷吧——祈求早日还您自由

而当那幽暗的夜色笼罩整个墓场
只有那无主的孤魂在彻夜守望
请不要惊扰他们，不要打破安宁与神秘
如果您偶尔听到弦管的弹吹
那是我啊亲爱的祖国我在为您歌唱

而当我的坟冢已被世人遗忘
没有十字架或墓碑标志它的存在
就让人们挥动锄铲在上面耕种
趁着我的骨灰还未化为乌有
就让它作为泥土把你的地面铺盖

祖国我并不在意被人们不闻不问
我将四处遨游在您的天空山川与溪谷
我将把颤抖的歌声送入您的耳门
那充满芬芳光明色彩和叹息的歌声
时时刻刻在复述我所信仰的主义

我崇敬的祖国，我哀愁中的哀愁
亲爱的菲律宾请听我临别的诀辞
我把一切托付给您——我的双亲和朋友
我的去处没有奴隶压迫者刽子手
不会因信仰而杀人，上帝主宰了一切

别了父老兄弟，童年时代无猜的伴侣
别了我的破落的家园，我的异邦的朋友
感谢上苍终于让我脱离令人疲烦的岁月
感谢上苍终于让我脱离令人眷恋的万物

> 因为死亡我得到了永恒的安息
> ——一八九六年十二月三十日[1]

这是诗人留在世上的最后一首诗，一首绝命诗。

让我们以满怀的虔诚，跪拜在菲律宾马尼拉湾畔的黎刹广场上，跪拜在诗人献身的这处所在，用我们的唇，用我们的心去亲吻铭刻在黎刹纪念坛上的这首诗吧，用我们的心灵去亲吻诗人的心灵吧！然后，让我们埋下脸去，用我们的唇我们的心去亲吻诞生这首诗、这个诗人的这片土地，用我们的心灵与良知去感受这片土地去理解这个国家——菲律宾！

……多少年了，菲律宾这片美丽而富饶的土地以及原生于这里的善良淳朴的民族，张开她博大温暖的胸怀，哺育了一代一代来自唐山的晋江人以及他们的后代，何塞·黎刹的身上就带着中华民族的血统，何塞·黎刹的根脉中有一半属于唐山；属于晋江的上郭村——那是距御桥村不到15公里的一片丘陵地，何塞·黎刹的祖上是哪一年、哪一代从晋江移居菲律宾的，我们可以去询问历史。世代以来，同何塞·黎刹这样将自己的生命融入菲律宾这片土地的华人华裔是太多太多了。

1892年6月，这位菲律宾的伟大诗人发起组织了"菲律宾联盟"，联盟纲领提出实现菲律宾的统一，谴责西班牙殖民者当局的野蛮暴行。这个联盟与其纲领使殖民者当局惊慌失措。1893年，他们逮捕并流放了诗人。然而，监禁和流放并没有使何塞·黎刹屈服，而是使他更加觉醒，更加坚定而成熟了。他更以他的诗唤醒人民，鼓舞人民。1896年12月30日，西班牙殖民当局杀害了何塞·黎刹。诗人无论是在监禁流放之中，或是在临刑之时，都表现出自己崇高的人格与气节，表现出对自己祖国无限忠诚的爱。他昂起没有悲戚，没有皱纹，没有羞辱微痕的头额，关注着自己的祖国。就义前他仰面朝天，不肯卧倒，令行刑的枪手望之战栗。就义前夕，他的来自爱尔兰的未婚妻走进狱中与他举行了婚礼，这位美丽的姑娘以她忠贞的爱情使得何塞·黎刹能作为一个幸福的男人死去，诗人留下许多不朽的诗篇死去了。因了他的死，他的诗，菲律宾人民掀起了更大规模的波澜壮阔的反抗殖民者的斗争，直至最后推翻西班牙殖民当局。

何塞·黎刹以他对菲律宾至死不渝的爱；以他崇高的人格气节；以他不朽的诗篇；以他为这个国家的独立解放流尽最后一滴血的生命，赢得了菲律宾"国父"的称号，他是当之无愧的。何塞·黎刹是中菲两国共有的优秀儿子，是两国人民的共同骄傲。

晋江中部的黄土地上，有拔地而起的两座名山，一是罗裳，一是灵源。爬上雄伟绮丽的山巅，放眼东南方向，可以看到并不遥远的海，在海这一边的山麓下，在逶迤而去的丘陵地上，点缀着些许大小不一的村落，这其中有一处叫"上郭村"的，便是何塞·黎刹的祖籍地。翻开历史，回首逝去的那些遥远岁月，我们可以发现，早在郑和下西洋的那个年头，罗裳山下，灵源山下的这些村落里，便有晋江乡亲跟随那位了不起的航海家去了南洋，去了菲律宾。以后，这里便不断有人漂泊南洋，这些人中就有何塞·黎刹的祖先，他们融入了那个国家，那片土地……

几百年的岁月就这样过去了，而岁月并没有冲淡这片温馨的故土对远去南洋的游子的思念，在罗裳山下，在灵源山下，你随便走进哪一个村落，提起这些事，那里的父老都会捧出珍藏的族谱，指出那些远去南洋的族亲的名字与辈分——过去的，现在的……我就曾在上郭村的柯姓族谱中读到何塞·黎刹那出生于上郭村，后来移居菲律宾的高祖父柯南哥的记载。

——是的，故土的这种情分就如同罗裳山上、灵源山上到处生长着的那些盈抱的相思树，不管秋冬春夏，不管落叶陌芽，它的每一枚叶片都寄托了对从这里走向南洋的游子的永恒的思念……而在菲律宾，作为民族解放斗士、诗人、哲学家、医学博士的何塞·黎刹，他在死后已得到了永生，他就义的那处所在后来被命名为"黎刹广场"。广场上立着他的雕像，他身上的大氅似乎还在风中飘动，他那张沉着刚毅的脸上，一双无泪的漆黑的眼睛正年长月久地注视着自己脚下祖国的土地。

……离家的游子，是母亲身上掉出去的肉，母亲有多少儿子，她心中记得清楚。不管你去了天涯，不管你去了海角，母亲身上的脐带都牵系着你，你去得愈远，便系得愈紧；你去得愈久，便系得愈牢，哪怕是天荒地老，哪怕是海枯石烂，哪怕是漫长的岁月如刀啊，也割不断一条脐带上牵系着的千丝万缕……

在柯南哥离家400年之后，晋江母亲迎回了她的优秀儿子——柯南哥的后代；迎回了菲律宾最伟大的独立战士、最伟大的诗人何塞·黎刹——2002年秋天，上郭村的父老乡亲们在村口竖起了何塞·黎刹的青铜塑像。

同年冬天一位诗人[2]在晋江写下了和《我的诀别》一诗：

致何塞·黎刹

——和《我的诀别》

一

大地一阵颤怵
轰然倒下一个诗人
枪声响过之后
菲律宾失去了她最优秀的儿子
菲律宾哭了
菲律宾没有哭声

二

您走向刑场的时候
启明星还未退隐
只因灾难过于深重
长空与大地同时痉挛
泪水悲哀时间
也一起凝固在菲律宾——
一八九六年临终的前一个黎明

忽有阵阵凄绝的哀鸣
自黑暗中传来那是
一个披着婚纱的新孀
来自爱尔兰的少妇
您新婚的妻[3]抽泣在
东海明珠的天地之间

三

片刻之后
那如泪的倾盆大雨便
砸破铅一般沉厚的穹庐
在悲恸的大地上
汇成滔滔巨浪
呼啸着冲击着
菲律宾的七千个岛屿
接着那盏从圣地亚哥堡监狱
传递出来的藏匿着
您的千古绝唱的油灯[4]
引爆了阿波火山
喷薄的岩浆
在灾难深重的大地上
浇铸起一个不朽的名字一个
将千秋万代与菲律宾同在的名字
——何塞·黎刹

从此以后
抗击西班牙殖民者的怒火

燃烧了一千个日日夜夜

四

我崇敬的祖国我哀愁中的哀愁
我亲爱的菲律宾母亲
您敞开褴褛的胸襟
以您无私的乳汁
哺养了几代姓柯的晋江人
——从我的高祖父直到我
我的菲律宾我的亲爱的母亲
您的乳汁化成了
我身上的肌肉我的
坚硬的骨骼还有
不能屈服的高傲的头颅
我是您长大了的儿子啊
——一个以生命的全部
挚爱着您的诗人一个
为您而生而战而死的儿子
——何塞·黎刹

我的亲爱的母亲菲律宾
只因爱您太过浓烈而又
爱得那么深沉执着所以
我再不忍看着漆黑的瞳仁里您连绵的悲哀
我再不忍看着善良的重眼皮下您屈辱的泪水

自从麦哲伦还有利亚石比
来自欧罗巴的这两个海盗
把西班牙殖民者——

那些浑浊的双眼里
涎滴着蓝色的贪欲的
贪婪的殖民者
带进这片土地
无穷的灾难与不幸便接踵而来
我亲爱的菲律宾母亲
您就这样被
侵略着奴役着践踏着——
我的母亲菲律宾
整整三个世纪了啊
您的七千个岛屿哪一个不是
沦陷在屈辱的泪水之中

我的不幸的母亲
我的哀愁中的哀愁
我崇敬的菲律宾啊为了
洗刷母亲您三百年的不幸
我已献出了我生命中的一切

我是单薄的柔弱的
我一无所有
我只能这样——以
我的血我的肉
我的骨头与灵魂
我的生命的全部
——我的死我的诗
全部奉献给您啊
我的亲爱的菲律宾母亲
我的哀愁中的哀愁！

我将死的时候

刚看见天空露出曙色

那么请用我的生命之火

点燃我的鲜血——

烧尽残存的黑夜

将黎明染红

然后我的躯体也将一起燃烧

烧成赭色的粉灰把祖国您

伤痕累累的大地填平

那时候

我不死的灵魂将呼唤着

菲律宾联盟[5]战友的千军万马

从上面踏过奔向激战的前方

去迎接独立的曙光然后

任凭犁铧与锄铲耕耘

在上面种下——永不凋谢的茉莉

五

多年之后

我低吟着您的诗篇

从晋水南畔

从我们共有的故乡走来

在您献身之处凭吊——

六

圣地亚哥堡监狱依然狰狞
而锁锢过您的脚镣手铐
已被岁月剥蚀还有
那钢筋焊起的牢门
也丧失了往日的威风
俯首在一座青铜塑像脚下

七

不锈的青铜铸起了一座
不朽的何塞·黎刹
——诗人!
不管您去了天涯
不管您去了海角
唐山母亲的脐带都牵系着您
您去得愈远便系得愈紧

您去了几百年
唐山母亲呼唤了您几个世纪
您去了几个世纪
唐山母亲呼唤您你几百年

哪怕是天荒地老
哪怕是数百年岁月如刀啊
也割不断一条脐带上牵系着的

——千丝万缕……

八

我回来了
因了故乡您数百年
不曾停息的召唤
一个魂归故土的诗人回来了

寻找了数百年
走过了数百年
胸怀里思乡的热血
翻滚了数百年了啊
我的唐山故土——晋江
我身上热血的源头
我至亲至爱的上郭村啊
您生长在菲律宾的儿子
柯南哥的后代叩开了您的门扉
——何塞·黎刹回来了

九

一个伟大的灵魂回来了！
——上郭村的乡亲
以罗裳山上，灵源山上
最坚硬的花岗石
在村口塑起一座
直冲云天的丰碑
啊那是——

数百年割舍不断的乡情
化作手下锛錾的
精雕细琢
在斑斓的花岗岩上
镂进了家乡父老不尽的缅怀

而在伟岸的碑座上
矗立着一个伟岸的诗人
您微微低下高傲的头颅
在你漆黑的双眼里
看不见悲戚的泪水
您的瞳仁里流淌出来的是
青铜般始终不渝的深情
您就这样沉默地注视着
脚下您祖国的这片土地
诗人您在沉思什么？

您深沉的瞳仁里
所隐藏着的深沉的忧郁
不是在告诉我们
对于这片沉重而多情的土地
您仍有太多太多的牵挂与思索

十

罗裳山的相思[6]绿了又黄
灵源山的相思[7]黄了又绿
数百个密密匝匝的年轮

组成数百年的相思
数百个春夏秋冬的风风雨雨
染黄了一本上郭村的族谱
而一个墨写的名字经过
数百年岁月流水的洗涤却
更加清晰——
柯南哥！
去了南洋的晋江人啊你
可听到故乡数百年的召唤……

沉淀了
一年又一年的不尽相思啊
远去了
一代又一代的海外游子啊

上郭村的兄弟姐妹
为您带来了一枚故乡的相思叶
紧紧地将它贴在耳轮上吧
我们崇敬的何塞·黎刹
您将听到——
罗裳山上灵源山上
千树万树相思
数百年不息的召唤

离家的游子
是母亲心上扯出来的肉
唐山母亲有多少儿子
她心中记得清楚
那是青铜铸起的何塞·黎刹[8]

离去了几百年的游子啊
——您终于回来了

等待了数百年的晋江母亲啊
亲吻亲吻儿子吧——那
净洁的头颅刚毅的脸庞
那忧郁深情漆黑的眼睛

站在故乡的土地上从此
您将听到上郭村晨曦的鸡鸣
您将闻到上郭村黄昏的炊烟
从此您不再孤独寒冷
您额上将感应到故乡
爱抚的风温暖的阳光
从此在上郭村柯姓的族谱上[9]
将写下您不朽的名字
何塞·黎刹……

菲律宾与晋江番客，那是一种唇齿相依的兄弟关系，是一种水乳交融的母子深情，理解了这一点，我们就可以理解为什么何塞·黎刹本人，以及他之前、之后的那么多生活在菲律宾的晋江番客能够为这个国家牺牲自己的一切，包括生命；尤其能够理解为什么在20世纪的30年代后期到40年代中期，在菲律宾沦陷期间，这里的晋江番客会与当地人民亲密无间地为抗击日本侵略者浴血战斗。我之所以在这里提到了这些历史，那是因为我的这一部书里所叙述的一切，其中有许多其实只是这些历史的必然延伸。

唐山中国之于晋江番客是"生身母亲"，菲律宾之于晋江番客是"奶娘养母"。

唐山中国之于晋江番客是"娘家"，菲律宾之于晋江番客是"婆家"。

注释：

〔1〕此诗根据菲律宾著名翻译家施颖洲先生的中译本对文字做了一些变更。

〔2〕这位诗人就是昆洛。

〔3〕黎刹赴刑前夜，他的来自爱尔兰的未婚妻到狱中与他举行了婚礼。

〔4〕何塞·黎刹的绝命诗《我的诀别》藏于油灯中，由诗人的姐姐在探监时带出，又一说是在狱中完婚后由其妻带出，从而流传于世。

〔5〕以何塞·黎刹为主要领导人的抗击西班牙殖民者的菲律宾民族解放组织。

〔6〕〔7〕环绕上郭村左右的两座山，山上相思林连绵。

〔8〕晋江罗山镇上郭村有何塞·黎刹的青铜雕像。

〔9〕上郭村柯姓族谱载：何塞·黎刹的高祖父柯南哥从上郭村去了菲律宾。

第四章　根·摇篮血迹

/ 一 /

穿越重重椰林，穿越重重的大海与云天，遥远的唐山，遥远的故园，遥远的根——在离菲律宾很远很远的地方。

唐山番客婶——新婚的杨月珍，靠在红砖小院的房柱旁，你在想些什么——丈夫下南洋整整20天了，他平安吗？他到马尼拉港了吗？他往回捎信了吗？可你知道吗：你的子钟是被菲律宾那两个马来族的父子从阎王殿门口夺了过来，此时还躺倒在遥远的异乡椰林深处的小吊楼里……

晚春4月，在闽南侨乡，在御桥村，一株株四季常青的龙眼树，在这个季节里，它们墨绿色的树冠上又冒出了一层微微发紫的嫩绿。而村后塔山连着观音山的小道上，报春的桃李已绽放过了最后一茬儿花蕾——春天真的喜气洋洋地到来了！清明节已过去这么长一段时日了，北风停了，无休无止地下得令人心烦意乱的雨歇了，暖洋洋的南风吹得让人骨头都酥软了。正是晌午时分，杨月珍把洗过的衣裳晾在天井里之后，便提了块矮板凳靠着柱子坐在房门口。她坐在那里，任凭和煦的阳光照满一身。她背后的那根杉木房柱，有一截特别光滑明亮，那是被她们的脊背磨出来的：她的婆婆朱秀娥，她的婆婆的婆婆唐山玉，在她们孤寂漫长的人生岁月里，曾经有多少时日是靠在这根杉木柱上度过的。她们曾经那样一天连着一天，一代连着一代地倚在这木柱上思念着远在南洋的夫君。而现在，轮到杨月珍这一代，她也将倚在这木柱上，思念着新婚的丈夫，直到青春逝去，直到人老珠黄吗？

/ 二 /

公公和丈夫是在清明节后的第三天，从溜石湾渡头的水路出发，到厦门港转船去了南洋的——这是杨月珍与林子钟在新房里度过的第40天。作为番客婶，她是幸运的，如果不是新婚之夜遭到那场土匪抢劫，林子钟或许也会像一般的新婚番客那样，在度过新婚的第14个夜晚之后去了南洋。那场匪劫把林子钟多留了一段时间。

在遭劫的第7天早上，子钟还没有起床，公公婆婆的房门也尚未开启，按照闽南侨乡的习俗，作为年轻媳妇的杨月珍应当是第一个起身操持家务的。她熬熟了早粥，扫过庭院，提着一篮子换洗的衣裳，在打开大门之时，突然门槛下落进一个牛皮纸大信封——那显然是夜间从门缝里塞进来的。她抖着手掏出信封里厚厚的两张纸，张开一看，最先映入眼帘的是贴在纸面上那戳着骑缝钢印的子钟的相片！另一张贴着的相片则是公公林仁和，她知道这便是他们的"南洋大字"了。在娘家，她的在南洋谋生的父亲回乡时，也随身带着这样的"大字"，这两张"大字"当然是那一夜前来抢劫的土匪送回来的。这"大字"对于打家劫舍的土匪来说是一张废纸，他们原物归主是为仁和、子钟父子送还一条生路，同时也为他们自己留下了财路：有了"大字"，林仁和、林子钟当然还要回南洋，那就让他们再到南洋打拼去吧，等他们攒下一点钱回乡时再来"光顾"吧！

她抖着手折好了"大字"，本想把丈夫、公公和婆婆叫醒，回头一想，竟没有开口——她沉思着：没有了这护照，丈夫或者可能就那样长久陪伴在自己的身边。而有了这护照，丈夫必然很快离她而去。她不忍回首那"抱公鸡迎亲寄房"的辛酸事，她更不敢想象如婆婆朱秀娥那样，婚后伉俪一别24年，独自一人苦守空房，直到青春蚀尽鬓发霜白！那真是令人胆战心惊！想到这里，她将信封揣进怀里，虚掩上门，向屋后小河渡头走去。

渡头上没有旁人，她脱下木屐，赤脚泡在石阶下的溪水里。此时正当晨雾迷迷茫茫，涨满春水的小溪急湍湍地从她两条小腿脖子中间穿过，往前流去。她从怀里掏出那个信封——就让那两张护照随水漂去吧，她要让自己的丈夫一生一世厮守着她，到老到死！然而，她立刻又想了起来，他们在御桥村田无一丘、果无一株，断了南洋路，今后何以为生？那一夜遭匪劫之后，他们便面临着断炊，是娘家暗地里前来接济，然而，娘家能接济一辈子吗？

唉，难啊难，番客婶……

/ 三 /

杨月珍终于将两张"大字"交给了婆婆。

两张护照失而复得，给林家小院带来喜悦也带来忧愁，喜的是随时可以回南洋谋生了，这是一家人唯一的生路啊！愁的是他们已被洗劫一空，这去南洋的路费上哪去筹？

第二天晌午，林仁玉和杨月珍的哥哥杨温良都先后来到御桥村，他们都是前来合计仁和、子钟父子回南洋的事。

仁玉知道自己哥哥如今已是身无分文："哥，子钟，我们世代端的都是南洋饭，这南洋路是非走不可的，我这里有50块大洋，是办完永明的白事余下的，你们都可拿走，穷家不穷路！"

杨温良家刚办过杨月珍的嫁妆，一时倾其所有也只凑了30块大洋。朱秀娥想了想：这下南洋的路，是一脚生一脚死一脚人间一脚地狱的路，是一头褡裢一头乞丐碗的担。林仁玉那50块大洋可是她和妈婆媳两代人的守寡本钱，今后还要花笔钱抱养个男孩承继永明这桃的香火，那钱可是万万不能挪用的。

"好小姑，你的心嫂子领了，这钱你还是拿回去吧。"接着他对杨温良说："月珍她哥，你这钱就算是仁和、子钟向你们家借的了。"

仁玉一听急了："自家兄弟姐妹的钱不用，反向姻亲家去借，不怕外人看笑话了。"

杨温良说："事出有因，到了这份儿上，就不要分内家外家了，内家外家都当是一条船上的人了。"

朱秀娥说："月珍她哥，都是自家人，你就别介意，我这小姑仔向来说话做事都是这样一副心直口快的德行，身上有100斤力气，她不会拣80斤的担子挑。"经过合计，朱秀娥从杨温良和林仁玉那里各取来了20块大洋，作为仁和、子钟父子前往南洋的盘缠，这是绰绰有余了。

/ 四 /

再过10天便是清明节了。几十年来，一家子人，唐山南洋，天各一方，难得有这种团圆的机会，既然遭受匪劫耽误了这么些时日，仁和便打算过了清明节扫过祖坟之后再启程回南洋。听到林仁和这样说，朱秀娥、杨月珍婆媳俩自然是大喜过望了。

清明节前一天夜里，朱秀娥、杨月珍婆媳俩一直忙到深夜，蒸熟了一笼麦粉粿，备下了香烛冥纸。

第二天上午，看着天不阴不晴的，一家人便早早吃了午饭，锁好大门上观音山祖坟墓地去了。

塔山坡与观音山之间，连接着三里长的一条田间小道，林家祖坟就在观音山的北坡上。时值4月初旬，寒冬正在离去，时断时续的春雨催醒了墓冢上的菅草，墓前一尊岁月久远的墓碑，那刻在上面的"九牧传芳"几个字已漫上了一层浓浓的青苔。这墓碑竖于何年，已无从查考。林仁和从父亲的口中得知，林氏祖宗的总根在河南，而林氏的鼻祖则是商朝那位光照汗青的大忠臣比干。当年狐妃妲己设计谋害了比干之后，这位忠臣的后裔中便有一部分南下避祸。他们怀里揣着从比干坟上抓取的一抔黄土，日夜兼程，进入闽南后，便把取自祖坟上的那泥土撒进这处土地，在这里落地生根，繁衍后代。从此以后，闽南一带便有了林氏传人。千百年来，这些闽南的林姓中人一直将自己视为比干的后代，并引以为荣。就如关姓人与包姓人一直将义薄青云的关云长与光昭日月的包拯认作本家一样。关于林姓的这些渊源，在朱秀娥嫁到御桥村之后，仁和就与她说过。而在林子钟以少年之身南渡菲律宾之后，做父亲的更是几次向他提到了这些历史——这或许就是番客心中挖不绝、砍不断的根吧——而在遥远的南洋生活着的众多的唐山番客，不管是张王李赵，还是陈吴杨杜；不管是腰缠万贯，还是一无所有，几乎每个人都有着自己的"根"，几乎每个人都固守着这样的"根"。

现在，作为比干传人的林仁和一家，在1946年的清明节里，走到祖坟地里扫墓来了。朱秀娥与杨月珍婆媳在墓桌上摆起了供果，点着香烛焚化了纸钱之后，林子钟便挥锄为墓地培上了新土。接着一家人把五彩缤纷的幡纸插在蓬松的坟堆上。林仁和低垂着头默默地站在坟前，对着林家先人合葬骨殖的这处墓堆，他在沉思。他最先想到的是自己的母亲唐山玉，他清晰地记得，母亲是在他离家出洋的第三个年头去世的，为人之子，竟不能为老母养老送终，而只能在离别24年后站到母亲坟前来悼念！

哦，母亲，您的作为番客的儿子回到唐山来看望您了，在这个清明节过后，他又要去南洋了。这一去，是8年？是10年？或是又要一个24年？哦，人生能有几个24年？这一去或许今后只能由子钟或其他在南洋的亲友将他在世时穿过的衣冠带回唐山，作为招魂之用，焚作一堆灰烬，拌入黄土，偎在母亲身边？想到这里，他的双眼里禁不住溢出两行滚烫的泪水，他没有去擦它，而是任凭它沿着眼角深深的皱纹淌下腮边，融入脚下的土地。他抬起眼来，看着近在咫尺的朱秀娥，看着妻子双眼里流露出来的那种令人心酸的幽凄哀怨的神色，他没有勇气再看下去，他躲开妻子的眼光，在母亲墓前潮湿的地面上跪了下去，随后，林子钟也跪在他身旁……

站在丈夫身旁的朱秀娥，又想起了长眠在墓冢里的婆婆唐山玉……

婆婆活着的时候，林子钟还小。而丈夫林仁和常年在南洋，逢到清明时节，是婆婆领着他们娘俩上山扫墓的，婆婆的娘家就在唐厝村，那是一个方圆不到几里地的小山村，站在观音山上，望过一片长满龙眼树的山坡，就能看到那个村子了，每次到观音山扫墓，婆婆都会提起在娘家时从老一辈人那里听来的一段往事：

"……你们知道吗，那一大片龙眼树林下，早年间夜里都有鬼火飘游，冤魂号哭，那里死过许多人，是日本人杀的，日本海盗是从溜石湾上岸的，不知道怎的，就直奔唐厝村来了，手无寸铁的村民躲进了龙眼林中，却没有逃过劫难……也不知道被杀了多少人，是农历四月十五的事……后来，村里幸存下来的人，请来得道和尚，为那些屈死的冤魂做了超度……唐厝村的普度节设在四月十五日，就是为了那场劫难……观音山原来是一座无名的山坡，后来建起观音庙，供上了观音佛像，是为了让观音菩萨来安抚那些冤魂，后来才有了'观音山'的名字……"

　　林子钟进三省小学后，曾问过卢老师这件事，卢老师说的就更具体了：说那是明嘉靖年间，300多年前发生的事了。那时候，倭寇常在泉州南门外沿海一带登陆，烧杀抢掠，那是因为这里许多青壮年男子都去了南洋。放学后回到家里，林子钟都会把从卢老师那里听到的一切告诉母亲……由此，朱秀娥又想到了卢老师，哎，生离死别，人世无常，十几年过去了，卢老师去哪里了？

　　太阳隐去了，刚放晴的天空又阴沉下来了。

　　看着跪在低垂的穹庐下的丈夫与儿子，朱秀娥的心头突然涌上了一种莫名的苍凉与悲哀：人世一生，草木一春，作为草木，一岁一枯荣，每到秋天，它便枯死了，便被埋进土层里去了。可春天一到，它残留于地下的根，又饱吮了春水，绽出新芽，年年如斯，繁衍不止。而人来到这个世上，只是一个匆忙的过客。从离开母体的第一声啼哭直到走向衰老死亡时的最后一声叹息，甚至化为一抔黄土，融入大地，似乎只是那么一转眼的工夫，生死存逝，如烟如雾，如梦如幻。身处于这个时晴时雨的清明节——她有一种预感：一家人来到祖坟前，那是作为一次最后诀别而来——再不会有第二个清明节，一家四口人一齐来祭扫祖墓了！

　　她想哭……

　　而在这时，站在一旁的杨月珍突然"哇"的一声，扭过头去吐出一口酸水，这就把朱秀娥从悲幻的沉思里唤回到现实中来了，她心里一惊：儿媳妇莫非是怀上了？细细算来，子钟回唐山是38天了，作为婆婆，作为过来人，她留心过好些时日了，她发现儿媳妇已经不止一次逆胃呕酸了。她曾几次备下一小碟盐渍过的酸梅送进子钟房里，结果总是很快就只剩下空碟子了。

老的老了，死的死了。生生死死交替之间，林家不是又在孕育着一个新的生命吗？再过三年五年？八年十年？当自己也平静地躺倒在这处黄土地上的时候，或许也在哪一个时雨时晴的清明节里，会有后人站到自己的坟前来凭吊，来扫墓——那是杨月珍，带着她现在怀着的……是男的，是女的……

她释然了。

一阵微风吹过，满山遍野筛下了嗅粉般的细雨，无声的细雨落在无声的原野上。过了许久许久，仁和、子钟父子俩抬起挂满雨珠的头来，而后把手指抠进松软的墓堆里，紧紧抓起一把潮湿的黄土，他们站了起来，掏出洁净的手绢，十分虔诚地将那抔黄土包了起来……

雨愈下愈稠了。

林仁和脸上那纵横交错的深深的皱纹里，盈溢着浑浊的水，冷的是雨，热的是泪……

南洋的游子，林氏后代，但愿取自唐山，取自母亲墓前的这抔黄土陪伴你漂洋过海；但愿你不要遗忘古中原大地上那跨越千年历史空间的你的根之所在——那里有比干的墓；但愿你不要遗忘闽南家乡这一代代召唤着你的温馨的故土，那是你的脉之所传——这里有母亲的坟……

第三天，仁和、子钟父子背着褡裢，乘上前往厦门的双桅船，在晨曦中离开了溜石湾……

第五章　1942年，沦陷中的马尼拉

/ 一、缘分 /

扶西居住的这个渔村叫曼鲁，从曼鲁到红奚礼示城，来回步行要近两个小时。扶西从城里取药回来时，已是晌午时分，吊楼里睡着的几个人都醒过来了。他们一觉睡了十几个钟头后，又吃过了饭，体力逐渐回缓过来了。他们围坐在比罗身边，帮着扶西为比罗的伤口上药。看到比罗腿下残存的半片脚掌，仁和、子钟父子深感痛心，子钟更是觉得内疚：比罗这一条腿是为他而残废的！他是想说几句感激的话的，然而他终于没有开口。他是个不善言谈的人，他尤其知道，如此深重的救命之恩，绝不是几句话就能够说出他的感恩之情的。他沉默着，倒是扶西看出了仁和、子钟父子脸上露出的歉疚的神色，竟一个劲地宽慰他们：

"别往心里放，其实你们中国人，于我们一家更是恩重如山。"扶西细心地为比罗缠上药纱布之后，走到屋角里掀起一张油布，提来一个小药箱，把用剩的药品装了进去。在他盖上那木箱子之时，仁和眼睛一亮——那上面的红十字下有一行清晰的汉字：

"马尼拉朱倪宗亲会"。

仁和双手将那急救箱捧到眼前，十分认真地询问起扶西："这箱子是——"

"这箱子是一位中国人留下来的，你们这位中国同胞姓朱，朱先生，是马尼拉朱倪宗亲会的。朱先生说，在你们唐山，朱倪是同一祖宗的，是吗？"

"是的，朱倪两姓同宗。"林仁和说。

"这位朱先生，是好人呐！"扶西说着，声音低沉了下去。而后，他站了起来，从墙上取下一个挂包，掏出一本硬皮小册子，小心翼翼地取出一帧夹在里面的照片，那相片显然因日久天长而已泛黄了，但上面的图像却是清晰的，仁和接过照片一看：

"啊，这不是永明吗？"

"是的，就是他，朱，永明，永明朱先生，你，你也认识他？"扶西惊奇地问。

"他是我的内弟啊——内弟，懂吗？就是他，我的儿子子钟的舅父啊，他已经不在南洋了，不，不在人世了。他的魂也回唐山去了，你，你是怎么认识他的？"

"如此说来，你和永明朱先生是姻亲了！"扶西紧紧地握住仁和的双手久久不放，"真没有想到，我们之间竟有这样深的缘分……"

扶西提到的这种缘分，其中包含了共同的灾难，包含了共同的仇恨——包含了两个家庭在不堪回首的"二战"中的1942年的冬天遭遇的那场灾难，那场血海深仇。

/ 二、王彬街 /

如果你是中国人，无论是过去抑或是现在，当你从马尼拉走进王彬街，你都会有一种感觉：你都会有一种突然回到自己祖国的感觉。尤其当你是闽南人时，你甚至有一种一下子回到自己故乡的感觉——你徜徉在王彬街上，你可以听到满街的闽南话，而且，那琳琅满目的大小商店的招牌差不多都是汉字写成的。

由于接下去的许多事情都发生在王彬街，我们书中的许多人物——中国侨民或是菲律宾友人都曾经在王彬街生活过，所以，我们有必要在这里介绍这条街道。

王彬街位于马尼拉老城区，实际上王彬街不是一条街，应当说它是一个社区，它是由纵横交错的几条街衢巷陌组成的。

一个位于菲律宾首都的社区，为什么有着一个中国人的名字？让我们来走进这条街的历史吧。

这个社区本来有一条老街，叫沙其厘街，这就是王彬街的前身。这条街上曾经生活过一位名叫罗曼·王彬的华裔，根据确切的历史记载，罗曼·王彬的祖籍地是唐山的泉州南郊晋江清濛村，这个村落有一条4里长的石卵铺成的小路连接着御桥村。罗曼·王彬的祖父老王彬就是从清濛村漂洋过海来到菲律宾的，以后就在沙其厘街落地生根。老王彬的儿子后来与菲律宾人通婚生下了罗曼·王彬，罗曼·王彬于1912年病逝，享年65岁，在那之后3年，1915年，马尼拉市议会通过决议，将诞生罗曼·王彬的沙其厘街命名为"王彬街"。

中菲两国人民都将世代缅怀罗曼·王彬。这位菲律宾商业巨子，曾因热心公益深孚众望，被他所在的马尼拉仑洛区选为副区长。从19世纪后半叶以来，他便义无反顾地投身到菲律宾人民抗击西班牙与美国殖民者的斗争洪流中。为此，他曾经多次被殖民统治当局投入监狱。菲律宾著名作家卫惹慕这样评价罗曼·王彬：他热爱祖国（指菲律宾），为支持两次革命（指抗击西班牙和美帝国主义的殖民统治）他曾贡献大量金钱。和平恢复时期，他仍以同样的热情，尽力对每一爱国工作，给予宝贵的精神支持与物质支持。

罗曼·王彬是继何塞·黎刹之后的又一个让中菲两个民族都共同引为骄傲的杰出人物，是两个民族共同哺育成长的优秀儿子。其实，几个世纪以来，像他们一样让中菲两国人民共同引为骄傲的优秀人物真是难以计数！

现在，让我们回到1942年的王彬街来。

/ 三、溜滨朱记杂货 /

在王彬街的西端，在这条街与罗沙溜街的交接处，有一爿小店，牌挂"溜滨朱记杂货"，店主就是朱永明。店铺里面，一边摆着铁器渔具等小日用杂货，一边摆着干鲜鱼货、菜蔬水果。

多年以来，朱永明都是独自一个人操持着这爿小店，他的顾客不仅有马尼拉本埠的，有附近的计顺西迪郊区的，还有 30 公里外的红奚礼示的。扶西也是朱永明的老顾客，他的家就在红奚礼示乡下。由于多年的交往，在朱永明与扶西一家人之间，已不是一般的买卖关系了，而更像一种亲朋关系。后来，扶西看着朱永明一个人忙内忙外够辛苦的，便提出让大女儿芭拉到店里来帮忙打理，朱永明一口就答应了下来。这是 1941 年 3 月间的事，那时候，芭拉刚满 17 岁，是个又勤快又懂事的姑娘。自从芭拉进店以来，朱永明一直没将她当女佣看待，倒更像亲妹妹那样疼着她。吃的是同一桌饭菜，还不时为她添置一两件新衣裳，一个月下来，又能让扶西前来带走 15 个比索的工资。这样的薪酬，当时即使是大商店的老伙计也不过如此。为此，扶西一家人一直对朱永明怀着深深的感激。而在芭拉心里，她更是将朱永明当大哥看待。她是有一个叫比罗的亲哥哥的，那时候比罗 20 岁了，他是非常疼爱这个妹妹的，他自小拉扯着芭拉在海边长大，他能从退了潮的岩缝里掏出螃蟹来，用椰子壳点火烤熟了剥给妹妹吃……如今，比罗哥哥长大了，已成了一个出色的渔民，他现在一直随着爸爸出海打鱼。而妹妹罗茜也长到 11 岁了，能为家里洗衣做饭了，芭拉想到自己到朱永明店里打工之后，家里便少了一张吃饭的嘴，且能为日后哥哥娶嫂子攒点钱，这真是让人惬意的事。

在朱记杂货店帮工的这段日子里，她勤快细心地帮着朱永明做好买卖，销货记账，分毫未差。对于朱永明的起居饮食，她更是体贴入微地照顾。每每店里忙得放不下手来时，她宁可自己饿着肚子顶替他，也要他按时吃上饭。尽管每次朱永明出门收账时，总吩咐她自己先按时吃饭，但每一次不管朱永明多晚回来，她总要等着他一起吃饭。浆洗朱永明换下来的衣裳，被芭拉看作是一种享受，她能从那上面闻到一种醉人的汗香。作为一个生长在热带的少女，17 岁的芭拉已经成熟了，她已经完全能够知道男女之间的那层秘密。她以往接触的异性中，除了父亲扶西还有哥哥比罗，朱永明是她在人生的道路上遇上的第一个异性；是一个来自中国的男人。他不像老板，更像是兄长——他比她大了整整 18 岁，开始的时候，她对他怀着一种如同父兄那样深深的却是平静的温情，而后，这种平静的温情就变成了一种炽热的依恋。那是情窦初开的少女对一个成熟男人的炽热的依恋。尤其是当夜深人静的时候，这种莫名的依恋，莫名的柔情，更趋浓烈，这种柔情总是让芭拉脸红心跳，浑身发热。

溜滨朱记杂货店是一座约 40 米见方的平房，前面临街的那一大半截作为店面，隔着砖墙的后面半截，原来是作为朱永明的寝室，芭拉来了之后，这小半截又用木板隔成了两间，一边睡着芭拉，另一边睡着朱永明。到了夜间，当外面的店门关闭的时候，芭拉和朱永明实际上就同住在这个不大的平房里了。忙碌了一天躺到床上去时，他们总要隔着那层薄薄的木板墙壁说些什么，直到各自沉入睡乡。芭拉谈的最多的是她的孩提时代，她的吊楼上的家，她的亲爱的哥哥。她谈起她的比罗哥哥怎样勇敢地爬到高高的椰树上抓捕巨大的椰子蟹，这种螃蟹强而有力的钳爪，足以卡断孩子的手腕……而朱永明谈的最多的是唐山的故乡，故乡的溜石塔，那缭绕着炊烟的溜石湾，他更是常常对着木板墙那边的芭拉谈起他的妻——他的林仁玉，她的温柔美丽，她的善良能干。

对于一个长年漂泊异国他乡的孤独男子，因为有了芭拉的真诚帮助，朱永明的生活里少去了许多寂寞，增添了许多温馨，他说：

"芭拉，我真想写封信给仁玉，告诉她自从你到店里来帮忙之后，店里买卖好了许多，告诉她你对我是多么好，让她放心。每一次离开唐山时，她总是担心我孤独一人在外没人照料，可是邮路断了，信也寄不回去了，哎，整整三年了……"他似乎在说给芭拉听，又似在自言自语——整整三年没有得到妻的讯息了！她一个妇道人家，还要赡养一个又聋又瞎的婆婆，这三年是怎么过来的——他憋着一股浓浓的情思，说着说着，泪水便不知不觉地淌到了眼角。而在木板墙的这边，每当听到朱永明那有点哽咽的带泪的声音时，她多想走过去，坐在他床边，安慰他几句，为他揩去泪水。她真为唐山那位未曾谋面的林仁玉感到幸福，她有这么一位痴情的男人日夜思念着她！芭拉常想，作为女人，她日后能遇上朱永明这样的男人，就是死也值了——这是什么样的一种情感？

——她说不清楚。

四、地震之夜

9月里，马尼拉发生了一次大地震，地震是由于北吕宋岛的阿波火山爆发波及的。

深夜里，一道蓝光闪过之后，大地一阵战栗，睡熟在床沿上的芭拉被震落到地板上，她在地上惊醒过来。同一时间里，睡在木板壁那边的朱永明也被震醒了。整座房屋随着大地激烈地抖动摇晃起来，一阵恐怖的地声由远而近，又由近而远。一阵阵沉闷的呼隆隆的地声和店铺内货柜、橱子乒乒乓乓的响声交织在一起。接着，低垂的夜空里落下来滚滚的雷声，那雷声震耳欲聋。一道道刺眼的闪电使整座城市一会儿如同白昼，一会儿又堕入黑夜的深渊。

随着，雨来了。

朱永明在摇晃不定的房间里摸着了火柴，却摸不着油灯，油灯从桌上震落到地上去了。他摸到一截蜡烛，点着了将它贴在桌面上。

雨下得很大，雷吼得很猛，大地还在发抖，整座房子还在摇晃。

"永明，朱，我怕，我怕啊——"见到透过木板墙壁的灯光，芭拉尖叫一声，跑进朱永明这半边房间里来，把他抱住，整个人紧紧地偎贴着他。

这真是一个令人恐怖的夜晚。

这种恐怖令人想到世界的毁灭。

这种世界毁灭的恐怖感令人想到人之于大自然的渺小与无能为力。当一个人一旦置身于这样可怕的环境中的时候，便往往会因为感到人生的渺小空幻与无可奈何而自暴自弃、自甘堕落，直至忘记了道德与尊严、理智与羞耻，而把作为"人"的种种约束置之度外，现出动物的本能来放纵自己——既然人生是这般的仓促与脆弱，既然人生对于大自然是那样的无可奈何，又何苦要约束自己呢？那就由着自己的力所能及去为所欲为，去放纵吧！他们被禁锢在与世隔绝的小小空间里，而风和雨，雷与电以及恐怖的地声更是肆虐地在催化着男女间的那种原始的本能……

他们就那样久久地拥抱在一起，抵御着周围的恐怖。

最后，他们完全忘记了屋外的风雨雷声与地声，只感觉到自己与对方的存在……芭拉只感到浑身一阵阵颤怵，一种轻微的麻木，她差一点要昏厥过去……

终于，大地平静了下来，房屋不再摇晃了。这场大地震使得马尼拉许多高楼大厦崩塌，而王彬街绝大多数砖木结构的房屋却幸免于难。

屋外只剩下滂沱大雨拍打着地面的响声，这种声响衬得夜更寂静了。

芭拉将自己的脸久久地埋在朱永明宽厚的胸怀里，她听到他胸腔里心的跳动，那平日里只能从他换洗下来的衣裳里依稀闻到的气味，此刻就在鼻孔前亲切而强烈地熏陶着她，她醉了……

她仰起头，微微闭上了双眼。

他从她昂起来的脸上闻到了一股迷人的鼻息，这种鼻息近在咫尺，这是一种带着浓烈的青春活力、透出淡淡的玫瑰花芬芳的少女的鼻息。

他默默地拥抱着她还在微微颤抖的身子……他似乎走进了梦幻之中，在这样如痴如醉的梦幻之中，他仿佛听到一个朦胧遥远而又亲切逼真的声音在呼唤——啊，那是谁？

他很快就记起来了，那是他在唐山，在溜石湾故乡的妻子，那是他的林仁玉！

……她将他紧紧地拥在怀里，直到两个人都透不过气来……

过了好久好久，她开口了："永明，我不要你下来。"

他说："我真怕压坏你……"他腾出手来，在黑暗中拢去了她额前的刘海。

她说："你就把我压死好了……压死了，省得你明儿一走，我又要在这空房里等你到哪年哪日……"

永明没有作声……

她接着说："今晚我就要你这样睡……"她说着，双臂更加使劲地搂着他的脖颈，同时在黑暗中顺着他的下巴颏找到了他那张嘴，然后把自己的双唇紧紧贴了上去……

哦，一个番客姉，她的一生中能有几个这样的夜晚？

他就在这种如痴如醉如梦之中回到了唐山，回到了溜石湾，回到了三年前临别故乡的那天前夕，回到妻的怀里……

芭拉一直仰着头闭上双眼等待着——她在等待着什么——她似乎很清楚又似乎不清楚……过了许久许久，她终于喃喃着开口了：

"永明，朱……"

这声音将朱永明从梦幻中呼唤回来，他长长地叹了一口气：

"仁玉啊，我的妻！"

他们终于完全清醒过来了，这才发现，他们正拥抱着站在那里！她张开眼来，看到他正无限深情地注视着桌上烛光里那帧嵌在镜框里的相片。

——那是他的妻！

她像一个受了委屈的孩子，她突然想哭……

"芭拉，没事了，回去睡吧。"他轻轻地却是不容置疑地推开了她。

/ 五、沦陷之前 /

多少年来，马尼拉一直是作为一座奇特的城市而存在。这座城市的奇特在于它的现代文明中又随时可见一种执着的古朴，甚至是一种原始。历史与现在，昨天与今天，相互辉映着构成了这个热带之国菲律宾的首府——一座五彩缤纷的马尼拉城。当你置身于烈日照耀下车辆如流的马尼拉街头，你可以发现，那充塞街道的各种车辆竟是五花八门、五光十色，既有原装的奔驰、福特、麦道……还有由各种零配件拼凑起来的汽车，这种汽车的外壳都是由银色的马口铁皮用手工制作成形的。而几乎所有这样的车壳都涂上了热情奔放的色彩或图画，就如同吉卜赛人的大篷车。还有黄包车、三轮车，更奇特的是夹在这些车流中的那一辆辆马车。马尼拉的这种马车是只有马尼拉才有的。它的车架通常都是用木料做成的，它的外形犹如在唐山古城市里随处可见的那种小巧玲珑、雕龙画凤、古香古色的亭榭，你可以将它看成是一种精致的工艺品。

1941年12月中旬的一天上午，王彬街的大店小铺都开门了，不久之后，一辆马车停在溜滨朱记杂货店门口，从车上跳下来扶西和芭拉父女俩，他们是给朱永明送海货来的。

父女俩从车上卸下来几袋海货水产，搬进了店铺内。

"永明，朱先生，你来过称验收吧。"扶西说。

临近圣诞节，客人多了一些，朱永明一个人空不出手来，便对他们父女吩咐着：

"桌上有茶水，你们自己喝着，饿了吧，面包自己拿着吃。送过来的货你们在家称过了吧，称过了就好，不用再称了。芭拉，你知道该怎么摆，你都把它们摆到货架上去得了。"

听到朱永明这么说，扶西便帮着女儿把袋子里的海货逐一分类地摆到货架上去：有生晒成干品的目鱼、鱿鱼、七星鱼，有蒸熟风干的金枪鱼肉条、黄瓜鱼肉条，有带壳的和去了壳的虾仁，还有几样海螺肉干、贝干。这是一个多月来扶西、比罗父子俩在近海里捕捞的海产精心加工的。一会儿工夫那些货物便打理好了。这时也过了早市，客人稀了，朱永明空了下来，见他们父女俩已喝过茶水，便不再客套，就着扶西递过来的货单，朱永明结了账付清了今天的货款：

"扶西先生，另外这两个比索你拿着，你前次送来的海螺肉卖了好价钱，盈利不少呢。"

扶西推辞着："这怎么可以呢，上次的账你不都结了，货款也付清了。"

"扶西先生，你就收下吧。市面上螺肉涨了价，怎好只我一个人得利。"朱永明说着把那两个比索塞进扶西手中。"还有——"他转身走进后房去，一会儿就拿出来一个小包裹递给芭拉："圣诞节就要到了，这是给你的。"

芭拉打开包裹，抖出一条鲜丽的裙子，她双眼一亮，高兴地说：

"朱先生，永明，真是给我的？多谢了！"

"别谢了，芭拉，该我谢你呢。"他转身向扶西说，"芭拉走了，我总是忙得喘不过气来，等日本人走了，世事太平了，芭拉，你还回店里来帮我啊。"

"好，我一定来，爸爸，是吗？"

"菲律宾是我们的家园，日本人凭什么到这里来为非作恶，得赶走他们！"扶西愤愤不平地说。

扶西结过了账之后，便对女儿说：

"芭拉，你先在这里帮着朱先生，我等会儿来接你。"就要过圣诞节了，他要上街去购置一些年货。朱永明将他送出店来：

"扶西先生，我让芭拉做下饭菜，等着你中午回来一起吃。"

"好的！"扶西回应着，跨上了马车，"吧嗒"一声，挥着鞭子走了。

芭拉是在一个星期前离开溜滨朱记杂货店回到红奚礼示乡下的。那时候，芭拉在店里帮工已经有半年多了，在这一段时间里，因为有了芭拉尽心尽力的帮助，朱永明过上了一段出洋谋生以来最轻松的日子。然而，太平洋战争爆发了，日军对东南亚发动进攻，马尼拉开始陷入动乱之中，尤其在华人区，更是常有日本浪人在那里滋事生非，为安全考虑，在征得了扶西的同意之后，朱永明将芭拉送回红奚礼示乡下，那个叫曼鲁的渔村，她的海边椰林深处的家中。

六、十万火急

1941年12月14日的这个夜晚，马尼拉是平静的。只是，这种平静总让人感到一种不安，令人感到这是一种病态的平静。这种反常的平静令人感到一种毛骨悚然的恐怖；这样的平静令人联想到望着突然扔到自己身旁的，已燃着了导火线的炸药包时的那种毁灭前的恐怖！

王彬街，这条菲律宾首都的唐人街，太阳刚刚西沉，暮色刚刚降临，家家店铺便都关上了门。

朱永明关紧了门，上了闩，又用一根粗木棍顶死了门板，一个人在昏暗的油灯下吃着饭。美国人开的火电厂已关闭多天了，当地的小电厂不向民间供电。为了避免日军空袭，马尼拉所有还能用上电的部门，又都不敢在夜间开灯——马尼拉于是沉落在一片死寂的黑暗之中。夜色渐渐浓了，在黑夜压迫着的空荡荡的王彬街上，疾步走来了一个人。街上很静很静，静到甚至这位穿着布底鞋的夜行人能听到自己的脚步声，这是一个40岁上下的中国人，他是中国驻马尼拉总领馆的领事朱少屏。

这个人在溜滨朱记杂货店前停下了脚步。然后他环顾四周，确认没有旁人之后，便举手轻轻地敲响了店门：两下，三下，又两下——这是约好的暗号。

门开了。

朱永明探出身来，一把将这位敲门的夜行者拉了进去。

"大同宗（宗亲），少屏先生，约好了8点半见面的，现在都过了9点了，我真担心你们领事馆出事哩。"

"入夜以后，领事馆周围一直徘徊着一些形迹可疑的人，总领事杨先生不放心让我过来，直到那些人离去后，我才赶来了。"

"你们要多加小心才是，听说几天前日本的潜艇曾潜入马尼拉湾，而且南北吕宋许多港口也都遭到日舰攻击，日本浪人到处逞凶闹事，看来马尼拉沦陷的日子不会太远了。"

"是的，整个菲律宾已危在旦夕，然故国已破，江山沦陷，个人安危已不足挂齿，唯一放心不下的是领事馆还有一桩大事未能处理，总领事寝食不安，心急如焚。"

"那是什么事？我能帮上忙吗？"

"这正是我晚上来找你的目的。"朱少屏压低了声音接着说，"领事馆有几十亿法币，必须立即处理。"

"怎么处理，为什么不运回唐山？那可是一笔大数字，听说在唐山两元法币就能买到一头大水牛。"

"谈何容易，这些法币有30多吨重，况且这些法币在香港不能通兑，只能在唐山国统区流通，这些法币要是落入日本人手中，后果不堪设想。"

"那可怎么办？"

"销毁！一张不留地烧毁，一张也不能落入日本人手中。"

"可是30多吨重的纸币，怎么烧啊？"

"是的，这么多纸币，是不能在领事馆内烧的，只能运到郊外去。"

"那得有车。"

"可是又不能用领事馆的车，那车一开上路，人人都认得出来。再说那轿车能运得了多少？"

"你说怎么办？"

"你说怎么办？"

两个人都陷入了沉思。

过了片刻，朱永明说："有了，就用马车吧。"

"那得有十几辆马车，要一次运完。"

"为什么不能来回跑几趟？"

"不行，这样夜长梦多，恐怕要出差错的。"

"你是说非要十几辆马车一次装完？"

"是的，十几辆马车一齐进入领事馆花园，装完一齐走。"

"在哪里销毁？"

"地点找好了。"

朱永明一听地点已定了下来，他知道事关重大，不便多问，于是说："就是路上要注意安全。"

"一路上的护卫人员都安排好了，你的任务就是找足这十几辆马车，我们知道你平日里常雇用马车运货，这方面的朋友多门路熟。"

"要十几辆马车，为什么不提前说？"

"这样的事能提前说吗？况且这也是总领事傍晚时才决定下来的。"朱永明凝神锁眉地沉思了好一会儿，终于舒开眉眼说："好吧，这事就交给我了。"

"那就这样定了，12点以前在总领事馆见面。"他们迈出门来，回身反锁上店门，一齐走到路口，在黑暗中分手了。而后，两个人便融入了浓浓的夜色之中……

马尼拉市有一处专供郊外来的马车过夜的大车店，那是约莫距王彬街两公里路远的一处偏僻所在，当地人称这种大车店为"马房"。这种马房既有客房或统铺供车老板住宿，又有空地马厩停放马车拴马过夜。

临近黄昏时节，从红奚礼示来了几辆马车，这些车老板都是王彬街华人商店的老顾客，这之中就有扶西。他们今天到王彬街，是来了结一年来未清的账务，并给这里的华人朋友送来过节的生猛海鲜及应时瓜果，当然，王彬街上的中国客商也会仿照唐山过春节的习俗给这些异国朋友送上红包及各种吉祥礼品，长年之中这种礼尚往来的情谊一直延续着，即便是在这个动荡不安的战乱年头，距马尼拉30多公里的红奚礼示郊外的这些菲律宾马来族渔民，也不忍心让这种情谊礼节中断。从扶西口中朱永明得知他们要在马房过夜，明天黎明时赶回红奚礼示去。

朱永明赶到马房去的时候，劳碌了一天的车把式都已进入梦乡了。厩棚里亮着昏暗的马灯，朱永明走了过去就着灯光一数，那里面一排拴着8匹健壮的大马，夜里静悄悄的，只有马儿惬意地嚼着草料的沙沙声。朱永明双眼一亮——那不是扶西的那匹大灰马？在马房老板指引下，朱永明在统铺里找到了熟睡的扶西。

"扶西先生，扶西先生。"他用力摇醒了扶西。

扶西翻身坐了起来，揉揉惺忪的双眼："啊，是朱先生，你怎么上这儿来了？"

"扶西先生，是这样的，有一件事求你帮忙哪。"

"什么事——哎呀，你看你，怎么满身大汗，我给你打水来洗。"

朱永明这才发觉自己的衬衫湿透了，额前的汗还在淌着，汗水流到了眼睛里，腌得双眼都酸涩了。刚才两公里的路，他差不多是一阵小跑过来的，他伸手把脸上的汗水抹去了：

"不用了，事情急着哪。我们总领事馆有一批货要运出去，要一次运完。"

"天明再运不行吗？"

"不行，十万火急的事，比救火还急，懂吗？需要15辆马车，要一次运完。"

"15辆马车，连夜运，一次运完，比救火还急。"扶西喃喃地把朱永明的话重复了一遍。

"是的，扶西先生，是这样，工资上的事，我们是会多给的。"

"我知道，朱先生你一向不会亏待人。我是想我们红奚礼示来的只有 8 辆马车，还缺 7 辆哪。"

"扶西先生，你是会有办法的。"

"朱先生，别急别急，你的事就是我的事，我想想，我想想。"

扶西先生在想：朱永明先生是个值得信赖的中国人，他急成这样，这个忙是一定要帮的。这批货物在中国领事馆里，又一定要连夜运出来，这必定是与抗日有关的事了，这个忙就更非帮不可了。

"朱先生，我们分头去做吧。这样子，我把他们通通叫醒，套上马车，你领着他们先上领事馆去装货，我上计顺西迪再找 7 辆马车，我那里有几个可靠的朋友，我直接把他们带到领事馆去。"

扶西把其余伙伴都叫醒了，非常认真地把事情交代了一番，看着他们套上马车，跟随着朱永明走出了马房之后，他这才跃上自己的大灰马。

听着阵阵清脆的马蹄声、车辚辘声从马尼拉死一般沉静的街道上远去，扶西一夹马背，这匹矫健的大灰马放开四蹄，朝着 18 公里外的小镇计顺西迪飞驰而去。黑暗中，可以看到马蹄落在地面上迸出的火花……

/ 七、使馆之夜 /

位于马尼拉马加地的中国驻马尼拉总领事馆一片沉寂。从外面看过去，整座领事馆黑灯瞎火，人们可以想象：这座领事馆早已走进梦乡了吧？梦见了什么？梦见了唐山？梦见了战火连天的故国？梦见了日军铁蹄下的同胞？梦见了久违的母亲妻儿……

不，对于中国驻马尼拉总领事馆来说，1941 年 12 月 14 日的夜晚又是一个不眠之夜。它已经许多夜晚没有入睡了——黑色的厚实的窗帘布遮掩着的议事厅里，总领事杨光生独自一人守在电话机旁，他已经连续三天不曾入寝了。他坐在那里，若有所思……

低垂的夜空里没有月光，乌云把淡淡的星光也遮去了。8 辆马车在朱永明的带领下，经过王彬街，奔向马加地，驶进了中国驻马尼拉总领事馆，在领事馆宽大的花园里，领事朱少屏已经组织了一批人在这里等候。这些人都是从"中华民族武装自卫会"挑选出来的全副武装的敢死队，带队的是该会秘书长沈尔齐。在一片黑暗的花园里，他们将一袋袋沉重的纸币装上了马车。刚刚把这 8 辆马车装满的时候，花园外传来了一阵马蹄声，又有 7 辆马车驶进了领事馆。这是扶西从计顺西迪带过来的。

当最后一批法币装上马车之后，已经过了子夜时分，这是 1941 年 12 月 15 日了。看着车老板已经将这批"货物"认真地捆绑好之后，朱少屏对一直站在现场监督装车的总领事说："杨总，您已经几夜未眠了，您去休息吧，一路上的警卫工作已经全部安排好了，焚烧现场也布置了充足的武装人员，您放心吧。"

"不，不亲眼看着将这些东西全部烧毁，我是不会放心的。上路吧！"杨总领事果断地说着，登上了一辆马车……

1941 年 12 月 15 日凌晨，在远离马尼拉闹市的一处偏僻的海边，海水已经退潮了，退了潮的沙滩上，从中国驻马尼拉总领事馆运出来的 30 多吨纸币以及大量文件，堆成了一座小山，泼上了汽油。随即，炽烈的火柱捅破了墨色的夜空，这堆大火一直烧到黎明时分。当东方泛白的时候，涨潮的海浪漫上沙滩，把这堆灰烬带进了大海……

这一天下午，日军在菲律宾南吕宋列加斯比港登陆。

/ 八、游子之情（上） /

15 日上午，中国驻马尼拉总领事杨光生在经过了又一个不眠之夜以后，浑身无力地半躺在会议室的沙发里。这是太平洋战争爆发后的一个星期，在这 7 天之中，杨总领事与使馆所有的工作人员几乎是没日没夜地在紧张与操劳中度过的。杨总领事长期患有失眠症，连续几天来，他的神经一直处于极度的紧张亢奋之中，这就更使他没睡过一回囫囵觉，他的眼窝与双颊都凹了下去。这几天来，领事馆的文职人员及所有的随行家属都已经疏散前往香港，所有的机密文件、档案资料，都是在他的亲自监督下销毁的，极少数必须保留下来的文件也都得到妥善处理，几十亿的法币已于昨夜全部烧毁。为了销毁这几十吨纸币，马尼拉各界华侨抗日组织出动了全副武装的数百人，在从领事馆到销毁现场不到三公里的路上担任警戒，保证了这些法币的安全销毁。现在，一切应变工作已告完成。

1941年12月15日早晨，杨光生总领事在领事馆工作日志上写下："……现在可以放心赴死了……"之后，他衣冠整齐地下楼参加了领事馆的升旗仪式。

9点钟领事馆要召开一个会议，他感到头脑昏沉沉的，便走进会客室，闭上双眼坐在那里。朱少屏领事端着咖啡和一盘子面包、西瓜走了进来，一见总领事睡着了，不忍心惊醒他，便放轻脚步走了过去，悄无声息地将手中的食物小心翼翼地搁到他身旁的茶几上。

"少屏，我想要一杯茶，要安溪铁观音。"见到就要转身离去的朱少屏，总领事用力睁开了沉重的眼皮说，随之，又合上了双眼。

"杨总，我这就给你沏去。离开会还有一个小时，您多休息一会儿。"朱少屏低声地说着，走了出去。

按照总领事馆发出的通知，菲华各界抗日团体代表大会是在上午9点钟开始的。可是还不到8点半，与会代表就已经全部到齐了，领事馆不大的会议室里，旅菲华侨各界抗日组织30多位负责人汇集在一起，他们中有马尼拉本埠的，还有远从宿务、碧瑶、佬允隆、独鲁曼等埠头来的。有菲律宾华侨总工会的，有华侨抗敌后援会的，有中华民族武装自卫会菲律宾分会的，有菲华抗日反奸大联盟的，有菲华抗敌后援会的等等。这一次会议，朱永明与林子钟舅甥俩都参加了。朱永明是新当选的菲华抗日反奸大联盟的联络干事。而林子钟则是中华民族武装自卫会的青年部长。舅甥俩同在王彬街上经商，朱永明在街的这边经营海味渔具，林子钟父子在街的那一端买卖日用杂货。

那一年秋天，是朱永明回唐山把15岁的外甥林子钟带离溜石湾抵达马尼拉的，转眼之间，竟是4年过去！由于各自的店铺都是小本经营，雇不起打杂伙计，所以一年到头，他们非常忙碌，只是在逢年过节的时候提早打烊，相互间走动来往，亲戚三人聚在一起吃上一顿饭，喝一杯酒。这段时间以来，竟又是近一个月没见面了，林子钟见到朱永明走进会议室，忙从座位上站起来迎了上去，亲热地叫了一声：

"阿舅！"便拉着朱永明的手坐在一起了。虽说作为舅父的朱永明同时又是他的姑父，但从小他就阿舅长、阿舅短地叫惯了。

朱永明上下打量了一下林子钟，才多久不见，外甥又长高了，长结实了，长成一条汉子了。

"子钟，店里生意可好？你老爸眼疾可好些了？自从芭拉回红奚礼示之后，阿舅我抽不出身子到你们店里来，前几天，扶西送给我三个蟒蛇胆，是治眼疾的良药，我一直没有时间送过去。"

"是吗？老爸正叨念着要托人到山上去买蟒蛇胆哩。"林子钟说。他老爸林仁和的眼睛是两年前到乡下收账时，为省下几个住店费、马车钱，在连夜赶路回马尼拉的途中摔倒了，被路旁的龙舌兰扎伤了，直到如今不得痊愈，总是红肿发炎。林子钟接着问：

"阿舅，唐山那边外家姆（外祖母）、阿姈有没有消息？"

"能有什么消息，兵荒马乱的，连邮路都断了，你外家姆眼睛全瞎了，只靠着你阿姈里里外外一个人撑着，那日子也不知道怎么过，我有时候想都不敢想，哎……"朱永明叹了一口气，低下头来。

"我也总想着老妈，她孤零零一个人……"林子钟说着，竟有些哽咽了，他的喉结滚动着，咽下了口水，顿了顿才又接着说："前几天清濛村的沈尔齐先生从唐山回马尼拉，听说他今天也要来参加会议——噢，瞧，他来了。"林子钟忙站了起来，迎过去握住了刚迈进会场的沈尔齐的手，把他拉到舅父身旁来：

"沈先生，这是我阿舅朱永明，是泉州南门外溜滨村的，阿舅，这就是我刚刚提到的沈先生，清濛村的。"

朱永明忙站了起来，望着眼前这位在南洋番客中素有声望、叱咤风云的侨领，竟是这么一位只有20多岁、文质彬彬的青年人：

"沈先生，我们正说你呢，嘴还没闭上，你就来了。"

"坐下，都坐下，老乡见老乡，两眼泪汪汪，难得能聚到一块来。"沈尔齐招呼着他们坐了下来。他的祖家在泉州南门外清濛村，那是御桥村西北方向三里多路的一处侨乡，而溜滨村则是在御桥村东南方向6里路的地方，三个人在唐山的家是离得很近的。清濛村是个700多户的村子，下南洋的人也有700多人，所以当年泉州人口里常说的"清濛番客"指的就是清濛村差不多家家户户都端着南洋饭。落座以后，林子钟亲热地对沈尔齐说：

"前天就听说你回马尼拉了，一直想见你，总也联系不上，记得你是6月份回唐山的吧？"

"是啊，都有半年没见面了，要是晚一天，恐怕就回不了马尼拉了。"沈尔齐是在日军偷袭珍珠港——太平洋战争爆发的前一天回菲律宾的。

"沈先生这次到唐山，回清濛祖家了吧？"林子钟问道。

"我正要告诉你呢，真对不起，原想回去的，临行时，你交代过到御桥村看望令慈朱秀娥女士，可船一靠厦门港，我们就忙开了。那一天，我们向厦门各界人士做了一场旅菲华侨支援祖国抗战报告会，参加会议的有上万人。隔天我们就直奔福州，日夜兼程去了延安，汽车是经过清濛村旁的公路的，从车窗里往外望，也看到了老家的龙眼树，只捎了些东西可没能停下来。我负责押运的这些医药，是从香港购买后赶着送往延安的。离开延安之后，我又返回皖南，留在新四军军部工作，这就更分不开身回福建了。千里迢迢，多年别离，好不容易能回唐山一趟，竟不能见老母一面，也没能完成朋友的嘱托……"沈尔齐说着说着，声音低沉了下去。半年前，他率领菲华归国抗日义勇队一行回国参战，同时，用菲律宾各界华侨捐献的巨款在香港购买了大批医药运回祖国。

"沈先生也不用过于感伤，自古忠孝难两全啊。"朱永明在一旁安慰着。

"是啊，我也是这么想，国破家焉存，可人心总是肉做的，家母一生贫寒，忍饥挨饿、含辛茹苦养育了我，我竟至今未尽反哺之情。好，不说这些了，来日弥补吧，我想母亲会理解的。子钟先生，另有一个好消息告诉你。"

"什么好消息？"子钟急切地问。

"那一次临别时，在码头上你交代我两件事，一件是到御桥村看望令慈，一件是打听你的班主任卢翠林先生的踪迹。我从香港到厦门一直问到延安，本以为是人海茫茫，大海捞针，没想到竟然让我在延安打听到了。"

"卢老师！是真的吗？她可好？"

"是真的！我在延安还为她拍了照呢！"沈尔齐说着，从胸前的口袋里掏出一个信封，交给林子钟，"就在里面。"

林子钟接过信封，双手竟颤抖了起来，他用颤抖的手抽出了信封内的那帧照片——那真是卢老师！这帧照片是卢老师在她所住的那处窑洞旁边拍的，背景是莽莽苍苍的陕北高原，一棵高大的枣树立在她的左边，她右边站着的那个女孩子当然是莹莹了。林子钟记得：当年他离开唐山三省学校时，莹莹也就六七岁吧，如今都长到卢老师肩上了！卢老师穿着列宁装，打着绑腿，依旧是齐耳的短发，初夏6月明媚的阳光洒满一身，她和莹莹都眯起双眼望着远方，林子钟深情地把照片看了又看，而后又将之翻转过来，后面是他所熟悉的卢老师那工整有力的字迹：

林子钟同学存：
　　国难当头，不要忘了自己是中国人！
　　卢老师一九四一年六月二日摄于延安

"卢老师现在延安鲁迅艺术学院任教，你让我带上的那支钢笔，我当面交给了卢老师，这照片上的字就是用那支笔题的，她给你捎来了一小袋延安大红枣，我改天交给你。"

"啊，是真的？"

杨总领事在自己办公厅的沙发上闭着眼睛养了一会儿神，看看开会时间将到，便走进盥洗间用冷水冲了一把脸，梳顺了头发，将脖子上的第一个纽扣也扣上了，干净利索、精神抖擞地走上会议室讲台。挂钟响了9下，刚好9点整。他站在讲台上，人们发现，一向西装革履的总领事，今天穿的是一件洁白的府绸汉衫，12颗布缩的衣扣从下到上都整整齐齐地扣上了，他用有些沙哑却是浑厚的声音宣布：

"各位同胞，现在会议开始了。我很高兴，今天凡是通知到的，都准时前来出席了，在座的，有姓'国'的，有姓'共'的，有信三民主义的，有信马列的，大家都心中有数……"说到这里，总领事突然喉头一哽，停在那里了。人们发现，这个文质彬彬、清朗俊秀的铮铮铁汉，双眼中闪出了晶莹的泪光。他擦去泪水，用更显明亮的双眼再次环视了一下客厅，继续说道："……我们菲华社会，从来没有……像今天这样，同心协力……血干团，迫击团三九九部队，特工总队，菲华支队，抗反大同盟，抗日义勇军……还有远从内湖省来的抗日游击队代表也准时来了……"

听着杨总领事这样说，有一个年轻人站了起来，朝大家挥手鞠了一躬："玛妮娜·黎刹女士本来也将准时到会，但路上耽误了……"这个年轻人就是内湖省抗日游击队的代表了。

总领事望着他，然后回过头来看着坐在身旁的中国国民党菲律宾总部书记长柯俊智说："柯书记长先生，如果我没有记错的话，这位内湖省的游击代表跟您是同姓啰？"

"那是的，包括何塞·黎刹，也应当是柯姓的……"柯俊智说。

总领事接过他的话说了下去："……我刚才说了，不管'国'姓'共'姓，还有柯姓蔡姓，张王赵李……但在国难当头，中华民族生死存亡的关键时刻，我们融洽无间地坐到一起来开会，这说明我们都首先认准了一个大局：这就是我们都是中国人！是炎黄子孙！所以在今天，领事馆为各位准备的不是咖啡，而是出自唐山闽南安溪的铁观音。现在，我以茶代酒，先敬各位一杯。我代表中华民国重庆国民党政府，代表在祖国大陆浴血奋战的各路官兵，代表四万万三千万唐山同胞，代表中国政府驻菲律宾总领事馆全体官员向旅菲各界侨胞表示深深的谢意。"说到这里，总领事弯下腰去，深深鞠了一躬，台下几十位与会者齐刷刷地站了起来，回敬了总领事一鞠躬。"各位同胞，自从抗日战争爆发以后，我们数十万旅菲华侨，或以身赴汤蹈火、义无反顾地回国奔赴抗敌战场，或捐款捐物雪中送炭支援国内抗日军民。各位同胞，在这几年里，旅菲中华民族武装自卫会、菲律宾华侨总工会、菲律宾华侨抗敌自卫会等侨团组织已多次挑选精英，共同组成菲华归国抗日义勇队奔赴唐山抗日前线参战，有的已经以身殉国，而在最近三年内，本领事馆经手收到的旅菲华侨各界的捐款就达2400多万比索，这些巨款已经分毫不差地全部交付国内抗日政府。连年战乱，市场萧条，我们深知，这2400万比索是何等来之不易！而就在昨天晚上，由美国印制准备经菲律宾运入唐山国统区的几十吨法币，也是在各华侨团体派出武装人员的护卫下，连夜全部销毁的，这几十吨法币要是落入日本人手中，将是唐山国统区的一场金融灾难，其后果不堪设想，现在我们全部销毁了。

"各位同胞，本总领事在这里要通报一个消息：汪精卫在南京已经成立了一个亲日的伪中央政府，作为国民党中华民国政府驻菲总领事，我本人为国民党内部出现这样的败类感到羞耻。但是，驻菲律宾国总领事馆永远代表国内抗日军民，决不投降退缩！在此，本总领事及在领事馆供职的一共8位官员向各位同胞起誓：我们随时准备杀身成仁，精忠报国，绝不变节！

"各位同胞，太平洋战争爆发以来，形势急转直下，日军已在东南亚许多国家登陆，菲律宾危在旦夕。为了不致付出无谓的牺牲，我建议从今日起，所有华侨抗日救国团体暂时转入地下，至于中国驻马尼拉总领事馆，绝不转入地下，绝不撤离马尼拉，作为一个主权国家驻外使节机构，我们总领事馆的国旗将永远不会降下……"

总领事谈了许多许多，他通报了唐山抗日前线的情况，通报了整个世界反法西斯战争的形势，谈到旅菲华侨社会今后的应变措施……由于连日操劳失眠，总领事声音沙哑，但那声调却是沉稳刚毅的，说到后来，他的喉咙咳出血水来了。

会场上先是久久鸦雀无声，而后有人掏出手帕揩去眼角的泪水；有人无声饮泣，继而这种饮泣声连成一片抽啜声。片刻之后，随习领事杨庆寿宣布由沈尔齐汇报菲律宾归国抗日义勇队回国参战情况。

杨庆寿，祖籍地也是唐山泉州南门外的，但不是晋江县，而是西南方向的南安县。他比沈尔齐早生一年，今年27岁。由于同是"闽南番客"，他对沈尔齐多了一份乡情。

沈尔齐在一片啜泣声中登上讲台，他的双眼里也闪着泪花。这位现年刚满26岁的年轻华侨，于10年前告别了贫穷的母亲，离开唐山前来菲律宾投靠他做厨师的父亲，在父亲手下帮工打杂，夜间还要为两家华人"菜仔店"记账。在异国南洋，他一无所有，而在唐山故乡，他还有一年四季在半饥半饱中度日的年迈母亲和幼小的弟弟妹妹。他是16岁下的南洋，从此以后，便以单薄的肩膀，与父亲共同挑起了生活的重担。如今，这位年轻的华工已成为职业革命者，并于1933年在马尼拉加入共产党，第二次世界大战以后，他更成了菲华社会中家喻户晓的抗日勇士。早在1938年年底，他就与菲律宾劳联会的领导人黄杰汉、许立山等人共同发起组织了菲华归国抗日义勇队，他前后两次率队奔赴唐山抗日前线参战。这位文质彬彬的华侨工人领袖，用高昂洪亮的声音报告了他率领抗日义勇队回国参战的情况；他报告了义勇队登上厦门港以后，是如何受到该市各界同胞的热烈欢迎；他报告了义勇队经福建、江西到达新四军时受到叶挺军长热情接待的情形；他报告了义勇队在从皖南到苏南的数百里急行军转战途中，所受到陈毅、粟裕将军的表彰。最后，他详细报告了他在延安期间的所见所闻。他讲到了在陕北高原上见到裤子上打着补丁的毛泽东、朱德；他们是如何领导八路军在抗击日本侵略者；他谈到了平型关大捷，谈到了台儿庄血战……

他展示了随身带来的日军太阳旗、军衔章，还有被击毙在黄土岭战役中的日军号称"名将之花"的阿部中将的照片……这些来自唐山抗战前线的战利品，是沈尔齐离开延安时，毛泽东主席特意让他带回菲律宾，作为八路军、新四军向南洋侨胞的汇报。接着，他还谈到30多万同胞受难于南京大屠杀。他不带讲稿，谈了近两个小时，他的声调时而慷慨激昂，时而哽咽低沉，他常说着说着，泪水便奔流而出……

从1938年初至今，4年之中，他已两度往返唐山至菲律宾，两次组织菲华青年回到故国前线参加抗战……

此刻，他的泪水是为在唐山前线牺牲的战友而流……

/ 九、游子之情（下）/

1938年的元旦已经过去20天了，而中国人真正的新年——春节，也即将到来了，往年这个时节，应当是中国人感到最是生气盎然的时光，不管是穷家小户还是富家大宅，都在喜悦地准备过大年了。可是在1938年的这段时光里，一向绮丽多彩的小岛城厦门，却仍然如丧偶的新寡一般死气沉沉——自从七七事变以后，像全国各地一样，亡国的哀愁几乎渗透到这座美丽的南方岛城的每一个角落，那时候，东北三省早已沦陷，日本侵略者的铁蹄正迅速地向华北、华中各地挺进……

这是个晴朗的早晨，阳光很好，但非常寒冷，尽管刺骨的海风猎猎作响，但沉寂多时的太古码头上，却已聚集了不少人，待到太阳完全升上来的时候，码头上已是人山人海了。

这个时候，一艘货轮离岸很近了。

人们终于看清楚，那艘靠岸的货轮就是——

"江苏号"！

从马尼拉港到厦门港，从烈日炎炎的热带之国到寒冬中的唐山故园，三天四夜的千里水路，"江苏号"上28名年轻的菲华救国义勇队队员们几乎没有合过眼皮，他们都还穿着单衣甚至短袖衫，他们血管里奔流的热血烫得浑身发热，竟忘了此时正当唐山的隆冬，船未靠岸，他们却早已站到向着码头的甲板上来了……

……沈尔齐眼前一阵模糊，他发觉自己流泪了……

7年前，也是这么一个严寒的日子，不到16岁的他，也是在这个码头上，穿着母亲千针万线衲做的布鞋，挤在下南洋的帆船里，去了菲律宾……7年过去，他已经走进人生的第23个春秋，他这次回到唐山来，还是在这个码头上，作为队长，他带回来28位旅菲华侨，他们大都是出生于南洋的20岁左右的年轻人……

他突然想起了三天前在马尼拉码头上送他上船的沈霏，他们已经相恋几个月了……

现在，回到唐山，他又想起了母亲……

从厦门到位于福厦公路旁的清濛村——阔别多年的故乡，还有饥寒交迫中的母亲（这几年中又添了几缕白发、几多皱纹？）与弟弟妹妹（这几年长高了吗？）——这一切都近在咫尺了……

一股浓烈的乡思涌上了心头，涌到了喉口，催出了眼泪……

恍惚之间，他感觉一件温暖的棉衣披到自己身上……

沈尔齐终于发现，"江苏号"已靠紧码头，锚定在海岸上了，陆上迎接他们的同胞，跨过跳板，脱下身上穿着的棉衣，披到了他们身上。

在厦门，在当地政府与地下党组织和各抗日人民团体的支持下，沈尔齐利用各种机会发表演说，向祖国人民报告了南洋各地华侨如火如荼的抗日救亡情况，表达了海外侨胞回国参战的强烈愿望。印发了《告祖国各界同胞书》，喊出了"侨胞与祖国同胞团结起来！""肃清一切汉奸卖国贼！""打倒日本帝国主义！"的呼声。

几天之后，这支队伍离开了厦门……

1938年2月中旬，沈尔齐带领的这支队伍抵达闽西革命老根据地龙岩县——新整编组建的新四军第二支队司令部所在地。时任新四军政治部主任、建国后任国务院副总理的邓子恢，以及二支队司令员、后任中华人民共和国最高人民检察院检察长的张鼎丞，率领全体指战员，为他们举行了隆重热烈的欢迎仪式。此时正值春寒季节，闽西山区四处结着冰凌，然而，从四季如夏的南洋归来的这些年轻侨胞，却感受到了一种亲切的温情，感受到闽西人民抗日的决心与斗志。而沈尔齐更是从邓子恢、张鼎丞这些老一辈的中国共产党人身上看到了中华民族的希望。在这里，义勇队正式更名为"菲华回国随军服务团"，沈尔齐被新四军政治部任命为团长，并经党委决定，沈尔齐由菲共转为中共党员。随后，沈尔齐率团随新四军二支队北上，在山重水复的行军途中，与后来担任福州军区政委的王直所领导的宣传队紧密配合，共同负责北上抗日的宣传任务。在行军途中，沈尔齐无数次登台表演节目，从闽西到皖南，数千里行军，他给沿途同胞留下了一位海外赤子忠诚报国和一个共产党员无私无畏的光辉形象。

经过40多天的艰苦跋涉，皖南大地终于来到脚下。晚春4月，山花烂漫，翠竹拔节，一代抗日名将叶挺，还有项英两位将军亲切地接待了他们。

1938年秋后，抗日战争进入战略相持阶段，为了更深入、更广泛地争取海外侨胞对抗战事业的支援，临近年终的时候，沈尔齐受新四军军部之命，带着叶挺军长组建"华侨营""华侨团"的重托，告别了笼罩在皑皑白雪中的皖南山水和朝夕相处了8个多月的战友，脱下军装，返回南洋。到达菲岛之后，沈尔齐夜以继日地忘我工作，奔走于菲华各界，以自己的亲身经历，向广大侨胞报告了祖国抗战形势和抗战部队战绩，展示了从日本侵略军那里缴获的"太阳旗"等战利品，在华侨中掀起了又一轮的捐钱捐物和报名回国参战高潮。半年之后的1939年春末，以沈尔齐为政治指导员、王西雄为团长的菲华各劳工团体联合回国慰劳团成立了。这个时候，东南沿海大片国土先后沦陷，汉奸、反动派不断制造纠纷，形势十分严峻复杂，慰劳团不得不取道香港，经越南海防河内进入广西，滞留桂林。近万里的行军，其艰难险阻难以想象。4个月之后，沈尔齐终于率领着这些年轻的海外赤子，于1939年9月来到皖南新四军军部。此次，慰劳团除了将侨胞捐献的医药器械等物资带给新四军外，还随身带来了一套铜管军乐器，从此之后，在新四军的军营驻扎地，便不时响彻着由这些年轻的侨胞吹奏出来的高昂激烈的抗战旋律。正如后来中共中央所指出的：菲岛侨胞曾给新四军以极大的援助，如捐助款项医药，派遣服务团等。这期间，沈尔齐多次参加对日战斗……

第二年秋天，也就是1940年深秋，接到中央指示，沈尔齐带领一部分随行回国的青年战士，组成菲律宾青年华侨回国随军服务团奔赴延安，在陕北的一处大窑洞里，他们见到了毛泽东、朱德、彭德怀……

现在，是1941年12月15日的上午，在中国驻菲律宾马尼拉总领事馆，沈尔齐将继续说完他心中的话……

"各位同胞，中华民族到了最危险的时候，国家兴亡，匹夫有责。祖国是根，祖国是大树的主干，我们华侨是这大树上的枝叶，大树不保，枝叶何存？"

接着，沈尔齐又向大家宣布：第三批菲华青年回国随军服务团已正式组建，并将尽快回国参战。话音刚落，一位身材挺拔的壮年人走了过来，大家眼睛一亮：这正是菲律宾中华总商会永远荣誉会长、菲华救国会主席李东泉先生：

"沈先生，小儿也已获准参加随军服务团，将随你奔赴前线，我曾嘱他带上两包雪茄，敬赠在延安指挥抗战的毛泽东先生、朱德先生，无奈小儿拒绝了，说是沈先生告诉他那边不收百姓一针一线——可这不是礼物，区区两包雪茄，能让毛主席、朱总司令运筹帷幄时提提神，这是一点心意啊，沈先生，拜托你带上了。"

沈尔齐莞尔一笑说："令郎说的不假，延安那边上下官兵'不拿群众一针又一线'，这是那边的军歌里所唱的，是我回国时亲眼看到的。不过，李先生这两包雪茄我是一定要破例带到延安，交给毛主席、朱总司令的。我想李先生的这份心意他们是不好拒绝的，我代为致谢了！"见沈尔齐接过那两包雪茄，李东泉爽朗地笑了起来：

"沈先生给我面子，愿意代劳，该我谢你才是。还有一事乃受我内人所托，还要烦劳沈先生。愚内人获悉八路军将士在前线作战，雨雪交加，条件恶劣，愿捐国币一万元，作购置雨具的专款。"李先生说罢，将一张现金支票及一纸信笺递给沈尔齐，信函是李东泉夫人颜漱女士的亲笔信：

朱德将军勋鉴：

  公率三军，捍卫中原，捷报频传，侨众欣慰。闻前线环境艰难，为此马来亚嘉庚陈先生慨捐八路军所需胶鞋，吾虽巾帼，救国当学须眉，特捐国币一万元，托为购置雨具，分发八路军将士。谨此奉闻，并祝

  大捷！

菲律宾抗日妇慰会主席颜漱谨启
民国三十一年十二月十三日

在征得李东泉先生的同意之后，沈尔齐将此信读了一遍，会场沉静了瞬间，紧接着响起如雷的掌声。

自"九一八事变"以来，10年之间，李东泉夫妇捐回国内抗战组织的钱物不计其数：捐给国民党重庆政府，捐给十九路军，捐给延安八路军，

捐给东北抗日义勇军。这其中大的包括国防建设费、飞机、药械，小的包括寒衣、雨具，等等。近日，他们更鼓励未满20岁的次子李伟良报名参加菲华青年回国随军服务团，一家忠心救国，菲华社会有口皆碑。

李东泉摆了摆手，让掌声静了下来：

"在此危急关头，国家生存系于一发之际，窃以为，全国上下，必须摒除个人恩怨，同心协力，共克危难。民国廿九年八月，陈嘉庚先生曾通电国内参议会谓'敌未出国前言和即汉奸'，愚今拟续上一句'寇当前枪口对内是国贼'。强敌入侵，我中华民族，当不分党派，一致抗日，凡枪口对准日寇的，都是好人。窃还以为中国共产党人真诚坦白，自抗战以来，同国民党真诚合作，光明正大，共赴国难，尽有战功，屡建殊勋，可以质诸天地鬼神而无愧，这实乃中华民族之希望所在，尤为令人欣慰的是经西安事变之后，今国共两党以民族利益为重，再次团结抗战，这可谓不幸中之大幸……"

李东泉说罢，望着杨光生，只见总领事眼里溢出了泪花，他站了起来，走上前去，紧握住李东泉的双手。随之，会场上再次响起经久不息的掌声……

这个会议一直开到午后1点才结束。在走出会议室的时候，沈尔齐低声对林子钟说："我很快就要离开马尼拉了，晚上我去王彬街找你，有些东西要交给你，你在家等我。"

送走与会者之后，沈尔齐又随杨光生回过身来，走进一间密室，杨光生招呼沈尔齐坐了下来：

"廖承志先生与连贯先生来了电报，让我将5000件急救包的提货单直接交给你带到香港，这些急救包都是何塞·黎刹的族裔捐赠的，所有的货物都在香港备齐了。为尽快运抵前线，遵照捐献者的意愿，这批物资就不再通过'中央政府'配给，而直接交由八路军驻香港办事处——这是那批急救包的所有相关文件，其他事宜，我已与连贯先生通电了，请沈先生抵达香港时，立即将文件面交廖先生或连先生。"说着，将手中一个牛皮纸信封郑重其事地交到沈尔齐手中，"拜托了。"

沈尔齐说："请总领事放心，我一定送到，如果没有其他事情，我这就告辞了。"

杨光生瞥了一眼腕上的表："不，请沈先生再稍候片刻，何塞·黎刹的侄孙女玛妮娜·黎刹女士想见见你呢，约定时间就到了，她是绝对守时的——噢，对了，她告诉过我，何塞·黎刹算半个中国人，是半个晋江人……"

"就是上个世纪被西班牙殖民者杀害的那位何塞·黎刹吗？他怎么会是半个晋江人？"他们正谈论着，只见窗外院子里驶进来一辆黑色的福特轿车。

"你瞧，她来了。现在刚好是约定的时间，2点整。"说着，他们迎了出来。

车门开了，从车上走出来一位30岁上下的女人，沈尔齐看到这女人披着一件紫色薄绸斗篷，身材高挑，仪态端庄。杨光生轻声说了一句：

"就是她了。"说罢，将客人迎了进来。听过杨光生的介绍之后，客人站了起来，走向沈尔齐，握住了他的手：

"尊敬的尔齐，沈先生，早就听说过您的名字了，又听到杨先生说起您是中国福建晋江人，能见到您真是荣幸。家父去年临终时说过，黎刹家族的身上是有着中国人的血统的，家父还说，我们父氏的祖先源自中国的福建晋江，那姓氏是——柯。"女客人的这些话是用英语说的，而最后那个"柯"字却是用闽南话讲出来的。虽然语调生硬，却异常清晰。此时，她就站在眼前，沈尔齐能清楚地看到这位女客人异常美丽，气质非凡。尽管她的皮肤是属于西欧白色人种的那种颜色，可又呈现出东方女性才有的那种细嫩光洁，在深深的眼窝里，重眼皮后面镶嵌着的那双眼珠是黑色的，同时，她的头发也油黑如漆——这无法割舍的中国印迹！

"谢谢您！十分感谢您对中国抗日战争的理解与支持，我将要回到中国，我将把您的这份深情，将把黎刹家族的这份深情告诉中国人民！"沈尔齐激动万分地用英语说。早在见到玛妮娜·黎刹女士之前，沈尔齐就已经了解到她一直在暗中资助着一支活跃于何塞·黎刹出生地内湖省的华侨抗日游击队——"黎刹支队"，现在，他终于见到了她。

"方便的时候，也请沈先生告诉——中国——乡亲——是该这么称呼吧——其实，这是完全不必感谢的，中国，是你们的，也是我们的……"女客人也用英语这样回答着沈尔齐。看到时间已经不早，而总领事似乎又另有其他的事要与客人交谈，沈尔齐便先告辞了。那位女人站了起来，一直将沈尔齐送到门口：

"多保重了，晋江乡亲，密斯特沈先生……"

/ 十、弱国使节 /

马尼拉沦陷了……

1942年的新日历刚刚撕去一页。菲律宾国首都马尼拉的市民发现，一夜之间，市区的街道上到处可见太阳旗。三五成群的日本兵，端着上了刺刀的步枪，杀气腾腾地走在街道上，一辆辆驾着机枪的军用三轮摩托，军用吉普在每一条街道上缓慢行进，刺耳的警笛声由远而近，又由近而远，荷枪实弹的大日本帝国皇军征服了这个不设防的善良国家的首都。马尼拉在屈辱中沦陷，马尼拉在沦陷中沉默。日本天皇的"大东亚共荣圈"把菲律宾划了进去，于是，自16世纪以来，菲律宾又一次无可奈何地被新的殖民者掳去了……

1942年1月2日上午，中国驻马尼拉总领事馆准时升起了青天白日旗，升旗仪式刚刚结束，一个信使便给杨光生总领事送来一帧请柬，总领事接过来一看，那是日本国驻马尼拉副总领事木原次太郎送来的：

中华民国驻菲律宾总领事杨光生先生阁下：
　　日本军队已于今天，于一九四二年一月二日凌晨四时正进驻菲律宾国首都马尼拉市，从这个时间开始，马尼拉市便处于日本军队的监护之下，为商议大东亚共荣圈之稳定大计，本副总领事邀请阁下于今日上午九点正前来日本国驻菲律宾马尼拉总领事馆面谈。事关重大，务请准时出席。
此致
敬礼！

　　　　　　　　　　　　　日本国驻菲律宾国马尼拉
　　　　　　　　　　　　　副总领事（全权）木原次太郎
　　　　　　　　　　　　　一九四二年一月二日上午七时正

7双眼睛一齐望着杨光生，只见总领事抿着嘴沉默着。过了好一会儿，朱少屏领事才轻声地问：

"怎么样，杨总，去不去？"

杨光生抬起手臂来，看了看手表说："上早餐。"

8个人回到餐桌上去，默无声响地吃着简单的早餐。空气似乎已经凝固了，整个餐厅静极了——静到了可以听见各自咬嚼面包的声音。杨光生坐在那里，边吃边沉思着。此时，他心乱如麻：这一赴约，是入虎穴？是鸿门宴？个人安危上的事，他早已置之度外了，他想的是这一赴约，如何才能不辱党国尊严，不辱民族尊严。他搁下茶杯，把那张请柬拿起来又看了一遍，然后，他把食盘推到一旁。"霍"的一声站了起来：

"朱少屏，备车！"

一辆黑色的道奇轿车驶上大街，驰出马加地，在马尼拉街道上转了几个弯之后，这辆插着中华民国青天白日旗的轿车驶进了日本国驻马尼拉总领事馆。

开车的是朱少屏，他把车停稳之后，便下车打开了后座车门，把总领事接下车来。杨光生刚在地上站定，穿着和服的日本国副总领事木原次太郎便从官邸的台阶上迎了下来，他笑容可掬地拉着杨光生的手，双双迈上台阶：

"总领事阁下，想不到您这样准时到来，欢迎欢迎！"

入座以后，侍者便给来客端上茶水，杨光生正襟危坐在沙发上，目光炯炯地正视着对面的日本副总领事，没有开口。木原呷了一口茶水之后，打破了沉默，神采飞扬地说：

"总领事阁下，您能理解今天是什么日子吗？"

杨光生若有所思地答道："木原先生应当会知道，今天是1942年1月2日。"

木原听罢，嘿嘿地笑了起来："你说的是日历上的标示，我指的是人类发展史上的具有伟大意义的今天——今天，日本军队把太阳旗插到马尼拉了，这就是说，从今天起，大和民族的大东亚共荣圈版图上又多了一个国家，哦，不不不，是又多了一片属地，所以，我邀请杨先生前来共同庆贺这个胜利。"

杨光生听罢，义正词严地说："今天日本军队以武力强行占领了马尼拉，占领了东南亚许多地方，这之前，日本军队已经占领了中国的大片土地，你们可以将之视为一种胜利来庆贺，可是为了你们的这种胜利，已经牺牲了多少无辜的人民。就中国而言，自从'二战'爆发以来，死于日军炮火之下的中国军民数百万计，对于我们来说，这是一场空前的灾难。如果木原先生约我前来是为了庆贺这场灾难，那么恕我告辞了。"说罢，杨光生站了起来，迈开脚步。

木原次太郎大步跨了过去，半是热情，半是强制地轻轻地又把杨光生按到沙发上：

"既来之，则安之，这是你们中国的老话了。你我之间，可算是老朋友了，我们日本大和民族，向来是敬重有骨气的民族的，尤其是我本人，更是尊敬如杨先生这等有民族气节的人。但是，我们更尊重顺应历史潮流的人，可惜中华民族中，这种识时务的俊杰并不多，比如像汪精卫先生这样顺应历史潮流的俊杰。"

"佩服木原先生能从本质上理解我们中华民族，正如木原先生所言，中华民族，上下五千年，像汪精卫这样的民族败类确实并不多见。而且这种人必是活着千夫所指，死后遗臭万年，木原先生应该是知道中国宋代的那个秦桧吧？"

"知道知道，我读过这样的诗句：青山有幸埋忠骨，白铁无辜铸佞臣。说的就是秦桧这样的佞臣吧。哎，想一想，一个民族何苦这样认真呢？其实这个世界，自从有了生命，就有了残酷的竞争，弱肉强食，适者生存。人是动物中的一种，但人是动物界中最优秀的动物，所以人类主宰了这个世界，统治了这个世界。所以人类可以随意处置其他动物。同样是人类，也有优劣之分。一个民族强盛到有足够的力量到另一个民族的领地去发展，这就证明这个民族比那一个民族优秀得多，你说这不公正吗？什么叫公正？上天公正吗？为什么如大和民族这样优秀的种族就只有那么一点弹丸之地？资源又是那样贫乏，而如中华民族、菲律宾民族这样落后且愚不可及的民族却拥有博大的国土与丰富的资源，这就公正吗？劳心者治人，劳力者治于人，又是你们中国的老话了。我对这句话的理解是聪明的民族、优秀的民族，应当成为统治的民族；而愚昧的民族、低劣的民族就要受统治。广而言之，大而言之，在这个世界上，优秀的先进的民族就应当统治劣等落后的民族，唯独这样，世界才能发展进步。你们的国父孙中山不是提出了'世界大同'说吗？我是赞同这个主张的。这个'世界大同'跟我们大日本帝国提出的'八纮一宇'[1]目标是完全一致的啊。从大处上讲，你们孙中山国父正是在效法我们大日本帝国文明之父福泽谕吉。但是实现'八纮一宇''世界大同'的宏伟目标，靠劣种民族是完全不行的。而只能依靠优秀的大和民族。为了这个目标，应当允许各种手段，包括战争与征服。而当今世界上，唯有大日本帝国具备这个条件。日本军队为了推进大东亚共荣圈而战，就是要实现这个目标，所以它是不应该受到非议的。不错，中华民族曾是一个优秀的民族，四万万中国人一向以自己的民族曾经有过'四大发明'而骄傲。是的，你们发明了火药，但你们的火药更多的是用来作为从朝廷的皇帝达官到民间的平民百姓婚丧喜庆时的烟火爆竹；你们发明了指南针，但多少世纪以来，你们的指南针更多的只是变为风水先生手中的罗盘，用来为死者挑选一处能福荫子孙万代的风水宝地……杨总领事，你能不承认我说的这些都是事实吗？这样的民族有什么希望？所以近代以来，中华民族退化了，落后了，腐败了……至于说到你们政府的腐败，我想杨总领事会比我们清楚，远的不说，我提请总领事注意这么一件事（说到这里，木原打开一张报纸），这是我们情报处收集到的1937年6月6日的《公理报》，这是你们马尼拉华侨办的报纸，这张报纸是这样评价你的前任们的：……少有能为本政府爱护侨民之旨以忠公者，邝总领事关心汇水起落，李总领事注意股票升降，上行下效，争先营利，贻误要会，不知凡几……我想，杨总领事是知道这张报纸的，这不是我们日本人的杜撰吧？你们政府已到了大官大腐、小官小腐、无官不腐的地步了。这样的政府领导下的国家民族能有希望吗？可是中国内部能够这样实事求是地评价自己民族自己政府的人不多，我想汪精卫先生应是能这样理解自己的民族与政府的一个优秀分子，他能深刻理解这个民族已到了垂暮之年，需要借助大东亚共荣圈来唤醒它的活力了！这真是非常明智的选择，远的不说，八国联军入侵北平，我们都是记忆犹新吧？与其那样让西洋各国列强远道而来、大动干戈、涂炭生灵，倒不如你们举国上下与近在咫尺的伟大的大和民族精诚合作、共荣共强！除此之外，你们中国还会有其他的路可走吗？"

杨光生总领事坐在那里，听着木原滔滔不绝地说着那些似是而非，似非而是的理论，他感到震惊，感到屈辱，感到茫然。他在茫然中记起了一句话，这句话还是在他的学生时代——噢，那是在清华大学校园里，那是一个法兰西老人对他说的："谁战胜，谁有理。"那是雨果老人说的，那是雨果老人在他的长篇巨著《悲惨世界》里告诉他的。20来个年头过去了，他一直在品味着这句话，而每一次品味，他对这句话都会有一层新的理解，尤其是九一八事变以来，尤其是他作为一个驻外使节以后，他更能品味出这言简意赅的6个字，是那样血淋淋的残酷无情，又是那样现实确切！木原可以趾高气扬地约见一个泱泱大国的总领事来听他训话，凭的是什么？凭的就是他的国家是一个战胜国，他一再地羞辱你这个国家的四万万人民包括官员，可一些现象你能不承认吗？你不能把日本人从自己的国土上赶出去，你的国家确实已败落不堪、千疮百孔，想到这里，他感到心里一阵绞痛。

"没有想到木原先生有这样深奥的理论，而在这之前，我一直以为一切法西斯侵略者仅是一群头脑简单的武夫屠户。我不想对木原先生的理论评价。我要说的是你们所谓的大东亚共荣圈，'八纮一宇'，说穿了就是要中国人民乃至亚洲人民任由日本侵略者烧杀淫掠，做亡国奴，我还要说的是拥有四万万人口的中华民族应该是一头沉睡着的狮子，我深信这头睡狮是终究要醒过来的，中华民族进行抗日战争已经好几年了，当代的，可以追溯到'卢沟桥事变'，中国人民已经牺牲了数百万人，中国人民还将付出更大的牺牲，直到将日本军队从自己的国土上赶出去。"杨总领事说出了这么一席话，他深知现在这些话是苍白无力的，但他又能说什么？时间会证明一切！

木原嘴角上挂着微笑，平心静气地听完了杨总领事的话，之后，他不慌不忙地开口了：

"我们从东三省拿走了不少东西,这些都用不着大惊小怪,这是一种征服,这就是征服的目的。物竞天择,自然界本身就是残酷的,大和民族之所以在世界民族之林中高人一等,那是因为这个民族只崇尚武力和征服,而不承认怜悯与眼泪。所以大和民族永远充满了活力,尤其自明治维新以来,大和民族的这种精神更加发扬光大了。"木原还在喋喋不休地说着,而杨光生直感到脑海一片空白,听到后来,杨总领事竟猛觉双耳轰然作响,听不清木原在说什么了。过了好久好久,这种耳鸣才消失了。他悲怆地坐在那里,他不想再开口,他理解,对于现代入侵者,最好的对话是强大的军队,是飞机、是大炮、是军舰、是坦克,可是现如今的祖国,你有多少贤臣良相?你有多少精兵强将?你有多少飞机大炮军舰坦克能作为你驻外使节的坚强后盾?

什么叫据理力争?战场上无理可据,外交上无理可据。雨果老人所说的"谁战胜,谁有理"——炮弹的轰鸣声就是道理!是这样吗?

杨光生总领事沉默了。过了很久,又是木原打破了沉默:

"杨先生,有些问题,留给哲学家去思考吧。我们都是代表着自己国家的外交使节,我们还是回到现实中来吧。作为日本国驻菲律宾特命全权副总领事,我代表日本天皇、代表日本政府并代表日本国驻菲律宾国宪兵总司令大田长官宣布:(一)鉴于中华民国国民党政府已逃亡重庆,这个沦亡的政府已不再代表中华民国,所以日本政府认为他是非法的;(二)日本政府承认以汪精卫为首的南京新政府为中华民国唯一合法政府;(三)以杨光生总领事为首的原中华民国驻菲律宾马尼拉总领事馆必须立即中断与国民党重庆政府的关系,承认汪精卫南京政府并接受其领导,否则,日本国政府将视中国驻菲总领事馆是非法的,而在大东亚共荣圈的范围内,绝不允许非法的驻外机构及使节存在,这就意味着,日本宪兵可以随时封闭中国驻马尼拉总领事馆;(四)鉴于最近以来,多次发生旅菲华侨对抗日本人的不亲善行为,中华民国驻马尼拉总领事馆必须负责抚平这种野蛮行为。以上四项,你应当将它理解是日本国政府对中华民国驻马尼拉总领事馆的最后通牒。"

"最后通牒!"听到这4个字,杨光生总领事猛地感到头脑轰然一响,一股怒气从丹田直冲天灵盖。接着,他再次觉得头脑一片空白,眼前一片昏黑,过了片刻,他终于恢复了思维:凭什么,到底是凭什么一个国家的副总领事竟然能对另一个国家的总领事召见训话,甚至下"最后通牒"?想到这里,他感到浑身燥热,太阳穴乒乓作响,接着便感到有一股浓烈的腥味经胸腔涌上喉口,他咬紧了牙关,把这股涌到口中来的咸腥的液体强咽了下去:

"作为中华民国政府驻菲律宾国马尼拉总领事,我,杨光生提醒木原先生转告日本国政府:

"(一)本领事馆是唯一的代表中华民国政府驻菲律宾国的合法使节机构;(二)中华民国国民党中央重庆政府是中华民国唯一的合法政府,本领事馆的所有官员只执行这个政府的命令;(三)作为一个主权国的驻外使节机构,中华民国驻马尼拉总领事馆没有义务去执行另外任何一个国家驻马尼拉使节的所谓'最后通牒';(四)日本国政府及其一切驻外使节不得承认汪精卫伪政府;(五)鉴于日本军队登陆菲律宾以来,不断出现日本军人及日本侨民骚扰华侨的状况,本总领事申明:本总领事馆将不辱使命一如既往地保护自己国家的侨民,对于中国侨民对所受到的侵犯,本总领事随时准备通过中国政府向国际法庭起诉。中国侨民对于日本军人及侨民的侵犯有正当防卫权利。"尽管杨光生总领事已竭尽全力镇定住自己,努力使自己用平静的口气说完这席话,但他仍然感到自己的声音因愤怒和屈辱而颤抖。他深知:作为中华民国驻马尼拉总领事,他在1942年1月2日所说的这一席话仅是一纸空文,毫无作用。然而,他只能如此!他颤巍巍地站了起来说:

"朱少屏领事,走!"

就在走下台阶的时候,他感到头重脚轻、天旋地转起来,看着总领事的身体摇晃了一下,朱少屏一步跨向前去,想扶住他,他轻轻拨开朱少屏的手,咬紧牙根,尽力挺起胸膛,不让自己瘫倒下去。

小轿车就停在20来步远的台阶下,这么一段小小的距离,现在对他来说是一段何等艰难的跋涉,他的双脚如同灌满了铅那般沉重,他拖着沉重的脚步走完了这段漫长的屈辱的路途,走到小轿车的前面来了,当朱少屏打开车门时，他差不多是一头栽了进去，重重地掉落在车厢里的软座上。

又一股咸腥的液体涌上喉口，他已经无力将之吞咽下去，他在恍惚中掏出手绢捂住嘴巴，于是，那奔突出口的炽热的鲜血将洁白的手绢染红了……

/ 十一、败国侨民 /

王彬街死一般寂静。

王彬街是马尼拉老城区的一条老街，这条老街是马尼拉的一条唐人街，几个世纪了，这条唐人街接受了一茬又一茬离乡背井的唐山人来这里落地生根刨食谋生，这便是一代代的番客，一辈辈的华侨。华侨啊华侨，你把自己带着妈妈身上的鲜血降生的那片土地，称为唐山，称为摇篮血迹，比喻成生母；你把容纳你的菲律宾比喻成养母，于是，你又称王彬街为"奶娘街"。哦，千岛之国的菲律宾哟，你是数十万华侨心目中的奶娘，几个世纪以来，你是如何敞开胸怀，挤出自己温馨的乳汁，哺育了你来自唐山的养子——华侨！

每当太阳升起来的时候，王彬街上，便响起了喧哗的市声：从街的这一头到街的那一头，四下里响起了打开商铺店门的声音。接着，便从开了门的店铺里传出来"唐山话"。当然，这中间是极少正宗的唐山官话——普通话，而大多是闽南话——厦门腔、晋江腔、南安腔、永春腔、安溪腔——如果你是中国人，尤其是闽南人，不论你是久居的，还是初来乍到的，只要你一走进王彬街，你就马上有一种回到故乡，甚至踏进家门的感觉，竟没有一点身处异国他乡的陌生感。人们相见时一句带着浓郁故乡温情的问候——"你吃了吗？"——仿佛将你带回泉州南门兜或晋江五店市[2]，而自从日本军队占领马尼拉之后，王彬街突然死一般沉寂了，接连几天，王彬街的店铺都紧闭着门户。

其实，早从1941年12月下旬开始，王彬街就死沉了下来。那时候，整个马尼拉城已陷入了一场空前的灾难之中。当月21日，继日军15日在南吕宋列加比斯岛登陆后，又在北吕宋林加因湾登陆，从南北两面形成了对马尼拉城的钳形攻势。马尼拉终究没有躲过战争的浩劫。在1942年1月2日，日军占领马尼拉市区前的一个星期里，马尼拉便到处是一片恐怖：美军特工人员对他们军事设施的自行破坏，盘旋在低空中的密如蝗虫的日本飞机的狂轰滥炸……马尼拉的大火整整烧了7天，所有的军营、工厂、船坞、码头、油库、政府机关几乎都成了一片废墟。而在这硝烟烈火中，到处出没着趁火打劫的匪徒。当地政府撤离时，开放了码头上的仓库，任人搬取里面的物资，他们最先就是从这里下手的。码头上的东西很快就搬光了，这时他们已经红了眼睛，难以罢手了。于是他们像一群飞蛾，哪里升起大火，便扑向哪里浑水摸鱼，连偷带抢。后来，他们感到跟着火光跑太麻烦了，干脆自己放火省事，他们看中哪家商店便在门口放上一把火，而后在混乱中，当着店主面，片刻间就将店中财物洗掠一空。开始从商店搬出东西的时候，他们是有点胆怯的，后来，他们终于发现，平日里的警察已不见了踪影，而看着他们来势汹汹满脸杀气，胆战心惊的店主都没敢抵抗。这样一来，他们的人数迅速增多，最先出手抢劫的是那些本来就是偷鸡摸狗的市井流氓。接着，是平日里游手好闲不务正业的，后来，是既无家业又无手艺的，最后连一些普通市民也加入了这种行列——他们终于发现，战争原来就是这么一回事——那就是可以把别人几年，几十年，一辈子甚至几辈子积攒下来的财产片刻之中搬回自己家中。而当匪徒原来竟是这么一种轻松的"美差"——难怪有人要发动战争，难怪有人要当匪徒。他们先是单干或兄弟搭档，后来便成群结帮，各条马路都有了劫匪的组织，越来越多的人加入了劫匪的行列……

战争将这些品性恶劣的"人"催化成了"野兽"，随着战争的愈加惨烈，那些"野兽"们便可怕地膨胀起来……

"野兽"们的家中迅速堆满了搬回来的东西：吃的，穿的，玩的以及连他们都不知道那是做什么用的也搬回来了。家里堆不下了，便堆到门前的马路上——他们做梦也没有想到自己会一下子暴富起来！真是比做梦还快！但是好梦不长，几天之后，日本军队开进了马尼拉，为了维持"大东亚共荣圈"的治安，占领马尼拉的宪兵首先拿这些几夜之间暴富的劫匪开刀。于是，他们"辛辛苦苦"了好些日子打劫回家的财物，最终大都被清缴出来，一卡车一卡车地堆满了日本军营，变成了日本皇军的财产。他们算是白忙了7个日夜！他们不少人被就地处死，并暴尸示众。也有一些人则已尝到了当匪徒的甜头，便逃遁他乡，落草为寇，占山为王，真是"乱世出英雄"——这是题外话了。

劫匪们的那一场抢劫很快就像台风席卷了整个马尼拉，最先受难的是那些分散在各处的华人，在巴阁、圣胡安、仙佛兰西斯戈、帕萨伊……许多华人商店都被抢劫一空。后来蔓延到了王彬街，我们已经知道，王彬街实际上是一个华人区。1941年的时候，这里就差不多聚居着近两万中国侨民，当抢红了眼的匪徒踏进王彬街的时候，便遭到了顽强的抵抗。最先是林子钟联络了一大帮年轻人，他们组织起来，手持铁棍、梭标，日夜在大街上巡逻。接着，那些平时与王彬街上的中国商人有往来的菲律宾人也前来助阵，这样，王彬街上的中国人算是躲过了这一劫。然而，他们最终没有躲过另一场更大的灾难。

1942年1月5日，王彬街在死一般沉寂中，在惶惶不安中迎来了沦陷后的第4个早晨。天未破晓，一阵阵凄厉呼啸的警笛声便划破了王彬街黎明前的死寂，全副武装的日本宪兵，军用三轮摩托车，装甲吉普车涌进了王彬街，王彬街睁着不安的眼睛，无可奈何地盯着这些耀武扬威的征服者。

由于太平洋战争突然爆发，王彬街上的中国侨民大都来不及疏散，即使疏散又能疏散到哪里？国破山河碎，故乡是回不去了，无国可投、无家可归，这些在王彬街上讨生活的中国侨民只有留在这里听天由命了。

一辆军用三轮摩托车在仁和杂货店门外戛然刹车，接着便是一阵急促的敲门声，此时，仁和、子钟父子正在吃早粥，听到敲门声，子钟站了起来，却让仁和一把拉住了。然后他自己跨上前去，刚刚把门闩拔开，门板便从外面被一脚踹开了，林仁和定睛一看，门外站着几个全副武装的日本宪兵，为了不让他们进入店铺内，林仁和赶紧迈出门去：

"你们是——？"

"我们是日本皇军，马尼拉宪兵司令部的，我们来传达大田司令的命令：为了保持大东亚共荣圈的繁荣昌盛，从今天开始，你们必须打开店门营业，皇军保护你们的安全。"

林仁和眯起眼睛往街上望去，只见今天到王彬街上来的日本兵比往日多。

林仁和正看着，身旁两个穿便装的日本人开口了：

"从今天开始，你们要重新纳税，今天预交10个比索。"他一边说着，一边撕下税单。

林仁和接过日本人递过来的税单说："什么？10比索，这是什么税？我们店铺一向是到马尼拉岷伦洛区税务局纳税的，我们是有完税证的。"林仁和一边解释着一边返身从店内取出完税证。

"这个，没用的。马尼拉政府马尼拉税局已经不存在了，"一个戴眼镜的日本人接过林仁和手中那张马尼拉市岷伦洛区税务署颁发的完税证，在上面扫了一眼，说着将它一撕两半，塞进自己的皮包里，"今后所有税款统统的交到日本皇军宪兵司令部。"

"如果我们不开店呢？"林子钟问。

林仁和听着，不再作声，哆嗦着手，从身上取出10个比索，交给那个日本人后，便轻轻地推着林子钟走回店内。

"慢着，还有哪！"那个日本人喝住了林仁和父子。

"还有？"林仁和回过头来。

"是的，还有更重要的。"那个日本人又从提包里掏出两张印制精美的卡片，"这是良民誓词卡，你们一人一张。"说着，把那两枚卡片递了过来。

"什么良民卡，我们是中国侨民……"没等林子钟说完，林仁和就将他拉到自己身后，接过那两张卡，又推着儿子要返回店内。

"还没完哪，回来！"那日本人又叫住了他们，"发给你们良民证，你们就得每人交10比索的'大东亚圣战献金'，共20比索。"

"20比索，这是打劫！"林子钟强压着心中的怒火又开口了。

那个日本人不紧不慢地说："年轻人，当了日本良民就得有教养，讲礼貌。这不是打劫，这是为你们着想，把良民证日本税单贴到店内去，你们的生命财产就随时受到马尼拉日本宪兵司令部的保护了。"

林仁和用闽南方言对儿子说："忍一忍吧，子钟，让他们早点走。"说着，气得浑身颤抖着走进店内，取出 20 比索来。

那几个日本人在临走时又掏出两面太阳旗递了过去："这个，不要钱的，下午两点，日本宪兵在马尼拉广场阅兵，你们一定举着它去那里。还有，这是加入'大日本日用品供应组合会社'入会申请表，只要缴入 2000 比索，就可以成为会员，按期领取配额火柴、香烟、肥皂、罐头食品等日本货物转售，这可是发财大大的机会。"

林仁和说："我们是小本生意，怎么也筹不起 2000 比索，这表我们就不要了。"说着，连忙推着子钟走入店里去了。

"放屁！"父子俩回身进店关上了门。

走进店内，林子钟摊开那彩旗一看，大约有二尺见方，除了一面是日本太阳旗号之外，另一面同时用中日文印着两行字：

"日中亲善日菲友好维护治安共荣共贵

齐心协力建设大东亚共荣圈永做顺民"

林子钟看罢，骂了一句"强盗！"一把扯碎了两面彩旗，丢在地上，啐了一口。又拿起"良民誓词卡"来，只见那上面印着这样的誓词：余今觉悟，余乃系东亚民族一分子，愿以至诚，服从大日本军指导，尽忠尽力，以完成东亚新秩序，决不再有援蒋抗日行为……林子钟没有看完全文，就将它一撕两半，丢到一旁，气得说不出话来了：

"真……真是欺人太甚！土匪！"

林仁和见到儿子满脸怒容，尽管自己心里也是满腔悲愤——一下子就被日本人勒索了 30 比索，那是一个月都挣不来的！但他还是尽力装出平静的口气说：

"儿子，犯不着跟这些畜牲生气……"

"老爸，我们就是不开店，死也不开店！"

"好，不开就不开。"

"别把这些肮脏的东西留在里面，污了店铺。"林子钟提起扫把，将地上的碎纸片扫出门外。

晌午，那一拨日本人又来到仁和杂货店门前，他们是从街头到街尾发完了太阳旗后又折回来的，这一次，他们不再敲门，而是叽里呱啦地叫着，踹倒了门板，提着刺刀涌进店铺。

刚才那个穿便服的日本人，已换上另一副脸孔，他跨上前去，当胸一把揪住林仁和：

"你的，为什么店的不开，顺民旗为什么不贴？"

林仁和默默地与这位日军上士对视着，不说什么。这时，另一个日本宪兵在门外捡起了被撕碎扔在地上的太阳旗蹿了进来。

他叽里呱啦地吼叫了一阵，意思是：你们中国人简直没有良心，我们让你们当了大日本顺民，你们却把顺民旗给撕了。他号叫着，挥拳朝林仁和的下颚打了过去，林仁和将头往左下方一偏，那一拳正打在左眼上，林仁和感到一阵钻心的酸痛，眼前冒着金星，眼睛里渗出了血水。从此以后，这只长期患着炎症的眼睛差不多失明了。见到父亲被打，林子钟推开逼在自己胸前的刺刀就要扑过去，却被两个粗壮的日本兵将他的手臂反扭起来按倒在地上，林仁和用晋江方言劝住了儿子：

"子钟，要忍住，留得青山在……"

林子钟伤心地叹了一口气，无可奈何地将脸颊痛苦地贴在地面上。

随后，林仁和、林子钟父子被架到街道上来了，几把锋利的刺刀同时逼住了他们，一位日军少佐下了命令：

"动手吧！"

就有一个日本宪兵提着一桶汽油泼向仁和杂货店……

……1942年1月5日，马尼拉王彬街被日本宪兵队烧毁的华侨店铺达数十处，火势一直延续到午后……

从此以后，林仁和、林子钟父子便完全失去了赖以生存的店铺，在马尼拉再也没有立身之地了……

林仁和、林子钟父子在王彬街本来是有两处铺面的，另一处铺面已于去年由林子钟做主盘卖了出去：林子钟是于1938年秋天随舅父朱永明离开唐山来到马尼拉的，起初的两年多里，林子钟一直在父亲店里帮手，1940年底，林仁和看着儿子已摸熟了生意门道，并能操一口菲律宾话了，便在王彬街的另一个角落买下一处小店铺，让他独立门户开了业。是时虽然局势动荡，人心惶惶，但王彬街上的生意还是可以维持下去。那时候，由宋庆龄在上海发起组织的"中华民族武装自卫会"已在马尼拉设立了分会。沈尔齐是这个分会的主要负责人，他经常活动在王彬街一带，并很快与林子钟熟悉了，从此成了知心朋友。沈尔齐比林子钟年长8岁，他总将他当自己的弟弟，两个人都是从唐山来的，一个从清濛村来，一个从御桥村来，两个村落相距不远。这样的两个年轻人在异国邂逅，那情分是何等稠浓！沈尔齐有时候就在林子钟的小店铺里过夜，关店之后，两个年轻人并排躺在床铺上，常常一谈起来就是一整夜。林子钟觉得沈尔齐讲的那些道理，是那样的遥远，又是那样亲切！噢，他记起来了，沈尔齐谈的不正是许多年前，卢老师时常与他谈起的那些道理吗？多少年来，尤其是到南洋谋生的这几个年头，他心里一直有一种怅然若失的感觉，失去了什么呢，他自己总也说不出来，直到遇上了沈尔齐之后，他才清楚了：他在生活中失去了卢老师这样的人！现在，像卢老师这样的人——沈尔齐在他的生活中出现了，他一下子感到生活充实起来！有一个夜晚，林子钟躺到床上以后，他禁不住问起沈尔齐来：

"尔齐兄，听说菲律宾也有共产党，你是共产党吗？"儿时，他也问过卢老师这样的话题：那一年元旦前夕，他冒着严寒穿着单衣连夜将卢老师转移在他家里的抗日救国标语贴到街上去以后，第二天便病倒了，发起了高烧。卢老师过来看望他时，他偎在她怀里也这样问过她。现在，在远离唐山的马尼拉王彬街的这个夜晚，林子钟怀着对卢老师的无限思念向沈尔齐说起了往事之后，他也这样问起沈尔齐。沈尔齐听着，沉思了一会儿才笑了笑说：

"你看是吗？"

——甚至连这样的回答也如同当年的卢老师！

林子钟深信不疑了：沈尔齐必是共产党人！

1941年8月里，中华民族武卫会菲律宾分会第二次在马尼拉成立"菲律宾华侨归国抗日义勇队"，准备再组织一批青年侨胞回国参战，并在华侨社会中广募资金，以便随行带回唐山，支援前线。林子钟得悉后，连夜找到沈尔齐：

"尔齐兄，国家兴亡，匹夫有责。我想参加归国抗日义勇队，跟你回唐山去。"离开故国唐山已经三四年了，他能不怀念故国家园吗？大榕树下那光滑的石板桥，桥下水面上苍翠墨绿的水浮莲，红砖小院里的母亲……这一切都无时无刻地呼唤着他，每当想到这一切将随时沦陷在侵略者的铁蹄之下时，他便心急如焚，心痛欲裂！他甚至常想：没有了祖国，你在异国他乡打拼还有什么意思？回去！哪怕是流尽最后一滴血也要死在自己的国土上！

沈尔齐思索着说：

"子钟兄弟，目前，唐山内地的抗战正处于最困难的时期，几年中，我们已牺牲了几百万军民，唐山抗日前线确实需要大批战士前仆后继英勇献身，同时也需要后方大量的物资支援，我们菲律宾华侨社会，更应当成为唐山的坚固后方，这个后方同样需要有人工作。我想，你留在这里会更合适，你可以协助民族武卫会做许多工作，更何况你在马尼拉还有一爿店铺离不开人。"

林子钟向来是敬重沈尔齐的，他一直将沈尔齐视为撑大局、办大事的英雄，此时听到沈尔齐劝他留下来，便不再说什么了。

几天之后，林子钟提着一个沉重的旅行袋来到马尼拉中华民族武卫会总部，把旅行袋里的200元大洋交到沈尔齐手里：

"尔齐兄，既然不能与你同赴前线，这些钱就交给你带回唐山吧。"

沈尔齐惊讶地站了起来："子钟兄弟，你，你哪来这大笔款子？"200元大洋，这在当时是一个大数字，尤其是对林子钟这样的小本经营业主来说。

"尔齐兄，这，你就别问了，你可以相信，这钱是干净的。"

这是林子钟到菲律宾以后所办的第二件大事，第一件大事就是在近一年前，他得知王彬街南端有一处小店铺，业主将移居澳大利亚，准备盘卖这处店铺，林子钟当即从父亲那里借来100元大洋，买下了这处铺面，又凑了50元大洋修饰了一番，添购了一些货物，挂上"林记商号"招牌，便自己开张了。几个月来，他起早摸黑，辛苦经营，生意做得还算顺利，可至今还欠着父亲30块大洋的债务。第二件大事就是以200元大洋的价格将这店铺盘卖了，并将这200块大洋一毫不留捐了出去，这事他从头到尾都没有与老爸商量过！那一个夜晚，林子钟耷拉着头回到父亲店里：

"老爸，林记商号盘卖出去了……"他低着头，躲开父亲的目光，他觉得对不起老爸，他等着老爸责备他。

"我知道了，你是盘给金井村的李东泉先生的。事先他问过我的。你长大了，你认为是对了的路，你就走下去吧，要做个有主见的人。"父亲平静地说。林子钟到马尼拉来已经三四年了，这三四年来，林仁和看出了儿子是个能干大事的男子汉，当初盘下那爿杂货店后，他不挂杂货铺、杂货店一类的招牌，而是亮出了"林记商号"的店名！他那时就看出儿子比自己有主见、有胆量、有气魄，凡事可以放心让他走自己想走的路了。今天捐出整个店铺的大事，他也相信儿子自有自己的道理！

听到老爸的话，林子钟才微微抬起了头，望着他说："李东泉先生是个厚道人，原先说好了180元大洋，过账的时候，他竟凑足了200元，那笔款子……我……"说着，说着，林子钟又哽住了。林子钟提到的那位李东泉先生，也是来自泉州南门外的生意人，他的祖家在金井村，是御桥村以南近50里路的一个大村落。他是在得知林子钟急于要捐款回唐山后才盘买下"林记商号"，并多付了20块大洋，否则，世事动荡，人心惶惶，谁还会在这时候买下店铺？难得他一片苦心！

"别说了，你都已经捐出去了，是不是？子钟，我赤手空拳下了南洋，打拼了近20年，才有了自己的一爿店铺，你来了不到4年，便有了自己的店铺，不容易啊，这些家业，最终是要留给你的……"老爸说着说着，竟流出了眼泪。

一个赤手空拳的唐山客，一个老实厚道的小本生意人，要拥有属于自己的一处店铺，那得流出多少血汗，那是谈何容易！那是农家的两亩地一头牛，那是渔家的一叶舟船两张网，那是番客赖以活命的饭碗——他能不流泪？

十二、别了，马尼拉

还不到黄昏时节，天就暗了下来，沉重的乌云从四面八方涌了过来，浓浓地聚集在王彬街上空，多雨的马尼拉，又要来雨了。

王彬街的大火虽已熄灭，而余烟还在四处里弥漫着，悠悠地升到空中，与低垂的云层交汇在一起，重重地压抑着这条受伤的街。

林仁和坐在仁和杂货铺废墟前的地面上，他的双臂撑在膝盖上，张开手掌托着下颚，从中午到现在，他已经这样坐了大半天了。他就那样望着眼前的灰烬，直到夕阳西下。他的身旁放着一罐子稀粥，那是朱永明中午送过来的，此时依然未动地搁在那里，他能咽得下去吗？近20年来的辛劳苦作，节衣缩食才攒下来这么一处店铺，如今就这么变成一把灰了。他像一座没有生命的泥塑，连眼泪都流不出来了。只有左眼还在渗着的血水，不时顺着鼻梁爬到嘴角来。朱永明与林子钟一直守在他身后：

"老爸，别去想它了。"

"仁和兄，留得青山在，不怕没柴烧，走，上我铺里去吧。"朱永明把手抚在姐夫肩上说。

空中滚过声声闷雷，稀疏的雨滴随着阵阵的凉风飘了过来，林子钟弯下腰去，扶起父亲的手臂说：

"老爸，走吧，雨都来了。"

林仁和踉跄着站了起来，眼前一黑，身子摇晃了一下，他努力使自己站稳了，然后迈开沉重的脚步，随着朱永明、林子钟朝前走去。

又一阵风将雷声送了过来。随之，雷声把雨点带进了王彬街，瓢泼的大雨终于落下来了，大火过后的灰烬以及王彬街上华侨的眼泪和天上落下来的雨水交织在一起，融汇成一股股黑色的激流，在王彬街上翻滚着……

在沙沙的雨声中，夜幕终于完全笼罩了王彬街。

这个夜晚，林仁和、林子钟父子俩就住在朱永明的店铺里。朱永明将他们父子俩安顿下来之后，自己便下厨做饭去了。两天前的一场暴风，将溜滨朱记杂货店的招牌刮落下来砸坏了，朱永明还没来得及换上新招牌，没想到却因此逃过了今天这场劫难。朱永明从外面把大门锁紧了，自己走后门进了店铺守在里面，上午日本人挨家挨户强售顺民旗时，竟漏过了朱永明这家货铺。

朱永明做了几样菜，提着一瓶酒送到桌上来，他给仁和、子钟父子各斟了一杯酒，自己也端起酒杯：

"事情已经发生了，愁也没用，气也没用，别把身子憋坏了。来，喝了它再说。"

林子钟也端起了酒杯："老爸，别气别愁，今天王彬街被烧了10多家店铺。沈尔齐先生说得对：谁让我们是败国侨民呢？老爸，你从上午到现在都没吃没喝呢，老爸，什么事都先别想它了，先吃先喝。"林子钟说着，昂起头来，将那杯酒一饮而尽。林子钟向来不喝酒，那酒度数高，烈得很，竟呛得他猛咳起来。林仁和终于也端起了酒杯。

三个人都是不善酒的，更因空腹进酒，酒性一下子就涌上头来，只一会儿工夫，个个都脸红耳赤，眼睛冒出火来了。

"奇耻大辱，奇耻大辱，奇耻大辱啊，噢嘀嘀……"沉默了一天的林仁和终于开口了，终于将郁结在胸腔里的那些屈辱化为哀号、化为泪水涌了出来。他将自己毛发泛白的头贴在小臂弯里伏在桌面上，抽搐着双肩哭泣着，这令人穿心刺肺的哀号盖过了屋外沙沙的雨声。

"应该把这事报告总领事馆。"朱永明突然想了起来。

"没用的，你没听到杨光生总领事都让日本副总领事给气得吐血了吗？"林子钟这消息是前天从朱少屏那里听来的。他却还不知道，此时，中华民国驻马尼拉总领事馆已被日本宪兵司令部封闭了！杨光生等8位中国使节已被囚禁在日本宪兵司令部的牢房里整整30个小时了！

黎明时分，雨停了下来，下了一夜的雨并没有将王彬街洗刷干净，相反地，那些被烧毁了的店铺的灰烬，被雨水从废墟上带了出来，充塞着纵横交错的王彬街的角角落落。雨停了，太阳升起来了，黑夜过去了，而王彬街上的华人的屈辱却没有消失。

林仁和、林子钟父子决计离开马尼拉，离开王彬街，到北吕宋的佬允隆去谋生。尽管朱永明差不多整整一夜都在挽留他们，尽管林仁和、林子钟父子俩都深知朱永明的为人，深知他的挽留是出自肺腑的一片真诚。但是，父子俩去意已定，甚至朱永明想多留他们住几天，父子俩也坚辞了。去佬允隆是林子钟提出来的，那是在马尼拉以北100多公里外的一处城镇，地面不小，市面也可称繁荣，那个城镇，林子钟当然是熟悉的。林子钟去过多次，知道那里唐山乡亲不少，镇上还有个林氏宗亲会，镇外有大片烟叶园，临镇的港湾里长年有打捞船在那里作业，人来人往客流量多。就在老爸还沉浸在悲痛之中时，他已经想好了到佬允隆去，先在那里摆个牛仔粥摊[3]再说，他坚信天无绝人之路。

　　朱永明为仁和、子钟父子俩准备好了简单实用的行李，打理成两个褡裢让他们背上了，褡裢里有15个大洋，那是朱记杂货铺仅有的现款。朱永明一分不留全部交给了姐夫。

　　随后，父子两人踩着路上的污垢，一步三回首地走出了王彬街。

　　……多年以前，当你从唐山走到马尼拉时，也是这么一个褡裢，王彬街收留了你，哺育了你，也收留了你的儿子，哺育了你的儿子。许多年过去了，如今，你和你的儿子又落得只剩下一个褡裢离开了王彬街！

　　哦，别了，马尼拉，我的养母城，哦，别了，王彬街，我的奶娘街……

　　一辆马车载着林仁和、林子钟父子朝着北吕宋，朝着佬允隆城驰驱而去。

　　车架上，背靠背坐着林仁和、林子钟父子。林仁和深情地面向着马尼拉，沉重的车轮每转过一圈，他便觉得马尼拉又远去了一截，这真是令人黯然神伤！人一旦过了40岁，在人生道路的转折处，总是趋于眷恋过去。过了这个年龄，人便觉得来日不长了，而林仁和已到了46岁的门槛儿上了！他和儿子将要去另一个异乡，对于将要去的那一处所在；对于未来，他感到忧心忡忡，他甚至不敢多想——听天由命吧！而林子钟则是面向着前方，坐在那里，大白马矫健的蹄腿每跨越一下，他便觉得自己向佬允隆，向未来又跨出了一步，20岁上下的年轻人，在人生道路的转折处，总是趋于面向未来,义无反顾,勇往直前!遥远的佬允隆,正在向他召唤!他深信路是人走出来的,他深信每一棵草都能得到一滴露水,哪怕是天干地旱!

马车离开了马尼拉的街衢巷陌,走上了城外的公路,向着佬允隆长驰而去,如果一路顺利,他们将在下半夜到达目的地。

注释:

〔1〕八纮一宇,是"二战"时期日本军国主义的口号,意指全世界在一家之长统治下,亦即在日本帝国统治下成为一个大家庭。

〔2〕晋江县城关,俗称"五店市",据说最早成埠时只有五间店铺。

〔3〕大排档咸粥担,多以整个洗净的猪头连同大米一起熬粥,再将猪头肉捞起切成碎片加在粥中出售,这种粥摊多是华人在码头上经营,食客多为码头上的苦力。

第六章　战争片断

/ 一、人与人 /

　　红奚礼示距马尼拉有好远一段路程，而红奚礼示郊区椰林深处荒僻的海滩上，那一个马来族人群居的曼鲁小渔村，又远离着红奚礼示镇区。它面临着热带海洋，它的海湾里有大片沙滩，更有延伸到水中的大小礁岩，礁岩上到处附生着黑褐色的海带与紫菜，还有被当地人称作"虎苔"的如丝如发的翠绿色的海藻。翻开海湾里各色各样的藻类，便可看到密密麻麻地贴满了礁岩的牡蛎，还有各种叫不出名的海螺。如果是在退潮的时候，便有成群结队的螃蟹从岩缝里爬了出来，登上礁顶，踮起脚来，探头探脑地张望着外面的世界。而在沙滩的后面，是连绵不绝的山峦，山峦里一年到头满目苍翠，乔木、灌树错综地长在一起，野生的芭蕉一年到头都挂着果实，凤凰木、棕榈树、莲雾树、三角梅连成一片，匍匐长在地面上的蛇莓果（一种野生草莓）每天都是血红血红的。这里是一片富饶美丽、神秘和平的土地，这里群居着数百菲律宾马来族人，他们在这里摘果捕鱼果腹，日出而作，日落而息，世世代代在这里休养生息，繁衍后代，过着几乎是与世隔绝的日子。后来，便有华侨商贩走进这处神秘的所在，他们挑着货郎担把日常生活用品送进渔村，换走了这里的海产鲜果等土产品，转运之间，便有不菲的利润。日久天长，这里的马来族人便随着那些华人商贩走向红奚礼示，走向马尼拉，走向外面的世界。

　　如果没有战争，如果没有殖民者，这里将永远是个富饶美丽而平静的所在。扶西的家就在这个渔村里。

　　自从马尼拉沦陷以来，一个多月了，扶西一直没有到过朱永明店里。其实，在这一段时间里，他们一家人都几乎没有离开过渔村一步。几百年来，殖民者换了一茬又一茬，西班牙人走了，换了美国人，美国人走了，来了日本人，对于众多普普通通的善良的菲律宾人而言，面对战争，面对入侵者，他们只能无可奈何地躲着活。

可是在这一段时间里，扶西的关节炎偏偏又发作了，而且发作得比以往厉害，他的膝盖已经肿得难见骨节，僵直着不能弯曲。连续几天里，他躺在那里，疼得大汗淋漓，昼夜难眠。大约是在两年前，他也发过这种病，是朱永明背着朱倪宗亲会义诊所的药箱，好几次爬上他的吊楼，为他推拿、按摩、敷药，把他的病治好了。朱永明这手医治关节痛的绝活是从唐山带来的。那时候，离溜滨村不远的庆莲寺里，有个住持和尚，人称"宏船法师"，能治多种疑难杂症，少年时代的朱永明曾因伤筋断骨被这位住持救治过，伤愈后，竟与宏船和尚结下了忘年之交，这治关节病的本领便是那位和尚传授给他的。

两年多过去了，扶西一直没有发过病，现在病发了，而马尼拉却沦陷了。朱永明在那个沦陷的城市里，有好几次，比罗与芭拉向父亲提出要上马尼拉把朱永明接来，但都被扶西断然制止了：他深知所有入侵者都是一群豺狼，他不能因为自己的病，让儿女冒险出远门去那个日本人占领的马尼拉，更不能因为自己的病，在这种时候去麻烦朱永明。

然而这一天上午，芭拉瞒着父亲，偷偷套上马车，离开渔村，向着马尼拉方向飞驰而去。她不忍心眼睁睁地看着父亲那样受着病痛的煎熬，她知道朱永明能治好父亲的病，也只有朱永明能治好父亲的病。而且，这一个多月以来，她一直在牵挂着朱永明：马尼拉沦陷了，朱永明怎么样了？他能按时吃上饭吗？他换下的衣服是怎么洗的？日本人会欺侮他吗？……

经过了半年前那个风雨交加的地震之夜以后，她终于噙着泪水理解并接受了朱永明那源自唐山的，他的民族的根深蒂固的道德观念，她那颗少女的钦慕之心仿佛已复归平静。然而对于任何一个人来说，初恋永远是刻骨铭心的。在那个阿波火山爆发、地动山摇、风雨雷电交加的夜晚，她常常回想起来：那个拥抱，她不是渴望已久了吗？在经历过这种拥抱之后，她能轻易忘记吗？她已趋于成熟，她也将会出嫁，她也将会有自己的丈夫，但她将永生永世记住这个善良的唐山男人——到老到死！

——这或许就是初恋……

马车终于驰进了马尼拉！

马车终于来到了王彬街！

芭拉觉得自己的心跳得比飞奔的马蹄还快！又要见到朱永明了！

啊，王彬街怎么一下子变得这么萧条了？在这个将近晌午的时节，以往街道上可是熙熙攘攘的啊，现在竟然那么冷清！怎么街道两旁会有那么多被烟火熏黑的残椽断柱，东倒西歪在一处处废墟上？王彬街显然经历过一场浩劫！芭拉心里一阵咯噔，又挥了一下鞭子，大灰马一阵小跑，终于来到朱永明杂货铺门前。见到店铺如故，芭拉一颗倒悬着的心才放了下来。朱永明一见从马车上一跃而下的芭拉，连忙起身将她迎入店内：

"你怎么在这个时候来啦，怎么是一个人来？"几个月不见，芭拉出落得更加动人了，她原先一直留着披肩长发，油黑的发丝像黑色的瀑布从头上倾泻下来。今天，她把发丝盘成一个发髻，凌空顶在头上，就如同一朵带着露水的黑色牡丹含苞待放。而从挽起的发际下，露出如刚出水的藕节般的脖颈。她穿着一件半长袖的白色上衣，两条修长的手臂，令人惊羡地从窄窄的袖口里露了出来，手臂的肤色光亮、细腻，散发着浓烈的青春气息。那紧身的单衣与薄裙，惊心动魄地彰展着一个非常美丽的，正处于含苞花季的热带少女的胴体。她带着微笑，双颊现出两个浅浅的酒窝，那酒窝里装的是蜜。在兵荒马乱之中，这么一位女孩单身远行，显然令人担心。

芭拉抹去额头上的汗珠，喝着朱永明递给她的茶水，将父亲的病情详细地告诉了他：

"永明，朱，我是瞒着爸爸来马尼拉的，爸爸的病只有你能治。"她看着朱永明，她发觉他瘦了许多，额头上多了几条浅浅的皱纹，她心里不禁掠过一种无名的怜悯。

"还好你早来了一步，我正要上红奚礼示去呢。迟一步你就找不到我了。"朱永明知道了芭拉是一早没吃饭就赶到马尼拉来的，想了想又说："你这就去做饭，我到义诊所取药去。吃了饭我们就走。"他说罢，把店铺门关上后，就上朱倪宗亲会义诊所去了，把芭拉一个人留在店里张罗午饭。

那么长的一段时间没有进店来了，现在终于又闻到了这店里那种久违了的亲切的气味,这种气味是从朱永明身上散发出来的。走进朱永明睡觉的那半截房间,芭拉看到桌上依然一尘不染地摆着林仁玉那帧4寸见方的相片。对于店里的一切,芭拉熟门熟路,她很快就张罗好了中午的饭菜,看着朱永明还没有回来,便伸手收起晾在铁丝线上的衣裳,细心地折了起来。这时候,朱永明取药回来了,芭拉手里正折着他那件米黄色的内衬衫,见那件衬衫胸前的衣襟上写着三行毛笔字,芭拉不认得汉字,便问起朱永明:

"永明,朱,这上面写的是什么?"

这一问,朱永明脸上泛起了一阵绯红,竟然羞赧起来:"那是,那是些很重要的字,我,我以后再告诉你。"

店铺门关上了,里面是暗淡的,所以芭拉没有发现朱永明脸上升起的红晕,也没有再问起汗衫上的那些字。

吃过午饭,芭拉到外间淘洗碗碟去了,朱永明换上了芭拉折好的那件米黄色的衬衫,套上外衣,提着药箱,招呼芭拉上了马车。

马车顶着正午的太阳,在人烟稀落的公路上奔跑了一个多小时之后,进入了红奚示礼小镇南门,而后,马头一转,朝着这个小镇的西门而去,只要出了西门,再有半个多小时的路程,便到了海滩深处芭蕉林后面椰树丛中的曼鲁小渔村了。

躺在椰树林中吊楼里的扶西,终于听到外面传来了自家那匹大灰马的叫声。啊,是女儿回来了!随之,便有一阵脚步声从静寂的椰林里响到吊楼脚下。

"爸爸,我把永明,朱先生带来了。"

是女儿的声音!直到听见这个声音,扶西整整悬了大半天的心才落了地,见朱永明上了吊楼,他忙爬了起来:

"芭拉这孩子,真不懂事,给你添麻烦了。"说着,他把身边的扇子递给大汗淋漓的朱永明,"芭拉,去给朱先生打果。"

芭拉举起一根长长的竹竿,从窗口伸出去,那竹竿的末端绑着一把小巧锋利的弯刀,弯刀下结着一张开口的小小网袋,芭拉将竹竿伸了出去,很快就把两个硕大的芒果带进吊楼。芭拉麻利地剥去芒果皮,递给朱永明。

接着，她又把竹竿伸出吊楼，把一颗椰子拉了进来，她挥着劈刀削去果壳，招呼永明吃了喝了，这才让他为父亲诊治起来。

朱永明看过了扶西红肿的关节之后，便脱去外套，精心地为他推拿、按摩、针灸、拔火罐，直到太阳将要偏西，他才满身大汗地停下来歇了一口气。他那件米黄色的内衬衫都可以拧出水来了，朱永明又给扶西配下几包药，便要告辞了：

"这是三天的药，三天后我再来，芭拉就不用去接我了，我自己来，这药箱就放在你这儿。"

扶西拉住他的手说："明天就是你们中国人的春节了，今天是除夕，是不是？你们除夕夜是要围炉吃团圆饭的，是不是？朱先生，回马尼拉，你一个人怪孤单的，倒不如晚上就在我们吊楼上围炉吃团圆饭，让我们在一起过个中国年。"除夕和春节是中国人一年中最隆重的节日，朱永明在除夕日赶远路上门为他治病，扶西明白这情意真是太深太深了。

朱永明从心中感激着这位异国朋友能记得中国的除夕和春节，本来他也计划着今天上午早一点上红奚礼示办一桩事，办完事后赶回马尼拉。做几个菜，独自一个人喝几口闷酒打发了这个令人惆怅的除夕，可是一听到扶西的病痛后，他就随着芭拉上曼鲁渔村来了。

"扶西先生，我实在是得赶回去，店里夜间没个人我放心不下。"都是熟人老友了，听着朱永明这么说，扶西便不再强留他。朱永明提出要自己走路上红奚礼示镇，他在那里还有一件事要办，办完后自己乘车回马尼拉。扶西却执意要芭拉套上马车送他到红奚礼示城内。朱永明想了想，也就不再推辞，让芭拉下楼套车去了。

从圣诞节前后到2月这近两个月的时间，是菲律宾这个热带之国一年中气候最宜人的季节。而在其他漫长的时日里，差不多都是令人感到像生活在闷热的蒸笼里一样，潮湿的海洋性气候，三天两头甚至一天三番两次而来的大雨小雨充塞着这个国家。而在眼下这个季节，却令人不再感到闷热窒息，身上也不再觉得汗津津、湿漉漉了，尽管这里一年到头花草如锦，树木长青，瓜果流蜜，而人们仿佛只在这个季节里才发现鲜花如此芬芳，树木如此翠绿，瓜果如此香甜。从扶西居住的曼鲁渔村到红奚礼示镇，马车穿行在绿树成荫、繁花似锦的公路上，暖洋洋的阳光下，到处迷漫着百花的芬香。从路旁的菠萝丛中，时不时飞起一对对五彩斑斓的山鸡，横过公路，落进路的另一旁开满鲜花的三角梅丛中，成群的粉蝶蜜蜂随着马车行进的气流，追逐在车厢后……哦，菲律宾，我亲爱的奶娘，要是没有了战争，要是没有了侵略者，你是如此的风姿绰约，风情万种，摄人魂魄……

马车走进了红奚礼示西门。

红奚礼示"立人华侨学校"就在西门城角，这所学校是当年华人集资兴建的。由于临近春节，更因太平洋战争的突然爆发，这所学校已经停课好些日子，校园里十分寂静。朱永明把马车赶进了学校的操场里。已经停课半个来月，操场上竟长出了一层茂密的嫩草，芭拉卸下马车，褪去了马颈上的拥脖，让大灰马在操场上自由自在地啃着青草。然后他们就沿着墙角的露天阳梯，拾级而上，爬到三楼顶层。在顶楼的阳棚上，有一处完全按照唐山的格式建造的小楼阁，那楼阁的造型就如同在唐山泉州南门外随处可见的亭榭庙宇。只不过它是袖珍的，小巧而玲珑。这是一处漂泊于菲律宾华侨亡灵的聚居地，阁楼里，一张长方形的神案桌板上，摆着香炉，神案桌后面，是一张巨大的四方桌子，这巨大的四方桌占据了阁楼的大半空间。桌面上叠起七八层小小的木阶，木阶梯上摆满了密密麻麻的木主，每一桩木主都系着一个亡魂。那上面用工整的毛笔字书写着死者的姓名、性别、唐山祖籍，殁去的年龄与时日。叶落归根魂归故土是番客的最终愿望，不管生时你腰缠万贯或一无所有，不管在死后能否将自己的骨殖（那是母亲给你的啊！）带回唐山故土，父母之邦，但是魂灵是一定要回去的，哪怕漂洋过海，哪怕千山万水！尽管如此，还是会有那么多像断了线的风筝般客死南洋的番客，没能将自己遗留下来的衣物捎回唐山，让唐山的亲人焚化，将魂灵招回故里。于是便有同乡会、宗亲会这样的华侨团体，在马尼拉，在宿务，在棉兰佬，在独鲁曼，在红奚礼示……在菲律宾各地，凡是有华侨聚居的地方，都会集资建起类似唐山祖祠的所在，这种亭阁都是建造在楼房的最高层，都是朝北面对着唐山的方向——那一桩桩木主便是一张张华侨游子的脸，朝朝暮暮、年年岁岁穿越遥远的时空，透过千山万水，深情地朝着故土张望……

朱永明领着芭拉来到阁楼前，阁楼大门两边的布幔低垂着，微微的风撩动着布幔。朱永明拨开布幔跨进阁楼，把几样供品摆在神案上，点着了一束香烛，高高地举过头顶。

今天是他一个朋友的忌日，这个朋友是红奚礼示一个年老的番客，他年轻时一到南洋便在红奚礼示码头上干起了苦力，到老也没能挣下一份家业。只知道他一口闽南口音，然而直到将要撒手人寰，也从来没人听他开口说过自己的身世。那些年朱永明到红奚礼示购货时，总是他帮着打包装车。临终前那个除夕日，在他的那所孤零零的海边小木屋，只有朱永明守在他的床前，直到那个时候，当他面对死神，当他就要离开这个世界之时，他才向朱永明敞开心扉，谈起了自己的过去……

……老人的祖籍地也在泉州南门外，那个村落叫赤坑村，村里人清一色陈姓，只有他们一家是外来插户的宁姓。宁姓，别说在赤坑村只有他们一户，恐怕在整个泉州南门外，也找不出第二户来。老人几辈单丁，到他这一代，依然上无兄、下无弟，这样的小姓单丁弱户插在数百户清一色的大姓村中，可以想象，那处境就如同一只孤零零的燕子落进雄鸡群中，这日子该怎么过？不知道从什么时候开始，陈姓的房长便享有了对宁姓新婚媳妇的"初夜权"。宁家新娶的媳妇第一夜要由陈姓房长"开苞"，鉴定是不是处女。轮到老人这一代，他咽不下这口气，新婚之夜，当陈姓房长迈进宁家洞房时，老人一把刀子捅进了他的心腔——那一年，作为新郎官的老人正当血气方刚的22岁。见着血泊里的陈姓房长抽搐着在地上断了气，新郎官连夜逃家出走，躲进出洋的货船作为"猪仔"，漂泊到了菲律宾。这就苦了留在家中的老母新媳，为了逃脱陈姓的蹂躏凌辱，走投无路的婆媳双双上吊了……

老人是民国初年下南洋的，几十年过去了，当年的壮后生已变成了一个身腰伛偻、牙齿掉光的孤老头了。他在唐山没有任何亲人，他在南洋只有朱永明一个朋友，他求朱永明为他做一方木主，树在立人小学这处阁楼上，让他的魂灵系在木主上望着唐山，他至死都张着渴望的眼睛。朱永明对他说："你就闭上眼睛放心走吧，我不但要为你树块木主，每年你的忌日我都会为你烧香奉祀的。"听到这句话，老人才闭上了双眼。

那一天，是朱永明将他收殓入土的，他死在中国人除夕日的上午。4年了，每到这个日子，朱永明都要上红奚礼示到他的木主前烧香祭祀，即使是在战乱年头，朱永明仍然没有忘记对这位老人的承诺……

他对着面前的木主拜了几拜之后，将香炷插到香炉上，撩开布幔走了出来，站在阁楼外，他长长地舒了一口气，看着很远很远的远方，那是一片大海，海上有浓浓的云雾，在云雾后面，是遥远的唐山……

太阳已经偏西，阳光从左侧方投照过来，他站在阳光里，就那样久久凝视着远方……一直站在他身旁的芭拉，突然发现他的眼睛里溢满了泪水……

……谁能想象，两个小时之后，当太阳西沉的时候，他与芭拉将惨死在红奚礼示西郊荒野上……

/ 二、人与兽 /

就在朱永明与芭拉将要从楼顶上下来的时候，突然听到校园里一阵喧哗，他们往下一望，操场上有七八个日本兵！自从日本军队登陆菲律宾以后，朱永明就没少见过日本兵。然而在此刻，在空荡荡的偌大校园里（尤其身边跟着一个那样美丽的少女），遇上了这一伙日本军人，他忽然预感到这将是一场劫难，一场灭顶之灾！当务之急是逃离现场，躲过他们！

这是一伙日军宪兵巡逻队，当他们走过立人学校门口时，一眼瞥见了正在操场上悠然吃草的大灰马，那灰马的脖子上盘着缰绳，马车就搁在大灰马身旁的凤凰树下。由此，他们判断赶马车的人就在校园里。于是，他们便分开四处搜索起来。至于他们为什么要搜索这匹马、这架马车的主人，他们自己也说不清楚，他们只觉得自己是征服者，脚踏被征服的土地，应当随心所欲。因为通向三楼顶棚的阳梯是在大楼后面的背墙上，所以大楼前面操场的这伙日本兵一时没有发现它。

朱永明略加思索，便拉起芭拉的手向阳梯口跨去："快！"随即，两个人飞快奔下楼去。他们的脚板刚刚在地面落定，两个持枪的日本宪兵也从楼角那一边转过来了。

阳梯口旁边有个后门，现在，只有从后门逃出去了。

就在他们跑出后门的时候，那两个日本兵发现了他们——特别是发现了芭拉那窈窕丰满的背影：

"哟西，大大的花姑娘！"这两个日本兵尖叫一声，把其余的6个同伴都招引过来了，一齐朝后门拥去。

后门外的原野上种着一片甘蔗，甘蔗林旁边有一大片繁密的三角梅，再过去，是长满了菠萝的山坡。日本兵差不多是贴着朱永明与芭拉的脚后跟追出来的。可是，此刻竟不见他们的踪影，日本兵搜索了一会儿，不见动静，便扯开嗓子叫了起来：

"出来吧，我们开枪了。"一个小个子士兵向三角梅丛中射出了一梭子弹，随着枪声响过，那盛开的鲜红的花朵溅落一地。这阵枪声把他们的队长激怒了，他随手给了那小个子兵一耳光：

"八格！花姑娘的不能开枪，要活的——去把那大灰马拉过来！"

那小个子兵将马拉到他们队长跟前来了，队长拍拍溜光浑圆的马背赞不绝口：

"好马，大大的好马！"接着，便掏出手枪朝天射击着，"听着，快出来，皇军不伤害你们，再不出来，就毙了这匹马！"

朱永明与芭拉就躲在不远处的三角梅丛中，外面发生的一切，他们看得一清二楚。当那匹心爱的大灰马被拉出来的时候，她的心咯噔一跳，朱永明忙握住了她的手，另一只手掌捂住了她的嘴巴。听到那宪兵队长的枪声之时，她浑身一震，朱永明忙抽出手掌重重地压在她的肩膀上。

没有动静。

日本宪兵队长拔出了刺刀，又喊叫了一声："快快的出来，再不出来，就把马宰了宰了的！"说着，他举起刺刀，锋利的刀口在马臀上轻轻一划，一道殷红的血珠立即迸发出来。善良的大灰马嘶叫了一声。

日本宪兵队长的这一刀是划在芭拉的心上的！这一匹马是她的知心朋

友,这匹马是她的兄弟,这匹马是她的命根子!这一匹马是两年多前爸爸从遥远的碧瑶岛山里以5箩干贝换来的。那时还是一匹马驹呢,是芭拉精心照料,将它养成了今天这匹雄健的大马!

当日本宪兵队长再一次举刀时,芭拉奋力挣脱了朱永明的手,将拇指与食指盘成一个圆圈含在口中,吹响一声高昂的呼哨。

这一声呼哨使大灰马精神昂奋,它猛地转过身子,将臀部正对着那个日军宪兵队长,腾起后腿,一蹄趵将他蹬出好远。随即,他朝着响起呼哨的地方,朝着朱永明与芭拉藏身的那丛三角梅飞奔过去。

看到大灰马奔到面前,芭拉与朱永明跃出花丛,一前一后飞快地跨上马背,策马朝前而去。大灰马放开了四蹄,耳边只听见风声。接着,身后响起了枪声……

坐在后面的朱永明尽力地将芭拉的身子往怀里拢,子弹是从背后射过来的,他用自己宽厚的胸怀紧紧护卫着芭拉娇小的身躯,不让她的身子露出去。

他们与日本兵的距离越拉越远了!

身后的枪声也越来越密集了!

芭拉猛觉得身后一松,朱永明紧紧搂着她腰身的双臂慢慢地松开了。

她呼叫了一声:"不要松手!"

然而,那双手臂最后还是完全松开了。随之,朱永明从马背上重重地摔了下来,芭拉勒马回头一看,大吃一惊,朱永明的两条胳膊鲜血淋漓!他猛地从地上跃了起来,走过去,对着大灰马的臀部用尽全力踹了一脚:

"快走!别管我!"

被踹痛了的大灰马刚刚跃出去几步,又让芭拉尽力勒住了,它腾起前蹄,长嘶一声,转身冲到朱永明身边,芭拉从马背上一跃而下,不由分说地扶起朱永明,想将他托上马背。

而在这个时候,那8个日本宪兵已经飞跑着包围了过来……

枪声响过,午后的红奚礼示郊区又复归平静,放眼望去,静悄悄的原野不见一个行人,偶有几只鹧鸪在偏西了的阳光下啼鸣……

朱永明把芭拉拉到自己身后,让她置身于大灰马与自己之间,而后,他一声不响,冷眼望着那些端着刺刀的日本兵。

那个日本宪兵队长与朱永明对视了一会儿,便推开了他,把他身后的芭拉拉了过去。

芭拉刚刚从马背上下来,她还在喘着气,面对这么一位娇美的异国少女,那宪兵队长久久地望了一会儿,然后深深地贪婪地吸了一口气:"哟西!"他惊叹着,将佩刀插进鞘内,张开那双毛茸茸的大手,朝着芭拉丰满的胸脯抓了过去。

芭拉尖叫一声,双臂本能地护在自己的前胸。那宪兵队长撑开她的手臂,一把将她的胸襟撕落下来。

"畜牲!"朱永明怒吼一声,却没能扑过去。他想掏出别在腰间的那把匕首(自从马尼拉沦陷以后,他便日夜随身带着这把匕首),他想做垂死一搏,他不能容忍这些两条腿的畜牲当着他的面糟蹋芭拉!然而,两个日本兵正反扭着他受伤的胳膊,另外两个日本兵提着刺刀逼他定在那里,所以,他只能从喉咙底拼命地咳出一口浓痰,含在口里,用舌头将它搓圆了,然后用尽全力朝着近在咫尺的日本宪兵队长脸上喷射出去。

这一口痰不偏不倚正落在宪兵队长的鼻梁上,这就把宪兵队长引到朱永明跟前来了。他举起巴掌,两记耳光落在朱永明的双颊上,然后,他把头伸到朱永明的脸前来:

"你的,用口把它吸回去!"

这真是天赐良机!朱永明张开嘴,一口咬住了宪兵队长的鼻子,脖子一扭,将他的一团鼻肉咬了下来,然后,他运气丹田,力沉脚底,用他那如钢铸的膝盖朝着宪兵队长的档部撞了上去。这一膝盖好生厉害,正宗的太极内功!多年以前在庆莲寺遇上的那位宏船和尚,不仅教给了少年朱永明一些惠民济世的医术,还教给他一套抑恶扬善的好拳脚。他的左右胳膊在马背上已被枪弹打断,再不能发力出击,然而刚才那看似轻轻的一下提膝,已足够让那宪兵队长受的,他在地上惨叫着、翻滚着,终究再也没有爬起来。

"乒!乒!"站在一旁的另一个日本兵举起枪来,对着朱永明的膝盖两个点射，他的左右膑骨同时碎裂了！朱永明轰然一声瘫倒了，他昏死了过去……

"永明，朱——"芭拉惨叫一声，朝着朱永明扑下身去……

然而，她很快便被架了起来，架到另一旁去了，并被摔倒在大路旁……

就在日军登陆菲律宾以后的一个星期，大批的随军"慰安妇"被用船送进这个国家，尽管军营里有众多掳自日本、掳自韩国、掳自中国的"慰安妇"，还有充塞着菲律宾大小城市红灯区的日本番馆里的东洋婆娘，但是侵略者的贪婪犹如一个无底洞，是永远也无法满足的，面对着眼前的芭拉，他们如同一群唇焦口渴的远行者见到一颗带着露水的鲜果；他们如同一群长途跋涉的饥饿的野狼发现一头丰嫩的山羊……

他们自视为踏上这片国土的征服者，带着一种野蛮的兽性心态，在这处异国小城的郊外，在偏西的阳光下，在吹拂着和煦的海风，长着三角梅，长着菠萝树的空寂无人的原野上，对着一个娇柔的、美好的、灿烂的异国少女，将要施行那难以用语言描述的暴行……

……人类社会的每一部战争史都是一个弱小民族的屈辱史。1942年中国人的大年除夕，发生在菲律宾红奚礼示近郊的这桩惨案，仅仅是中菲两个民族那部如海的"二战"屈辱史中微不足道的一幕——噢，以一个儿子目睹着母亲被强奸；以一个父亲目睹着女儿被强奸；以一个丈夫目睹妻子被强奸——以这样的眼神和感受来看待这一幕，你就能体会，什么叫作屈辱，什么是一个弱小民族的屈辱了……

"永明，朱，救救我……"芭拉一次又一次撕心裂肺地惨叫着……

朱永明已经悠悠地苏醒了过来，听着芭拉凄厉的呼救声，他像一头狮子猛吼了一声，他想挣扎起来，但他手撑着地面刚跪了起来，一梭子弹便朝着他的前胸射了过来，他下意识地交叠起双手，紧紧护住了左胸，护住了前胸上的那三行墨字，那三行墨字都写着他的林仁玉！又一梭子弹射来，他再一次昏死过去了……

如果他就那样死去了,那么他是幸运的,因为他将不会再张开眼睛来看到发生在他身旁的那惨绝人寰的一切……

不幸的是,在经过了长时间的昏迷之后,他又活了过来。

现在,第7个,也是最后一个日本兵从芭拉身上爬了起来。芭拉凄厉的呼救声早已低沉下去,先是变成微弱的呻吟,最后,便悄无声息了……

月亮死去了。

星星死去了。

菲律宾死去了。

芭拉死去了……

——战争使人失去了人性。

朱永明是昏倒在距芭拉身边不到三米远的地面上的,苏醒过来的朱永明能清晰地看到这发生在芭拉身上的一切,他的躯体已经失去知觉,不再属于自己,可悲的是他的头脑还清醒着,还属于他自己。这样,他十分清楚,他万箭穿心般地看到了发生在人世间这极其残忍的,令人难以置信的一幕……

他曾经固守着自己古老善良的民族的传统道德,用之约束自己,使一个那样美丽的处于花季的异国少女,与自己同居一室达半年之久后,还仍然保持着童贞之身!特别是在经历了那个雷雨交加的地震之夜以后,他更是以自己的人格承诺了要一生一世以亲兄弟的身份疼着、护卫着这位善解人意的菲律宾少女。然而,现在,他却眼睁睁地看着她在咫尺之遥被强暴、被蹂躏至死,而自己无能为力!他脸朝地躺着,他的心在流泪,他的心在滴血,他向后扬起了脖颈,使劲将自己的前额砸向地面,一下,一下……直到脑浆迸裂……他再一次走进了垂死的朦胧中……

……他在朦胧中深情地喃喃地呼唤着:"仁玉,仁玉,仁玉……"

……他登上了回唐山的双桅船,芭拉站在码头上为他送行,她哭了:"你为什么一定要回去?祝你平安了,回到唐山后不要忘了菲律宾,不要忘了我……"他说:"我终究是要回唐山去的,那里是我的摇篮血迹,但我生生世世都会记住菲律宾，都会记住你的……"

……船离开了码头，芭拉远去了……菲律宾远去了……

……海上有风，船在摇晃……船走了好久好久……

……他看见了从溜石湾后面升起来的袅袅炊烟，啊，今天不是除夕了吗？仁玉蒸熟年糕了吗？仁玉有没有切一片香甜的年糕给瞎眼的母亲？仁玉做好除夕的围炉菜了吗？仁玉有没有煨上一壶他爱喝的龙眼酒……

……他从溜石湾的渡头走上了海滩，啊，站在溜石塔下等待他的不就是——

哦，我的亲爱的仁玉，我的妻，我从遥远的南洋回来了，回到唐山，回到故乡，回到你的怀里了……

他跑了过去，把妻子紧紧地搂抱起来，跑回家去，放倒在床上。他把写在胸襟上的那三行字让妻看了：你看到了吗？那是你的名字，我至死都护卫着它！那是在那个地震之夜过后的第二个晚上我写上去的，所有贴身的衬衫我都这样写了——我要自己在任何时候都记挂着你！那一个地震之夜，我曾拥抱过一个少女，亲爱的妻，你会因此责备我吗？就是你不责备我，我也要终生内疚的——尽管是处于那么一个夜晚——但我是对你起过誓的：无论到了天涯海角，我都不会背叛你，我的每一寸肌肤只属于你！那件事，我是想写信告诉你的，可是战争截断了邮路……

……晋江上游发了大水，那浑黄的水流滚滚而来，把一截截游木带进了溜石湾。溜石湾外，海水涨潮了，江的上游奔腾而来的浑黄的江水，与湾外涨潮的湛蓝的海水交汇在一起，形成了一股股漩涡，那些游木就在漩涡里旋转着。林仁玉浸在漩涡里，她正在奋力拖着一截游木，只要把这截游木拖上沙滩，劈开了晒干够烧上一个月！然而，激流把那截木头冲走了。她拼命朝着木头游去，她终于抓住了木头上的一个枝丫，将它拉到自己身旁。拉近了一看，那不是一截游木，那是一个人！她拉住的不是枝丫，而是那个人的手。——这个人是朱永明！她把朱永明紧紧拥在怀里：

"啊，永明，你怎么啦？你怎么会泡在水里？你是从南洋漂过来的吧？

"永明，我们回家去，我们躺到家里床上去，我……我要为你生个大胖儿子，像你一样俊，像你一样心好！

"啊，永明，你怎么啦，你头上有伤，你胸口还在冒血！

"永明，我要你睁开眼睛，我不要你吓我，你醒醒……"

……溜石塔后面那座小小的庭院，是朱永明在唐山的家，朱永明去了南洋，守着这庭院的是他的眼瞎耳聋的娘。这个夜晚，正是大年除夕，按照闽南侨乡的习俗，这一夜要通宵灯火。尽管家计贫寒，尽管多少时日以来，林仁玉炒咸菜的铁锅底未沾油星，然而，在秋后别人收获过花生的旱地里，她靠着一把锄头，几天操劳，竟然从土层深处刨出一小篮子花生来，她将之暴晒干了，密封在小瓮里，直到大年年底，她才倒出这些花生上油坊换来一点油。就凭着这些油，那盏古老的油灯，终于也能在除夕里彻夜长明。于是，这座男人去了南洋的孤零零的小院，竟然也能在严寒的大年夜像模像样地透出一缕温暖的光芒……

这个夜晚，林仁玉是要彻夜坐在婆婆身旁为她守岁的，永明不在家，她不能让婆婆在除夕夜感到孤单！操劳了一天的林仁玉，半夜里倚在婆婆床上睡去了。朦胧中，她做了一个噩梦，她梦见鲜血淋淋的丈夫漂在溜石湾里，她撕心裂肺地叫了起来，这凄厉的嘶叫声，穿过小屋的墙壁与屋顶，在严冬沉寂的深夜里，传出去好远好远……

她终于被自己的嘶叫声惊醒了，她坐了起来，她发觉自己满身冷汗淋漓，就如同刚刚从溜石湾里爬上来的。

她没有勇气再躺下去，她害怕又回到噩梦中去，她看着婆婆，知道婆婆没有被自己吵醒，这才放心了。她轻轻地下了床，撕下一张日历——天一亮就是新年了，朱永明4年没有音讯了！

已经过了子夜，是大年初一了，谁家院里响起了第一串爆竹声？林仁玉赶紧拿起早已备好的那串鞭炮，走过天井，打开了大门……

顷刻之间，溜石湾里四处争先恐后地响起了辞旧迎新的爆竹声……

……暮色即将来临，如血的残阳洒落在红奚礼示西郊的原野上，一场灾难刚刚过去，田野上一片死寂。海风吹过菠萝园，海风吹过甘蔗林，海风吹过大片三角梅，海风带着夜来香的芬芳，海风带着茉莉花的芬芳，海风带着郁金香的芬芳……吹了过来。

红奚礼示在百花的芬芳中哭泣，菲律宾在百花的芬芳中哭泣……

暮色苍茫的大地上躺着两具人的尸体和一匹半死的马。

一具是芭拉，她脸朝天躺着，头上的发髻早已散开，凌乱的头发散落在脸上；她摊开了双臂，张开了双腿，一丝不挂地直挺挺呈一个"大"字般，面对着低垂沉重的穹庐躺在那里……

另一具是朱永明，他双臂抱在胸前，脸朝大地卧倒在那里，他的那双胳膊已被打烂，他的两条腿骨已被打碎，他胸膛上是如蜂窝的弹洞，那密密麻麻的弹洞里，血已经干涸了，他的脸部满是血浆与脑浆，他用自己的血浆与脑浆整个儿将自己的双眼糊瞎了，他终于看不到发生在自己身边的一切了！——面对着惨绝人寰的暴行，他无能为力，他只有这样来解脱自己！他倒在离芭拉不到三米远的地方死去了。

而在他们中间，是那匹被砍去了四条蹄腿的大灰马——当它和它的主人被掳住以后，那个被它踢了一蹶子的宪兵队长首先对它开了刀，砍断了它的四条腿。现在，它趴在血泊里，伸出舌头，将飘盖到女主人脸上的那几缕凌乱的头发一一梳拢到额后去，它哀凄地注视着那张不再被发丝遮盖的脸庞。过了很久很久，它才舔去了她凝在眼角的泪水，舔净了她嘴角的血沫，接着，它又用自己柔软湿润的舌头细细地将女主人的那张脸揩洗了一遍。然后，它还是用自己那根深情的舌头从上而下轻轻地合上了女主人那双至死未闭的眼睛。最后，它自己也淌下一串泪水，朝天哀鸣了一声，垂下头去，将头贴在女主人的胸口上——死去了……

哦，苍天，你应当下一场暴雨，把菲律宾红奚礼示近郊的这摊血污洗去——那是整个人类的耻辱！

然而，天很晴朗，苍穹越来越高，洁净碧蓝的天空里，缀满了星星，每一颗星星都闪烁着晶莹的泪光。菲律宾笼罩在朦胧的星光下，红奚礼示近郊的这摊已经凝固的鲜血，笼罩在朦胧的星光下，躺在血泊里的两具人尸以及一匹死马笼罩在朦胧的星光下……

哦，就让它赤裸裸、血淋淋地躺在苍天下，躺在大地上，躺在人类"二战"史上吧——不要搬动它，不要篡改它……

——这就是战争吗？

——是的，这就是战争。

人之所以是人，那是因为有了道德与法律，一旦失去了道德与法律，人便成了最可怕最残酷的兽。

战争摧毁了一切道德法律，战争使人退化成兽。

第三卷
——

艰难岁月

> 我没有经历过这段岁月，可我的母亲经历了。
> 母亲在临终前交给我一支笔，
> 嘱咐我写下这段岁月——为了死去的，更为了活着的……
> ——题记

第一章　炼狱（上）

/ 一 /

即使是处于烽火连天的战争岁月，时间也依然是那样不紧不慢、不偏不离地流逝着。晨曦与黄昏，白日与黑夜，仍旧是那样不慌不忙、不迟不早地交替着，降临在沦陷中的马尼拉。转眼之间，日本军队已占领这个城市近两个月了。1942年2月下旬，正当唐山大年正月，初一刚过去不久，别称"小春节"的元宵又接踵而至了。这一段光阴，是中国老百姓一年中最美好的时光，不管你是达官贵人或是一介平民，不管你腰缠万贯或是一无所有，你都将被笼罩在佳节的欢乐之中。"二战"的炮火还没有燃起的时候，在这段时日里，不仅是唐山，就是遥远的菲律宾华人区，也到处弥漫着节日的气息。在异国他乡，在噼噼啪啪的爆竹声中，一句诚挚的祝福："恭喜！恭喜！"使得亲朋好友之间又多了一层情分，就是那些平日里存有芥蒂的人们，也常会因了这一善意的祝福，使往日的恩恩怨怨烟消云散。

然而，1942年大年正月的菲律宾，所有的华人区都没有一点节日的迹象，更谈不上有丝毫欢乐祥和的气氛了。沉重的"二战"阴云压抑窒息了菲律宾华人社会中这个本应是爆竹欢鸣、烟火冲天的大年正月。人们在惶惶不安中撕下了一张又一张日历，挨过了一个又一个提心吊胆的昼夜，大家只能从挂历上感受到春节与元宵。整个正月是那样愁眉苦脸的到来，又那样愁眉苦脸地过去了……

自从元月2日日军占领马尼拉以来，50多天过去了，整个菲律宾局势急转直下，日军已占领了这个千岛之国的大片土地。

/ 二 /

马尼拉笼罩在愁云惨雾中。

愁云惨雾笼罩着马尼拉郊外的菲律宾大学。

作为菲律宾最高学府的这所大学,这处本应是圣洁殿堂的所在,如今因为国土的沦陷,也没有逃脱那一场战争强加给它的耻辱。马尼拉刚刚沦陷几天,日本军队便将它变成了菲律宾最大的集中营——这里成了驻菲律宾日本宪兵监禁华人的大监狱。

被关进这座大监狱的第一批要犯是中国驻马尼拉总领事馆的 8 位外交官。他们是:总领事杨光生及使馆官员莫恩介、朱少屏、肖东明、姚竹修、杨庆寿、卢秉枢、王恭玮。1942 年 1 月 4 日,日军攻陷马尼拉的第二天,侵菲日军马尼拉宪兵司令大田上佐便迫不及待地亲率重兵包围了马尼拉中国领事馆,逮捕了全部中国外交官。在其后的一个多月里,这座临时大监狱又陆续关进了数百名华人,他们之中有许多是来不及疏散或转入地下的菲华社会抗日团体领导人和华侨社会各界知名人士,更多的是因抵制日货被捕的华人商贩。

夜色正在慢慢沉去,破晓的晨曦又一次拖着沉重的步履走进菲律宾大学校园,于是,一个充满血腥与屈辱的白天又替代了一个充满血腥与屈辱的黑夜。

/ 三 /

盘着双腿坐在硬床板上的杨光生,在似睡非睡的朦胧中感受到黎明的曙光时,便立即完全清醒了过来。在被监禁的这 50 多天里,他的每一个夜晚差不多都是盘脚坐在床板上,在半眠半醒的状态中度过的。最初几天遭受的酷刑,包括鞭打、压杠、火烙、电击……在他身上落下了累累伤痕,满身的创伤使他一躺到硬邦邦的床板上，就如同置身于针锋刀刃之上，浑身剧痛。

现在，他吃力地伸开酸麻僵硬的双腿，迈下床来，走到窗前，一阵阵带着浓浓雾气的晨风迎面吹了过来。在这扑面而来带着潮湿雾气的晨风里，他又闻到一股呛鼻的焦腥味——这是烧红的烙铁落在人肉上冒出来的那种特有的焦腥味——有关太平洋战争爆发后，日本军队在菲律宾是如何灭绝人性地摧残被监禁的华人，已有太多太多的史书做过详细的记述，我们在这里就不再去重复那些惨绝人寰的往事了，侵略者的恶行多是大同小异的。在那一段岁月里，驻守菲律宾大学的日本宪兵的兽行，多是从每天下半夜开始的。那时候，他们或者从"红灯区"里回来了，或者从"慰安所"里回来了。他们刚刚吃过夜宵，打着饱嗝，口中喷着酒气，走进菲律宾大学校园，开始了他们的营生。开始了另一种蹂躏，另一种兽行。每当这时候，在这所大学楼房的底层，便响起了脚镣手铐拖过地板、擦过墙壁的声音。随后，就传出了泡过水的鞭子或是棍棒拳脚落在赤裸的人体上的清脆的或是沉闷的声响，伴随着令人毛骨悚然的凄厉的呻吟声，一起回荡在偌大的校园里，久久不愿消散——这种暴行多在天亮以前结束。那时候，汗流浃背的"打手们"带着一种莫名的满足，冲过凉，吃过了早点之后，在清爽宜人的黎明里，各自酣然入睡了。在那一段岁月里，每当夜色开始隐退，太阳就要升起的时候，在菲律宾大学校园里，都会有两种声音交织在一起：一种是日军"打手"酣睡时的鼾声或梦呓，另一种是受刑后的华人痛苦的呻吟或屈辱无奈的叹息声。

/ 四 /

在被关进菲律宾大学的最初几天里，杨光生总领事也经受过种种非人的折磨，几天过去，种种酷刑都没有征服这位中国外交官，日本军队从这位外交官身上什么也没有得到。最后，日本人筋疲力尽了，懒于再对他施刑了。于是，在其后的那些黑夜，遍体伤痕的杨光生只能坐在4层楼上的独身牢房里，无可奈何地听闻着楼下传来的那些惨绝人寰的声音与气味。这其实更是一种折磨，一种难以言状的心灵的折磨，这种折磨对于一个泱泱大国使节杨光生来说，是何等的残酷！作为一个主权国的总领事，他与所有的领事馆官员都置身于数百名身陷囹圄的本国侨民之间，在自身遭受了征服者的严刑拷打之后，还要睁着眼，张着耳，看着、听着自己的同胞被严刑拷打而无能为力，这真是一种奇耻大辱！而这一切还要继续多久，他不得而知。他已被监禁了50多天，这是50多个与世隔绝的日夜，外面战争的风云瞬息万变，他却一无所知，那真是度日如年！

　　天色还很早，雾气却越来越浓了，几只早起的小鸟正在窗外的树荫间嬉戏着。啊，在故乡唐山，这时候不正是正月吗？听着窗外啁啾的鸟鸣，他心头不禁涌上一股浓烈的乡愁。他下意识地伸手摸了一下胸前的口袋，那口袋当然是空的！两个月前，当他的夫人同其他使馆官员的家眷撤往香港时，曾经给他留下一帧照片，那照片上是他的妻，还有年幼的女儿杨雪岚、杨梦雷两姐妹。那是战前妻女回国省亲时，在唐山故土，在浙江吴兴古城与他父母双亲的合照。他们欢聚在自家庭院的桂花树下，时值八月，正当桂树扬花，甚至从照片上都能闻到桂花的馨香——如今，那座古城早已沦陷，父母杳无音讯，撤离到香港的妻女也下落不明。而那帧能在异国他乡的战乱中给他带来些许慰藉的照片，也由他在元月4日撕毁了——日本宪兵包围总领事馆的当天，从早晨到傍晚整整一天，日本人对总领事馆里里外外进行了穿墙破壁、挖地三尺的大搜查，末了，他们甚至对使馆人员逐个搜身。当时夜幕已经降临，灯光还没有亮起，杨光生在黄昏的混乱中悄悄撕毁了一直珍藏于身上的那帧照片，将它丢向窗外一片狼藉的花园里——他不能让这帧照片落入侵略者手中，那是一种亵渎！此刻，他突然想起了那帧照片……

/ 五 /

一个日本宪兵端进来一盆水，那是宪兵班长木村。自从杨光生被关进这个房间之后，他就一直在这里负责监守。每天的这一盆洗漱用水，是杨光生绝食了三天之后才得到的。开头几天，他所受到的严刑拷打，据"打手们"说，那种打法，就是落在石头上也要发出惨叫的！而杨光生却自始至终都没有叫喊、呻吟过，他一直咬着牙关一声不响地承受着这种酷刑。后来，日本人无计可施了，却又不敢轻易杀了他。那是因为日军大本营对这位中国总领事寄托了太多希望，他们想从他身上得到的东西太多太多了，他们必须想尽一切办法征服他而不是杀了他。后来，他们终于发现这位中国外交官有一个弱点，他每天都要漱洗数次，从不遗忘，哪怕是刚受过严刑拷打，他也会要来一盆水将自己上上下下洗个干净。每个人都有弱点，杨光生的弱点就在这里。大田就是利用杨光生的这个弱点开始对他进行另一种折磨：他们中断了他的洗漱用水，包括刷牙的那杯水，对于杨光生来说，这真是一种致命的折磨！杨光生可以从容地承受棍棒拳脚电击火烙，甚至可以泰然面对死刑，却着实难以忍受哪怕是一天的不刷牙、不洗澡的折磨，错过了洗澡刷牙的时间，他就感到如同有千万条毛毛虫爬到身上，如同有千万只苍蝇塞进口中，使他毛骨悚然，使他恶心。面对这种致命的折磨，杨光生开始担心自己会因此屈服于日本人，向他们做出某种妥协：那就是在日本人为他起草的两个文件上签署自己的名字。那文件的内容是以他的名义向菲律宾华侨社会求救，要求他们筹齐一笔巨款，赎出被日本人监禁的中国驻菲外交官，总额是2400万比索——那是几个月来，中国领事馆从菲律宾华侨那里募集到的，支援中国国内抗日战争款项的总和。另一个文件是通电承认南京"汪精卫政府"并宣布对日媾和。日本军监政部已做出许诺：只要他一签上自己的名字，就可以立即走出囹圄。日本人还答应，从那赎款中划出一笔巨款归他私人。然而，他知道，只要他在那个文件上写下自己的名字，那么"杨光生"将遗臭万年！因此，他想过用结束自己的生命来摆脱这种处境：他想过撞墙而死，而房门外24小时监守的日本宪兵，哪怕听到一丝微弱的声响，他们也会飞身而入；跳楼吧，窗户上又加固了铁丝网，唯一可死的，就只有绝食了。拿定了这个主意，他开始不吃不喝地静坐了。这样过了三天，大田慌了，他唯恐杨光生因此死去——这位中国总领事，可是日本国裕仁天皇钦定要犯！杨光生是他们想象中的摇钱树，杨光生不能就这样饿死！

第二章　炼狱（下）

/ 一 /

1942年1月4日，日军攻陷马尼拉的第三天，侵菲日本宪兵包围了中国驻马尼拉总领事馆。在对中国总领事馆的大搜查中，他们凿开了领事馆夹墙，从中搜出了一份清单底本，这是中国总领事馆自1941年9月20日至同年12月30日止，三个月内募收到的，旅菲各华侨团体及个人的抗日捐款，总数是2400万比索。按当年的比值是1200多万美元之巨，这在当时是一个天文数字！那段岁月，正是中国国内抗日战争处于最艰难的时候，这笔巨款已及时地送交中国抗日政府。在搜到这份文件之后，大田立即扣押了全部中国外交官，并以破坏大东亚共荣圈治安秩序，资助中华民国重庆反日政府的罪名监禁。日本人原以为能很快征服这些中国外交官，没想到将近两个月的软硬兼施，他们都未能达到目的。

在"二战"爆发之前，大田与木原次郎一样，曾经与中国人尤其是中国政府官员打过多年交道。在此期间，他们遇到的几乎所有的各级官员都是腐败无能的，都是很容易对付的。若非如此，日本人何以能自"九一八事变"以来，得寸进尺，占领了大半个中国？而自从遇上了杨光生为首的这些中国外交官之后，他们才开始认识到：在当时那样腐败无能的中国政府中，竟然还有如杨光生这样的仁人志士！

最后是，大田妥协了，他下令恢复了对杨光生的洗漱供水。

这个时候，太阳已经升了起来，杨光生开始了他一天中的第一次洗漱，他将一盆水分成10牙缸，每天早晨中午各用3牙缸水——他只能用毛巾蘸着装进牙缸里的水擦洗全身，留在盆里的那4牙缸水是用于晚间入寝前的那次洗漱的。

见杨光生晨洗完毕，木村为他摆上了早餐。按照大田的命令，每餐饭木村都要守在一旁，看着杨光生将饭吃完了，立即把碗筷叉匙收拾走，日本人唯恐杨光生会用这些餐具自杀。

就在收拾着这些东西的时候，木村从盘底抽出一张小小的字条，悄悄递给杨光生。他接过字条，转过身去，避开门外守兵的视线，打开了那张纸条。从那上面的联系暗号，他认出这是"血干团"[1]送来的。那上面一行暗语令他大吃一惊，大意是"今晚12点正前来劫狱救人，1942年2月24日"，他又迅速从头到尾认真地看了一遍，证实无误后，便将那纸条放入口中嚼烂了咽下喉去。然后，他回过身来，对木村用力连摇了三下头，木村也回点了三下头，表示理解他的意思。然而，杨光生还不放心，当木村弯下腰在身旁揩擦桌子的时候，他贴近木村耳边再次叮咛：

"告诉他们，千万不能冒险行事，千万千万！"

木村是1939年4月在日本招津县应征入伍的，随即开赴中国战场。1942年太平洋战争爆发后，他又随军入侵菲律宾，现在是大田麾下的一个上士班长。他这个班负责监守关在这里的中国外交官。他与杨光生相处的时间不长，在最初的几天里，每次杨光生受刑下来，木村总想前去搀扶，而中国总领事总是怒目而视，一手推开了他，颤巍巍地自己走回楼上的牢房。终于有一天受刑后——那是2月4日，杨光生入狱满一个月的那一天——由于伤势过重，总领事在迈上楼梯时，眼前一阵发黑，差一点瘫倒下去，木村赶紧上前扶住了他，并贴在他耳边用中国话说：

"杨先生，请您相信我。我同情中国人，我反对这场战争——'抗反同盟'[2]让我交给您一封信。"听到"抗反同盟"4个字，杨光生不禁双眼一亮。自抗战爆发以后，"抗反同盟"一直紧密联系着中国总领事馆，这个抗日武装组织非常严密，早在太平洋战争爆发前就转入地下斗争，估计日本方面至今未能发现它的踪迹。想到这里，杨光生回过头来，望了木村一眼，这是他身陷囹圄以来，第一次正眼看着木村。就这一眼，他发现了从木村双眼中流露出来的是一种负罪感。木村避开了总领事的目光，又一次低声地说：

"总领事，我是日军反战联盟盟员。"

杨光生早就知道，侵华日本军队中有这么一个反战进步秘密组织，最早的时候，这个组织是在被中方俘虏的日本战俘中成立的，后来发展到日本军队中了。他没想到木村也是这个组织的一员。

要真正认识一个人是困难的，但是就在那一天，凭着外交官锐利的直觉，杨光生第一次从这个日本士兵的双眼里发现了一种良知。在这一瞬间，杨光生相信"抗反同盟捎来了信"这句话。他不再推开木村，任由这位日本士兵搀扶着上了楼，在迈进房间时，他接过木村塞给他的那封信。

那是"抗反同盟"总指挥许立山的亲笔信，他认得出来！多少时日了，他一直孤零零地被单独监禁着，甚至跟监禁于同一幢楼的其他领事馆人员也未能见上一面。他孤单无助地陷身于凶险的狼窝之中，他的肉体，他的心灵，因日夜都在遭受着群狼的撕咬而无时无刻不在淌血流泪！

此时，"抗反同盟"总指挥的亲笔信就在他手上！总指挥要他保重身体，并告诉他：菲华各界抗日联合组织正在想尽一切办法营救他们……简短的两行字，总领事连看了三遍。这位能泰然面对各种酷刑的中国外交官，此时禁不住热泪盈眶了——自从身处囹圄以来，他第一次感受到自己不是孤独无援的，他的民族，包括国内外的中国人，一直是在抗争着，战斗着，没有停止！

他又端坐到硬床板上，微微闭上了双眼，刚才溢上来的盈眶的泪水，他忘了伸手揩擦，现在，那些泪水又顺着泪腺流回去了。

那时候，一缕朝阳绚丽的光辉穿过窗外的木棉树落在他的脸上，婆婆的树影在他身上摇曳，他就那样旁若无人地坐着，沉静如同一座石雕。

提枪站在门口的木村，久久地凝望着房内的杨光生。自从中国总领事被关进这里之后，就一直由他负责监守，从第一次见面开始，木村就认定了这位文质彬彬、气宇轩昂的中国外交官将是不可征服的——哪怕你杀了他！他一直对这位仪容整洁、仪表堂堂的中国总领事充满了敬畏之情，他断定：不管这场战争的结局如何，不管杨光生最终是死是活，这位中国外交官都将流芳青史！就从那一天开始，木村除了尽可能地在生活上照顾杨光生之外，还担负起这位中国总领事与菲华社会的联络，他将杨光生视为自己的知心朋友，想尽一切办法帮助他。当杨光生为得到一盆洗漱用水而绝食时，他心急如焚，他唯恐杨光生饿坏了身子。而当大田终于让步，每天供给杨光生一盆清水后，他特意找来一个大面盆装水，每一盆水都满到盆沿上来了……他只能这样尽一点心意，他将这视为是一种赎罪的方式。经过几年的战争，他已能理解日本当局所发动的这场战争是一场罪恶的战争，而自从对这位中国外交官透露过自己是日军反战同盟盟员以后，有好几次木村甚至想将自己在这场战争中经受的一切耻辱说给他听，然而他终究没有说出来——那毕竟是一种难以启齿的耻辱！

/ 二 /

8点整，杨光生被两个日本宪兵押进了三楼审讯室。

身着和服的木原次太郎与一身戎装的大田，已端坐在那张大方桌后面了。

自从1942年1月4日杨光生被监禁以来，大田与木原次太郎每隔4天都要前来提审一次。

见杨光生已在方桌前那张靠背椅上坐了下来，大田开口了：

"杨先生，你看，又是一个4天过去了，我们已经各自在这个令人尴尬的位置上进行过15次的……不叫审讯，叫……交谈吧，是不是？遗憾的是总领事至今未能与我们合作，未能执行大日本军监政部的命令。"

"如果今天谈的还是这个话题，那么我仍是那句话：作为中国驻菲律宾国总领事，我只执行我的国家政府的命令，除此之外，任何国家任何军队都无权对我发号施令。"

听到中国总领事的这些话，大田将一直紧夹在两腿间的军刀搁到桌面上来，向前倾过身去："杨总领事，你尽可以这么说，可你更应当承认这么一个现实：你现在是作为一个战败国的外交官，作为一个亡国奴，作为马尼拉日军宪兵司令部的俘虏在受审！"

"这正是你们日本帝国的无耻之处，纵观历史，哪个国家的军队敢于公然拘捕监禁另一个国家的驻外使节——只有你们日本！"杨光生说着，也向前倾过身去，与大田对视着。

"总领事，您又跟我谈历史了。既然您总跟我谈历史，那么，我今天也要跟您谈谈历史了。什么叫历史？历史并不像你们这样的外交官所理解的那样。历史是什么，说得文雅一点，历史是强者、是征服者的情人，说俗了，它只是强者、征服者的姘头而已，它是由着强者、征服者的需要而梳妆打扮的，或者，你更应当将古往今来的世界，理解成一座妓院，历史便是娼妓，而强者、征服者自然便是嫖客了。嫖客是可以对娼妓随心所欲的，归根到底，历史是由胜利者编造的。大日本帝国已经征服了中国，大日本帝国还将征服整个亚洲。因此，大日本帝国当然有资格这样来编写这段历史：是日本人解放了这个大陆，是日本帝国将东洋文明与大和民族的伟大精神带给了整个亚洲，如果你们想按照你们的意志编写历史，先决条件就是你们能战胜日本帝国。可是你们想过没有，这是根本不可能的，连美国人都不可以，就凭你们？"大田说着，提起军刀，绕过桌子，走到窗前，叉开双腿站定了。接着，"唰"的一声抽出军刀，指向窗外的操场——那是一排排刚刚运抵马尼拉的装甲车、军用摩托、机枪、重炮……"杨总领事，你睁眼往下看看，那就是日本皇军，那就是所向披靡、战无不胜攻无不克的大日本帝国！所以历史理应由这个强大的大和民族来编写——这就是历史！不管你承认不承认，首先你得——服从！"

杨光生端坐在那里，对于大田所说的一切，他再不置可否，他一直沉默着。随即，他听到"咔嚓"一声，大田已将军刀插回鞘内：

"杨先生，我们谈的有些离题了。我们还是回到正题上来吧，你看，转眼之间，今天就是2月24日了，日本军监政部给你的最后期限是4月20日，在4月20日之前你必须募足2400万比索交给日本皇军，你必须在劝募书上签名！你必须在媾和通电上签字！"

"我已经说过了，这是绝对办不到的！"杨光生对着站到面前来的大田，头也不抬地说。

大田听罢，向着杨光生又逼进了一步：

"你非得办到！"

杨光生也"霍"的一声站了起来，直视着大田一字一板地说：

"办——不——到！你可以动刑，可以杀我！"

一直在一旁沉默的木原次太郎终于笑着开口了：

"除此之外，我们还可以——中断你的洗澡用水——你不认为，这比上刑甚至杀头还令人恐怖吗？"

"那我立即绝食！"

大田抬起握着刀把的那只手，轻轻地拍在杨光生的肩上：

"你何苦执迷不悟呢？你不想想，你上有高堂双亲，下有娇妻稚女，你何苦去为一个已经沦亡了的政府——献身，去为一个已病入膏肓的国家殉节，而让高堂痛失爱子，娇妻守寡，稚女丧父。再说，你也该为你们领馆的其他人员，为关在这里的中国侨民着想啊，你不要落个不孝不慈的罪名啊，这完全是没有必要的，这也是——残忍的啊！从现在到4月20日，也就剩下56天——56张日历，是一翻就过去了，你好自为之吧！"

注释：

〔1〕血干团："二战"期间，由旅菲国民党人发起组织的青年华侨抗日武装组织。

〔2〕抗反同盟："二战"期间旅菲华侨抗日组织，全称为"抗日反奸大同盟"。

第三章　血肉长城

/ 一 /

杨光生从三楼审讯室回到四楼牢房里，已临近中午了，看着木村将午饭摆上桌面来，他却一点食欲也没有，他哪能有心思吃饭，他一直记挂着今夜的那场劫狱！看着杨光生焦虑的样子，木村走了过来：

"不管发生什么事，这饭总是要吃的啊！"

然而，夜幕还是降临了！整整一天处于极度不安的杨光生愈加神情紧张了。尽管在送来夜餐时，木村告诉过他：他交代的话已经传递出去了，可是他的心一直悬着。他预感到这一次劫狱行动是一定会如时开始的！而这只能是一种无谓的牺牲：对菲华抗日组织的武装力量，他能大致了解，他们大多只是装备一些轻武器，而监守菲律宾大学的日本军队，装备是非常精良的，他能看到的就有十来挺轻重机枪，还有迫击炮、装甲车、摩托车队，估计兵力将近两个连。而且今天凌晨又新运来了许多军用物资，所以日军在校园里又临时增加了许多兵力。这次劫狱将是一场力量悬殊的战斗，对于劫狱一方来讲，这必定只是一场无功而返、死伤惨重的战斗。

然而，这一场战斗是必然要如期打响的——这是一场海外侨民被逼上绝路的垂死抗争。

千万不要去欺侮一个老实忠厚的人，尤其千万不要将这种人逼上绝路！而在20世纪30年代到40年代，日本人恰恰就将一个在近代，被各国列强视为忠厚老实到了窝囊地步的中华民族，逼上了绝路。自九一八事变以来，这个民族便被日本侵略者一步步逼上了悬崖绝壁，它已经没有退路了，这个"窝囊大汉"终于回过头来，对步步紧逼的日本人挥起了拳头……在随后的十几年中，这个号称有四万万同胞的民族，以将近10%的死亡——那是几千万具血肉之躯——包括南洋群岛的华侨华人的血肉之躯——筑成的血肉长城，狙击着日本侵略者的飞机大炮。

几千万条活生生的人的生命！这个数字在人类战争史上是空前的。但愿也是绝后的。

而在1942年元月4日，这个有四万万人口之众的窝囊的民族又蒙受了一次奇耻大辱，这个泱泱大国的驻菲律宾总领事馆被日本宪兵封闭了，8名外交官身陷囹圄，从这个耻辱的日子开始，如雨后春笋般组织起来的各路旅菲华侨抗日武装力量，就一直在酝酿着这场劫狱。

那个时候，在远离马尼拉的菲律宾中吕宋岛阿悦山，有一个组织严密的华侨抗日军事组织，这就是阿悦山华侨抗日游击基地。这个基地的游击队曾经对日本侵略者发动了无数次袭击，同时还为各路华侨抗日武装训练了许许多多的游击战士。1942年2月24日对菲律宾大学的这场劫狱，就是在阿悦山基地最先提出并最后确定的。在劫狱前几天，就有许多游击战士从阿悦山陆续潜入马尼拉。那时候，他们已无暇顾及这场战斗的成败——我们已经说过，这是一场蒙受着奇耻大辱的被逼上绝路的民族的垂死抗争。他们只能用自己的血肉筑起新的长城，抗击强敌。他们已将生死置之度外。他们别无选择。

/ 二 /

正如杨光生所预料的那样，他没能阻止这场劫狱！劫狱战斗准时开始。12点刚到，菲律宾大学校园外的原野上空便升起了一串串信号弹，随后，排山倒海的呐喊声伴着激烈的枪声冲天而起，劫狱武装发起了第一轮攻击。

按照往日的常规，这个时候还有许多日本军人滞留在红灯区或慰安营中，可是因为今天新运进了许多军用物资，所有的日军官兵被告知不许离开校园，那个夜晚，驻守菲律宾大学的日军宪兵部队整夜处于战备状态。所以，在战斗开始后，劫狱一方就明显地处于劣势。枪声响起的时候，日军便打开所有的强光探照灯，将校园内外的大地照得如同白昼，使得多是持着轻武器的劫狱一方难以近前。接着，从临时构筑起来的日军工事里又倾泻出密集的炮火，那是一种以狰狞锋利的钢铁碎片，与弥漫的硝烟交织起来的倾盆大雨。尽管劫狱的一方人数众多——这次劫狱，菲华抗日武装力量组织了包括青年血干团，菲律宾（洪门）华侨抗日锄奸义勇军、中吕宋岛阿悦山游击队等方面的精悍战士近300人参战。

就在大炮崩裂、子弹呼啸的死亡交响乐中，杨光生听到了一种夹在其中的人声的怒号——那是一支歌！那歌不是唱出来的——那是以人的生命的全部，以汹涌澎湃的热血，如火山奔突而出的岩泉——怒吼出来的！

很快地，那如喷薄的火山，如怒吼的狂风般的歌声淹没了炮弹的崩裂声，冲破沉重的夜幕，如万钧雷霆在空中滚动回荡：

"……起来，不愿做奴隶的人们，把我们的血肉，筑成我们新的长城，中华民族到了最危险的时候，每个人被迫着发出最后的吼声……"

……最后，这悲烈的歌声戛然而断……

……劫狱一方的许多战士仰面倒在菲律宾大学校园外的旷地上……

这是一支抱定了为复仇雪耻而死战的队伍，他们就那样地以血肉之躯，迎着硝烟与炮火交织起来的暴风雨，迎着死神，前赴后继地发动了一轮又一轮的进攻，这是一场惊天地泣鬼神的战斗。

听着外面此起彼伏的枪声，杨光生在4楼的囚室里焦急万分，他不停地在屋里来回走动，外面崩裂的枪炮声，声声都砸在这位使节的心上！由于心急如焚，他身上迸发出如雨的汗水。其时正当木村值班监守，见到总领事焦急的模样，他走了过来：

"杨先生，我是将你的交代传递出去了啊！"

"我相信你的话——你看住通道，不要让人进来。"杨光生说罢，走到桌前，从白衬衫的下摆上撕下一块布片铺到桌面上，咬破中指，用鲜血在那上面写下：

"保存力量，为了胜利，撤退！杨光生。"之后，他将木村招呼过来，"拜托了，请无论如何将这送过去。"木村看了看，十分郑重地将那方布片塞进怀里：

"总领事，请放心，我一定送到！"这位年轻的日军宪兵转身之时，杨光生又一次叫住了他：

"慢着！"他紧紧握着木村的手，他知道，这是一次生死诀别！他将木村的手握了好久好久，之后才松开了手掌，深情地望着木村走了出去……

……从此，日本帝国驻马尼拉宪兵部队的花名册上便删去了"木村"这个名字……

……而在此时，那支中断不久的歌在校园外又吼了起来——那声音比刚才更悲壮、更深沉、更雄浑：

"……每个人被迫着发出最后的吼声，起来，起来，我们万众一心，冒着敌人的炮火，前进，前进……"

又一轮进攻开始了……

又有许多中国侨民迎着炮火冲了上去……

又有许多中国侨民躺在血泊之中……

……半个小时之后，菲律宾大学的枪炮声终于悄然停了下来……

大地又坠入了死寂的黑暗之中……

这场双方力量对比悬殊的战斗僵持了两个多小时后，终于结束了，劫狱的一方没能攻入校园，而守狱的一方也不敢在黑夜间贸然出击。

枪炮声静止之后，马尼拉郊外便滚起了沉闷的雷声，接着，一道又一道闪电划破乌云密布的夜空，一场热带暴雨从被闪电划破的穹庐中跌落下来……

第四章　北吕宋岛记事

/ 一 /

雨下着下着，雨无声无息地下着下着……

菲律宾北吕宋岛佬允隆港笼罩在雨幕里，佬允隆港罗沙示街笼罩在无声无息的雨幕里……

透过茫茫的雨幕，可以看到在罗沙示街的尽头，一座不大的三层楼房，静静地置身于忧郁阴沉的天穹下。这是一座中西合璧的建筑物，它的下面两层楼与佬允隆港的所有楼房没有两样，而它第三层的屋顶，则是由弓起的压着瓦楞的层脊构成的。青砖砌脊，飞檐斗拱，木榫衔接，如翼高翘。你一眼就可以认得出，这是一幢旅菲华人的建筑物。是的，这里就是佬允隆林氏宗亲会会所。

尽管是处于四季如夏的南洋，然而在一年之中，2月里的菲律宾气候还是宜人的。尤其是在接连几天的阴雨绵绵之后，吹向佬允隆的海风竟然还带着丝丝凉意，那阵阵凉意随着飘绕的雾气渗进了佬允隆林氏宗亲会，临近黄昏的时候，这种凉意更是浓了。

在二楼的一个窗口朝向海湾的房间里，寄居着林仁和、林子钟父子。自从在马尼拉的店铺被日本宪兵烧毁之后，父子俩就流落到佬允隆港来了，转眼之间，已过去了近一个月。

方圆10多平方公里的佬允隆，是菲律宾这个千岛之国中的一个小小的岛城，确切地说，在上个世纪40年代，只能算是一个小镇。那时候，佬允隆港生活着上千林姓中国人，他们大多来自泉州南门外的晋江，还有少数来自安溪、永春一带。在异国他乡的这处所在，他们一概以林氏宗亲相认。他们都认为自己是中国商朝大忠臣比干的传人。佬允隆港的这处林氏宗亲会，也和唐山随处可见的林氏祠堂那样，大门额上挂着一方"九牧传芳"的牌匾，那4个字自然是镏金大字。佬允隆港林氏宗亲会始建于20世纪初叶，那是由唐山各地漂流到这个港口的林姓宗亲集资兴建的。最初的时候，它建了一层，几年之后，才又添上第二层，"九一八"事变那一年，在二层楼顶上靠墙的一隅，才又面朝北方续建了半幢楼阁。那半幢楼阁里摆放着殁于菲岛的林姓宗亲的灵位木主，而楼阁的前面，留下了一处偌大的平台，站在平台上，朝北可以望到很远很远的地方——那是一片阻隔唐山与南洋的云海……

很久很久了，几乎在菲律宾各个华侨聚居的埠头，都有各种姓氏的宗亲会。这种宗亲会是一种唐山情结，寄托了南洋番客的乡愁、乡思。那个时候，刚到南洋没有近亲可以投靠的唐山客，或者是那些一时落难走投无路的番客，都可暂且在宗亲会所住下来，然后去寻找新的生路。当然，也会有一些孤寡鳏独、贫穷潦倒、老无所归的番客，寄居到这里来度过人生的最后岁月，宗亲会也会为他们养老送终，最后还要为他们在公婆龛里立上一方木主。

这种宗亲会，你可以将之想象是一处南洋番客的避风港，甚至是另一种意义上的"家"。

一切受过宗亲会种种照应的南洋番客，都将毕生记住这份恩情。他们一旦找到了新的立足之地，他们挣到的第一笔钱，多是先捐入宗亲会，甚至一生到老到死，都会根据自己的能力，或多或少，定期或不定期地为宗亲会捐款捐物。那是一种反哺之情，宗亲会收到这些捐款，除了用于继续救助那些因落难而前来投靠的宗亲之外，往往还积水成流，源源不断地寄回唐山故土，修桥造路兴学办医，或捐入侨居地的慈善机构……

/ 二 /

……雨总算停下来了，阴沉的天空终于裂开了一道缝，落日的余晖就从这条裂缝里照向佬允隆港。

望着窗外逐渐露面的夕阳，一直坐在地铺上靠着墙壁抽烟的林仁和掐灭了烟蒂，脸色一下转晴了。

"出午后日了，明天不会落雨了，你上菜市场去，看能不能买回一个猪头来，明天该出摊了，已经歇摊三天了。"

"老爸，我这就去。"林子钟说罢，披上外衣下楼去了。

小城佬允隆，在日本军队登陆菲律宾之前，可以称得上是北吕宋的一处繁荣的港湾。那时候，码头上不时有吨位不大的船只停泊，而城区外烟叶园、菠萝园的种植工人更是常来镇上走动。太平洋战争爆发后，原先热闹的小城一下子萧条冷落了下来。这种年头，林仁和、林子钟父子流落来此，真不是时候。可是，他们又能上哪里？父子俩来到佬允隆之后，置下了一套简单的牛仔粥排档，每天就在靠码头的椰树下摆起粥摊。刮毛洗净了的猪头熬在滚汤里，汤里下了茴香、八角、老陈皮，通红的木炭火烧在锅底下，那汤一滚开来，让人垂涎欲滴的香味便从椰树荫下升腾起来，飘出去好远好远。然而在这兵荒马乱的艰难岁月，这种香味能引来多少顾客？倒是那群在椰树林里或沙滩上嬉戏的渔家孩子，常常被这种撩人的香味吸引过来。他们大多没穿裤子，裸着被太阳晒得油黑的屁股蛋，就那样围在粥摊边，怯生生的不敢靠近前去，只是把大拇指含吮在嘴里，睁着一双双略带忧郁的、善良无邪的黑眼睛，久久地注视着翻滚的肉汤，贪婪地吸着从大锅里喷薄而出的醉人香味，将一口又一口涌出牙龈的口水咽下喉去。林仁和、林子钟父子总是不忍心去驱散他们，他们深知：这群生活在贫民窟里的孩子，即使是在和平时期，也常是食不果腹，更何况是处于这个战乱的年头。每当这个时候，林仁和都会用铁钩钩起熟透了的猪头，让子钟切下一个猪耳朵，按照他们人数的多少切成大小相同的碎块，招呼这些孩子走上前来，逐一分给他们。之后，这些孩子便一边往口里拉扯着猪耳朵肉，一边又散开到椰林里或沙滩上去了。

生意非常难做，每到夜里收摊的时候，若是还有剩下来的粥和猪头肉，父子俩总要唉声叹气——一个10来斤重的猪头肉配上稀粥，父子俩守了一天能够卖完，至多也就是能赚上一个比索。自从流落到佬允隆之后，他们一直记挂着朱永明接济的那15块银元，尽管在离开马尼拉时，朱永明一再告诉他们别把这笔钱记挂在心，父子俩也深知朱永明说那话是完全真诚的，但"兄弟亲朋，账目分明"，这是出洋谋生的番客立身处世之道，更何况朱永明也是小本买卖，艰难经营哪！所以，他们到了佬允隆之后，放不下这桩心事，希望尽早积攒下一些钱将那笔款还清。刚来的时候，林子钟也想过在下半夜将肉粥摊料理好之后，白天让老爸去摆摊，他自己上烟叶园或菠萝园再打一份工，多挣一点钱，然而找了几处地方，终没能找到一点门路，父子俩只好双双摆摊去了。他们卖的是牛仔粥，自己吃的却多是稀粥就着盐渍的下脚菜叶。如果在夜里收摊后，父子俩吃的不是稀粥咸菜叶而是美味的牛仔粥，那就是当天的食客少了，粥没有卖光。菲律宾四季皆夏，气候炎热，隔夜的粥是要发馊的，父子俩只好自己将剩粥吃了。可以想象，在那样的晚上他们扒下的每一口粥，都是伴着辛酸与无奈的。

虽然已近黄昏，林子钟还是从菜市场上买到了猪头，父子俩点上了灯，忙乎了一大阵子：刮毛、掏耳、剔去口中秽物，然后升起炉火，连夜熬了起来。

/ 三 /

天空果然放晴了！

对于以摆摊为生的小本生意人来说，有了太阳就有了希望，最怕的是连天阴雨的时日。

林家父子把架子车推了出来，朝海边走去。

宗亲会离海很近，车推到码头那边椰树下的时候，月亮刚刚隐退，天未大亮，架子车的滚动声，惊飞了几只夜宿林间的鸥鸟。晨曦中，有三三两两讨早海的渔民从椰林深处的渔村走了出来。到佬允隆20多天了，林家父子大多认识他们，一听到林仁和手夹汤匙小碗摇晃起来的清脆的瓷器碰击声，伴着悠扬的吆喝声，讨海人便会心地笑着围了过来，将肩上的渔网搁到地上，各自从口袋里掏出一两仙钱，十分惬意地喝下一碗热乎乎、香喷喷的牛仔粥后，才朝着拴在海滩边的小船走去。

天光大亮之后，讨海的渔民都驾舟出海去了，粥摊又冷落了下来。父子俩便取出稀粥咸菜吃起了早餐。

此时，林子钟发现林荫外的小道上走来一个人，那人穿着米黄色的描笼大家乐土服[1]，看上去是50边上的人了，似是当地的菲律宾人，可肤色却又不是当地人的那种黧黑，那人走近粥摊时，林子钟竟脱口叫出声来：

"李先生，李东泉先生！"

来人随声转过头一看，显然也认出了林子钟父子，便快步跨了过来：

"知道你们到了佬允隆，没想到这就遇上了。"

父子双双绕过粥摊走了过来，一人握住了李先生的一只手："上个月店铺被日本人烧毁了，在马尼拉没了立足之地，只好到这里摆粥摊来了。离开马尼拉时走得匆忙，也没能去向李先生辞行。"

李先生紧握住父子俩的手："听说过了，可恨小日本欺人太甚！都是（泉州）南门外的乡亲，这战乱年头，也帮不上你们的忙，真不好意思！"

林子钟说："不，李先生是帮过我们大忙的，上一次不就是您老人家高价盘下了我那'林记商号'吗？"

李先生听到林子钟提起那件事，便十分真诚地说："快别这样说，你年纪轻轻，就有那样一份救国之心，不容易啊，我们当以你为楷模才是呢！"

听到这番话，林子钟竟羞赧了起来："李先生，您在菲律宾总商会演讲时说过：'中华兴亡，侨胞有责。'李先生一向身体力行，上次沈尔齐回唐山，你一下子就捐出三架飞机，李先生才是真正侨界楷模！"

"唉，人老了，惭愧啊，恨不能亲自回唐山打几枪，投几个手榴弹，与日本人较量较量！沈尔齐先生他们才是顶天立地的救国英雄啊。"李先生说罢，点燃了一支烟，默默吸了起来。

"光顾着陪李先生说话，也没问李先生用了早餐没有？"经林仁和这么一问，李东泉这才发觉自己是又饥又渴，昨天下午一直忙到下半夜，连晚餐也丢了，更别说今儿的早餐。

"那就来一碗粥，稀一点的，多一点汤好。"

林仁和挑了一个大碗，舀上满满一碗粥：

"掺上眼珠子吧！"林子钟边说着，边动手用剔骨刀剜出了猪头上的那对眼珠子。卖牛仔粥的有一条不成文的约定：凡猪眼珠子多留给贵客。

李东泉看着，哈哈一笑："眼珠子就眼珠子，有道是吃眼珠补眼珠。这年头就要眼睛明亮，才能分清是非，否则日后是要被人指着脊背骂，甚至要遗臭万年的。"

说话之间，林仁和已把加上猪眼珠子的满满一大碗粥端了过来：

"早就知道李先生是位义薄云天的中国人，若是见利忘义，这几年倒腾日货更要大发了。"林仁和、林子钟父子俩都知道：李先生在菲华商界深孚众望，长年担负着菲华总商会的名誉会长，多年来，不断有东洋厂商找上门来，邀李先生做日货总代理，如肥皂、火柴、罐头、布匹等等，李先生皆一口回绝，而且在"九一八"以后，还将店内原本经营着的所有日货公开焚毁，并发誓子孙后代不再经营日货，日本人因此对他恨之入骨，却也奈何不了他。他们深知李东泉为人慷慨豪爽，在菲律宾各埠头都有众多朋友，不管是菲律宾人还是华人，不管是哪个行业上的，随时都有人肯为他两肋插刀。

看看四周没有旁人，林子钟悄声地说："李先生，有句话不知道该问不该问，先生这次上佬允隆来是为了什么？若有用得着我的地方，请随时吩咐。"

听到林子钟这样问，李东泉便压低了声音说："我知道林先生父子都是有良心的中国人，这件事我不能瞒着你们。马尼拉沦陷以后，日本人把中国人都踩到脚底下去了。自古以来是两国交战，不伤使节，更何况是在第三方国的菲律宾，可日本人把杨光生总领事等 8 位官员都抓走了，至今还关在菲律宾大学里……"李先生讲起了那一夜劫狱，最后讲到，那场战斗中被抢救下来的伤员，许多都疏散到他在各处的店铺里养伤去了，而这几天，马尼拉日本宪兵查得紧，为防万一，那里的大部分伤员都转移去了外地，现在还有 4 位伤员，将送到佬允隆来，住进这里的李氏宗亲会。他说："我是昨天赶到佬允隆来安排此事的，没想到，宗亲会对面的街上新开张了一家日本料理，这样一来，伤员在那里养伤就不方便了，按照事先约定，这些人今天由水路乘船来，我想先让他们在咱唐山人开的旅店里住下来再说,事情都安排好了,反正也睡不着了,就趁早散步上这里等船来了。"

林子钟听着,想了想说:"旅店里人来人往,耳目混杂,是不是让他们住到林氏宗亲会去,那里清静,附近住的又都是咱们唐山人,房间床铺都是现成的。"

李东泉思索了片刻:"也是,那里倒是个好地方,当年加建第三层时,那图纸还是我大女婿设计的呢。"

谈话之间,李东泉已把一大碗粥喝了下去,这才掏出手绢来抹着嘴:

"林先生,没想到你们还会这一手,正宗的泉州义泉[2]咸粥口味,八角、茴香、当归、陈皮都下得恰到好处,太香了!"说着掏出一个比索递了过去,林仁和忙不迭地推开了李先生的手说:

"这不见外了吗?平日里想请还请不到李先生呢,难得这一碗粥能合您的口味。"

李先生也是个爽快人,便不再客气,当真将那钱放回口袋去了,然后回过头去朝码头上张望着:

"瞧,是那艘小机帆来了!"

随着李先生的手指望去,只见一艘挂着棕色单桅帆的机帆船向着码头的方向靠过来了,李先生赶紧走了过去,林子钟放下手中的勺子也追了上去:

"李先生,我跟你一起去——老爸,你看着粥摊。"

/ 四 /

这是一艘从马尼拉开过来的客货混装船,船东、老舵、水手一色是唐山人。世事动乱不安,船上乘客不多,见上岸的旅客快走完了,李东泉这才拉着林子钟的手走上船去,此时,船舱里除了舵公和几位水手之外,还有5个乘客,其中有4个是伤员。李东泉走上前去:

"这4位伤员,三位是我们泉州南门外的乡亲,还有这一位木村先生,是日本宪兵队的……"

"什么？日本人！"林子钟一听，瞪起了双眼。

李东泉先生看着，笑了笑说："木村是杨光生总领事的好朋友，当然也是我们唐山人的好朋友了。杨总领事被囚以后，承蒙木村先生无微不至的照料。这一次菲律宾大学劫狱，又是木村先生冒死传出了杨总领事的血书，这对我们敢死队当机立断停止进攻，减少牺牲，起了关键作用……"

……那个夜晚，当木村趁着照明弹熄灭，遁出了菲律宾大学校园以后，紧接着又有一排照明弹升空了，在被照得如同白昼的战场上，双方的子弹一下子都紧冲着他嘶叫起来，他已身中数弹，为了不让自己的鲜血将中国总领事交托的那方血书染糊，在接近劫狱一方的阵地时，他将那方白布高举过头顶，飞身扑向敢死队阵地，在简单述说了校园里日方新增加的强大火力兵力之后，他便昏死过去了……

听过李先生介绍，林子钟的眼神温和了下来，将手伸了过去。见到两位年轻人的手握在一起，李东泉先生笑了笑说：

"林先生，木村先生也交托给你们了，希望你们多加关照。马尼拉宪兵队到处悬赏捉拿他呢！"

这时，站在4个伤员旁边的一个头戴白礼帽，一副络腮胡子，戴着墨镜的汉子叫了一声：

"子钟，你怎么也来了？"

子钟觉得那声音十分亲切耳熟，一时又记不起这个人是谁，竟一下子怔在那里。

那个人脱去礼帽，摘下眼镜，再把连鬓的胡子一把撕了下来。子钟眼睛一亮：这不就是沈尔齐！他一步跨上前去，双手紧紧抓住沈尔齐的肩膀：

"都说你回唐山去了，怎么又到南洋来了？"

"这话儿慢慢再说吧。"

众人正交谈之中，船东走了进来：

"可以上岸了，路上都还'干净'，黄包车也来了。"

李东泉看着林子钟说："分成两伙上路，你带上两位伤员先走，我和沈先生随后到。"

"好的，你们先等着，我立马赶回来。"子钟说。

"让黄包车回头再来就可以了，那个地方熟门熟道的。"李东泉说。

那4个伤员，两个伤在大腿上，两个伤在胸部，按照沈尔齐的安排，林子钟将两个腿部受伤的伤员扶上黄包车，他自己也随在车后走了。经过粥摊的时候，子钟对父亲点了一下头：

"老爸，你收拾一下，不用再卖了，回去给大伙张罗吃的吧。"

黄包车穿过椰林小道转了一个弯，一阵小跑，就到林氏宗亲会门口来了。看管会所的老人林天元一看子钟回来了，便笑着问：

"怎么，这么早就收摊了，大吉利市啊！"

林子钟见问，便实话实说把事情挑明了，林天元一听，知道事情非同小可，忙帮着林子钟将车厢里的伤员扶了下来：

"先进去再说！"

一行人走进屋里，林天元安排大伙喝了茶水后，想了想说："还是上三楼公婆龛后的小阁楼去，那里少有人到。我先上去打扫一下。"说着上楼去了。

"你们先坐着，我再上码头把李先生他们接过来。"林子钟虚掩上门走了出去。虽说李先生吩咐不用再上码头接他们，可林子钟还是放心不下。

待到林子钟将众人都接回来时，只见林仁和已在楼上摆上了案板，正在切着猪头肉：

"子钟，就这锅粥，够大家吃了。"

/ 五 /

林天元所说的公婆龛，实际上就是摆放亡灵木主的神龛，逝者中有男有女，因而称"公婆龛"。和泉州南门外所有的祖厝祠堂一样，佬允隆林氏宗亲会的公婆龛后面，也配有一个小套间，这个小套间约有8个平方。当楼下那些人将美味的牛仔粥吃个锅底朝天的时候，林天元下楼来了：

"都收拾好了，可以上去了。"

听林天元这么一说，林子钟弯下腰去，将那位腿部伤得厉害的伤员背了起来，踏上楼梯："刚才在码头上没敢背你，让你受罪了。"

众人上得楼来，只见小套间已打扫得一尘不染，地上铺了凉席，连接前面平台的两道小拱门上都挂上了帷幔，李东泉先生看着，开心地笑了笑：

"当年还是我那半子（女婿）有先见之明，把小套间设计得特别大。"

沈尔齐也笑着说："这里倒是养伤避难的好所在，旁边没有楼房阻隔，四面一览无余。"

林天元说："除了逢年过节宗亲们上来烧香化纸外，平日里这边难得有人上来。"

时近晌午，估计码头上那艘船该已装过货要返回马尼拉了，李东泉先生便站了起来，向众人作揖告别：

"诸位林姓同胞，人就交给你们了，（他们的）伤口在马尼拉都让医生精心诊断过了，带来的药也够用，就劳烦你们按时为他们换药，拜托了。"说着从怀里掏出一叠比索递了过来，"这是500元，先用着，日后我还再送过来。"

1942年，500个菲律宾比索不是小数目，仁和、子钟父子推让着：

"人到了佬允隆就是我们的客，怎么好让李先生掏钱。更何况是住进了林氏宗亲会，就更不该让李先生掏钱了。"

李东泉正色道："这又不是一两天的事，这年头，大家手头都紧，林先生你们更是刚经历浩劫，正当落难之中，我手头上算还有几个钱，现今国难当前，我们都应存毁家救国之心，或可免国破家亡之辱。愚内人常道：今日守财，明日亡国。做了亡国奴，即使是金山、银山，你能保得往？"

仁和、子钟听着，知道这位长者的诚意难以违拗，况且离开马尼拉时，从朱永明那里带来的15个银元，购置了一套谋生家什，近一个月来，又阴雨多过晴天，练不了几天摊，口袋里所剩无几了，佬允隆的林氏宗亲们大都是小本经营，况且战乱之中，都各有各的难处，伤员的病情要有个反复，随时都是要用钱的，想到这里，他们将钱收下了。

"人，就留给林氏乡亲照顾了，拜托了。"李东泉又说了一遍。

林子钟说："李先生，可别说拜托的话了。你尽可放心，有我们在，就少不了他们一根汗毛，他们就称重交代给我们好了。"作为来自泉州南门外的番客，李东泉能听出林子钟这句话的分量：在泉州南门外一带，人们是不会轻易说出"称重交代"这4个字的，而当他们做出这样郑重的承诺要收留保护某个人之后，那便是以命相许了，哪怕是要了自己的命，也要保住这个人不损分毫，否则，怎么叫"称重交代"呢？

说话之间，见李东泉先生已回身下了楼，沈尔齐、林子钟紧忙跟在后面，一路将他送到码头上。

三个人走到海边的椰树林荫下时，李东泉驻下脚来望着沈尔齐说：

"沈先生，有句话不知道该问不该问，我都憋了几天了。"

沈尔齐笑笑说："李先生，都是自己人，什么事，你尽管说。"

"我一直在打听伟良随军服务团回唐山的行期，可小儿总告以这是机密，不可泄露。"李东泉低声地说。

沈尔齐听罢不禁笑了起来："是的，这是我们在开会时宣布的纪律。好，就凭这一点，他一定会成为出色的抗日战士，李先生，你不见怪吧？"

"哪里哪里，军纪如山，历来如此，伟良能恪守军纪，也不枉老夫多年教诲了。啊，哈哈哈！"

"好吧，都不是外人，不该对你们保密了。李先生，子钟，我们已经确定下来了，清明节前后，我们就要离开马尼拉奔赴唐山了。子钟，这次来佬允隆，也算是向你告别……"

李东泉粗略一算，还有一个多月的时间：

"沈先生，我已定在近期到美国一趟，在那里我有众多朋友，我将与他们会面，共商发动旅美华侨抗日救国大计。恐怕等不到为你们送行那一天了，伟良小儿交给你，我自放心，深信沈先生能将伟良视为同志，严加教育，使之能知尽忠报国大义。若此，便不辱我李家门风了。拜托了。"李先生说罢，双手作揖。

眼看着就要分手了，李东泉先生拍拍林子钟的肩膀说：

"子钟，相信你能将伤员照顾好的，日后我还有件事要交代你，沈先生今晚要留下来，他会告诉你是什么事。"说着，转过头来紧紧地握住沈尔齐的手，"沈先生，你要多加保重，我是日头偏西的人，老迈无能了，中华民族的希望还得靠你们，来日方长，好自为之，珍重珍重！"一向豪爽过人的李东泉先生，此时声音竟低沉了下去，两个年轻人听着，心里也禁不住升腾起一股浓浓的难舍之情。

船东已站在甲板上向他们打招呼了，李东泉先生这才抽出那双被两个年轻人紧紧握着的手，一步三回首地上船了。

"让李先生孤身一人回马尼拉，我真放心不下。"林子钟低声对沈尔齐说。

"没事，船上几位都是我们的人。"沈尔齐告诉他。

"李先生是个真正的中国人啊，上一次他高价盘下了我那片小店，就是要成全我为唐山抗日捐资……"林子钟无限感慨地说，"为赴国难，出钱出力，甚至出生入死，他事事走在前头，真是国难辨忠奸啊！"

沈尔齐与林子钟并肩站在沙滩上，直望着顶风的机帆船远去，直望着李先生的身影融入了茫茫的大海之中……

……谁能想到：1942年早春这个中午的分手竟是他们的生死诀别！从此以后，沈尔齐、林子钟便再也没能见到李东泉先生了……

李东泉先生从佬允隆回到马尼拉不久之后，就辗转去了美国。他在美国华侨中同样享有崇高声望，他在那里有众多的朋友。在纽约、在旧金山、在华盛顿……他四处奔走呼号，宣传抗日，竟至积劳成疾。1942年夏天，在加利福尼亚州的一次华侨集会上，他抱病上台演讲，之后，他便躺倒在病榻上再没能起来。几天之后，他长眠在远离唐山故土的太平洋彼岸。临终之前，他签署了一生中的最后一个文件，那是一份遗嘱：交代他的家属在他身后将一笔遗产共10万美元捐回祖国做"扶养难童之用"。

为了自己祖国的抗战胜利，他在生命的最后时光，更加忘我地呕心沥血、奔走呼号——他没有活着看到抗日战争的最后胜利，他带着太多太多的牵挂，带着太深太深的遗憾——那是对于整个中华民族生死存亡的牵挂；那是对于自己不能继续为抗日救国大业鞠躬尽瘁的遗憾——死去了……而他的次子李伟良，是在他启程去了美国之后的第7天，随着沈尔齐经香港进入广东东江地区的，由于北上抗日之路已断，李伟良便与沈尔齐留在东江抗日游击队。1943年5月，李伟良在战斗中牺牲。

/ 六 /

2月夜里的佬允隆港，到处缭绕着浓浓的迷雾。湿漉漉的雾气从椰林里，从芭蕉荫下，从绽开的三角梅丛中，裹着一种淡淡的幽香升腾而起，向着小城的街衢巷陌迷漫过来。刚刚入夜不久，整个小岛便都黑灯瞎火了，沉寂的小城，甚至能听到海浪拍岸的声音。

已经过了子夜，佬允隆港睡去了吗？

在这个更深籁静的时候，林氏宗亲会二楼的地铺上，躺着两个还没入睡的年轻中国人，那是沈尔齐与林子钟，两个分别多时的年轻人，一下子聚到一起，竟有那么多知心话要说。

林子钟一直记挂着去年12月中旬在马尼拉总领事馆开会后的那次分手：

"那天晚上，你约好了要上我店铺去的，我整夜等着，都不敢入睡。"

沈尔齐当然不会忘记那一次约会："我们原先定好了隔日去唐山的。可是临时接到通知，要我们提前在当天傍晚离开马尼拉，我只好将要交给你的那些物件存放在清濛同乡会那里。卢老师捎给你的那一小袋大红枣，同乡会的乡亲们分着尝了，那可是长在陕北解放区的黄土高原上的！"

听到沈尔齐提起那袋大红枣，林子钟禁不住又想起了远在唐山延安的卢老师和莹莹：

"尔齐兄，我们在马尼拉的店铺被日本人烧了，对此，我只感到愤恨，心疼的是你千里迢迢带给我的卢老师的那张照片，也在那一场大火中被烧了，可惜啊。"林子钟叹着气说。

"日本人对我们犯下的一切罪行终究要清算的——子钟，那个晚上要交给你的另一件东西我带来了。"

"真的吗？那是什么东西？"林子钟听罢，一骨碌儿坐了起来，点上了油灯。

沈尔齐从枕下的褡裢里掏出一件衣裳：

"子钟，这是我在唐山新四军时穿的军装，这一次护送伤员到这里，知道你在佬允隆，肯定会遇上你的，这不，我就带来了！"

林子钟接过那件衣裳，在灯光里抖开一看，那是一件深灰色的军装，已经洗褪了颜色，两边袖管的肘部都缀着工整的补丁：

"尔齐兄，我也应当跟你回唐山，上前线，去新四军部队才是。"

听到林子钟说起这话，沈尔齐神色骤然暗淡了下来：

"去新四军，哎，回不去了。那一次，我刚回马尼拉不久，蒋介石就发动了皖南事变，（新四军）数千战友惨死其中。那次回马尼拉，我是带着叶挺将军的重托，来南洋组建'华侨营''华侨团'到新四军的，没想到回不去了，叶挺将军身陷囹圄，项英将军至今下落不明，千古奇冤，真是惨啊！"他说着说着，声音低沉下来，脖子上的喉结在上下滚动。

"真是可恨啊，大敌当前，枪口竟然朝着自己人打。"林子钟恨恨地说。

沉默了片刻之后，沈尔齐终于从悲愤中解脱出来了：

"说实话，中国的希望就剩下延安了，你知道吗？那里一片光明，去年12月，我们义勇队离开马尼拉后，是经越南河内进入广西，然后从桂林起程，几经辗转，行程万里，才奔向延安的。到达陕北三十里铺时，我们遇到了八路军的岗哨，一位来自独鲁曼的队员迎上前去问：这里离延安还有多远？那位同志回答：这儿就是延安的大门，走进去就是延安城了！大家一听，顿时热泪盈眶，20多人齐刷刷跪了下去，脸贴在地上亲了又亲，直到泪水将地面打湿了……"

……1937年年底，沈尔齐第二次回国参战，历尽千难万险，终于将来自菲律宾的28位青年侨胞组成的"菲律宾华侨救国义勇队"带回唐山，带到延安。这是一支非常年轻的队伍，其中年龄最大的不到25岁，年纪最小的刚满18岁，他们大多是在南洋出生的。回国后，他们在延安抗日军政大学学习训练了一段时间之后，便随部队奔赴前线。其后几年，在中华民族生死存亡的酷烈决战中，这批来自菲律宾的年轻华侨多人阵亡……

他们或降生异国，或身居海外，然而他们血管里奔流的是中华民族源远流长的血。在这个民族生死存亡的关头，他们从遥远的异邦奔回这个民族的根之所在——那是千百年来哺育了这个民族的那片故土——将自己殷红的血浇进这片土地——多少年来，中华民族之树所以能历经千难万劫而长青不衰,那是因为这个民族一代又一代的优秀儿女用鲜血浇灌了它,这鲜血中就包含着南洋游子的那一部分。

/ 七 /

子夜已过,交谈了大半个夜晚的沈尔齐、林子钟,竟然还没有一丝睡意。

哦,人生是如此短促,生命是这般脆弱,尤其是在风云多变的战乱之中——沈尔齐未及弱冠之年便告别母亲来到南洋,转眼间已经10年过去!10年之中,他一直在为自己多难的祖国战斗着。在刚刚过去的半年之中,沈尔齐两次率领"菲律宾华侨抗日救国义勇队"回国参战,许多战友已在唐山阵亡,而几天前的菲律宾大学劫狱之战,又有那么多同胞战死,多少情同手足、朝夕相处的战友,突然间都成了新鬼,令人不忍想象,生与死的界线,都是随时可以逾越的。在战争年代,死亡就如同睡去那样简单。战乱年头,亲朋好友能够相聚是一种福分,是一种幸运。正因为人生短促、生命脆弱,所以不论是活是死,都要轰轰烈烈。尤其是在国难当头的时候,又怎能浑浑噩噩地活着?甚至过多睡觉也是对生命的浪费!

两个年轻人和衣躺在地铺上,从唐山谈到菲律宾,从延安谈到马尼拉,从王彬街谈到佬允隆。后来,沈尔齐坐了起来,将头顶的马灯拨亮了:

"子钟,李东泉先生要我告诉你,王彬街的'林记商号'要归还给你。"

林子钟一听,也坐了起来:"什么?你说什么——你是知道的,拍卖'林记商号'的款,我已悉数捐回唐山了,眼下我哪有这笔钱赎回它?"

"子钟,你误解了李先生的心意了,他是要把'林记商号'无偿归还给你经营啊!"沈尔齐说着从胸前掏出一个大信封:"你瞧,这是'林记商号'店契正本,你将店铺盘给他以后,他一直沿用这个店号,副本还挂在店铺里——这,你就收下吧——还有,他给你的亲笔信。"

林子钟心里滚过一股热流,他用微微发抖的手,打开了那封毛边纸信笺,几行墨字映入眼帘:

林子钟先生大鉴：

　　送还"林记商号"店契一纸，请查收。林先生虽年少而长怀国忧，竟有卖店救国之义举！每每思之，深感敬佩！当前虽国难深重，然我炎黄子孙有无数如林先生之尽忠报国的年轻义士，则中华民族必将最后战胜任何企图灭我之法西斯尔！五千年华夏古国必将重振声威。"林记商号"归还之后，还望刻苦经营，使之不断发达，至盼至盼！
并祝
康安！

李东泉
民国三十一年二月九日

　　太阳升起来了，沉寂了一夜的佬允隆又在笼罩着薄纱般的晨雾中苏醒了。

　　林子钟与沈尔齐已谈了一个通宵，整整一夜没有合眼。一阵睡意袭了过来，他正要朦胧睡过去，猛然感受到眼前的阳光，他一下子完全清醒了。而躺在一旁的沈尔齐，刚刚闭上嘴唇，上眼皮就沉重地粘着下眼皮贴紧了，并且很快就发出均匀的鼾声……

　　……他也是人啊！他也是一具血肉之躯啊！刚到南洋投奔当厨工的父亲时，他还是个稚气未脱的少年，由于父亲的收入微薄，而远在唐山的家中，还有老母弟妹，家境贫寒，难为生计。16岁，他就以稚嫩的双肩挑起了生活的重担。最先他在印刷厂当学徒，而后，又在夜间帮另一家商店记账。十六七岁的少年，打着两份工，那样的重荷，难以想象。

　　抗日战争爆发以来，他差不多是全身心地投入到这场拯救自己民族的斗争中去了。在马尼拉，在南吕宋，在北吕宋，在陕北，在江南……他奔走呼号，发动抗日，千里行军，枪林弹雨……这些如火如荼的壮烈生活，构成了他的全部青春。27岁，他正处于人生中最美好的年华，在这个鲜花飘香的生命的春天里，他的生活中本应当有母爱，有恋人，有异性的约会……而日本侵略者强加给他的祖国的这一场战争，却剥夺了他本应该拥有的这一切！为赴国难，为救民族，他常要废寝忘食，甚至出生入死。那时候，由于生活的艰难与过度的操劳，一种在 20 世纪 40 年代还被称为不治之症的可怕疾病——肺痨病已经悄悄缠上了他，他常发潮热，猛烈咳嗽，甚至咯血，而紧张的工作与斗争常常将这些病症掩盖了。从唐山回到马尼拉之后，他很少能按时吃上一餐饭，睡过一个囫囵觉，就在此次来佬允隆之前，他已连续两天两夜没有合过眼……

现在，他睡去了。

林子钟轻轻翻着身子坐了起来，久久地、深深地望着安详地睡在身旁的沈尔齐，朝阳之中，他发现了他的双鬓竟已冒出了丝丝白发，额头上也过早地刻上了显眼的皱纹，他的眼窝深陷了下去。自从在马尼拉总领事馆开会后分手，不到半年的时间里，他突然一下子——老了下来！他不忍心再多看沈尔齐那张棱角分明的瘦削的方脸。为了能让沈尔齐多睡一会儿，他悄无声响地站了起来，蹑着脚走过去拉上了黑色的窗帘……

随后，他轻轻地下楼为伤员安排早餐去了。

一阵激烈的咳嗽硬是将沉睡中的沈尔齐拉了回来，他揉揉双眼，才发现头顶上的灯火不知道什么时候熄灭了，房间一片黑暗，他想翻一下身，却觉得浑身没有一点力气，他能感到自己已经睡了好长一段时间了，睡得骨头都散了架了。唉，人的身子骨真是宠不得呢，一睡就睡懒了！他伸手一摸，身边已空无一人，林子钟去了哪里？他听到有人上楼来了，便一骨碌儿坐了起来：

"谁？"

"噢，尔齐兄，你醒了。"林子钟走上楼来，一把拉开窗帘，午后的阳光一下子泻到地板上来了。

"啊，天光大亮了，子钟，几点了？"

"快 4 点了。"

"你是说下午 4 点了吧？"

为了让沈尔齐能舒舒服服地睡一个长觉，林子钟连早饭都不忍心叫醒他，林仁和告诉林子钟："吃补不如睡补，让他多睡一会儿吧！"

"你快漱洗吧，洗过了好吃饭，你已经误了两餐了。"林子钟说着，将墙角下的那盆水端了过来。那是备好早餐时林子钟就端上来的。面盆里搁着一个杯子，杯上横着一把已蘸上牙粉的牙刷。

一觉睡了近10个小时，现在疲劳消失了。沈尔齐洗漱过后，一下子感到饥饿难当，肚里咕噜叫！此时，林子钟已劈开一个椰果：

"先把这椰汁喝了败败火再吃饭吧，看你的眼睛上火都红了。"

很久很久没有如此踏实地睡上这么长的觉了，很久很久没有这么舒舒心心地吃上这么可口的饭菜了。年轻人的生命力就是这样旺盛，就因为睡上那么安稳的一觉，吃上那么一餐可口的饭菜，沈尔齐好些日子来奔波操劳所积下的疲惫困倦，都一下子消失得无影无踪了。

现在，太阳已经偏西了，按照事先的约定，昨天载着李东泉离去的那艘机帆船，又将在今天傍晚将沈尔齐送往马尼拉。

饭后，他与林子钟走上三楼向伤员们告别，一一看过了他们的伤口，见他们都已按时换了药，沈尔齐放心了。走到木村跟前的时候，他动情地说：

"木村先生，再见了，我会永远记住你这位日本朋友的。旅菲华侨都会记住你的，你安心养伤吧，你就把这当成你在日本的家吧。有什么欠缺的，你尽可对林子钟先生说。"

"家，日本的家？"木村喏嚅着，一丝惨痛无奈的苦笑掠过嘴角。他沉默了一会儿，终于又开口了："我也会永远记住你，记住你们……"说着，他艰难地站了起来，朝着沈尔齐深深地鞠了一躬。沈尔齐忙上前一步，扶起了他：

"啊，木村先生——你发烧啦！"沈尔齐感到木村的那双手烧得烫人，便又用手背往他太阳穴上一贴："子钟，得为木村找个医生，不能耽误了。"说着，他扶着木村躺到地铺上。

木村是此次来佬允隆才见到沈尔齐的，而在这之前，还在马尼拉日本宪兵部队的时候，他就听说过沈尔齐的名字了。他没想到这位闻名整个菲律宾，被日本宪兵说成杀人不眨眼的华侨抗日勇士居然这样年轻，而且是这样和蔼可亲又这样待人真诚。由此，他又想起了那一夜劫狱战斗，为了从弹火中救出他来，华侨敢死队牺牲了一名战士，在抢救他垂危的生命时，又是多位中国人献出了自己的鲜血。他在这场战争中逐渐认识了这个民族，尤其是在负责对杨光生监守及其后从菲律宾大学叛逃出来，投向菲华抗日组织，真正与这群中国人生活在一起的时候，他更进一步地了解了这个民族。

自从1939年春天离开日本，整整三年之中，不论是在中国国土上或是南渡菲律宾之后，他都在参与本国军队对中华民族的烧杀抢掠，在中原大地，在长江南北，他目睹了日本军队实行梳篦式的"三光"大扫荡后的无人区惨象，那实在是血浸大地、尸臭熏天！在据点炮楼里，面对日本军人对成年或年幼的中国女性肆意蹂躏时，她们凄厉的呼救声，常使他联想到自己的母亲和妹妹……

……由于战争曾经带给他少年时代的不幸，长大之后，他怀着强烈的复仇欲，狂热地投身于侵华战争。而后，由于战争给他造成的巨大的耻辱，他开始厌恶这场战争，他憎恨这场带给他巨大心灵创伤的战争——那是一种比肉体的创伤更可怕万分，而且永难愈合的心灵的创伤啊！

这场战争也毁掉了他的一切：包括他的家，他的亲人以及他作为人的那份尊严，甚至他的祖国如今也不再属于他了，他感到裕仁天皇发动的这场战争给他这个日本人也带来了深重的灾难！如果沈尔齐再留下来几天，他可能会把自己的身世都告诉他的！然而他知道，这位年轻的中国人是肩负重任的华侨抗日领袖，外面有多少大事正等着他哪！

这一次离别，还能再见到沈尔齐吗？

/ 八 /

这时候，夕阳还在海面上漂浮着，而暮色已经悄悄在佬允隆港弥漫了。

两个年轻人从小城佬允隆的街巷里走了过来，2月底的黄昏，从南洋海域上吹过来的风是凉爽的。码头上很静，不见有靠岸的船只，他们在离码头不远的一棵高高的棕榈树下坐了下来。

他们是一路默默地走过来的。由于有太多太多的话要说，却又不知道该先说什么，后来，还是沈尔齐先开口了：

"子钟，你还记得沈霏同志吗？"

"沈霏——记得的，是你那位清濛乡亲吧？是好久没有见到她了，她如今在哪里？"他回过头去，只见沈尔齐又抿紧了嘴，默默地眺望着暮色中的大海。林子钟早就知道，沈霏与沈尔齐祖籍同是泉州南门外清濛村的，沈尔齐是16岁时下的南洋，而沈霏则是在南洋出生的中国人。他还知道，这两个年轻的同乡之间有着深厚的感情——他能理解，那不是一般的情谊。

抗日战争刚爆发，沈霏就在马尼拉参加了菲律宾华侨妇女抗日总会，不久以后，她与李东泉的夫人颜漱女士双双被推为这个组织在马尼拉分会的正副会长。其实，在这之前，"沈霏"这个名字就在马尼拉华侨社会中传开了。林子钟是在一次青年聚会上经沈尔齐介绍认识她的。这沈霏自小被养父母视为掌上明珠，宠成一副天不怕、地不怕的性子，她聪明过人，在中西学校读书时，几乎是年年拿第一名。此外，唱歌跳舞，跳高跳远，篮球游泳……她都是一学就会，而且各种比赛都名列前茅。参加妇抗会以后，她时常与沈尔齐、黄杰汉等华侨青年抗日志士在一起，又很快就学会了国术、柔道等功夫。玩起手枪来，虽不能说百发百中，但只要手起枪响，也八九不离十。养父母本是要将她送回唐山上大学的，由于战乱，回唐山的路断了，唐山回不去了。自从太平洋战争爆发以后，在马尼拉就再也没有见到她的踪迹了，现在，沈尔齐又提起了她：

"马尼拉沦陷之前，她就由组织上安排转移到阿悦山游击基地当教官去了，目前在南吕宋宿务岛一带活动。"

"你跟她见面了？"

沈尔齐摇了摇头："没有，我就要回唐山了，不知道什么时候才能回来，不知道什么时候才能再见到她，我写了一封信，只能由你转交给她了。"

"我留在菲律宾，总比你有机会见到她。我会想尽办法交给她的，你还有什么要吩咐的吗？"

"该说的都在信中说了。"沈尔齐将信封交给林子钟。

一阵马达声从暮色中传了过来，随之，一艘涨满风帆的机帆船靠上码头，正是那艘事先约定的船来接沈尔齐了。

两个年轻人快步走下海滩后，沈尔齐又一次紧紧握住了林子钟的手，然后快步跨上船去……马达声中，船离岸远去了。很快地，它消失在茫茫的夜色中了。

　　林子钟久久地站在那里，直到马达声消失了，他才发觉夜幕已笼罩了整个海滩，他感到腿脚冰凉，低头一看，这才发现，不知道什么时候，涨潮的海水已经漫到了小腿上……

注释：

〔1〕描笼大家乐土服：一种菲律宾民族服装。

〔2〕义泉：旧泉州城区南门兜十字路口东侧称义泉路，时有众多小吃摊。

第五章　阿黄

/ 一 /

　　不知道什么时候，呼号的北风悄悄地停了下来，虽然没有时钟，但朱秀娥能感觉到，早已到了下半夜了。

　　自从过了正月，许多日子来，一直没日没夜地刮着北风，尖啸的风声让人听得心烦意乱，特别是在黑灯瞎火的长夜，呼呼的寒风穿进门缝，透过窗隙，在小院里、在厅堂里四处穿梭。这样的寒夜里，一个孤独的番客婶，是多么渴望身边有一个人，哪怕不是一个人，只要是一个——一个活生生的生命，哪怕只是一条狗、一只猫！

　　自从那一年林仁和回来完婚，在这所小院过了新婚的第14个夜晚，让她怀上子钟后，20年了，丈夫再没有返回过唐山，再没有踏进这红砖小院！唯一的儿子林子钟，又在1938年秋天里，由他的舅父朱永明带着，踏上停在溜石湾渡头那艘双桅机帆船，经厦门去了南洋，至今也已经快4年了！最初那一年里，丈夫儿子都能按时来信，逢年过节一定要往家里捎钱，后来再也没有收到他们父子的来信，更不用说寄钱回来了。唉，异国他乡，头顶人家的天，脚踏人家的地，钱在顾客的口袋里，生意有旺有淡，你们挤不出钱往家里寄不要紧，反正她一个妇人家，缸里米多的时候吃稠一点，缺米的时候喝稀一点，上午晚一点起来，就能省下早餐，夜里早一点上床，又能省下晚餐了，这些她都能熬得过去，可是你们信一定要往回寄啊！你们难道不清楚，这战乱年头，南洋亲人的来信，在唐山番客婶心目中意味着什么？亲人的音讯，那是她们生活中的全部希望！那是她们人生的唯一寄托！听说马尼拉已经沦陷，日本人在那里烧杀掳掠，亲人，你们要多加保重啊！不仅是为了自己，更是为了远在唐山的番客婶——那些为了你们的根脉得以繁衍而苦苦守在唐山空房里的母亲或是妻子啊——南洋客啊南洋客，你们是唐山番客婶生命中的生命！

/ 二 /

风停了，无边的夜色仿佛更加沉重地压抑着朱秀娥，北风呼叫的时候，她听得心里发怵，风止了，她又静得心里发闷！啊，冬天的夜是这样漫长与死寂！

桌上的座钟，她已好长时间不再为它上发条了——就让它停下来吧——空荡荡的房间里滴滴答答的钟摆声，那半个小时一响的钟声，更是让人感到夜的漫长与孤寂！

子钟在家的时候，每个夜晚，都是儿子那香甜的鼾声将她引入梦乡，而自从儿子去了南洋，几年来，在每天的上半夜，朱秀娥都是在断断续续、迷迷糊糊的朦胧中度过的，而到了下半夜，她就那样直睁着双眼在无边的黑暗中躺到鸡鸣！

现在，北风静了下来，夜静得如死去一般，整个世界犹如一座无边无际的坟墓。过了许久许久，她听到了屋顶上的沙沙声，哦，那是夜雨落在瓦片上的声音——闽南3月的雨季到来了！哦，我的儿子，我的丈夫，在这个时间，菲律宾下雨了吗？马尼拉下雨了吗？这样的天气，谁替你们洗衣裳？谁替你们晾衣裳？

泉州南门外的方言说：春寒雨如泉。那意思是早春愈是寒冷，愈是下雨；而愈是下雨，就愈是寒冷。尤其是在冬末交春的雨夜，倒春寒是那样的锥皮入骨——那漫长寒冷而孤寂的雨夜哟！

朱秀娥将棉被往上拉了拉，无可奈何地听着屋顶上雨声沙沙。突然，透过那沙沙的雨声，大门外传来一阵急促的唰唰声，朱秀娥心里一惊，侧过头去又认真听了一会儿，不错，那是谁在抓扒着大门板！她屏住气，翻身下了床，摸黑抓起了桌上那把剪刀，浑身颤抖着坐在床沿上……

/ 三 /

啊，为什么天还不亮？林家这座红砖小院，前后左右都挨不着邻居，要是闯进个歹人来，那真是叫破嗓子也没人接应啊！

朱秀娥感到自己的心快要蹦出胸口了！

又一阵更急促、更有力的唰唰声传了过来，这一次，她听得更清楚了，她能断定那是一头——畜牲的爪子正在抓扒着大门板，同时，随着唰唰声又传来了阵阵的嗥叫声——啊，那声音莫非是阿黄，难道会是阿黄？

这个时候，鸡啼了，窗棂上透进一线黎明的曙光！朱秀娥发现，夜终于过去了！天亮了！她舒了一口气，走下床去拉开了门闩，房外那畜牲显然是听到了主人开房门的声音，便放声使劲地叫了起来，朱秀娥终于能肯定了：那是她的阿黄——那亲切的吠叫声哟！

她急匆匆走出房门，穿过天井，拉开大门闩，一只浅黄色的小狗跳了进来，果然是阿黄！它使劲地缠着她的小腿，接着一头偎贴在上面，亲昵地磨蹭着，同时伸出暖洋洋、湿津津的舌条，摇头摆尾地舔吮着她的脚。朱秀娥弯下腰去，将阿黄抱了起来，那小狗用头往她怀里亲热地磨蹭着，欢欣地叫着，它身上湿漉漉的，显然是穿过了雨幕，走了好长好长的路才寻到家门口来的，朱秀娥抱紧了它，心疼地抚摸着它那瘦得皮包骨似的身子：

"阿黄，是我不好，让你受委屈了。你能认得路回来？回来了就好，回来了就好……"她对着狗，更是对着自己说，说着说着，两行泪水禁不住流了下来——啊，啊，穷家难舍，连阿黄都懂得这个道理，亲人亲人，南洋的亲人，你们怎么就那么狠心，三年了都不给我捎一封信？

/ 四 /

……1942年正月初二上午，林仁玉回御桥村向娘家嫂恭喜拜年来了，这已是多年的老例了。正月初二小姑仔先来给娘家嫂子拜年，初三则是朱秀娥回溜滨村向母亲、向弟媳恭喜。林家到了仁和这一代，就只有溜滨村这一房"姑换嫂"的近亲了。

正月初二那天，朱秀娥早早起了床，备下一碟子冬瓜糖、红枣儿，揭开床头的小瓮子，那里面珍藏着12个鸡蛋，那是自家的鸡母婆在腊月里下的，她本来是养着两只下蛋的鸡，秋后死了一只，人说孤鸡不思米，剩下的那只母鸡，便懒得四处寻食了，一天到晚耷拉着头，在生下这12个蛋之后也死去了。幸好天寒地冻的，这12个鸡蛋才能搁到现在，否则初二小姑仔回来拜年，拿什么款待？初三回溜滨村给娘恭喜，哪有8个鸡蛋给娘补身子？朱秀娥正这样想着，大门外传来了林仁玉的声音：

"阿嫂，阿嫂，恭喜恭喜了！"朱秀娥回过头来，只见小姑仔双手各提着两只不大不小的茄自袋，"阿嫂，我今儿给你带来了样好东西。"

秀娥说："你还带什么带，正月里能来看嫂子，嫂子高兴都来不及哪！"

林仁玉给娘家嫂带来了小半袋子蚬鲑，这盐渍过的蚬鲑入口咸得钻舌根，装在瓮里长年累月都坏不了，一碗稀饭磕上三两个能顶一碟子咸菜。另一只茄自袋搁到地上时竟动弹了起来。林仁玉回过身去闩上大门后，才把那结在茄自袋口上的黄麻皮片解开了。

"阿姑，你那里装着什么，还要关门闩户的？"朱秀娥问。

仁玉说："我防它跑出门去呢。"说话间，从解开的茄自袋里钻出一头毛茸茸、肉乎乎的小黄狗来，"怎么样，嫂子，我给它起了个名，叫阿黄！"

那"阿黄"也不带一点生分，它紧绕着朱秀娥的小腿，转了一圈后，竟四脚朝天地紧偎在她的脚板上躺下了。仿佛它早就认定了她是这小院的主人，它就是来投靠她的。朱秀娥在小姑仔肩膀上捻了一把：

"你这是从哪里抓来的？"

"朱志远家的狗母下了两个崽，已经断了奶，我挑这只大的肥的给你偷来了。"林仁玉说的"偷"，其实是她在溜石湾里挖蚬鲑时抓了一条鲈鱼，她拿这条鲈鱼向朱志远家换了这条狗。

朱秀娥说："你以为我会留下它吗？"

"会的会的。你瞧你瞧，阿黄那样通人性，它还会说话呢，只是我们听不懂它说些什么，可它能听懂我们的话，它心里什么都明白哩。你瞧，它认定了你是主人，它向你献殷勤哩，它为什么不向我献殷勤？"林仁玉一口气将那狗夸了个够。

朱秀娥说："你要真将它调教得能讲人话才好呢！"

"说得也是，如今这院子里只剩下阿嫂一个人了，我想让它陪你做做伴，说说话呢！"

听到小姑仔这么说，朱秀娥本来兴冲冲的一张脸立时又暗淡了下来，就像烧红的铁块猛然按进冷水里，她轻轻地叹了一口气：

"你哥你外甥年兜又没来信，都三个年兜了，音讯全无，唉，永明呢？"

"也一样，一有音讯，我会连夜跑过来告诉你的——唉，不说不说，今儿正月正时的，不说这些愁人的事了。"林仁玉说着，将那条缠着朱秀娥亲热得不得了的阿黄抱了起来，塞到阿嫂怀里，那畜牲也果真通了人性，竟眨巴眨巴着那双小眼睛，一动不动地紧紧偎依在朱秀娥怀里。朱秀娥一只手抱着它，一只手抚着它的脑瓜儿，走进灶屋里去了。

/ 五 /

过了一会儿，朱秀娥就端出来一碗热腾腾的冰糖荷包蛋。

"阿姑，趁热吃了它。"

仁玉探头一看，碗里有4个蛋，便径自走进灶屋里又提来一副碗筷，往那里拨过去两个荷包蛋倒过去半碗汤，朱秀娥看着说：

"你这是什么意思？"

仁玉也不回话，一把抓起阿嫂的那只瘦棱棱的手，将分出来的蛋不由分说地搁了上去：

"阿嫂，今儿你不吃下它，就别指望我吃！"她望着阿嫂那张没有血色的脸，不禁心里一阵发酸：阿嫂是刚40出头的人哪，怎么头发就花白了，双颊、眼窝也都陷了下去！

"好，我吃，我吃！"朱秀娥深知这位小姑仔的性格，便先自动手夹起一个蛋来，才刚刚咬了一口，却见地上的阿黄张开口扯住她的裤管儿摆晃着尾巴，昂起头来睁大眼睛望着她的口：它是在向新主人讨吃呢！朱秀娥把咬进嘴里的那口鸡蛋又用筷子夹了出来，送到它口里。林仁玉在一旁看着，心里很不是味：朱秀娥嫁进林家后，作为小姑仔，她与阿嫂共同在这个屋檐下过了好几年的日子才嫁去溜滨村，她深知嫂子是嘴里只有一口饭也要掏出来待客的，平日里，甚至宁可饿了自己也不忍心亏待家中哪怕是一只鸡一只猫。现在可好了，冲着嫂子这穷巴巴的日子，自己又给她添了一张要填饱肚子的口，林仁玉想到这里，把自己那碗还没动过的两个荷包蛋调换给阿嫂：

"今天由我侍候阿黄。"停了停，她又说，"阿嫂，常说人是铁饭是钢，你别太苦了自己。你如今是咱林家的桶箍，可别散了。"朱秀娥听着，也不搭话，只是嘴角掠过一丝无可奈何的苦笑，轻轻地摇了摇头，自个儿在心里说：

"我能不苦吗？"

姑嫂俩互相关照着，直到各自将碗里的蛋都吃了下去。放下碗来，林仁玉突然长长叹了一口气，对阿嫂说起了除夕夜，看到浑身是伤的朱永明泡在溜滨湾里的那场噩梦……朱秀娥听着，打断了小姑仔的话：

"小姑仔，你不是刚刚说过，今个儿是正月正时，咱们该开开心心，不说也不想那些揪心的事了。再说，梦里的事，你也别搁心里去！"

林仁玉说："说不想，偏又想了起来，想不说，又说了出来，闷在心里更憋得慌，在家里，我不敢将那梦说给娘知道，哎，那不是梦，那真叫人胆战心惊，那是千真万确的朱永明从南洋漂到溜石湾来了，我分明是拉着他的手来着，那满身的血，真真切切，确确实实，那不是梦！"

"好阿姑，那是你平日里想入了迷，过年过节，更想得慌了。哎，大年夜，我们做番客婶的，谁不盼着南洋的夫君能回来围个炉，吃上一顿团圆饭，可是家家都一样，哪个南洋客家也都没个音讯，又不只是你我一家不得音讯。天塌下来，大家顶着吧！你瞧嫂子我，你哥都20年没回唐山了，我们都往好处想吧。"话虽这么说，可她心里总挥不去小姑仔说的那场血淋淋的噩梦！

/ 六 /

林仁玉给娘家嫂送来的这条小狗，确实给林家这座空落落的小院增添了不少生气，让孤寂的朱秀娥有了一个伴儿。朱秀娥在自己床前的地上铺上一缕稻草，就让阿黄睡在那上面。暮色降临之后，在漫漫无边的冬夜里，在昏黄的油灯下，朱秀娥看着它蜷在稻草堆里小肚子一鼓一鼓的睡相——对于一个孤苦伶仃的番客婶来说，那不是一团肉，那不是一条狗，那是一个活生生的生命，那是她相依为命的伴啊——"二战"中马尼拉沦陷后的那段岁月，在泉州南门外，在晋江侨乡，有多少番客婶，在她们的生活中，就只有一条狗或一只猫伴着她们熬过一个又一个漫长的寒夜！

可是，朱秀娥连养一条狗做伴的福分都没有：已经断了4年南洋"线丸"的朱秀娥，竟连每餐挤出几口饭来喂阿黄也为难了！小缸里那点米，平日里，朱秀娥差不多是数着颗粒下锅的，她自己是喝着稀米汤过日的！而过去她省吃俭用攒下的一点钱，这几年来都作为邻里间红白喜事的份子钱花光了，作为番客婶，她再穷再苦也要为远在南洋的丈夫、儿子撑着这个门面！她一个人可以忍饥挨饿，可以咬咬牙挺过去，可断奶不久的阿黄，它肚子里要有一个角落没有填满都会嗷嗷直叫，那声音让她揪心！她看不得它挨饿的样子！

二月初一那天，朱秀娥到泉州南门兜的天后宫上香，在走过紧邻天后宫的义泉饭馆时，看着那里有两条狗正在觅食，她想了想，与其让阿黄饿在家里，倒不如也让它上这里寻食，让它有条活路。她拿定了主意，就在第二天又进了一趟城，将装着阿黄的那只茄自袋悄悄搁在紧邻义泉饭馆的天后宫墙角下，便匆匆地回家来了。事后她又悔死了：阿黄已经跟她在一个院子里过了一个月了，它还没有长大啊，它会让在饭馆里寻食的那些大狗欺侮的……

现在，它回来了，都说"五里猫十里狗"，那意思就是说猫放出去5里路狗放出去10里路，它们还会一路嗅着味儿寻回家的！

就在这一天上午,朱秀娥掀起屋角的一块地砖,那下面压着两枚金戒指,一枚是当年林仁和到溜滨村"结衫带"的,那不能动,另一枚是娘家的陪嫁,她咬咬牙,将它卖了……

她得拿它换米度过春荒,她得活下去,阿黄得活下去!她只能这样……

第六章　慰安妇

/ 一 /

……一股幽幽的花香扑面而来。

那纷纷扬扬飘零落地的是什么？哦，那是粉色的樱花……

这不就是日本国？这不就是北海道港？这不就是招津县吗？

……我不是刚刚还在菲律宾，还在佬允隆，还在林氏宗亲会楼上吗？怎么这样快就回到日本来了……

……晚春4月，招津县城正在下着1939年的最后一场雪，米粒般的白雪夹着粉红的樱花瓣，纷纷扬扬，飘零在招津县城的大街小巷上空，层层落满了千家万户的屋顶……

为什么每一条熟悉的街衢巷陌都是那样空旷不见人影？

那是一条亲切温馨的小巷，狭窄的巷道，两旁都是木板棚屋……

这不是到了家门口了吗？

木村跨了进去："妈妈！妈妈！"

妈妈正在揩擦父亲的遗像。

"妈妈，我还没有告诉你，你知道吗，我下午就要走了。我已经参加了大日本皇军了，我要去中国打仗了。"

"我知道了，孩子，我们终于等到了这一天。8年了，8年了啊！"母亲回过身来，抱着儿子哭了，"孩子，我已经为你做好了午饭，还有一壶酒，你要敬你父亲一杯，向他告别……从今以后，你就不能吃上妈做的饭了，到了中国，可要处处小心……"

"妈，你放心好了，我会很快回来的，日本皇军会很快征服中国的，去晚了，就赶不上打仗了，为父亲报了仇，我就回到你身边了……"

母亲摆上饭菜酒壶。

木村斟满了一杯酒，洒在父亲的遗像前，之后，他又斟了一杯酒，双手捧到母亲面前：

"妈，我也敬你一杯。"

"好，我喝，我喝！"不胜酒力的母亲艰难地将那一杯烈酒咽了下去。片刻间，她那张脸便被酒精烧得通红了，她将零乱的刘海往后一拢，露出了额头上一道卧蚕般大小的伤疤，由于酒精涌了上来，那道伤痕涨成了紫红色……

"……8年了，是8年了，血仇未报，父亲的在天之魂能安宁吗？"

/ 二 /

真善子是木村的母亲，其父高桥原（高桥原是木村家族的上门入赘女婿，所以木村一直是随母姓"木村"而不是姓"高桥"）是日本陆军省作战部的一名中尉文官，1931年春天被派往驻中国东北的关东军服役，同年6月19日，高桥等多位日本军人在关东军大尉中村震太郎的率领下，进入兴安屯勘察地理，因兴安屯属中国驻军禁地，中国军方扣留了这些日本人。扣押期间，高桥等人乘隙逃脱，被中方士兵击毙。为此，1931年9月18日，日本关东军发动了大规模军事报复行动，这就是"九一八事变"，随后中国东北三省沦陷。

……那一天，当大田代表陆军省作战部将高桥丧生的通知书及裕仁天皇的嘉奖令送来的时候，悲恸欲绝的母亲一头撞向桌角昏死了过去。从此以后，她额头上留下了这道醒目的伤痕。看到满脸鲜血的母亲瘫倒在地，木村和妹妹芳子扑了过去，趴在母亲身上号啕大哭。猛然间，他被人揪着耳朵提了出来。他还未站稳，便被左右开弓两个耳光打得眼冒金星，接着又一声猛喝：

"不许哭！"

被打愣了的木村站在那里，过了片刻，大田又挥起手来，这两下耳光更加凶狠！见木村依旧木然站着，大田愈加怒不可遏了："你这孬种，竟就这样站着！"于是又是左右开弓几个耳光，直到木村猛悟过来，一下子抓住大田的手掌，扑下头来狠命地咬了下去，大田那张阴鸷的脸孔才露出了一丝笑容：

"这就对了，你是大和民族的男人，这个民族的男人讨厌眼泪。你的父亲是为大日本帝国，为天皇而死的英雄，你的父亲是被中国人杀死的，对中国人你要用拳头，用牙齿，用刀……"说着，他解下腰间那把匕首，丢给木村。

……那一年，母亲真善子刚满30岁，木村是13岁，妹妹芳子才4岁……大田后来成了日本侵菲马尼拉宪兵部队的司令。

8年了，8年了，母子俩终于等到这一天。

母亲说："你快走吧，快去中国，不要忘记杀父之仇，或者你立下战功再回来见我，或者你们征服了中国之后，我到那里与你会面。"

儿子说："妈妈，我会记得你的话的，我会成为一名帝国英雄的。"

……这是谁的亲吻？这带着口水的湿润的亲吻，那样亲切地印在木村的双颊上，同时，一双浑圆的小手臂搂住了他的脖子——那是谁？那是他唯一的妹妹芳子！

母亲说："木村，到了中国，多杀几个万恶的中国人！"

母亲说："芳子，等你哥哥成了帝国英雄，我们一起跨过海峡去看望他。"

木村说："我们很快就会征服中国的！"

……木村上船去了……

……4月的北海道港，那一天下午，海风冷得刺骨，母亲与妹妹站在码头上，挥着手望着远去的船……

……战争远比儿子想象的要复杂，也远比母亲想象的要残酷……

中国举国上下都在进行着殊死的抗争。1939年过去了，战争还在进行，1940年过去了，战争还在继续……满目是烧焦的土地，到处是如河的血、如山的尸……

母亲在梦中呼唤儿子：你在哪里？战争快要结束了吗？

儿子在梦中回应母亲：妈妈，我正在为裕仁天皇冲锋陷阵，我正在为父亲复仇啊！……

/ 三 /

……战火中时间流逝得特别快，转眼是1940年的冬天了。这时，木村已是大田司令的贴身卫兵。

11月的中国苏北。

那一夜，下起了入冬后的第一场雪，江苏重镇吴家桥笼罩在浓重的夜色中。这是一个伸手不见五指的月黑夜，怒号的西北风夹着鹅毛大雪在空中飞舞，那是一个打狗不出门的寒夜啊。

……"木村，上车！"——这不是大田长官的声音吗？这个声音又将木村拖回到1940年那一个冬夜——那是什么样的一个夜晚啊！

"去哪里？"

"去慰安所！明天部队就要向南进攻了，又要打一场恶战了——噢，你知道吗，今天慰安所的娘们都换防了，都是新来的货——怎么，你怕女人？你还算是日本男人吗？你还算是帝国军人吗？要征服亚洲，你就必须先要征服各种民族、各种肤色、各种国籍的女人，否则你就不配做大和民族的男人，更不配做帝国军人！"

黑夜的吴家桥裹在怒号的风雪之中。

而在城南一条老街的尽头，有一座偌大的庭院，那里面亮着不明不暗的"温暖"的灯光。这座宅院的主人本是当地一个商家，因逃避战乱已远走他乡，这处大宅院上下共有几十个房间，日军占领吴家桥不久，便在这里设立了慰安营。

此时，这里的每个房间里都烧着通红的炉火，每一个房间都弥漫着"温暖"的气流。对于那些远离故土亲人，那些时刻面对战火与死神的日本帝国军人来说，房间里那朦胧的火光，那暖洋洋的气流，那弥漫在空气中的女人的肉味，都是这样的令人迷醉，都是这样的充满了难以抗拒的诱惑，尤其是在这寒风怒号的冬夜！

走进这里的日本帝国军人，大都是在一种朦胧恍惚的状态中，带着莫名的乡愁、怨恨、无奈，或者只是带着一种纯粹的动物的本能的饥渴——他们就将这本能的一切宣泄在女人的充满热气的肉体之间。这种宣泄使他们获得一种短暂的麻木，一种满足。之后，他们走出慰安营，又去杀人又去放火了。

1940年，在中国，在韩国，差不多在日本帝国军队驻扎的每一个地方，都设立过慰安营。那些年龄不一的慰安妇，有来自日本国本土的，而更多是来自韩国或中国的妇女。她们或被强征，或被掳获，或被拐骗进入了这个群体之后，逐渐地便一个个都变成了被装在笼子里的雌性牲口，随着日本军队四处安营扎寨，随时满足那些穿着日本帝国军装的雄性动物的需要。最初的时候，她们或许还能记起自己曾经是一个"人"，在干"那种事"的时候，或许还会有一种痛楚，一种羞辱。而后，随着时间的延伸，她们的作为"人"的记忆都消失了，于是，她们便变成了牲口。最后，连那种作为牲口的感觉也消失了，逐渐变成了一堆只有体温而连感觉都消失了的肉——一堆雌性的肉。她们随时随处要任由那各式各样的日本军人——年轻的、不年轻的、胖的、瘦的、口臭的、肮脏的……摆布。

……一切都无可奈何地麻木了，心灵与肉体——都失去了知觉——她们就那样张开四肢，容纳着各式各样的肮脏与耻辱……

战争就是这样残酷而无耻地将这些女人变成了一堆堆失去思维，失去感觉的——"温暖"的肉。20世纪的40年代，在日军铁蹄所到之处，到处都有难以计数的女人在遭受着这种最兽性、最残酷、最野蛮、最肮脏的蹂躏……

/ 四 /

大田与木村到达慰安所的时候，夜还未深，管理慰安所的一个半老的日本军人迎了上来，他名叫小泉：

"大田君，你有好些日子没过来了。"

"小泉君,你是知道的,我只在'处女地'上耕耘!别人开垦的'土地'我绝不播种!"

"知道的,所以下午我才给你挂了电话。刚到了一个'嫩货',绝对是新鲜的,今天才来这里寻找她的母亲,被我留下了——大田君,都说你从来只开垦处女地,如果连这个算上去,是第几个——处女地了?"

"小泉君,这个数字应当以'打'来计算,过去的不算,到了中国以后,总该有15打以上了吧。所以,嫩货,新鲜,是真是假,都蒙不过我的——听声音我就能分辨……"

"15打以上!天啊,比一个连的人数还多!大田君不愧是大和民族的男子汉!不仅是战场上的英雄,更是——慰安所的猛将啊!过会儿你就知道,才14岁哪,绝对没有人碰过,不敢蒙你,啊,哈哈哈!"

"走吧!"大田司令不再说话,一挥手在前面走了,见那半老军人跟了上来,他又吩咐道:"等会儿给木村君来杯酒,懂吗?"

将大田带进前面一个房间以后,小泉又回过头来,他给木村斟了一杯酒:"这是大田司令交代的,木村君,一口喝完它!"

木村昂起头来,将酒倒入口中,那酒好像有一股汗药味,它穿过喉咙进入胃囊,片刻之后,渐渐便有一股热气从腹部升腾起来——那是一种不同于酒精的热气!此时他感到浑身一种莫名的燥热——后来,他觉得心跳加快,胸腔里掀起一阵又一阵压抑不住的骚动,那是一种难以言状的冲动——一种非要做一次"那种事"不可的冲动!他就在这种病态的兴奋中,在小泉的指引下,冲向一个房间。

那小屋里也燃烧着一只火炉,升腾在炉口上的火焰忽明忽暗,一股暖流随着劣质的香水味扑面而来。木村在朦胧中看到墙角那张床上朝天躺着一个女人,他拼命睁大了眼睛,终于能模模糊糊地看到那个女人穿着和服——那是一个日本女人!他就那样在药与周围环境的病态驱使下扑了过去……此时,那女人已完全变成了一具没有灵魂的躯壳,也或许她很久以前就是了……

这是一个已经到了身体发胖年龄的慰安妇。

她就那样一声不响地躺在那里,仿佛在她身上,切身发生的这一切都与她无关……

　　……终于，一切都结束了。昏暗的小屋又复归平静……

　　对于木村来说，这次是他人生中销魂夺魄的第一次。他完全是以一种纯动物的本能，几近疯狂地做完了"那件事"。而躺在他下面的那个慰安妇，却自始至终如一潭死水，任他如何死命地企图掀起轩然大波都不见她漾起一丝涟漪……

/ 五 /

　　就在这时，在大田走进去的那个房间里，突然传出了一个少女的惨叫声，那惨叫声中甚至还带着一种稚嫩的童音，可以想象，那是一个还处于发育期的女孩。

　　日本慰安所里难能听到"女人"的声音，特别是这种源自于她们的心灵与肉体都遭受到摧残时的无助的哀号——那是因为日本慰安所的女人早已变成了"一堆肉"！而这个少女的惨叫声却是在宣告着她是一个人啊！——她在控诉！

　　任何一个还存有一丝人性的人，都不会对这种声音无动于衷！这是一个未脱童稚的十三四岁的日本女孩在为一个44岁的日本军人提供性安慰！她以她的童贞之身，以她那一声人类的哀号和滂沱的泪水，揭开了她作为慰安妇历史的第一页——从此，她也将逐渐变成一堆肉，一堆鼓舞日本帝国军人士气的肉，一堆安慰日本帝国军人兽性的肉，一堆支撑这场战争的肉！直到——或许她死去，或许这场肮脏的战争结束……

　　那凄厉的惨叫声终于微弱了下去。最后是军用金属皮带扣交扣的响声——当大田穿上军装，军容整齐地站了起来的时候，又望了一眼几乎是痉挛在床上的那个孩子——她显然还在抽泣着——她还完全是个孩子！他的嘴角掠过一丝笑容，小泉君说的是实话，果真是没有人开垦过的……

/ 六 /

当那声音传到木村这个房间的时候，他刚刚结束了那场骚动，头脑一片空白，那女孩撕心裂肺的惨叫声将他从混沌的状态中拉了回来，他终于记了起来，自己毕竟还是一个人，他想到应当给下面那个人——女人——一点温存了——那可是他这一生中第一个"征服"的女人！他将嘴唇贴在她的脸颊上，然后，他抽出手来，轻轻地拂去了她额前散乱的刘海。此时，他身上的燥热已经褪去，他的脑袋已清醒了许多。当他再一次将她的刘海向脑后拢去的时候，他的手震动了一下⋯⋯

……他的手掌触到了她脑门上那道又粗又长的疤痕⋯⋯

……他从压在自己身下的那个慰安妇额头上的伤疤想到了自己的母亲⋯⋯

……接着，他又从那个慰安妇身上闻到了一种久违的气味⋯⋯

——那是"母亲"的温馨的体味啊！对于"儿子"来讲，那气味是任何香水也淹没不了的！

——天呐，她是谁？

——她是来自你祖国的日本女人！

——她是你的生身母亲真善子啊，日本皇军木村！

他完全醒过来了。

然而，一切都晚了。

在那刻骨铭心的几十分钟内，木村已完成了从童男到"真正的大和民族男人"的蜕变，他已成了一名真正的日本帝国军人！他没有想到，这个蜕变的过程竟是在母亲身上完成的⋯⋯

——人世间还有比这更残酷的事吗？

天呐！⋯⋯

/ 七 /

战争往往会造成某种差错。

/ 八 /

自从走进了慰安所,真善子的灵魂与肉体已承受过多少次蹂躏,她怎么能够记清!她的灵魂、她的知觉都已经死去,她早已不怕被强奸——一个女人要是不怕被强奸,那就什么也不怕了。她必须与各式各样的日本帝国军人交媾,一个女人到了这个地步,那么,她对人世间的一切都无所谓了。

可她万万没有想到,在中国,她还会遇上这么一个夜晚!

她更万万没有想到,她的女儿几经辗转就在今天下午找到这里来想见她一面时,却被那个半老军人扣了下来,锁在房间里,然后打电话将大田长官约了过来——老天啊,她的女儿,她的芳子还不到14岁⋯⋯

/ 九 /

⋯⋯木村发疯似的吼了一声,同时,两个早已生疏的神圣的字眼儿也在那瞬间脱口而出:"妈妈!"

——对于真善子来说,压在自己身上的这个帝国军人的这声呼唤,甚至要比多年来自己所遭受的一切的总和更为惨烈!

随着这一声呼唤,真善子那份作为女人的羞耻心被激活了——她首先是作为"女人"复活了——

这种复活是多么残酷!接着是,她作为"母亲"复活了,这样的复活更是残酷!

就在作为女人与母亲复活过来的那一瞬间,真善子迅速地选择了——死!

她张开双眼，她认出了木村，她没有想到，这个赤条条的帝国军人会是自己的儿子！她惨叫了一声：

"天哪——木村！"

——这一声惨叫的前半部是一个女人的无奈的控诉，而后半部则是一个母亲绝望的呐喊……

——那一声惨叫之恐怖，令人毛骨悚然，而声波之巨大，使整座宅院为之震动！

随着这一声惨叫，她将哆嗦着身子还茫然不知所措地压在自己身上的木村抛上了半空。

然后，她裸着身子发疯地滚下床来，一头朝着墙角撞了过去！那碰撞力之大，使得迸裂的脑浆溅了木村满脸。

作为一个慰安妇，她可以再浑浑噩噩地活下去，一直麻木不仁地活到生命的终点。然而，一旦她发现自己竟然还是一个女人甚至是一个母亲之后，她便别无选择——她只能——死！

/ 十 /

战争有时会造成某些阴差阳错。

而要更正这些差错，往往要付出高昂的代价——比如说生命。

/ 十一 /

她是怎么来到中国的？

她是怎么成为慰安妇的？

——这一切谜团，难道都因为这个日本女人的死而带进了坟墓？

/ 十二 /

……啊，这一片绚丽多彩的水乡泽国是哪里？那湖畔的垂柳不是比招津县的樱树更加婀娜多姿？

哦，这不就是在吴家桥城外吗？怎么自己会一直在这里徘徊呢？这座中国小城为什么一直像梦魇般挥之不去呢？

对了，对了，这正是1940年的那个冬天，那是木村成为"真正大和民族的男人""真正的帝国军人"的第二天……

昨夜里，他的母亲死去了，而他却在一种半麻木、半死亡的状态中竟然活了下来！

第二天上午，大田司令率领日军出了吴家桥南门，开始了对南郊十几里路外村庄的大扫荡。木村是怎么离开慰安营回到驻军据点的，他已经记不起来，他也不敢去记忆。他回到兵营里，又喝下两瓶土酿烈性麦酒之后，更加不省人事了。他是在醉死中，在一堆污秽的呕吐物之中被叫醒过来参加扫荡的，他在朦胧恍惚中参加了这一次战斗。

那一场战斗是在中午时分开始的，枪声一响，日军就遭到了中国新四军叶飞将军"挺纵"部的猛烈反击，战斗在夜里结束了。日军扫荡部队在雪地里丢下上百具尸体之后，被"挺纵"部队赶回吴家桥据点去了。

/ 十三 /

……枪声终于静了下来，过了子夜的苏北大地复归平静。

月亮已经西沉，而启明星还没有升起。忽有一串凄凉的雁叫划过长空，木村正是从这雁叫声中发现自己还活着！

他已记不起来自己是什么时候受的伤，是什么时候昏死过去的。他是被黎明前的严寒冻醒过来的。他的脑海里一片模糊。他想动弹一下身子，却感到有一件沉重的东西横压在自己的脖颈上，他伸手一摸，那是一条人腿，一条僵硬了的人腿。他用尽全力，终于推开了它，同时听到一阵咔咔喳喳的响声，那是结在那条死人腿上的冰凌的破碎声。他的手也被那破碎的冰凌划出几道口子，那具死尸直卧在他头顶上方，而他的左右，紧贴着他的身子，也是两具死尸。现在，他从死人堆里爬了起来，回头一望，只见自己身后横陈着几具残缺不全的尸体，那当然都是他的战友。战斗中有一颗炮弹落在他们中间炸开了，可以想象，当时这几具尸体都是血肉模糊、支离破碎的，夜里严寒的冰雪将它们冻结在一块了！……夜很黑，他认不出他们是谁来，但他知道，吴家桥据点的日军有许多来自招津，是与他一起从北海道港上船过来的。如今，他们都长眠了，把尸体抛在了这里，他们的父母知道吗？大田长官知道吗？裕仁天皇知道吗？

那时候，太阳还没有升起来，黎明前的黑暗笼罩着大地，刀子一般锋利的寒风在耳边呼号，面对着死寂的黑夜，他在思索……

/ 十四 /

自从踏上中国战场，两年来，他一直如同一具行尸走肉，如同一头疯狂的野兽。他带着一种狂热的仇恨，他生活中的一切就是行军打仗，杀人放火——他已变成了这样的机器——除此之外，作为日本帝国军人，他什么也没想过，什么也不必去想——服从是他的天职。

人之所以是人，那是因为人会思索，人要思索。

而战争的最可怕之处，就在于它使人失去了思索的能力——然后丧心病狂。

那些制造战争的所谓政治家、军事家们最可怕的"高明"之处，恰恰就在于他们善于使一大批人、一整代人甚至几代人莫名其妙地丧失属于自己的思索能力，而变成一架有生命的机器，绝对地服从他们的意志，执行他们的命令，狂热地去杀人或被人杀。

人世间之所以还会有这种由一小部分人挑起的种种不义之战，那是因为人类还没有真正学会思索。

而在此时，又一次死里逃生的日本帝国军人木村开始思索了。

他首先想到的是自己已经死去的母亲——想到这儿，他又感到一阵万箭穿心的剧痛与难以言状的耻辱。

母亲似乎就站在他面前，她不愿意离去，她站在黑暗中的大地上逼他"想"。

想什么——想这场战争——这就是思索。

这场战争给他带来了什么——父亲抛尸异国，母亲满含羞辱而死，他背井离乡人、不人鬼不鬼地活着，还有他唯一的妹妹如今在哪里？裕仁天皇为什么要到中国来发动这场战争——这是一场什么样的战争啊？

他是在仇恨中长大的，他有着很强烈的复仇欲，如果他不开始思索，那么经过了死里逃生的这个夜晚之后，他可能毕生不会再思索了——他将变得更加残酷——变成一头完全的野兽。万幸的是他活下来之后，终于开始思索了……

既然命运没有让他轻易死去，他就要活下去，他要活着看到这场战争的结局，还有——活着看到他的妹妹芳子。

他摸摸腰间，那把匕首还在。

……又有一只失群的雁掠过低空，丢下几声孤凄的鸣叫。木村抬起头来，看到天边的北斗星——他朝着那个方向爬了过去，他能认清吴家村就在那个方向——既然要活下去，那就必须尽快逃离这个地方。

他把那柄匕首抽了出来，叼在嘴里：为了不让它硌着腰部，也为了壮胆。

……他时而在地上爬着，时而又吃力地站起身子，艰难地迈出一段路。他时爬时走，过了很久很久，当黎明即将来临的时候，他在朦胧的晨曦中发现了路旁一座孤零零的房屋。

那是一座寺庙。

确切地说，这是一所不大不小的尼姑庵。在尼姑庵的这一边，它的边门连接着一处不大不小的菜园子。当木村爬近那处菜园子的时候，他已经精疲力尽，他又饥又渴，他估计离开刚才的战场有一段路了。于是，他向那座寺庙爬了过去，在菜园子的篱笆外，他再也爬不动了，他瘫倒在那里……

他闭上了眼睛,静静地趴在那里。后来,他感到身上又有了一点气力,他想继续向前爬去。当他睁开眼睛时,他发现面前有一双鞋!

/ 十五 /

那是一双深灰色的圆口布鞋。鞋沿沾着雪水泥巴,他顺着这双鞋抬头往上望去,看到了穿着这双鞋子的人。

这是一位早起的尼姑。她是这处叫法莲寺的尼姑庵的住持,她正在篱笆内侍弄菜畦,听到外面的动静,便走了出来。由于世道纷乱,战事连绵,这里常是兵家必经之路,寺庵中的年轻尼姑都已避乱而去,眼下偌大的寺庵只剩下这位年近半百的老尼看管。

此时,这位人称法莲的老尼手持一杆铁耙,站定在离木村头部不到两步远的地方。

他把头又抬高了些,眨了一下眼皮,终于看清,这位尼姑穿的是一件褪成近白的灰色佛门缦衣,再往上望去,是一张戴着戒帽的脸。

这位手提铁耙的中国尼姑,一动不动地站在那里,正由上往下俯视着趴在那里的木村。

木村心里一阵猛跳,他预感到自己的末日已经来临——尼姑手上那把铁耙随时可以砸向自己的头部,而他连躲闪的勇气与力气都没有了。他闭上了眼睛等死,他深知自己罪恶深重,死在中国人的手里罪有应得——这或许正是一种解脱。对于他来讲,只有死才是一种彻底的解脱!他本来是应当在两天前的那个晚上追随母亲而去的,只需那么一死,一切耻辱便都烟消云散了——但是在那一刹那间,那个女孩惨痛的呼救声使他记起了自己的妹妹——芳子!父母双亡,今后只有他能照顾妹妹了——他要活着见到芳子……

/ 十六 /

过了很久很久，木村才又睁开眼睛。——那尼姑仍纹丝不动地站在那里！

那时候，东方的天际已经破晓，冬日的朝阳刚刚冲破地平线，尼姑正面对着这轮破晓的朝阳。虽然她身后的大地还笼罩着薄薄的夜幕，而她前面的天际已被喷薄的朝阳染红。此时，阳光已清晰地照亮了她的脸，那是一张清癯瘦削的脸，而她的脑门和下颌却显得宽阔而方圆，她的脸上虽已爬上明显的皱纹，但却是那样的明朗而洁净。

由于正面对着初升的朝阳，新鲜的阳光以及原野上白雪圣洁的反照使得她眯起眼睛——她的双眼因而更显得深邃而广远。

那眼神中谈不上有一丝杀气，那是一种不亢不卑，不威不怒，不畏不惧的眼神；那眼神中流露着一种大慈大悲，大刚大勇，不容亵渎，不容侵犯的光芒。

——看到这种光芒，木村不禁打了一个寒战——这位中国尼姑由上而下直视着他的那种眼光，使他充满了畏惧。他甚至忘了要去摸一下叼在嘴里的那把匕首——他知道，任何武器对于这位中国妇女都是毫无意义的。他躲开了她的眼光。

……沉默，是令人难以忍受的沉默……

1940年秋天以后，在苏北吴家桥一带，由于侵略与反侵略，征服与反征服的拉锯战多次在这里展开，由于日本军队无数次在这片土地上实行了"拉网式"的扫荡与"三光"政策，以至在此时，当黎明已经到来的时候，在这片土地上，甚至连报晓的鸡鸣也消失了，四野里一片寂静。他们就那样在沉寂的大地上沉默地对峙着。

这种长久的沉默，令木村从肉体到灵魂都感到了阵阵战栗！他甚至产生一种幻觉，他觉得自己正被一座大山压着，他感到了一种被压抑着的窒息——这真是比死还难受！他又一次望着老尼手里的那把铁耙，由于长时间的使用，那耙齿被磨得锋利锃亮，在朝阳里发出阵阵寒光，他希望那铁耙能赶紧砸下来——然而，现在看来，法莲并没有这个打算！

后来，他想到用自戮来摆脱这种难以言状的折磨，当他将手伸向嘴里叼着的那把匕首时，又一次下意识地抬起头来，他再次看到法莲的目光——尽管那目光已不再使他战栗——然而却使他甚至连取下匕首自戮的勇气与力气都消失了。

他只好将头又趴到地上继续活下去。

……终于，对于木村来说仿佛是一个世纪那样漫长的，令人畏惧的沉默结束了。

——他听到了一阵婴孩的哭声。

/ 十七 /

这是一个幼小的生命在黎明的晨曦中，在这片刚刚经受过战火蹂躏的沉寂的土地上的哭声。这婴孩的哭声是从法莲的身上发出的——木村再一次抬起头来时，发现了法莲两腋下各有一只小小的脚丫。这双小脚是从她背后伸过来的，很显然，她背着一个小孩，而这孩子正在啼哭。

她将手中的铁耙立在身旁，空出手来，将系在胸前的背巾活结打开，把背后的孩子抱到怀里来。而后，她将一小块捂在怀里的白薯掏了出来，将那烤熟的还带着她体温的白薯剥去了皮，把薯皮放进自己嘴里咬嚼着，把薯心一小块一小块地塞进孩子口中，面对着那个趴在地上的日本兵，她从容不迫地做着这一切。

她是一位母亲吗——这是一幅多么庄严的母亲的画像啊！

木村将头抬在那里，久久地仰视着这个正在哺育孩子的中国女人，这显然是一个贫穷而饥饿的女人——她将剥下的薯皮都吃了下去，而将剥净的薯心喂给孩子吃，那孩子显然是因为饥饿而哭，他嚼着白薯安静了下来。

过了很久很久，木村的双眼逐渐模糊了，他眼前的这个女人逐渐幻化成了他的母亲！

……他母亲也这样背过他吗？他母亲也曾经将他抱在怀里哺育过他吗？

……他深信有过！

而他母亲在前一天晚上死了。

他母亲埋葬了吗？埋葬在哪里？

他今生不会再有母亲了……

/ 十八 /

法莲一小口一小口地喂完了那块白薯，就在她把安静下来的孩子又背到身后去的时候，她听到了一阵沙哑的哀号声。

——这是一头受伤的野兽的悲鸣吗？不是的，比起来，这哀号声听着更加令人感到悲哀，更加令人颤怵……她低下头来，看到了泪流满面的木村。他还在哭泣，并用双拳不住地捶打在自己头上。后来，他终于止住了令人心颤的哀号，无力地将脸贴在地面上。

法莲将背巾系好之后，又提起了立在一旁的铁耙：

"你若是一条狗，我也该扶你进寺施救，无奈你罪孽深重，我若扶你进寺，必玷污了寺中净地。为了我收养的这个孩子，我本应以牙还牙，就让你在此丧生。然而你哭了，不管你为何流泪，总算是人性未泯。日本军队如何烧杀掳掠中国人，你当比我清楚，就我背着的这个男孩而言，他父亲在吴家桥城内为日本兵所杀，他母亲不愿被征作慰安妇，从城里逃难来到寺中，就在一个月前病殁，留下这个不到两岁的孤儿……"

慰安妇！又是慰安妇！当这三个令人恐怖的字传入木村耳中的时候，他感到脑袋一阵轰鸣，差不多就要炸开了！

而提到孤儿，他又感到满怀凄哀，他想了起来：他不也是个孤儿了吗？他的作为慰安妇的母亲不是已在前夜死去了吗？——啊，这是什么样的一场肮脏的战争啊！他已不敢再听下去了，可法莲却还在说着：

"……你们是罪该万死的！然而，你年纪尚轻，应是误入歧途，而非罪魁祸首吧，况且你毕竟已是伤势严重，苟延残喘，趴倒在地了，我不忍再补上一耙，放你一条生路吧。或有一天，你终能大彻大悟，弃恶向善，不再沉湎于刀山火海,甚至能现身说法,劝阻他们莫再作恶——你渴了,我给你取水来,另有些许素食,还有几个跌打刀伤丸药让你带着——靠你的造化,你自求生去吧……"

/ 十九 /

……他感到自己确实是一条受伤的狗,于是,他又像一条受伤的狗在这位中国女人注视下向前爬去。

当他爬出去几步远的时候,又听到了法莲的声音:

"你最好将口中的匕首丢在一旁,那样或许对你更安全些。"

他回过头来,只见法莲依然平静而矜持地站在那里,于是,他将口中的匕首取了下来,搁到身旁的地上——他相信法莲能看到它。

……刚刚过去的那三个日夜里所发生的一切,对于日本慰安妇真善子与日本帝国军人木村来说,都是一场从灵魂到肉体的双重浩劫,真善子在这种劫难中死去了,而木村活了下来。……他终于活着爬回吴家桥日军据点了……

一个月之后,他参加了日军中的秘密组织——反战同盟。

整整 41 年过去后的 1981 年,木村作为日本国某株式会社驻华首席代表,在前往福建时,在闽南山区一处古刹里,他又邂逅了年逾八旬的住持法莲大师,我们随后还会写到这个情节的。

/ 二十 /

"木村先生!木村先生!"

——那是谁在呼唤?

那是林子钟焦急的声音。

"啊,啊,终于醒过来了!"

终于，木村悠悠地苏醒过来了。他慢慢张开了双眼，首先映入他眼帘的是林子钟那双急红了的眼睛。

"木村先生，你已整整睡了一天一夜了——好了，现在终于退烧了！"林子钟说着，捞起了那条泡在刚刚打来的冰凉的井水里的毛巾，绞干了，轻轻地揩去木村额上冒出的汗水，他发现木村眼角挂着混浊的泪珠——是的，他是在昏睡中的噩梦里哭过的。

由于高烧不退，他昏迷了一天一夜，小城医生那里仅存的一些奎宁片都让他服完了。一天一夜之中，林家父子不停地打来井水，用冰凉的井水敷在他额头上降温。他终于又活了过来，可谁能知道，那些在清醒的状态中不堪回首的残酷往事，在他昏迷中又重温了一遍；在噩梦中又经受了一次灵魂的炼狱——他的灵魂又经受了一次残忍的酷刑……

生命又回到他的躯体中来了。

夕阳的余晖伴着习习海风流进房里，木村翻过身去，在黄昏中，面对墙壁，他又流泪了……

/ 二十一 /

3月底，疏散到佬允隆的4位伤员都已康复，按照菲律宾各界抗日联合总会的安排，1942年4月1日，他们离开佬允隆，乘船去了南吕宋的阿悦山，奔赴菲华抗日游击队。

送走了李东泉、沈尔齐又送走4位伤员之后，佬允隆林氏宗亲会一下子冷清下来了。偌大的一座楼房，又只剩下林家父子与林天元老人了。整座楼房变得空旷沉寂，林家父子都感到了一种莫名的惆怅！尤其是林子钟，更是觉得自己憋着许多话，却找不到一个可以倾诉的人了。依照李东泉先生与沈尔齐先生临走时的盼咐，在送走伤员之后，他们父子就应当返回马尼拉接手"林记商号"。

转眼之间，林家父子已离开马尼拉三个来月了。自从"仁和杂货店"被日本人烧毁之后，林家两代人几十年操劳打拼积攒下来的那一点家业没了！林家几口人的饭碗被砸碎了！几个月来，父子俩一直以为他们今生今世再也难以回到王彬街经营自己的店铺了。如今，李先生又将"林记商号"无偿归还给他们了！他们恨不得立即插翅飞回马尼拉去。对他们来说，如今这处商号比以前更重要了。以前，这店铺是仅属于他们林家的，现在，虽说李先生已将店铺的产权归还了他们，但林家父子打心里认定：这店铺还是应当属于李东泉先生的。他们既然受托了要去接管"林记商号"，那就只能比原先更加尽心尽力地去经营！否则怎么对得起李先生的嘱托——出洋的唐山人立身处世靠的就是良心信誉！所以在送走伤员之后，林子钟就火烧火燎地要赶回马尼拉。可老爸却没有立即要走的意思，唉，老爸是怎么想的？他怎么会不着急呢？

其实，林仁和心里不也和儿子想的一样吗？

他是靠近50岁门槛的人了，来日几何，难以预料，老人是无根的草，更何况是在兵荒马乱的年头！自从来到佬允隆，他就打定了守着牛仔粥摊度过余生的主意。而谁能想到，在马尼拉盘卖出去的那个店铺又回到林家了，这真是世事难料，绝处逢生啊！但是，他想到清明节已经到了，住进佬允隆林氏宗亲会以来，尤其是伤员住进三楼以后，他每日进出为他们送汤送药、端屎端尿，每日都要见到公婆龛里的那些木主。啊，那些木主，都曾经是一个个活生生的人啊！都是一个个活生生的林姓宗亲啊！

……他是婚后的第15天离开唐山下南洋的，到达菲律宾后的第一个落脚点就是佬允隆，他起先也是住进这处林氏宗亲会所的。当年的佬允隆，还是一个偏远的小镇，只有一条简陋的小街从镇的这头通到那一头。后来，唐山来的人多了，小镇外的荒山野坡便被开垦成烟叶园，年轻力壮的林仁和是烟叶园里的第一批工人，一干4年，后来他得了一场大病，在床上躺了好几个月，最后，命是保住了，体力却一直不能恢复过来。他再也干不了烟叶园繁重的活了。他不得不离开佬允隆，离开相处了多年的工友，往南去了马尼拉。此后，他先是在王彬街摆地摊，起早摸黑，节衣缩食，多年之后，他终于置下了一处小小的属于自己的店铺。自从那年离开佬允隆以后，10多年过去了，他再没有回过佬允隆，当年烟叶园朝夕相处的工友，早已断了音讯。这一次回来，住进了林氏宗亲会，他看到三楼上这座公婆龛里又添了许多木主！在这些新添的木主上，他发现了两位当年在烟叶园里同睡一张统铺的工友的名字！他们都是在1933年作古的，仔细想来，这两位林姓的工友，虽比自己年长几岁，但去世时也不过是40岁上下，正当年富力壮之时，他们在异国他乡以辛勤的血汗浇灌了大地，在佬允隆郊外种下满山遍野的烟叶林，最终，他们老了死了，只能把自己的血肉之躯回归给这处他们生前刨食的他乡异土……10年过去了，他们的肉体早已化作南洋群岛上的一抔泥土，而他们的灵魂呢，是否已被他们的亲人招引回到了唐山故土？抑或还漂泊在这遥远的南洋！10多年过去，既然他能在有生之年又一次走到佬允隆，来到亡友的木主前，而后天就是清明节了，他怎能就这样走了？他想在清明节那一天，做几样菜，在公婆龛前敬祭他们，他把这个想法告诉了子钟。

/ 二十二 /

清明节那天，林子钟起了大早，依照老爸的吩咐，他上市场买来了供祭亡灵的三牲五果。"三牲"是氽过滚汤的一只鸡、一条马鲛鱼、一个猪蹄子，"五果"是杨桃、香梨、菠萝、橙子、芦柑。另加一壶酒。而香炷冥纸则是林仁和亲手备办的，为了表示虔诚，父子俩当天不吃早餐，只各自喝了一杯清茶，便忙着把那些供品张罗好，摆到公婆龛前来了。

其时太阳已经升起，4月的天气热得蒸人，林仁和领着儿子各点上一束香炷，背着公婆龛，面向北天的云海，将飘绕着烟雾的香炷高举过头顶，跪了下去——这是跪给唐山的故土，跪给长眠在那里的列祖列宗的。

面对旷远的苍天，林仁和禁不住老泪纵横——离家20年了啊……

……那一年，他离开佬允隆橡胶园，到马尼拉王彬街摆了一年多地摊，第二年便遵唐山老母之命，回去完婚娶了朱秀娥，之后，又赶回菲律宾来了。从那以后，儿子出生，老母卧病多年直到去世，他都没有再回过唐山！家中的重担，都搁在朱秀娥那柔弱的肩上，作为一个番客，作为一个男子汉，他愧为人子，愧为人夫，愧为人父啊！

人要靠上了 50 岁，便常常要想到死亡。每每面对木主上那些客死南洋化为游魂的故人，他就不免要想到自己的后事。唉，生前不能事孝于老母膝前，不能多给发妻一些恩爱，但愿死时能叶落归根，伉俪同穴，葬在唐山老母墓旁，这是他今生唯一的心愿了。

……可是日本人还在中国到处杀人放火，这场战争还要打多久？他还能在有生之年见到发妻一面吗？或许自己也将客死他乡，化作一方 9 寸长、3 寸宽的木主立在南洋某处林氏宗亲会的公婆龛里……他不敢想象了……

……他们站了起来，将手中的那束烧了小半截的香烛插到香炉里后，又燃起了一束香，这一次是对着公婆龛的木主而拜的……

而后，他们将壶中的酒都浇到地上了……

按照老例，这一天，林天元老人下厨做了几样菜为林家父子饯行。饭后已经过午，父子俩背上褡裢，离开宗亲会上码头去了，在登上船时，林家父子回头对站在码头上的林天元说：

"那套架子车家什，日后有哪位前来投靠的宗亲要摆摊卖粥，让他们用就是了。"

第七章　两个番客婶与四只地老鼠

/ 一 /

母亲告诉我们，60年前，在我们的故乡，春夏秋冬，一年四季分明。不像现在，一年到头都像夏天。那时候，每当过了旧历十月，泉州南门外水田里的晚稻收割过了，坡地上的番薯刨回家了……原先披金泼绿的秋天大地，转眼间变得空荡荡了。接着，冬天就来了。于是，满山遍野的杂草也枯黄了。后来，北风就一天比一天烈了。在这个季节里，在刚过黎明，太阳才露出来的时候，你在晨曦中从星罗棋布于原野上的大小湖泊旁边走过，你还会发现漂浮在水面上的薄冰——那时候，我们这里的冬天也是寒冷的。

其实，即使是在60年前，在我们故乡晋江的这片土地上，真正意义上的冬天也并不漫长，就是在隆冬腊月，也见不到冰天雪地。

然而，在我们侨乡，对于那些独居老屋小院守着空房的番客婶，那些年老的或年轻的母亲，以及那些刚嫁过来的未来的母亲来说，一年之中，她们最怕的就是冬天的到来——不是严寒使她们害怕，她们害怕的是秋后漫长的夜晚。

到了9月，白天便突然变得那样短暂，她们说"九月九掠日"，指的就是9月里白日的短暂，好像只是一刹那的工夫日头就掠过去了。她们说"十月日生翅"，说的是一过9月，白天更短了，日头就像长了翅膀，一瞬间就过去了——而漫长的夜晚就来了！

秋夜与冬夜，年年都是这样的漫长！

那时候，我们侨乡的番客婶们，在秋后冬来的漫长黑夜里，是如何孤单地在床上辗转着直到窗棂发白。在那令人愁闷的季节里，她们企盼着雷声早早滚过大地，带来一个生机勃勃的季节——屋顶上雨声的滴答，绿树上小鸟的啁啾，以及原野上嫩草顶破土层的呐喊——于是，一个热热闹闹的春天就那样到来了——冬天终于过去了！夜就不再那么漫长了！而当1942年冬天过去的时候，接踵而来的可怕的春荒便来到了我们侨乡！由于战争割断远在南洋番客的音讯，朱秀娥已经近整整5年没有得到丈夫和儿子的接济了——5年！家中能吃的早就吃光了，能掏出去换米的也差不多掏光了！

去年2月里，走投无路时，她拿出娘家陪嫁的金戒指换回了一些稻谷、红薯米，匀出大半给小姑仔林仁玉送了过去。剩下的，她跟那只相依为命的狗吃了几个月，早已吃光了——侨乡的女人也要吃饭啊！

吃饭是为了要活下去，而活着是为丈夫与儿子守住这祖辈留下的古屋庭院——那是摇篮血迹，那是根之所在！

/ 二 /

自秋后以来，朱秀娥差不多每天都起早摸黑下田上山去地里刨食。先是晚稻黄了熟了，开镰了。那时候，水稻田都已干涸，干燥的秋风正一天天地将地面吹裂出一道道沟隙。她提着自扎的小扫帚，包上蓝色的头巾，在种田人家刚收割后的田里，从田埂旁，从稻茬里，从土缝中一块地一块地地赶着，一粒一粒地掏出落在那里面的遗谷。傍晚回来，腰酸背痛，手酸脚麻，浑身的骨头都要散架了，也只能扫上一两斤半干不湿、或实或虚的稻粒。运气好的时候，或许还能从老鼠洞里掏出一把稻穗来。一个秋天下来，她床头那个装谷的小缸，竟也有了满满一缸稻谷了。朱秀娥是认真地称过了，那足有70斤！而后，就到了收成晚红薯的季节。红薯多是种在山坡旱地上的。朱秀娥扛上那根小锄头，在别人收过红薯的地里，她又一锄一锄翻了个遍，到了大年底，她的床边已叠上了小小一堆大小不一的红薯。为防耗子争吃，她还在叠得整整齐齐的红薯堆上撒上了厚厚一层草木灰。夜间有老鼠爬近，她伸手在床板上用力一拍，就能赶走它们——那是她赖于活命的口粮啊！每次下锅的糙米，她是数着谷粒铺在天井的石板上用砖头磨出来的，混在糙米里熬粥的红薯，她是连皮咽下去的。秋后日短，她一天只吃两餐，尽管精打细算、三饥两饱地硬撑着，然而春雨到来的时候，缸里的稻谷还是快要见底了，床前那堆红薯也只剩下正在抽芽的几块了！

饥馑的春荒到来了！而雨还在没完没了地下着！她常常感到眼前一阵昏黑——那是饿的。人说"饿鸡不怕棍打，饿人不怕丢脸"，鸡饿急了，都会不畏棍棒朝一颗饭粒猛扑过去的，人要是饿急了呢？她朱秀娥敢提上一只茄自袋上左邻右舍去借一把米下锅吗？

——她宁可饿死，也不愿给出洋的丈夫与儿子脸上抹黑——她毕竟是个番客婶！

/ 三 /

由于可怕的春荒，1943年春天那场没完没了的雨下得让番客婶们都心慌意乱，胆战心惊！哦，老天爷，你行行好，你将雨停了吧，雨再落下去，朱秀娥要饿死的！

雨终于停了下来！

这场雨在元宵节时就来了，断断续续一直下到临近清明节才停了下来。那是天亮以后才放晴的。朱秀娥在迷糊中感到屋檐下的滴水停了。她赶紧爬下床来走出房门一看，雨确实停了！而浓浓的晨雾不知道是什么时候已把天井都填满了！她赶紧走回房去，从床头地上捡起几个正在抽芽的红薯，匆匆地洗净了，连皮带着叶芽儿剁成碎块熬煮了一碗薯汤。她胡乱吃了，便扛上一柄小锄头迈了出来，回身反锁上院子门，走小道朝观音山上去了。她知道，既然已到了春暖时节，那么，去年秋收后遗留在土层里的花生、红薯，在经过了这场连绵不绝的春雨之后，该都冒出新芽了。

——那都是可以充饥的！

/ 四 /

太阳愈爬愈高了，潮湿的山坡上到处都升腾起氤氲的水气。雾愈来愈浓了。雨是停了，但是浓重的雾还是将朱秀娥的头巾，以及露在头巾外的刘海都打湿了，那时候，山坡上非常寂静，她只听到自己的锄头落进地里的沙沙声。

经过多日连绵不绝的春水的漫灌与浸淫，坡地表层已经板结，在这样的山坡地里，一眼就能发现正在顶破地面的薯秧子、花生秧子，这些娇嫩的白里带绿的芽秧儿羞怯地低着头，躲在一坨坨隆出地面的半豁开的薄薄的土层下——那都是可以充饥的！

朱秀娥就那样一步一步地在地面上寻找着这些刚破土的芽秧儿，然后，挥起锄头——将它们刨了出来。

……过了许久许久，她感到汗水粘住了衣裳，浑身发热，便直起腰来，把紧裹在脸上的头巾往后拉了拉，这才发现，山坡上的雾已散尽了。现在，可以清晰地看到四周的地埂、垅梁上已新长出迎春的菅草、野艾、薄荷、节节草、看麦娘……再看过去，坡那边一棵苦桃已绽开粉红的花蕾，而在苦桃树旁边，她看到几棵相思树正在吐出点点嫩叶！她想起上辈人传下来的一句老话："相思吐青，大人孩子饿花眼睛"——这是个可怕的青黄不接的饥馑季节哟。到了这个季节，白日一下子长了起来，人特别容易觉得饿——听到自己肚子里咕噜噜一阵叫，她感到眼前冒出金花，头晕晕的，身子摇晃了起来。她忙用锄头柄顶在腋窝里闭上眼睛站稳了，她不敢坐下去，她唯恐一坐下去，便再也没有力气站起来了，她就这样歇息了片刻。当她又张开眼睛时，只见地上的人影儿短了下来，已过了晌午时分！她抬眼望去，发现相思树的那边，也有一个包着头巾的女人，正挥起锄头在地里刨着。她们原先是背对背，更因雾气浓浓，所以谁也没有发现谁。现在，那个女人显然还没有发现朱秀娥，而朱秀娥一发现她，马上把脑后的蓝头巾向前拉了过来，又把自己的双颊以及额头都遮严了——她不愿意让人认出来，她不愿意让人知道：虽然她丈夫、她儿子都去了南洋，一家出了两个番客，而她却也要断炊了！

/ 五 /

后来，她们终于互相认了出来，山坡那边的那个人正是她的小姑仔林仁玉！

两个饥馑中的番客嫦，在春荒季节寻食的地里遇在一起了。刚刚见面的时候，朱秀娥大吃一惊：她是元宵节回溜滨村时才见的小姑仔。细细算来，也就是那么个把月时间吧，而小姑仔显然又瘦了许多！小姑仔那张脸那身肉，一向以来都是白里泛出一层薄淡的红晕，她的肌肤，细腻得如同煮熟了刚剥去壳的蛋白。而现在，她那张脸却泛出暗淡的菜黄色，她的眼圈里蒙着一层黑晕，她的一向饱满的双颊令人心痛地陷了下去。朱秀娥知道，那当然是饥饿留下的印记！而林仁玉也看娘家嫂子，她依旧那样干瘦，虽然嫂子那件蓝布偏襟衫里，还套着一件薄袄，但是透过身上的衣裳，还是可以发现她那顶出来的瘦棱棱的肩关节！一向以来，她就是这样瘦得皮包骨，她再也没有往下瘦的肉了！

姑嫂俩将两根锄头并排横在地上，在锄柄上坐了下来：

"仁玉，你气色真不好，你可要好生自己惜着身子，永明不在家，妈全靠你啊。溜石湾里的游木你就不要去捞了。"朱秀娥知道，每当晋江上游下了暴雨，奔流而来的江水常常带来节节游木，这时候，林仁玉也会像男人那样，泡进湍急的江水里，将游木拉上岸来，劈开了作为薪柴，自家烧不了时，还能卖得几个钱，给瞎眼的婆婆买糖葫芦、买豆粽子这些零食吃。想一想吧，从深不见底的晋江入海处，从打着漩涡的江水里，将百来斤重的浮木拉上岸来，那是一种多么沉重艰险的劳动！

"我也是这么想的，可是见了不下去捞，灶里拿什么来烧？"

朱秀娥听着，想了想，说的也是，小姑仔的日子过得可真难！家里家外，灶上灶下，还有又聋又瞎的娘，就靠她一双手！

"那也不要太辛苦了,你近日还到安海去挑盐吗?"

"去是想去,百斤重的盐担,从安海挑到溪尾[1]60来里路,一趟能挣来三斤米,要不是前阵子挑盐籴下那些米,早就揭不开锅了,可前一段时日里,短命的日本飞机接二连三在东石、在安海盐埕丢炸弹、扫机枪,杀死了几个挑夫后,现在,一时没人敢结伴去挑盐了,再说,如果有人结伴去挑盐,我这腿也不争气了,走不动了。"林仁玉说着,拉起裤管,把两条浑圆的小腿指给嫂子看,"你看,也不知道怎么回事,这腿上的肉一按一个印子。"她伸出手指头,在自己浑圆丰满的小腿脖上一按又一按,那上面就凹下去两个手指印。直到放开手好久,那陷下去的肉坑儿就是浮不上来。朱秀娥仔细一看,小姑仔那两条腿脖子皮肉绷得紧紧的,泛出一层反常的光泽,她失声叫了起来:

"这是浮肿呢,这是饿出来的啊!"

……"二战"开始以后,我们侨乡基本没了南洋音讯,而太平洋战争爆发以后,南洋路更是断绝了。那段岁月何等艰难!一些走投无路的侨乡女人便加入到挑运私盐脚夫的行列。晒私盐的埕大都建在距泉州城近40里外的安海、东石的海滩上,从那里挑着百斤重的盐担,走小路到南安县城溪尾交货,一趟来回60多里路,即使是在腊月隆冬里,挑盐的脚夫们身上汗湿得衣裳也是一拧一把水!而在盛暑炎夏,咸涩的汗水更是渍得他们双眼都睁不开!谁能想象,当年的番客婶林仁玉是如何拖着两条浮肿的腿脚,挑着百斤盐担风里雨里烈日下走过那些崎岖的小路?

看着小姑仔的腿脖子,朱秀娥忍不住鼻根发酸,喉头一哽,泪水便扑簌簌地掉了下来!

/ 六 /

……她比林仁玉长了几岁,她能依稀记得很多年前的那场饥荒,她记得家在溜石塔下的那个老太婆,当人们都饿到皮包骨的时候,她却越饿越胖,连腿脚都套不进裤管里去了,连双眼也胖成一道缝。最后是一家人中,她先死了！想起这件事，朱秀娥禁不住一阵恐惧，她知道小姑仔是那种能割下自己的肘子肉焖熟了让婆婆吃的大孝媳妇！每次回到娘家，总见林仁玉不管锅里是好是坏，第一碗都是捞出稠的双手递给娘！南洋音讯断了5年，朱秀娥知道自己娘家的家底，这5年之中，小姑仔没让瞎眼的婆婆掉过一餐饭，那是怎样过来的！想到这里，她拉起前襟，将挂到眼边的泪水揩去了，她不愿让小姑仔看到她哭了。

"哎，嫂子，都好好的，怎么就掉泪了？"林仁玉还是发现嫂子掉了泪，便把裤管拉了下去，"嫂子，咱们中午能开开荤呢！"她正望着远远地垾上的一个洞，朱秀娥随着她的目光看过去，只见那边一只非常肥硕的浅褐色的山老鼠跑出洞来，用前爪在土坷上耙了一会儿，又钻进洞里去了，接着，旁边草丛里，又有一只更加肥硕的山老鼠钻进同一个洞内，"嫂子，那是一窝子，我们姑嫂俩中午就吃这！"

/ 七 /

林仁玉是随身带着火柴的。

溜滨村附近几个村落都是水稻田，林仁玉刨花生秧，刨番薯秧，都是要往西走上四五里路到狮山，到观音山的坡地上来，所以她每次出门之前，都是先将婆婆的午餐备下了。而她自己的午餐都是胡乱地就着从地里刨出来的红薯秧、豆芽子，扯上一把枯草根烤熟了止止饥，下午再接着刨，省得来回走上八里十里路，午后就能早点回家伺候婆婆了。

"你能抓到它？"

"你忘了这样的话：溜滨的女儿，溜滨的媳妇，钻进溜滨湾的水里都能将螃蟹掏出洞，还拿这旱耗子没办法？"林仁玉拉起嫂子的手，蹑着脚轻轻朝那个小洞穴走了过去。

"你守住洞口，别让它跑了。"林仁玉将锄头交给嫂子，自个在地埂上低着头来回走了几步，"就这个洞口，它准跑不了。"

"你可怎么掏它啊，把地埂刨开？"

"我才不费那个傻劲哪！用水灌！"她解下束在腰背上的一块油布——那是早上出来时，瞎眼的婆婆叮嘱她带上的："玉啊，春天孩儿脸，说哭就哭，你把永明带回来的那油布捎上吧，免得落雨淋了哩！"

没想到这油布还真派上了用场。她让嫂子守在洞口，自己朝旁边一口涨满春水的小池走去了。她将油布摊开，铺浮在水面上，然后卷起裤管朝那油布中间一脚踩下去。油布上便漫进了一汪水，她把油布四个角拢到一起，双手抓紧了，将水提了过来，搁在地上，喘着气对朱秀娥说：

"嫂子，你捉住这袋子别让水流出来。"说着，她挥起锄头，将长在地埂上的正在拔芽吐绿的那丛营草劈掉了，再一锄，将地埂削去一层土，一个小小的洞口便朝天露了出来：

"嫂子，你往里灌水，来。"她卷起袖管，守在洞口，眼皮不眨地看着嫂子将水灌入洞穴，一会儿工夫，那灌满水的洞口便冒出几个气泡，随着这些气泡，一双滴溜溜的小眼睛露出水面，接着一只老鼠的整个脑袋瓜儿冒了出来。

林仁玉一巴掌扑了下去，提起手来，那老鼠的脖子已经夹在她的三个指头之中了。她往锄头柄上那么一摔，而后丢到一旁去，那只肥硕的老鼠在地上抽搐了一阵子，便翻起白眼，躺在地上不动了。

她们从这个洞里掏出了4只大老鼠，林仁玉将它们捧在手里掂了掂：

"哟，沉得很呢，4只合在一起足有三斤重！"说着，她将老鼠搁到一旁，低头望着那个鼠洞，"阿嫂，这4只耗子吃得这样膘肥腿圆，我想它洞里有东西。"说罢，她又挥起锄头朝鼠洞口劈了下去，一下又一下，几下子，那条地垄埂被劈去了一半。她放下锄头，把那些土疙瘩搬到一旁。往下一看，她眼前一下子光亮起来：土疙瘩下面是一个洞穴，足有两个脸盆那么大，那里面堆着好些豆荚、花生！由于刚刚灌进了水，都是湿漉漉的，林仁玉抓起一个花生荚，双指一按，便蹦出两粒饱满的花生仁儿！

"怪不得这小畜牲能有那身肉！它尽吃好的！"林仁玉说着，招呼嫂子将那土穴里的东西都扒了出来。

"瞧这耗子精，搬进洞里来的都是上好的五谷！"

望着从鼠洞里掏出来的那堆成小山一样的豆荚、花生荚，林仁玉乐得像孩子拍起手来：

"永明在家的时候，常说一棵草一滴露，车到山前自有路。我正愁着清明节没有祭坟的糕呢。瞧，这些豆荚儿足有七八斤重吧，个个饱满结实，就用它做馅，再磨上两斤麦粉当皮，你我祭坟的糕点不都有了！"

姑嫂俩将那堆豆荚摊开了，晾在阳光下，之后，又细心地将混杂在其中的老鼠粪、杂草根一一挑了出来。

"年年清明，眼看又到了清明！你哥都20年没有回来了，以前还有子钟陪我去上山扫墓祭祖，子钟也一去5年了，唉……"朱秀娥叹着气说。

"可不，这几年永明也都没有回来，想到清明节一个人孤零零地走到坟前去烧香化纸，心里真不是个味……"听到娘家嫂子的叹息声，林仁玉禁不住也心事重重地开口了。

/ 八 /

那时候，日头影子已经正中了。林仁玉让朱秀娥抱过来一把枯草，她自己把老鼠一只只提了起来，洗净弄好之后，又用水将地里的土搅糊了，就用那泥糊粥严严实实裹住它们，一个个摆在枯草堆上，点起了火。那火烧了好久好久，在静寂的山坡上升起了缕缕青烟，后来，火势弱了下去，接着，只听到那几个泥团子一个个都扑哧一声炸裂了痕。

"熟了！"林仁玉用树枝丫拨开灰烬，从里边掏出一个烧红了的泥团子，也顾不得它有多烫，就一边用双手翻滚着它，一边用口朝着它嘘嘘地吹着气，一边就把外面的泥皮剥开了。"嫂子，这只最肥最大，你先吃！"说着，将还热得烫手的肉不由分说地塞进朱秀娥的手中，也给自己掏出一只来，"吃啊，嫂子！"

那真是诱人的美食！那醉人的肉香，那还冒着油泡的流金透红的肉哟！

朱秀娥禁不住那迷人的肉香，张开嘴来咬了一口，嚼了起来，啊，那是怎样的一种美味啊——连骨头都香酥香酥的，然而，她仅咬了一口就停在那里了。

"你怎么不吃啊，嫂子？"林仁玉在一旁问。

"姑仔，我实在是不敢吃啊，我总想到有一股老鼠味！"朱秀娥说着，将溢出牙龈的满口涎水咽了下去。

她何尝是怕腥来着！她是舍不得吃啊，曾经历过多年前那场大饥馑，她知道这地老鼠肉大补大热，最能治浮肿病！当年溜滨村的那个双眼肿成一道缝的老太婆，她的儿孙们就满山遍野地追逮地老鼠烤熟了让她吃！小姑仔的小腿都肿成那样了，那浮肿是由下往上"浮"的，先是脚板，后是小腿……小姑仔的日子是过得比她艰难啊，她把手中那只咬了一口的老鼠递给林仁玉：

"姑仔，你把它吃了吧！"说着，她从熄灭的火堆里掏出烤熟了的带着牙秧子的地瓜，用手拍去灰烬，自个儿吃了起来。

林仁玉已把手中的那只老鼠整个地嚼了下去，依着她的胃口，她可以一口气嚼掉那4只老鼠——可是望着嫂子递过来的这只老鼠，再看看搁在一旁刚刚从火堆里掏出来的，还冒着香喷喷的油泡的那些，她还是将强烈的食欲压下去了！

——她想起了坐在床角落里的瞎眼婆婆——她有多少时日未沾荤腥肉味了啊！

她把头巾解了下来铺在地上，把那几只冒油喷香的老鼠提了起来，细细地吹净了上面的灰烬草屑，然后包进头巾里：

"给娘带回去——我能哄着她吃下去……"

注释：

〔1〕溪尾：旧南安县城关。

第八章　唐山的召唤

/ 一 /

从佬允隆回来后，沈尔齐在马尼拉住了一天，他向留在这里坚持地下抗日斗争的民武会马尼拉分会的同志传达了中华民族武装自卫总会关于当前战争形势的报告与工作指示：（一）目前战争形势非常严峻，日本军队已占领了中国大片国土及东南亚多个国家，然而正是如此，日本侵略者因无限制扩大战场而分散了兵力，将很快陷入被动；（二）珍珠港事件发生后，太平洋战争全面爆发，美国政府已对日宣战，此后不久，美英中苏等26个国家在华盛顿签署了《联合国家宣言》，一个全世界范围内的反法西斯联盟已经形成，德、意、日法西斯侵略者空前孤立；（三）中国抗日战争尚未进入全面反攻阶段，旅菲各华侨抗日组织要注意讲究斗争方式，要有长期抗战的思想准备，要减少牺牲。

第二天，沈尔齐就离开马尼拉，前往南吕宋的宿务岛、独鲁曼、棉兰佬等地的抗日组织传达这些指示。这样日夜兼程地奔波了十来天。最后，他赶到了中吕宋阿悦山游击基地。

在上个世纪40年代，阿悦山一带还是菲律宾的一片处女地。连绵数十里的阿悦山脉，长满了热带原始森林，而在山林深处，那时候还零星地散居着一些与世隔绝的原始部落。日本军队在菲律宾登陆以后，以"菲律宾华侨抗日游击支队"为首的各华侨抗日武装组织，联合菲军第三补充营在这里建立了抗日游击基地。自此以后，阿悦山成了菲律宾华侨抗日根据地。这个基地四面环山，人迹罕至，只有一条崎岖的羊肠小道出入，地势异常险要。所以在菲律宾沦陷期间，日本军队也不敢贸然前来此地骚扰。1942年春天以后，许多地方尤其是马尼拉的华侨抗日知名人士都暂时疏散到这里。从 1942 年到 1945 年日本投降，三年多时间里，这个基地训练了大批抗日战士，这些游击战士的战斗范围遍及菲律宾各地。他们与侵菲日军进行着殊死的抗争，在漫长的抗日战争中，菲律宾的 14 个省份都曾经洒下阿悦山游击战士的鲜血。1942 年 4 月，第三批菲华青年回国随军服务团的 15 位队员也在这里进行过短期军事训练。

/ 二 /

沈尔齐是在深夜抵达阿悦山的。他匆匆吃了夜点之后，便与基地总指挥黄杰汉，将第三批菲华青年回国随军服务团的花名册摆到灯下来。沈尔齐将上面的名字看了一遍后，目光落在最后的两个姓名上：

"吴启新、蔡思唐……"

黄杰汉说："这两个是后来新补上的，吴启新是吴记虎先生的二子……"

"就是当年独捐 5 架飞机回国，后来又派儿子到厦门创办航空学校的那位吴先生？"

黄杰汉点了点头："是的。"

……1928 年 5 月 3 日，日本兵临山东济南，血腥屠城，制造了震惊中外的"五三惨案"。消息传至马尼拉，当地华侨纷纷集会谴责日军罪行，并掀起大规模的募捐救国活动。吴记虎率先捐购飞机 5 架，随后又独资在厦门创办"民用航空学校"，重金聘请中外教官任教，并派其长子吴启标回国主持校务。几年之中，这所学校为抗日部队培养了不少人才……

"……我知道，吴记虎先生只有两个儿子，大儿子吴启标自厦门航校解散以后，投奔新四军，至今杳无讯息……"沈尔齐沉思着说。

"这是我到马尼拉时，吴老先生亲自带着吴启新前来报名的，吴老德高望重，推辞不了啊……"

"还有这位蔡思唐，我知道的，我还在印刷厂时，他也在那里当学徒。他的父亲是当年那位'二十九仙救国'的蔡朝忠先生。你也知道，他已经病逝了，蔡思唐是家中长子啊……"

听着沈尔齐说到这里,黄杰汉鼻根也酸了起来:

"我也不忍心让他走啊,那个晚上,他和他母亲埃丽·林女士到王彬街找我,非得让蔡思唐回唐山上前线不可。你知道她是怎么说的吗?她说,菲律宾是我的娘家,唐山是我的婆家,两个地方都是我的祖国,蔡朝忠要是健在,他也会让思唐回去抗日的……话说到这份儿上,你能拒绝吗?"

他们所说的"二十九仙救国"的蔡朝忠,原先也跟沈尔齐在马尼拉印务厂当过工人,也是少年时代从泉州南门外来的南洋番客,后来虽然成了熟练的排字工人,但每月的工资也只是12比索,由于工资低微,一直攒不下回家娶媳妇的钱,27岁时与在马尼拉和平旅店当女佣的一位菲律宾伊戈洛特族姑娘埃丽结为夫妇。这位姑娘来自北吕宋帮加斯南岛山区。蔡朝忠与许多印刷排字工人一样,患有肺病。一天发病时,他乘人力车上医院,在经过王彬街头时,只见人群拥挤,人头攒动,一问才知道是联合工会在为唐山抗日募捐,他掏出身上所有的钱,数来数去,也只够2元9仙比索(29仙),那位拉他的菲律宾车夫见状,不仅不要他的车钱,还掏出了1仙钱,让他凑足3个比索交到募捐处——那29仙可是他去医院求医问药的钱啊!后来,这件事在菲华各界很快传开了,这是"九一八事变"隔年的事了,蔡朝忠已在多年前病逝。

/ 三 /

沈尔齐与黄杰汉在灯下谈了整整一夜,直到窗棂发白的时候,他们才走出房来。此刻,雾气朦胧的黎明已经到来了,沈尔齐感到头微微发晕,口苦唇涩,便蹲下身来,将头浸入淙淙流过的泉水里,贪婪地喝了几口清凉爽口的山泉,一下子感到头脑清醒,浑身来了精神。这时候,他看到夜宿林中的一群小鸟唰的一声飞了起来,接着便听到一阵脚步声在沉寂的黎明里从森林深处传了过来。

这是第三批菲律宾青年回国随军服务团的15位团员,结束了夜间军训回来了。猛然看到风尘仆仆的沈尔齐,他们一下子团团围了过来:

"沈先生——不,应当是沈团长,我们什么时候开赴唐山前线?"

沈尔齐深情地望着他们,笑而不答。他上下将大家打量了一番,这些青年侨胞,年纪最大的不过 24 岁,而年纪最小的刚满 20 岁,他们都是父母的掌上明珠,心头上的肉。战争爆发前,有的还在学校读书,有的已经就业。那时候,他们一个个细皮白肉,而现在,在菲律宾一年中太阳最毒辣的这个季节,在深山野地里,经过近一个月的训练,一个个都被晒得黝黑。由于战争,由于故国正处于生死存亡关头,他们即将离开生养他们的第二祖国菲律宾,离开父母亲人,奔赴唐山。由此,沈尔齐又想起他已带回祖国的那两批战友,那几十位年轻同胞,其中有好几位已战死沙场,牺牲在故国的土地上——战争是那样的残酷!后来,他看定了蔡思唐,这是一个肤色黧黑的刚满 21 岁的青年,他的善良的重眼皮的眼睛,那双清澈深沉的眸子,那微微曲卷的头发,一眼就能发现他身上有着菲律宾伊戈洛特族人的血统。17 岁那年,沈尔齐在印刷厂当工人的时候,当学徒的蔡思唐还不到 12 岁,许多重活沈尔齐都替着他。几年不见,如今他长成一个大小伙了,沈尔齐走了过去,拍拍他的肩膀说:

"思唐同志,如果你愿意留下来,你可以留下。"他知道思唐是家中长子,他下面还有三个未成年的弟弟妹妹,一家人的生活主要是靠他打工维持的,沈尔齐能够体会这种家境的艰难!蔡思唐听着,露出两排洁白的牙齿,羞怯地开口了:

"尔齐兄,我爸爸临终的时候对我们说:你们身上的血有一半属于中国,不要丢了这个根。妈妈也常告诉我们,她其实可以算是半个中国人的,她们是林凤的传人[1]。唐山正处于生死存亡的关头,我要是不回去,是对不起父母的……"沈尔齐听到这里,心里一热,他不再说什么,只感到眼窝里的热泪就要奔涌出来,但他还是忍住了,走到吴启新面前:

"启新同志,其实你也应当留在马尼拉,留在令父身边,帮他料理商务,你长兄吴启标先生已多年没有音讯了……"

"沈团长,正因为家兄已去了唐山前线,我更应当去,家父、家母、家姐都赞同我回唐山,继承家兄未竟的事业。舍家为国,前赴后继,这是我们的家风……"

听到这里,沈尔齐再也忍不住了,两股热泪从双眼里滚了出来。然而,他很快揩去了泪水,喊起口令,15个战士立即排成整齐的列队。"各位同志,你们训练了一夜,非常辛苦了,但是,今天,你们不能休息了。我们马上就要离开菲律宾,回到祖国,奔赴前线参加抗战。你们已没有时间回去向家中亲人告别了,再过一个半小时,我们将乘船离开阿悦山,你们抓紧时间吃饭,打好行装,需要给父母留信的,也赶紧写下来,统一由基地司令部转交。"

多少时日以来一直盼望着的这个时刻终于到来了,而当真正这样的时刻到来的时候,这些年轻人却一下子愣在那里了。啊!亲爱的菲律宾,这里毕竟是生养他们的地方啊,他们的父母,他们的兄弟姐妹,他们的学校……都在菲律宾啊!菲律宾的山山水水,菲律宾的城市乡村、街衢巷陌、椰林棕榈,还有善良的菲律宾人民啊……菲律宾的一切——直到此刻要离开这一切了,他们才发现,他们其实是那样刻骨铭心地爱着菲律宾!他们对菲律宾的一切是那样地怀着千丝万缕的深情,难以割舍!

然而,故国在召唤!那是他们的根之所在,那是他们的父母,或是他们的父母的父母放过摇篮的地方啊——那是被南洋游子称为"摇篮血迹"的唐山故土啊!

那里有长城,那里有黄河,那里有长江,那里还有泉州城内的两座古塔,那里还有父辈们登船出洋的溜石湾……日本侵略者正在蹂躏着那里的一切,祖国正在危难之中!

——对于南洋游子而言,祖国危难中的召唤高于一切!为了这样的召唤,一切都可以割舍!

/ 四 /

一个小时之后,菲律宾华侨青年回国随军服务团的15名战士列队站在营部前面的空地上,他们顾不上吃饭,只随身带着干粮,背上简单的行囊,神色庄严地立正在那里。而后,李伟良一步跨出队列,将一方写在白布上的血书双手交给菲律宾华侨抗日游击支队总队长黄杰汉：

"请黄队长代向我们的父母亲人告别，这是我们的集体血书！"

黄杰汉低头一看，那方白布上的血迹未干，那上面还在冒着鲜血的热气！那是两行诗：

"人生自古谁无死，留取丹心照汗青。"

——那是马尼拉沦陷的那一天，李东泉用苍劲的大墨字写下来的诗句，他将之挂在厅堂中的墙壁上。现在，他的儿子，李伟良咬破手指，代表15位战友写下了它。在诗句下面，是15个人的血写下的姓名。沈尔齐走了过来，接过那方白布，平铺在地上，然后，他跪了下去，咬破手指，在上面添上了这样一行字：

"沈尔齐1942年4月13日。"

他站了起来，又将那方血书交给黄杰汉。

黄杰汉捧过它，他的双手在颤抖，这位铁打的硬汉，一时间里，竟然泪眼模糊了，然而他终于没有让泪水溢出来：

"各位同志，你们就要奔赴抗日救国的最前线了，希望你们回唐山之后，永远记住你们是从阿悦山游击基地走出去的，是菲华支队训练出来的游击战士。你们当然能够理解，菲华支队为什么又叫'四十八支队'这就是说，菲华支队要向新四军、八路军学习，菲华支队是以新四军、八路军为榜样的。这就是我们的传统，希望你们能够发扬光大。"接着，他带领大家唱起了"华支队歌"：

"我们是华侨抗日英勇先锋……和菲律宾人民并肩作战，这真是空前未有的光荣……工农红军、八路军、新四军就是我们的榜样……"

出自这群年轻人肺腑的，高亢激昂的歌声，一遍又一遍地在阿悦山的千山万壑中回荡……

歌声停止了，黄杰汉无限深情地望着眼前这些来自菲律宾各省的年轻华侨。最后，他把目光落定在沈尔齐身上。他凝视着沈尔齐那张黑瘦的、棱角分明的、长出拉碴胡子的脸，那张脸上泛着病态的红晕……

刚刚相聚又要别离了……

他走了过去，紧紧握住沈尔齐的双手，深情地微微颤抖着说：

"保重了……"

几分钟之后，这15位菲律宾华侨青年在沈尔齐的带领下，急行军前往5公里外的一处码头，那里停靠着的一艘小小的机帆船，将把他们带离菲律宾。

从此以后，他们便失去了音讯，再没有回到菲律宾……

……一个月之后，包括沈尔齐在内的由16位菲律宾青年华侨组成的第三批回国随军服务团全部在唐山战死……

注释：

〔1〕林凤：广东饶平人，1574年底率战船62艘，水陆兵与妇女及各行业工匠数千人迁居菲律宾与当地菲人共同抗击西班牙殖民者，后兵败，林凤率兵卒回国，余工匠女幼逃入北部深山，与当地伊戈洛特族人杂居通婚。

第九章　重返马尼拉

/ 一 /

　　林仁和、林子钟父子，是在清明节的那天午后离开佬允隆回到马尼拉的。20世纪40年代，船走得很慢，600里水路，机帆船走了一天一夜。他们在佬允隆上船的时候，大海上晴空万里，直到太阳落下的时候，还是满天繁星。半夜里，海天之间突然滚过阵阵闷雷之后，暴雨便接踵而至了，这场大雨一直下到第二天上午都没有间歇。过了晌午，船进马尼拉海域时，雨才疏了下来。中午时分，机帆船终于在断断续续的热带雨幕中靠上了马尼拉港。

　　林仁和的整个青年时代差不多都是在马尼拉度过的。哦，那是他的奶娘城！亲爱的马尼拉，又呈现在眼前了！一阵阵亲切的市声，一股股马尼拉都市的气味，都扑面而来——这是奶娘身上的奶香哟！闻着这奶香，林仁和猛然感到一种委屈……

　　他打开雨伞走上码头，而林子钟却一头就钻进了霏霏的雨幕之中，在闷热的船舱里憋了一天一夜，现在淋在雨水里，他觉得浑身特别舒畅——这是马尼拉的雨哟——我回来了，马尼拉！

　　他们终于走到了王彬街。王彬街往日的繁荣已不复存在，午后的王彬街，更是萧条中流露着几分凄凉。那时已临近黄昏，街面上行人更少了，而在马尼拉沦陷以前，黄昏后的王彬街，却是一天中最繁华热闹的时刻，那时候，如火的热带太阳已经西下，华灯初上，纵横交错的几条街上的大店小铺，还在忙着各种买卖。而那些只能在夜间才露面的大排档、小吃摊，这时候像约好了似的，一股脑儿在街道两旁摆开了阵势……王彬街的夜晚，往往比白日里更加繁华热闹，五彩缤纷。如今，由于日本人入侵，恐怖的阴云笼罩着整座城市，马尼拉这条最古老、最繁华的唐人街再难以见到往昔的夜景了。刚到掌灯时节，许多店铺都已忙着关门闭户了。

/ 二 /

林家父子在暮色中走近了"林记商号"，店铺门已关上了，但可以看到门缝里面漏出来的微弱的灯光。林子钟抬头一看，"林记商号"的招牌还挂在那里！朦胧中可以看到那匾牌是刚上过漆的。林家父子叫开铺门的时候，正在吃晚饭的掌柜李水波一眼就认出了他们：

"都说你们前天就要回马尼拉的，怎么这才到——子钟，看你都湿透了，快把淋湿的衣服换了，来。"说着，他进后屋给子钟打水去了。

等到林家父子痛痛快快地洗澡更衣之后，李水波已为他们买来了夜饭："这时节了，也没什么好买的，整条街就只有这家粥摊还开着。来。"

吃过晚饭以后，李水波便搬来了账本：

"这几个月的进出账都记在上面了，你们来了，我明天就回李东泉先生店里去了，这些账目先盘交给你们，过后再来清点实物。"

林仁和说："这些事先别忙，我们还是该先去拜访李东泉先生才是。"

"你们一时间里见不着他了，他已经去了美国了。"

"啊，这可怎么是好？李先生是哪一天离开马尼拉的？"林家父子懊悔莫及，他们心里都想着如果不是在佬允隆多耽误了两天，该是会遇上李东泉先生的。

李水波说："李东泉先生在清明节的前两天就离开马尼拉了。"林家父子默默一算，李东泉先生是在他们将伤员送离佬允隆那一天就去了美国了，这才不再懊悔。

"李先生临走前，吩咐我将'林记商号'的招牌和店铺内四壁都重新打了一遍漆，又让我多进了几样热销的货。"

听到李水波先生这一说，林家父子心中都热乎乎的。不管从哪方面说，李东泉先生在菲华社会中都可以称得上是个"大"人物了，他一天到晚不知道有多少"大"事要做，可他临去美国前，竟然不忘关照"林记商号"！

在把账务移交清楚之后，李水波又从抽屉中取出一封大洋说：

"这是30块银元，是李东泉先生另外让我交给你们做周转资金用的。"

"李先生，这钱我们还能收吗？"

"你们就收下吧，你们该比我清楚，李东泉先生是那种说一不二的人。"

林家父子想了想说："李先生，这店铺就算是我们林家为李东泉先生掌管了，我们会尽心尽力打理好的。今后所有的账目我们都会记得一清二楚，凡有盈利我们将全部投入生意，绝不敢挥霍。待战争结束后东泉先生回来了，我们还把店铺交还他。"林家父子的这席话是真诚的，是他们在佬允隆时就商议好的——当年出洋的番客，讲的就是信用，讲的就是天理良心。

该办的事都办过之后，已经过了子夜了，林家父子又记起几个月来一直牵挂着的朱永明：

"李先生，你可认得王彬街南交叉口朱记杂货店的朱永明？"

李水波想了想说："认得的，就是经营海产干鲜货的朱永明先生吧？那店铺像是好久都没有开张了，几个月前就听朱倪宗亲会的乡亲说过，朱永明先生下落不明，哎，乱世年头，打听一个人的去向，难啊！"

听到李水波这么说，林家父子心里猛然咯噔了一下。

/ 三 /

第二天，林家父子起了个大早，顾不得吃早点，就匆匆上朱记杂货店去了。听了李水波的话之后，父子俩一夜里都没有睡踏实，尽管他们坐了一天一夜的船，是够累的了。

"林记商号"在王彬街这一端，朱记杂货店在王彬街的那一头，相距着那么一段路，这时，虽然天已放晴了，但还不到开店的时间，王彬街上非常冷清。

父子俩终于走到朱记杂货店前面了，虽然招牌还挂在那里，但系住招牌的铁丝有一处已经锈断，招牌倾向一旁，在晨风中摆动着，再看门外的大铜锁，已蒙上了一层青锈斑！显然是时日已久没人打开过了，林子钟试着上前敲了敲门，当然是没人回应了。父子俩越发着急起来，想了想，便回头朝朱倪宗亲会走去。朱倪宗亲会就在朱记杂货店那条街的拐弯处，那里一座不小的楼房，称为"太白楼"，朱倪宗亲会与李氏宗亲会都设在太白楼里，各占着一个楼层。

这一天，林家父子一上楼来，就遇上了朱倪宗亲会的理事长朱振民先生，林家父子说明来意之后，朱振民先生也着急地说：

"这么长时间来，我们也一直都找不到朱永明先生。有人说他是在年内除夕那天坐着马车出城去了红奚礼示，可我问了好些那边的朋友，也没个消息。也有人说随你们去了佬允隆。如今你们也在找他，唉，既然不是随你们去了佬允隆，那能上哪儿——噢，别急别急，马尼拉沦陷以后，生意难做了，王彬街关闭了不少店铺，许多人都流落到外埠去了。说不定永明先生也去了外地了。我知道他处事稳重，见多识广，身上功夫也十分了得，动起手来，三两个壮汉都别想近他的身，该是不会有意外的。"话虽这么说，但三个人心里都有一种不祥之感：朱永明是个重情义的人，王彬街上他有许多情同手足的朋友，真要离开马尼拉这么长时间，他是不会不辞而别的。自从菲律宾沦陷以来，日本人已在各地伤害了不少中国人，朱永明一个大男人，唐山有慈母贤妻，马尼拉有自己的店铺，竟然已失踪三个多月了，这不会是好兆头。大家心里都这么想，可谁也不愿说出口来。

父子俩心上都压着一块石头，回到自家店里以后，林子钟心里突然感到了一种难言的惆怅。他首先想到了沈尔齐，分别这么长一段时间了，他如今在哪里？他回唐山去了吗？想到往日与沈尔齐他们相处的时光，那种日子是多么充实！而李东泉先生也去了美国，竟没能见上他一面。舅父朱永明更是杳无踪迹，令人牵肠挂肚。唐山那边，已整整4年断了音讯，妈妈孤单一个，在这兵荒马乱的年头，她是怎么守着空院子过日的？还有又聋又瞎的外祖母，姑妈兼舅母的林仁玉，她们知道永明舅父已经失踪了吗？

唉，都说少年不知愁滋味，可是对于尚未满20岁的林子钟来说，他的"愁"是太多太多了，家愁、乡愁、国愁……

……从童年开始，他就经历了太多太多人间的坎坷不平。所以，在他的这个年华,他已趋向成熟,甚至趋于老成。他能理解,在今后的人生路上,他还将会遇到更多的艰难险阻。

今后的路该怎么走呢?

——哪怕是荆棘丛生,哪怕是恶浪惊涛,他也要咬紧牙根,挺起腰杆朝前去!

第十章 无题

/ 一 /

经过菲律宾大学那场劫狱后，杨光生总领事及其他7位中国外交官，便被转移到圣地亚哥堡监狱来了。这座当年西班牙殖民统治者兴建的监狱，数百年来监禁过多少菲律宾与华人华裔独立解放斗士，已难于计数。1896年12月29日，被后人誉为菲律宾国父的著名诗人，何塞·黎刹生命中的最后一个夜晚就是在这所监狱中度过的。他在1896年临终前的一个黎明到来时，从这所牢狱走上刑场，面对西班牙殖民者的枪口，仰天躺倒在后来被称为黎刹广场的大地上。如今，日本宪兵将这所监狱稍作加固，关进了多位要犯，关禁杨光生的这间牢房，就多装上了道铁门。

这间牢房的铁栏杆特别粗大，铁门日夜上锁，每天只在送来三餐时才打开，而在铁门外，一天24小时都有两名荷枪实弹的日本宪兵把守。

由于以杨光生为首的8位中国外交官，入狱三个多月来没有任何屈服的表现，所以，日本宪兵对他们4天一次的提审或酷刑，已中断了好些时日了。自从这种例行的审问停止以后，杨光生就明白自己的生命已经快到尽头了。

他已经整整有半个月没有见到大田了。

1942年4月16日的夜晚，刚刚吃过晚餐洗漱完毕的杨光生，又像往日一样端坐在床板上微微闭上双眼时，忽然听到铁门外日本宪兵脚跟并拢立正时，靴钉落在地面上的咔嚓声。随之，铁门上的锁被打开了。他张开眼睛，只见大田已走进房间来了。随在他身后的卫兵提着一张靠背椅跟了过来，大田坐下后说：

"杨先生，我们15天没有见面了，是不是？有件事情我不得不向你宣布。"说到这里，他停了下来，默默地观察着杨光生。

见到大田闭上了口，杨光生开了口："我知道，你是来宣布死刑的。其实不应当拖到今天，你们、我们都浪费了三个多月的时间，而且，也不会发生那场劫狱。"他双脚落到地上，站了起来，"走吧！"

"不，杨先生，不是现在，你还有一个夜晚的时间。很遗憾，我们本来是可以很好合作的，只要你愿意——好吧，我们就不要再互相为难了。人各有志，士可杀不可辱，你以及你那些部下的气节，作为大和民族的一员，我其实是非常佩服的。但是，作为大日本帝国军人，我的天职是服从，服从我们裕仁天皇的意志，那就是征服整个亚洲，而征服是不择手段的。比如说南京的那场屠杀，也是理所当然的——不谈这些了。作为个人与个人，我们可以成为朋友的，你想一想，你有什么要求，或是说有什么需要我帮助的，你尽管说。"

杨光生沉思了片刻之后说：

"请你将我被监禁当天所穿的那件白衬衫归还给我，我想穿着它赴刑。"

"好，还有呢？"

"给我几张纸，一杆笔，我想写下一些文字。"

大田又点点头说："可以，另外呢？"

"请告诉你们的刽子手，明天行刑的时候，能让我朝着北方面对枪口，我希望死时仰天躺下，而不是朝地趴下。"

大田想了想说："好吧，就这三件事，我都可以答应。三个多月的时间，不能说服你为大日本帝国服务，我深感痛心。还有一个夜晚的时间，希望你再三考虑，你可以随时改变主意。我也可以随时改变决定。如果你愿意与（日本）驻菲宪兵司令部合作，日本帝国甚至可以不惜付出任何代价，将你疏散出去的妻儿找到，送到你身边，你们也可以举家迁移日本——说实在的，让你这样优秀的中国人死于我的手中，我甚至感到痛心呢。然而，我已经说过了，我是军人，我必须绝对服从我的大本营。"

杨光生坐在那里，一直到大田迈出房间，他都没有再开口。

/ 二 /

大约20分钟以后，铁门又被打开了，一个日本士兵将一件白色的干净衬衫搁在杨光生身旁，杨光生低头一看，衬衫上还压着几张白纸，只是不见有笔。

杨光生抖开那件白色衬衫，禁不住热泪盈眶，那是妻子在离开马尼拉的前夜，亲手为他缝制的。她是在1941一年底疏散到香港的，还带走了年幼的女儿杨梦雷、杨雪岚。如今都快半年了，她们一点讯息都没有！她回家了吗？唉，国破家难归，家，家在哪里？东三省、浙江省、上海……不都相继沦陷了吗？父母双亲呢……

……他清晰地记得，今天，4月16日，是妻的生日，1942年4月16日，是妻严幼训的33岁生日。

……"九一八事变"之前，严幼训是哈尔滨师范专科学校的学生，东北三省沦陷以后，严幼训随大批青年学生从哈尔滨流亡南下，一路来到南京，那时候，杨光生正供职于南京国民党政府……

……所有逝去了的一切都是那样的令人感到亲切：11年前的往事就如同发生在昨天那样清晰……那一年，这群流亡的东北学生是一路请愿过来的。到了南京以后，他们会同这里的学生仍然时常游行示威，集会演讲，散发传单宣传抗日。那天到南京国民党政府外交部请愿的流亡学生中，就有严幼训。作为外交部的年轻官员，杨光生负责接待了这些学生代表。那时候，严幼训穿着黑色的厚长裙，身上是一件浅灰色的偏襟衫，齐耳根的短发——在20世纪30年代，从东三省流亡过来的女学生一眼就可以辨认出来，她们大多是这样的装束。相比之下，南京城内的女学生们要比她们小巧玲珑些，而严幼训在那里一站，高挑挺拔，线条分明的身材格外令人注目。尽管经过长途地劳苦跋涉，然而一洗风尘，她身上便立即散发出令人悦目的青春光彩，北国少女特有的细腻洁白的肌肤，还有双颊透出的红晕，都让她倍加楚楚动人。

他们是在这个时候相爱的。这一年，杨光生已经32岁。这位清华大学毕业的优秀学子，在留美期间，又曾获美国普林斯顿大学政治经济学博士学位。回国后，受聘清华大学，他是该校最年轻的教授。从政以后，他称得上是一名优秀官员，他不似当时众多的混迹于官场的花天酒地的政客，他是怀着尽忠报国，振兴民族的抱负进入政界的。为了这，他甚至一再推迟自己的婚恋，全身心地投入到事业中。他从没想到，到了32岁的这一年，在国难深重的年头，他会遇上一位东三省流亡过来的女学生严幼训，一经接触，便深深地爱上了她！难道这就是缘分？

对于这迟到的爱情，杨光生特别珍惜！

几个月的交往之后，忽有一天，她告诉他，那一天是她22岁的生日——1932年4月16日。他是在这一天向她求婚的，她点头了……她没有兄弟姐妹，她的父母已死于战乱，日本军队夺去了她生活中的一切——故乡、学业、亲人……她举目无亲，她太需要呵护啊！她发觉杨光生是个可以托付终身的人，他胸怀坦荡，他也和她们这班流亡的学生一样，有一腔报国热血——她看到杨光生在接待她们的那一天，他流的眼泪比她们更多！

……没有生日蛋糕，没有玫瑰，他只给了她一首诗——对于她来讲，这就够了！他们结婚了，至今10年来他们相濡以沫，1937年，杨光生出任中国政府驻菲律宾总领事，严幼训随丈夫来到马尼拉。

婚后10年，那是伉俪情深、心心相印的10年，那是患难与共、风雨同舟的10年，那是多么短暂的10年——正因为短暂才是那样的刻骨铭心！

在杨光生出任驻菲总领事的这些年中，正是中国内忧外患最深重的时刻，面对错综复杂急、转直下的局势，他焦心苦虑，日夜操劳，他牵挂着祖国的命运，尽管他知道对于这一切，他个人以及领事馆的同仁都没有回天之力！太平洋战争爆发以后，他就预感到自己已经不能活着看到战争结束——除非他愿意投降日本做亡国奴！尽管如此，他一天也没有停止过对自己祖国的效忠！他受过良好的高等教育，他对本民族悠久的历史文化和传统道德有着深刻的感悟——他的作为中国人的良心与自尊；他的作为外交官的职业道德——都是源于这种感悟。

这些年来，严幼训无微不至地照料着他的饮食起居，分担着他的内心忧愁，她不仅是他的妻，更是他志同道合的——同志！而如今她在哪里？

……哦，中国，我的祖国，你什么时候能够强大起来，使你的外交官不再妻离子散，使你的外交官不再身陷囹圄？

又到了她的生日，可也是到了他的生命尽头——这是多么残酷的巧合——10年了，那时候是开始，现在是结束——天亮以后，他将走向刑场，而此时此刻，她在哪里？

他又想起了那首诗，他把白纸铺到床板上，而后，他将自己的手指头咬破了，让那首诗带着鲜血炽热的殷红，重现在白纸上……

/ 三 /

我只有一朵玫瑰

我只有一朵玫瑰
亲爱的
亲爱的
我只有一朵玫瑰
在你的生日里
别人能够送给你
一束玫瑰
甚至是一座花园
而我只能献给你
一朵玫瑰——
一朵真正的玫瑰

我一无所有
真正属于我的只有
我的生命以及

奔流在生命的河床里的
——我的鲜血
为了你的生日我愿用
生命的火花点燃
这炽热的鲜血
让它烧成一朵火红的玫瑰
献给你

我只有一朵玫瑰
亲爱的
亲爱的
我只有一朵玫瑰
那是我鲜血中的鲜血
那是我生命中的生命

——那是我唯一的一切
当春天逝去
当九百九十九朵玫瑰
——都已凋零而
我的这一朵玫瑰
——只为了你
还在执着地开放
当寒冬已经降临
当整座花园
——都已枯萎而
我的这一朵玫瑰
——只为了你
还在炽热地燃烧

亲爱的
我鲜血中的鲜血
我生命中的生命
——我只有一朵玫瑰

……尽管已经过去了10年，但杨光生还是很快地，一字不差地将那首诗写了下来——那是他的初恋，那是他的刻骨铭心的初恋，那是他直到生命尽头都不能忘怀的初恋！

在写完这首诗以后，他的右手除了大拇指之外，4个指头都咬破了。

他知道离天亮还早着，离死亡还有一段时间，他思绪万千，他还想为她再写下一些什么来——不管她将来能不能读到，但是他要写，他要让她知道，在他生命的最后时光，他最不能忘怀的就是她！

他又将白纸铺到床板上，然而此时，他的手指再也挤不出血来了，他将那一大杯留下来准备入睡前洗漱的水一口喝了一半，喝过水之后，又抬起左手臂用力地挥动了好一会儿，他能感觉到流向这条手臂的血多了起来。他咬破了一个左手指，果然鲜血如注……

……过了一会儿，杨光生又以他炽热的殷红的鲜血，在白纸上留下了他生命中的最后一首诗，那仍然是给他的妻的……

/ 四 /

诀别
——致妻

如果你想哭
就尽情地哭吧
让眼泪流出来
不要憋在心里

哭吧靠在我的肩膀上
你是否记得——
那上面有过春日的阳光

我真想就这样陪着你
永远——
直到天荒地老，真的！
直到永恒……
然而
为了我们正在哭泣的故国
——我们被侮辱的母亲
我只有选择死亡
——我只能以死抗争

当这个黑夜过去
又一个白昼到来
我将走上刑场
——我别无选择
当枪声响过
我将仰面对着苍天躺下
那时我的灵魂已穿越长空
作为雄鬼回到故国
你听——
在四万万同胞擂起的抗战鼓声里
那怒吼声中有我灵魂的呐喊

我的妻
记住我的遗嘱吧——
多年之后

当战火已经熄灭
请你走近我长满荒草的墓冢
扒开浸血的坟堆
如果我的骨殖还未化作泥土
请在我镶满弹孔的胸膛上
掏出尚未锈尽的子弹
——带回祖国
相信我们的后代
将会对着这些弹头
——思索……

……他默诵着自己的绝命诗，读着读着，他发现诗笺上落下了一汪水，那汪水慢慢地团开来了，透进了血写的诗句里，他伸手一摸，那水是烫的——他终于发现，那是从自己的双眼中奔涌出来的泪水……

/ 五 /

……10年之后，百年之后，千百年之后……但愿我的民族的众多优秀的史学家们以及作家们，翻开中华民族沉重的史册，沿着滴血的字眼儿，走进1942年4月16日那个夜晚，在送别这位优秀的中国外交官英勇就义，走上刑场之时，在看到他们的慷慨激昂之时，还是更多的关注他们的满怀屈辱与无奈吧，还是更多地关注这汪留在诗笺上的屈辱无奈的泪水吧——这样，我们这个民族或许能更加深沉地思考！

/ 六 /

杨光生将两首诗笺折好，插进那件乳白色的干净的衬衫口袋里——就是他的妻疏散到香港前为他缝制的那一件。而后，他拿起毛巾，蘸着牙缸里喝剩的水，将自己浑身上下细细揩洗了一遍，穿上了那件乳白色的衬衫。

做完了这一切，他似乎轻松了许多，他似乎已了无牵挂。他走到窗前，放眼望去，窗外还是一片迷茫的夜色。啊，这不是一个朝北的窗口吗——那是朝着唐山的方向啊！您沦亡了吗？我的祖国！我再不能为您效劳了……

他突然感到心头一阵难忍的绞痛！他终于明白自己并没有轻松下来，他发现压在自己心底的最后的、最执着的、最热烈的恋情——是属于他毕生尽忠报效的——

中国！

他再一次无声地哭了——为了中国……

/ 七 /

1942年4月17日下午1点整。

那时候，清明节刚过去不久。这是吕宋群岛一年中最潮湿的季节。虽然已是正午，而方圆6000亩的华侨义山似乎还在沉睡中，从阴郁的林荫里飘散出来的雾气，以及从树叶上点点滴滴落下的露珠，将华侨义山的每一条小道都打湿了，笼罩着6000亩华侨义山的，分不清是纷纷的雨丝或是茫茫雾露，而透过氤氲的云雾，朦胧中可见一张满脸愁云的太阳。

死人城里只有杜鹃与布谷鸟的啼鸣。

突有几辆装甲车驶进了华侨义山，尽管没有警笛，而正在啼鸣的鸟儿还是被惊飞了。这是大田司令亲自带领的马尼拉宪兵司令部武装行刑队。

以杨光生为首的中国驻马尼拉总领事馆的8位外交官是在这个时候被押抵华侨义山的。他们都清一色戴着手铐脚镣，为了避免途中发生意外，他们是被分开在几部车上押赴刑场的，而且都被蒙上了双眼。

直到被推下车后，他们才被揭去了蒙面布——三个多月过去，他们终于又见面了！

这是他们人生中的最后一次相聚！

杨光生睁着充满血丝的眼，一一久久深情地凝视着这些曾经朝夕与共的同志。三个多月不见，他们都被折磨成什么样了！最后，他转过头来，对着站在自己身旁的实习领事杨庆寿说：

"……你不责怪我吧，本来，你是可能避开这场死亡的，可我把你召了回来……"

"不，总领事，能跟大家死在一块，是死得其所……"杨庆寿说。这位祖籍泉州南安的年轻外交官，在元月3日日军占领马尼拉的第二天，正前往马尼拉董杨宗亲会商谈沦陷期间的应对工作，因见时局凶险，董杨宗亲们欲将他暂时藏匿在宗亲会中，以观事态，而当夜，杨光生将他召回领事馆，4日上午，不幸一起被捕。入狱这三个多月来，杨光生一直在为此自责。他跨上一步，艰难地举起戴着沉重镣铐的双手，将杨庆寿的衣领拉正了。

他们被日本宪兵推搡着，艰难地走到一个大土坑前站定了。那是一个刚刚挖好的土坑，大约有6米长、2米宽、1米深，新挖上来的潮湿的泥土堆在坑的四边。现在，这个土坑就横在8位中国外交官面前。

杨光生抬头看看天际，透过林荫的阳光，他能分辨他们是朝着南方站着的，而在他们身后不到4米的地方，有8个黑森森的枪口正对着他们，站在这枪口一旁的，是大田。

杨光生转过身来，向前跨出三步，现在，他已离开背后的土坑近两米远了，而胸口却几乎抵在枪口上了：

"大田司令，我不是说过了，我是要脸朝北方面对枪口而死吗？"在说着这句话的时候，他发现他的7位同仁也都转过身子，跨出几步，靠到他身旁来了。

"难道在临死前你就只有这句话——杨总领事，我说过了，直到枪声响起的前一秒钟，你还是有选择的余地，而枪声一响，就没有机会了。枪声响过后，蓝天、白云、盛开的鲜花、唱歌的小鸟、父母、妻儿，还有你身旁的——同胞……一切将不复存在。"

杨光生沉默着，他的同仁沉默着……

而大田又开口了：

"你们可以沉默，甚至可以充耳不闻，但是你们得承认我下面的话。自从我奉日本帝国大本营之令监禁你们之后，我就一直在苦苦思索：为什么大和民族能以一个小小的弹丸之国打败一个泱泱大国呢？我细读了你们民族的历史，从商鞅的车裂到林则徐的流放，千百年来，你们涌现出来的优秀人物难以计数，可是你们能不承认这样一个事实吗——你们这个国家自古以来就是容不得优秀人物、仁人志士的！你们这个国家、这个民族如今已走到了尽头了，即使大日本帝国不来征服你们，也会由某个西洋国家来征服的……良臣择主而事，良禽择木而栖。可惜你们连你们民族的这句古训都不懂，可惜啊……"

沉默，又是一阵沉默……经过了片刻的沉默之后，大田掏出了一份文件：

"很遗憾，杨先生，我们现在不得不公事公办了。我们现在不得不宣读日本军政监部对你们的最终判决书：兹据日本军事法庭审判结果，前中国驻菲律宾总领事杨光生及其下属人员……共八人，由于日本国政府已不承认重庆政府，故该八人不再具外交官身份……触犯如下罪状：（一）进行反日活动；（二）予前中华民国重庆政府军事援助；（三）抵制日货；（四）破坏大东亚共荣圈治安秩序。上述罪行，证据确凿，理合全部处死……"

又是一阵沉默……

……最后的沉默持续了将近一分钟……

后来，终于听到大田向刽子手发出了命令：

"向后转——向前三步走——立正——向后转！"

现在，8个黑森森的枪口已对着8位中国外交官，退到5米外的地方了。

……

……

之后，一排凄厉的枪声，在马尼拉近郊华侨义山的崇福楼前响了起来。中国驻马尼拉总领事馆的8位外交官在这里遇难。

他们是：总领事杨光生，还有使馆官员莫恩介、朱少屏、肖东明、姚竹修、杨庆寿、卢秉枢、王恭玮。

时间是——

1942年4月17日下午1点30分。

多年之后，在菲华各界隆重纪念"四一七惨案"60周年之后不久，当我又一次踏上菲律宾国土时，世界朱氏联合会副会长朱新富先生及旅菲弘农杨氏宗亲会杨式赞、杨界平正副理事长，在马尼拉世纪饭店盛情接待了我。那天，在他们出示的一些珍贵的史料中，我读到了这一段浸血的文字："……枪声响过，杨总领事却没有倒下……因子弹均未中要害，他以右手指左胸膛，示意刽子手此才是要害，枪声遂又响起，总领事终仰身跌入土坑中……随后，日本宪兵提起刺刀，朝坑中 8 位中国外交官乱刺，刀刃硌在骨头上之喳喳声清晰可闻……片刻，此声忽被雷声所淹，顿时，竟天阴地暗，旋风怒号，其状凄厉可怖，日本宪兵于雷霆电闪中仓皇驰车离去……"

第十一章　青春年华

/ 一 /

我们已经知道，王彬街其实是一个唐人区，是几条华人街的总称，在王彬街那些纵横交错的街道中，就有一处叫作州仔岸街的。在州仔岸街的拐弯处，面对着十字路口那座戏院就是国泰电影院。"林记商号"距这电影院不到一箭之遥，站在"林记商号"门口，远远可以看到影院大门。"二战"还没有爆发的时候，这座戏院是个热闹的去处。60年前，它是马尼拉最大的剧院。而自从马尼拉沦陷以后，国泰电影院一下子荒凉冷落了下来。戏院正面骑楼下偌大的一个平台，本来是一天到晚人群熙攘，喧哗不息的，现在那里已成了无家可归的野狗们的世界。一大群瘦得皮包骨的大狗小狗，公狗母狗耷拉着耳朵，低垂着尾巴，聚集在这里撕咬打斗，交媾繁衍。而穿过平台，走进阴暗的戏院大厅，那里面便是野猫们的乐园了，座椅上、戏台上随处栖宿着各色各样的猫，即使是在大白天里也有猫的叫声。腥臭的猫屎尿味弥漫了整个大厅，令人恶心。

1942年5月1日临近中午的时候，冷清多时的国泰电影院突然热闹起来了，在影院正门前面不小的一个停车场上，一下子聚集了许多人，有菲律宾人，但大多是华侨，说不清是事前约好的或是不期而至。一时间里，那喧哗声传出去好远。听到那喧哗声，林子钟跨出店铺，一眼就看到那里一片黑压压的人群，那显然是一个集会！

/ 二 /

很久没能遇上这样的场面了！自"九一八事变"以后到太平洋战争爆发之前，在马尼拉，特别是在马尼拉华人区，这种集会是三天两头都会遇上的。那种多是宣传抗日救国的集会都是由华人中的工会组织、青年组织或妇女组织发动起来的——林子钟回马尼拉近一个月了，终于又遇上了这样的集会！他记起来了：今天是"五一"节！他回店里对老爸说了一声，便一阵小跑到国泰电影院来了。

在剧院正面的大台阶上，站着一个个头不高的年轻人，那是一个华侨。他头戴一顶白礼帽，穿的也是白衬衫。他挥动着双手，正用他清脆响亮的声音在演讲，林子钟挤进人群，听清了那个年轻人是在宣传抗日救国！他心里一热——啊！好长时间了，他一直感到整座马尼拉城压抑在一种令人窒息的沉闷之中，现在终于又见到了这种壮烈激昂的场面，他感到身上的血一下子沸腾起来了！

他侧着身子挤上前去，站到大台阶下。现在，他能清晰地看到这位演讲的青年人了，他感到十分面熟！可又一下子记不起来在哪里见过？那年轻人讲了一席话之后，便抓起一张张小报，撒向人群。林子钟抢过一张，见是油印的《华侨导报》。对于这份小报，林子钟是十分熟悉的。在"二战"期间，由于它能及时将来自旧金山、莫斯科、延安、重庆的关于战争发展的讯息如实报道出来，所以，当年它在菲律宾华侨中拥有许多读者，林子钟已经很久没有读到这份报纸了。

站在台阶上的那位年轻人又开始演讲了，人群立即安静了下来。林子钟还想再靠前一步，可是围在台阶前的几个人挡住了他，他这才发现这几个壮实的青年人，各手持短棍，显然是在维持秩序，保护台阶上那个演讲的人。

不久之后，人群外突然一阵骚动，接着便有刺耳的警笛声传来，这是驻马尼拉的日本宪兵巡逻队闻风赶来了。几辆日军三轮摩托车开到停车场外，他们先是拉响警笛，企图驱散人群，但人们不愿散去，演讲的人也没有停下来。日本宪兵开枪了，他们先是枪口朝天，枪声响过，电影院骑楼的天花板上留下好些弹洞，会场上一下子骚乱了起来。

接着，日本宪兵冲进人群，挥动警棍，劈头盖脸地朝人头上砸了下去，那位在演讲的年轻人见状挥臂高呼起来：

"打倒日本法西斯！"

话声刚落，便有一排子弹射了过去，他身子一闪，子弹射在他身后那根巨大的楼柱上，接着，几个日本宪兵朝他扑了上去，只见他后退一步，站稳了马步，抬起腿来，一脚朝蹿到跟前的那个日本宪兵的下裆踢了过去，那日本兵应声从台阶上滚了下去，接着，他纵身一跃，落进人群，朝街口跑了出去。

/ 三 /

看到这位好生面熟的年轻的演讲者疾步跑出人群，林子钟也跟在后面跑了过去。

他们跑到沙仑那大街上来了——为了集会群众的安全，他们有意将日本宪兵引了过来，几辆日军三轮摩托车朝他们追了过来！

见到摩托车驶近了，他们几个人连忙朝旁一拐，跑进了一条小巷。

这是一条只有两米宽的很深的小巷，林子钟紧随他们也跑了进去。只跑了几步，他不禁脱口叫了一声：

"不好！"

他记起来了，这不是被唐山人称为"布袋街"的那条死胡同吗？

天啊，这街千真万确是一条"布袋街"！它只有进口，没有出口，林子钟猛喝一声：

"别再往前跑了，前面没有路了！"

听到这声叫喊，大家才停了下来，抬头一看，只见前面一堵爬满了西番莲的高高的围墙挡住了去路……

这条"布袋街"是夹在两条大街中间的一条小巷，巷中相对的两排大楼的正面都朝着两条大街，小巷中的所有门户都是那些大楼的后门——此时都紧闭着。

这条小巷以前是有一个出口的，它的出口处对着一条污水河，马尼拉市的污水就是从这条河排进大海，那河上本来有一座木桥，桥身连接着小巷的出口，桥是架在石墩上面的，由于年久失修，那桥身早已朽塌，所以留下这个小巷的出口已毫无用处，为防孩子们从这里落进污水河，街坊们在出口处筑起了一堵墙，那堵墙砌得很高，也是怕孩子们越墙爬到污水河那边去。

他们想往回跑，但是一辆日军摩托已拐进了小巷口，那辆三轮摩托差不多占去了整个路面，他们根本没有可能冲出去！

又一辆摩托车紧随着开进小巷，又是一辆……

他们退到了墙根下，那墙有4米多高——那是难以爬越的高度！

他们试着抓住西番莲的青藤想攀上墙去，但是他们的脚刚一离开地面，青藤便断了下来！

"抓活的！"摩托车上的日本宪兵兴奋地狂叫着。

他们的喊声刚落，随着一声枪响，冲在最前面的那辆摩托车已撞到旁边的墙壁上，横倒在那里，后面的几辆刹车不及，一下子撞在一起了！

林子钟回头一看，只见那个演讲的年轻人手持一把左轮枪，刚才那一枪就是他打的，只一枪，就把那辆日军摩托车的前轮打炸了！

双方都沉默地对峙着，他们相距大约有30米远。追进小巷的摩托车共有5辆，现在有十几个日本宪兵守在摩托车的后面，他们架起了机枪。然而他们并不想开枪，他们要抓活的——这是几只已经落进了罗网中的小鸟！而他们又不敢轻易冲过来，他们显然发现了那个演讲的年轻人手中那把左轮枪——而他的枪法他们也刚刚领教过了。

……时间一秒一秒地过去了，小巷里沉寂得令人发怵！被逼到墙根下的这几个年轻的中国人甚至都能听到自己的心跳！

就在这个时候，一个低沉浑厚的声音从他们背后传了过来……

那声音难道是从地下响起来的？

/ 四 /

后来，他们听到了那堵墙上的西番莲青藤在窸窣作响，接着，在靠近墙根的地方，茂密的青藤被拨开了一道缝——一只青筋暴露、十分粗糙的大手出现在那道缝中，那道缝被撑大了，绿叶中露出一个人的头来。

那是一个菲律宾老人！

他们终于看清楚了，在这堵墙的下方，靠地面留着一个大约一米见方的洞口。往日里，当清道夫们将垃圾推到这里时，只要敲敲这个洞口的铁门，铁门那边便有一个老人从外面拔开门闩，让垃圾从这洞口倒出去，落进外面的河畔。

自从马尼拉沦陷以后，附近街道上便没有专职打扫路面的清道夫了，这个洞口已经很久很久没有倾倒过垃圾了，西番莲的青藤终于将这个洞口封住了。

那个老人是靠收集垃圾里的罐头盒、纸皮箱、破铜烂铁为生的。

这个鳏居的菲律宾老人在墙的背后，在紧靠着河畔的那座废弃的桥墩旁，用旧油毛毡、废马口铁皮搭起了一个小小的巢，这就是他的家。

刚才小巷这边的骚乱与枪声惊动了他，他早已轻轻地拉开了那道铁门，透过西番莲的藤蔓，他看清了发生在小巷里边的一切，并且很快就明白了这里发生了什么事！

他露出小半截身子，朝着这些走投无路的年轻的中国人，用菲律宾话又低声急促地重复了一遍：

"快，钻过来！"

当守在摩托车那边的日本宪兵反应过来的时候，他们5个人都从洞口钻了出去。

高墙的这一边，一条漂浮着各种垃圾的小河横在他们前面，这是一条不到20米宽的护城河，河的对岸，便是马尼拉市郊，那里长着一大片茂盛的芭蕉树。

"游过河去，跑进芭蕉林里！"这一回，菲律宾老人是大声喊叫的，同时，不由分说地将他们一个个推进了肮脏的小河里。

河水不深，他们几下子就游到了对岸，很快地钻进了芭蕉林里去了。

随后，他们听到背后传来一声巨响，他们回过头来，只见那堵爬满西番莲青藤的高墙已被炸开，菲律宾老人盖在墙外的那间小屋被压没在坍塌的废墟下，十几个全副武装的日本宪兵已跨过残墙断壁冲了出来。

此时，那个捡破烂的菲律宾老人已站到花岗岩桥墩上，荷枪实弹的日本宪兵团团围住这个桥墩：

"那5个中国人，都哪里去了？"

老人将头摇了摇。

"哪里去了，快说！"

日本宪兵又吼了一声。

老人又将头摇了摇。

当日本宪兵发出第三声吼叫之后，那老人竟然连头也懒得摇了，只见他的嘴角浮上来一丝笑容。

那时已是中午，正午的阳光落在他的头顶上，所以他脚下的桥墩上甚至见不到一点身影。他那张苍老的、布满纵横交错皱纹的脸是古铜色的，他身上那件说不清底色的褴褛的衣裳没有上扣，河面上吹过来一阵风，敞开了他的衣襟，可以发现，他那瘦得能够数清一根根肋骨的胸膛也是古铜色的！

他嘴角挂着一丝微笑，沉默着站在那里。当看到围在桥墩下的那些日本兵提起枪口对住他的时候，久久地挂在他嘴角的那一丝笑容一下子漾开了，接着，从那缺了几个牙齿的口中响起一连串戏谑的笑声……

/ 五 /

枪声响了！

站在桥墩上的老人跟跄了一下，但很快又站稳了，他用最后的力气，又爆发出一串戏谑的笑声。

又一排枪声响过。

菲律宾老人的身子摇晃了一下，终于从桥墩上落进河中，在水面上溅起了一层水花。

……菲律宾的5月，是多雨的季节，环绕着马尼拉城的这条涨满了热带雨水的小河正急湍地朝前奔去。

枪声静下来之后，从那废弃的桥墩下，一股殷红的血柱从河底奔突而出，冲上水面……

随后，半条小河被染红了……

第十二章　乱世年头

小说往往被视为一个民族的秘史。

——巴尔扎克

/ 一 /

我们都曾经是个孩子，你可还记得，那时候，在泉州南门外我们的故乡，有过一种最原始、最简单的棋玩？你可还记得，当我们在野地里玩的时候，常常会伸出手来将地上的沙土抹平，再用豆秆或树枝在上面画出一个"+"形的棋阵来，而后，我们就在周围，各自找到4颗龙眼核或柿子儿，或4枚手指头大小的碎瓦碗片什么的作为棋子。我们把这4个子儿摆成四角方阵，接着我们会用"锤子剪刀布"来决定谁先进攻。每次出击，提起棋子连走4步，同时念着"虎豹狮象"，如果你有一个棋子不幸就在第四步的位置上，我就可以吃掉它。往往是一会儿的工夫，一局棋就能分出胜负。我们都管这种棋玩叫"虎豹狮象"。当年曾家大宅老曾吴氏的丈夫仿着这种棋玩，为4个儿子顺序取下"虎豹狮象"的名字，除了因叫来顺口之外，更因"虎豹狮象"都是山中巨兽，大有所向无敌、不可一世之意。

曾家到了曾文宝父辈这一代人，也就是人虎、人豹、人狮、人象四兄弟当家的时候，算是到了鼎盛时期，"虎豹狮象"四兄弟，个个膀粗腿壮，四兄弟又各有4个儿子，到了抗战期间，16个叔伯兄弟都是十几二十的大后生了，一个比一个长得虎背熊腰，这样人多势众的一家，别说在御桥村是首屈一指的大户，就是在泉州南门外也是少有的。那时候，泉州南门外的四乡五里，10家就有七八户是男人去了南洋的，而曾家三代人却都是守着田地果园过日的一方"土富"。

曾家的水田、旱地合起来近200亩，山坡上单是龙眼果树就有数百棵。抗战那几年中，在晋江侨乡，粮食比金子还稀贵！而就在那几年里，曾家地里一年两熟的五谷，却是一年比一年的收成好，山坡上那些龙眼树、番石榴、桃子、李子更是年年都有入息。每到秋后，曾家大院那些没有住人的房间里，稻谷、大豆、花生、红薯都垛成了山。到了来年相思树抽芽青黄不接的3、4月，粮价成番上涨的时候，曾家大宅这些五谷粗粮便都变成了一摞摞白花花的银钱或黄澄澄的金条了。那几个年头，正是晋江侨乡最为艰难困苦的岁月，而曾家大院却正当家道蒸蒸日上的时候。四五年来曾家的余粮一年比一年多，卖出的粮价也一年比一年高。当然，曾家大宅最主要的收入并不在于粜新粮、卖旧谷。当年的"虎豹狮象"四兄弟在泉州南门外，不管是哪一路，都是走得通的，黑道上土匪打劫绑票，白道上官司诉讼，只要托上四兄弟，大都可以逢凶化吉，至少可以大事化小。当然，四兄弟是绝不会白帮忙的，不管是谁求到曾家门上，都会被狠狠敲上一竹杠。就1924年那回来说，曾人虎串通紫帽山惯匪蔡长头"抱"走了摇篮中的林子钟后，并留字条要大洋300，又让人给朱秀娥放出话来，说是他曾人虎能找到救出林子钟的门道，走投无路的朱秀娥、林仁玉姑嫂俩只能求到曾家门上，两姑嫂变卖了各自的细软，又四处筹借凑足了400大洋，提上整只火腿、大公鸡，说尽好话，曾人虎才点头答应了林家姑嫂：

"亲不亲，是村邻，子钟这事包在我身上了。"

事后，林子钟总算是赎回来了。曾人虎说是上警察局报案送了100大洋的礼，实际上他只包了50给县城侦缉队长为自己讨了个人情，另外的那300大洋，他先就留下50，剩下的送到紫帽山上土匪巢时，蔡长头回赠他80大洋"草鞋钱"。几天后林子钟回来了，朱秀娥又包了50大洋的红包答谢。单单林子钟这一"票"，曾人虎就坐地分赃了一大笔钱！外加火腿和大公鸡，还有答不尽的人情！曾家大院一年中到底有多少这样的"横财"，谁也说不清。

/ 二 /

这一年，遵照曾文宝的年逾古稀的祖母老曾吴氏的心愿，"虎豹狮象"4个兄弟都各为自己的长子娶了媳妇。那时候，曾文宝刚到20岁，他的媳妇是最后一个抬进曾家的。曾文宝是曾家的长孙，按理说，他是应当第一个娶媳妇的，但当时他正在厦门二叔公开的土产行里帮手，一时脱不开身子，直到快过年十二月里的时候才回家完婚，因为是曾家长孙，他的婚礼最为风光热闹。那一天的筵席排了整整70桌，除了御桥村各户一丁赴宴以外，还有三乡五里的房头老大，联乡会的联保主任，连15里路外紫帽山的惯匪头目蔡长头也带了几个兄弟前来捧场……这一场婚礼，连"结衫带"送聘礼办筵席在内，从头到尾曾家花费了2000大洋，却收进近3000大洋的贺礼。

曾文宝的媳妇是在1941年腊月抬进曾家的，这时候，曾家大院上上下下已有了29口人，一家子合着一口大锅舀饭吃，每到三餐吃饭时，曾吴氏那张老脸都会绽出一朵花：

"你们谁先给我抱出个曾孙来，生出男的我赏300，生出女的我赏100……"

这一年除夕，一家人热热闹闹吃过了团圆围炉饭，初一大早，老曾吴氏穿上大红偏襟衫，满面春风地安坐在那张黑酸枝木交椅上，让儿孙们前来恭喜，一一发给他们红包压岁钱，过了一个得意扬扬的春节。谁能想到，不久之后，接连不断的灾难竟一起砸向曾家大宅，此后不到三个月的时间里，偌大一个人多势众、财大气粗的曾家，一下子衰败了下来……

……那段岁月已经远去，然而直到如今，有白发飘拂的老者，坐到御赐桥头那棵巨大的古榕树下，远远地望着已成废墟的曾家大院，谈起当年"虎豹狮象"四兄弟一家的败落时，还会无限感慨：

"……人亡财尽，哗啦啦的就像大水决了堤，真比压一局'虎豹狮象'还快呢……"

/ 三 /

离清明节还有两三天的日子，老曾吴氏在五店市娘家一个叫阿宏的小侄儿，冒着蒙蒙细雨看望老姑妈来了。这阿宏是曾吴氏娘家大哥的小儿子，曾吴氏离开娘家的时候，他才学会走路。曾吴氏当闺女时，天天抱着他哩。一转眼，如今竟也50开外了。娘家几个侄儿中，曾吴氏最疼的就是他，如今他都当外公了，曾吴氏还叫的是他的乳名：

"阿宏，你不是正月初才出的门，怎么七月未到就又回来了？什么时候回家的？"

阿宏说："阿姑，我是上午才到的家。"

"上午刚到家，也不歇一天，就来看阿姑了，总算阿姑小时候没有白疼你，白抱你——怎么回得这么勤，敢情是在江浙那边钱赚腻了。"

"还赚，能捡回一条命还是托了祖宗的福啊。"那阿宏长叹一声说，"日本人的飞机在金华、义乌、衢县、江山一带撒跳蚤，丢细虫（细菌），散布瘟疫，人被染上了，就没得治。"

站在一旁的曾文宝说："那医生干什么吃的，不会治？"

"是治不了，也不敢治。连医生都怕一沾上病人也被染上呢。你们不知道，回来路上，经过几个县城，那人死的，连埋尸的活人都雇不到呢。在义乌城，唉，大街小巷，到处是死尸，我要晚走一步，就出不了城了，四城门都有大兵把守，进出不得，有违禁者，格杀勿论……"

听着阿宏说出这些让人吓出舌头的话来，曾吴氏忙摆摆手说："快别尽说些叫人竖毛孔的话了，自己能回来就好，别人的事别去管他了。"

说话间，那阿宏已把三只黄灿灿的金华火腿摆在桌面上，他长年在江浙一带做生意，每年只有在过大年和七月普渡时才得回家。

"你年兜送过来的那两只，还舍不得吃完呢，怎么又送来了这三只？"老姑妈最是爱吃娘家侄儿送过来的正宗金华火腿了，所以阿宏每次回家，都要给她捎过来。阿宏听着，又是长叹一声：

"江浙一带,已沦陷了好些地方,这一场瘟疫又不知道还要蔓延到几时,恐怕不是一年半载就能去得了的,日后想给阿姑送火腿,总是不那么容易了。"

老曾吴氏听着娘家侄儿说到这里,心里早浇上了一层蜜:"你有这份心,阿姑心里就高兴了,后头(娘家)几个侄儿中,就数阿宏心疼阿姑了,兵荒马乱、千里迢迢的,还记挂着阿姑爱吃火腿。"

老妇人说罢,望着坐在身旁的阿宏,看到他那张脸,比去年年底瘦了,多了许多皱纹,头上的白发也刺眼的多了起来,她不禁从心里滚过一股酸楚,深深叹了一口气,"阿宏啊,人老了,不能没伴,依我说啊,要有个合适的人家,不管是黄花闺女还是半道的婆娘,你瞅准了就续弦吧。"

这阿宏早些年原是在距青阳10多里外的永宁镇开了一家干货店,专门在安(溪)永(春)一带收购茶叶及织网的纻麻销到晋江沿海渔村,又把渔村的干海货贩往山区,1940年农历六月十九日,日本兵从海上分三路进犯永宁,数百日军在这里烧杀淫掠了整整一天,永宁一带渔村,一时间里满目焦土废墟,尸横遍野。是时,阿宏恰在安溪湖头收购夏茶,躲过这一劫,而他留在永宁店中的妻子,虽已年过四旬却惨遭日军轮奸后含辱自尽,阿宏至今未再续弦。此时听到姑妈提起此事,胸头又涌上一阵悲凄,垂下头来,许久许久才低声说道:

"阿姑,我早已没有这个心思了。"

曾吴氏也不顾阿宏那满脸凄色,又接着说:

"总不能就这么过下去,平日里有个头疼脑热,伤风咳嗽的,还是(有个)老伴真心"。

谈论间,曾人虎进来说,点心已备好了。曾吴氏便拉着阿宏的手走上厅堂。

曾家几个媳妇都知道这阿宏最是婆婆的心肝宝贝,所以谁也不敢怠慢了他,说是点心,其实是摆上了满满的一桌洗尘接风的菜肴,曾吴氏让阿宏在自己身边坐下,不停手地往他碗里夹菜,曾人虎几个兄弟也在一旁轮番向这位舅表敬酒,可这阿宏刚吃下几口菜,一盅酒还没喝完,便把头扭到一旁,稀里糊涂地呕吐起来,曾吴氏看着,忙不迭地在他前胸后背上又是拍、又是揉、又是白着眼嗔怪起人虎几兄弟来:

"这该是几天的赶路劳顿累下的,又空着肚子喝酒,你们怎么不先让他垫一垫肚子就劝起酒来了？"

"但愿是这么回事吧……"阿宏说着，接过人虎家的递过来的热毛巾擦了一把脸，便无心再吃下去，执意要赶回家去。老曾吴氏见留不住他，便千叮咛万嘱咐地要他回去后好生调理，这才叫曾文宝去雇了轿子来，趁早送他回去了。

/ 四 /

阿宏送过来的金华火腿，着实让曾吴氏高兴了一番，过两天清明节祭祖，这三只大火腿正派上用场，可她万万没有想到：这个清明节竟是曾家大宅破败的开始！

连续下了几天小雨，到了清明节这一天，天空泛出了些许日头花儿，阴云渐渐散去，又到了一年一度扫墓的日子了。

由于腿脚不便，曾吴氏已经好几个年头不曾随儿孙们上山祭祖扫墓了，今年她执意要随儿孙们上三里路外的狮子山去上坟，这是她去年正月初一到曾氏祠堂上香时许下的愿：如果在这一年中曾家能红轿子抬进来4个孙媳妇，来年的清明节，她就要步行上狮子山为祖宗扫墓。所以到了清明节这一天，她拒绝儿孙们要雇轿抬她上山的提议，执意迈开了两只三寸小脚，在儿孙的搀扶下走走停停上了狮子山。来到祖墓前的时候，天又下起了蒙蒙细雨，为表虔诚，她不让儿孙们为她撑伞，淋着雨在祖墓前磕头跪拜良久，她思忖着曾家能有今天的人财两旺，家境富足，那全是因为祖宗在九泉之下的庇荫！

当天扫墓回来，老妇人就感到身子发凉，直打寒战，而后更是头重脚轻，躺倒到床上去了。她以为自己只是一时犯了风寒，好歹不让儿孙们请郎中，只是吩咐熬来一碗老姜汤，当大儿媳端过姜汤刚喂她喝下小半碗时，老妇人噗的一声，呕出满床汤汤水水。接下来，是连续不断地上呕下泻，甚至来不及让儿媳们扶坐到马桶上去，就稀拉拉地屙在床上了，小半天里便要换下来好几件抿裆裤。那一夜折腾到天亮请来医生时，老妇人已两眼无光，说话有气无力，大夫号过了脉，开了几帖药，将"虎豹狮象"兄弟叫到一旁，告诉他们说，恐怕是挨不过三帖药了。

老妇人只喝下了头煎药，二煎药端过来时，却是撬着牙关也灌不下喉去了，她身子继续发烫，上呕下泻不止。第二天早上再请过来大夫时，她已双眼发直，说不出话来了……

而在这个时候，偏又五店市那边来报：阿宏已在昨夜里没了，那症头也是呕泻不止！这死讯谁也不敢告诉曾吴氏，只由曾人虎包上100块大洋当作赙仪让来人捎过去了。

挨到午后，老妇人便断了气！

/ 五 /

老妇人七十有二，这在当年算是古稀之寿了。

老曾吴氏高寿而终时，曾家大宅又正当人财两旺之时，丧事自然是要办得体体面面热闹一番的。"虎豹狮象"四兄弟合计了之后，决定以当时最隆重的丧仪，停柩7天，并请来得道和尚，为老母做7天水陆功德道场。

第二天，扎纸师傅、主持功德道场的和尚道士，以及来为曾吴氏亡魂超度的一大帮神棍神婆，一大早就来到御桥村。老曾吴氏灵堂设在离曾家大院几十步远的曾氏祠堂，祠堂里正面的墙上，挂着曾吴氏那张放大了的照片。

最先忙起来的是扎纸班的几个师傅。他们几个人到曾家大院内外转了一圈，便就回到祠堂里动开了手，六七个人不停手地一直忙到深夜，终于用各色彩纸扎起了一座偌大的庭院。这纸糊的大院足有一丈多宽，深近8尺，高也有一丈以上。红砖碧瓦，飞檐斗拱，窗楼门户……竟都跟曾家大宅一模一样，有好事者细细一数，这大院也有大大小小81个房间，一个不多一个不少，大小比例也恰到好处，令人称奇。更奇的是大院里面的厅堂上下，共有12个丫鬟侍女，都是刚过二八妙龄，个个聪明伶俐，身段窈窕，双颊透红，眉目如画，人见人爱！近前一看，这群丫鬟头上的发髻竟全是真人头发所绾，黑油锃亮，一丝不苟。而厅堂正中，身上各着桃红衣裙，三寸金莲小脚都穿着绣花黑色缎鞋的那4个侍女，最是婀娜多姿、面容姣好，一张张笑靥上朱唇皓齿，令人疑是天仙下凡。再认真一看，个个脸色都是毕恭毕敬。其中一个正蹲在脚盆旁，在为四平八稳地坐在大交椅上的那老妪洗脚，另有一个站在一旁正伸出手臂，欲将一条毛巾递给洗脚侍女，好为老妪揩脚。大交椅后面那两个，一个双手握着肉嘟嘟的小拳头，一起一落为老妪捶背，还有一个则举着蒲扇，一上一下为老妪驱暑，那扇面上似有阵阵清风送凉。这位洗脚的老妪自然就是曾家老太曾吴氏了，其颜容神色，跟灵堂正中曾吴氏那张放大了的照片一模一样，尤其是额门上那几道皱纹，竟如照片上的一般粗细长短，甚至左上唇边一颗美人痣，更像照片上那样活灵活现地点得恰到好处，令人惊叹不已！再看髻上所插发簪、金钗、金钏，俱是黄金打造镶上淡水珍珠，还有戒指手镯，该金是金，该银是银，都是真货。而在大院门前，正停着一架八抬大轿，8个精壮轿夫，个个束着腰巾，卷起裤管，守在轿旁，正等候曾吴氏梳洗后上轿……单单这些纸扎行头连料带工，就花去了曾家150个大洋，这在当时可买下20头大水牛！整个灵堂布置得堂皇富丽，光彩夺目，处处显出曾家不可一世的气派。而那个来自7里外古莲寺的得道和尚法海大师，此时已率着12个弟子摇起铜铃，口中念念有词，绕着那纸扎的大院团团转动，做起了水陆功德道场。这大师刚过不惑之年，乃半路出家和尚，削发为僧已有20多年。在泉州南门外名气不小，据说能画符念咒，呼神驱鬼，佛道二教之术，尽修得高深莫测，因俗姓黄，故又称黄大仙。一般场合，他只叫手下弟子出面应付，而今，黄大仙却亲率弟子到场主持这7天功德，更见得曾家大宅绝不是等闲门户。

/ 六 /

灵堂布置好了，"虎豹狮象"四兄弟便率领各自妻小，一色披麻戴孝日夜坐守灵旁，轮番啼号叫魂。到了第4天上午，曾人虎忽感到太阳穴阵阵发痛，身上畏寒，猛地又感到一阵恶心，慌忙跑了出去，刚迈出祠堂，就噗的一声呕喷出来一地秽物！他抓起麻衣襟擦了一下嘴角，又回到灵堂里时，却不见了刚才还坐在自己身旁的曾人豹，他只以为兄弟是出去小解了，也没有多想，就又坐了下去。可还没坐稳，便觉得肚子一阵绞痛，下腹坠得紧，忙又起身快步走出祠堂，朝近旁一个露天茅坑奔了过去，那茅坑的围墙不到一人高，曾人虎跨进豁口，正欲解开裤带之时，却见曾人豹已蹲在那里面又呕又泻，咕隆隆作响！他回身奔向另一处茅坑时，已经来不及了……他大吃一惊，这病状不就和老娘的一个样！

到了下午，人虎、人豹两兄弟仍是又呕又泻折腾了半天。当天夜里，两兄弟连坐在地上守灵都支持不住了……

/ 七 /

由于人虎、人豹突患重病，老曾吴氏提前出葬了，曾家唯恐再拖下去，人虎、人豹就没法送老娘上山了！

老曾吴氏的出殡仪式在第5天上午举行。

曾家大院在御桥村算是首屈一指的大户。除了"虎豹狮象"四兄弟之外，还有嫁出去的三个姐妹。里里外外、大大小小，单单嫡亲子孙就有50多人。出葬这一天，这一大伙孝男孝女还有送葬的邻亲，那队伍合在一起足有一里路长，而参插在队伍中的挽幡挽幛更是难以计数。除了本村同姓其他房头送的外，各邻乡的乡长，各邻村的乡里老大，也都送过奠金挽联，联保主任亲自送来的一道挽幛，长近一丈，上书"曾门五代大母曾吴氏千古"，这道挽幛作为开路大幡走在前头，随后便是踩高跷的舞狮队，还有泉州南门外独有的唢罗连舞队，这一大帮人在喇叭唢呐的交响中起舞，浩浩荡荡的一路人马，走走停停地朝着三里路外的狮子山墓地蜿蜒而去。

这一天，作为曾吴氏长子、次子的人虎、人豹两兄弟硬是撑着发软的双脚，按例并排走在孝男孝女队伍的前面，只一天的工夫，本是满面红光的两兄弟，竟没有了一丝血色，眼窝及双颊都深深陷了下去！为避免送葬途中上吐下泻，两兄弟今天汤水未进，又在麻衣内各套了4条裤子！

当天老曾吴氏择吉时入土以后，已近正午，这时，人虎、人豹再也无力迈开双腿了，两兄弟是被抬着回家的。虽然两人都套上了4条裤子，但是还是发出阵阵恶臭。

老曾吴氏出葬后的第三天夜里，人虎、人豹两兄弟双双咽了气。从头到尾，只拖了5天。病症全跟曾吴氏一个样：发烧畏寒，日夜不停地呕泻，那呕状尤其吓人——简直是喷溅出来的！接下来的一个多月来，曾家又死了6口人，先是人狮、人象两人同一天里跟在两个兄长后面去了，接着是人虎的媳妇曾周氏、人豹的媳妇曾李氏，还有人狮、人象过门刚半年的两个儿媳。所有的死者都是同样的症状。虽四处求医问药，仍无济于事，最终还是一个个蹬直了腿。如果说曾吴氏已逾70古稀，是阳寿该终，而"虎豹狮象"四兄弟及曾周氏、曾李氏二妯娌都还是40开外的人啊，而人狮、人象的两个儿媳则都还未满19岁哩！一个来月时间，曾家大宅在死了曾吴氏老太后，各房又都死了人，尤其是"虎豹狮象"一死，就像断了4根顶梁柱，曾家大院哗啦啦地塌了下来，一时间里，整座大院显得破败阴森。

/ 八 /

就在曾家大院接连死了7个人之后，人豹儿媳曾黄氏在黄湖村的娘再也沉不住气了：曾家半年来娶进的4个儿媳妇中，已没了两个，他们害怕接下去阎王爷要找到自己女儿头上来！就在办完人狮、人象两个儿媳的丧事之后，曾黄氏的爹娘为曾家请来了黄大仙。这一天下午，黄大仙是用八抬大轿抬进曾家大宅的。

一个多月来，为了曾家的丧事，黄大仙已7次进出这座大宅，由于曾家所付礼金不菲，黄大仙便有请必到。这一天，他仍旧一身杏黄装束：黄头巾、黄道袍，腰间挂一口黄铜葫芦。他眼帘低垂，神色庄严，令人望而生畏。进得门来，他在大宅上下迈了一阵方步。之后，连呼了三声："邪！邪！邪！"便逐一慢慢走过"虎豹狮象"4个儿子的新婚房，最后在曾文宝的房门口驻脚了。他细细看着文宝房门前的门帘，片刻之后，便凝神定眸，唰的一声，从腰间葫芦里抽出一把宝剑，这一抽剑，把周围的人都看傻了：他挂在腰间的那铜葫芦仅是8寸来长吧，而他从葫芦里抽出来的那把明晃晃的宝剑连柄足有3尺长。他举起这把宝剑，口中念念有词，朝着东西南北，劈砍了4下。接着又把曾家还活着的两个新娶的儿媳都叫了过来，上下打量了一番后，又要她们一个一个在自己眼前走了三圈。最后就把文宝两口子招呼进了房间，关上门拉上闩，把众人都挡在房外。这才转过身来，睁圆了双眼，看定了曾文宝的媳妇曾柳氏：

"你是去年12月24日过门的吧？"

曾柳氏怯怯地答道："是的！"

黄大仙听罢，连说："荒唐，荒唐，'四'——死，杀也！己若不死，必死他人矣，为何择下这个凶煞之日？"

"那是家母抽签择下的，两家都认定是吉日。"曾柳氏仍是怯生生地说。

"报上你的生日时辰来。"黄大仙说着，两眼睁得更大了。曾柳氏避开黄大仙的目光，想了想，还是怯怯地答道：

"七月十三——我娘说是晚饭后生的。"

黄大仙听罢，不再作声，又微闭双眼，掐着手指说："七月十三日……'三'，'煞'，又是杀也！……傍晚……还是煞时……"而后，张开眼来，盯住曾柳氏，正言厉色地说："你属虎的？"曾柳氏看到黄大仙的目光，不禁打了一个寒战，心怦怦地跳了起来，慌慌地点了一下头，弯下脖子去再也不敢抬头看黄大仙了。站在侧旁的黄大仙看定了曾柳氏弯下去的那截嫩藕似的白生生的脖子，连连咽下几口涎水，过了好一会儿，他突然一把抓过曾柳氏那只软绵绵的手来，掰开了掌心，用粗短的手指在她肉乎乎的掌中一比一划：

"你看，你这是断掌的纹。你看，这掌中三条手纹连贯虎口，这是扫帚星，剪刀命，白虎身的纹理……"听到黄大仙说出"白虎身"三个字，那曾柳氏大吃一惊，禁不住低下头去，偷偷一望自己的小腹部，心里说道：

"这就奇了，这大仙怎就知道我是'白虎身'？"惶惑之间，只听黄大仙又开口了：

"……你命中分明还带着一束射人的箭，共有26支，一出世就要伤人的，你说你出世后，为娘家人披过麻、戴过孝吗？"

曾柳氏想想说："没……没有啊。我爹妈健在，兄弟都好……"

"你再仔细想想，不一定是亲爹妈亲兄弟，叔伯婶姆，堂兄弟的都算！"

曾柳氏又想了想，好久才嗫嚅着说："大仙师父，真是没有啊，我长到今年18了还没有为娘家的近亲戴过孝啊！"

黄大仙听着，脸一沉，声色俱厉地喝道："这是命中注定的，你要再不说实话，我这就走了！"说着，将那把宝剑插回葫芦内，抬脚走了过去，就要拔开门闩，站在一旁的曾文宝见状忙拉住他的手连声恳求：

"师父，别……别走啊……帮人帮到底！"同时回过头来对愣在那里的曾柳氏说，"你再好生想想，如实告诉师父。"

经过曾文宝的苦苦哀求，黄大仙才又踱回房中，缓下声来对曾柳氏说：

"你要如实告诉我，我方可为你更改八字，驱邪消灾。你说你出世后，娘家没有死过人，但这除非要有四条腿的大畜牲替死，方可避过此劫。你仔细想想，你出世后家中可损过牛啊、猪啊、羊啊……什么的？"

经大仙这么一指点，曾柳氏又想了半天，才低着声说："是……是有过……我娘说过，我满月的那一天，家里一头大水牛无缘无故地死了……"

黄大仙听到这里，截断了曾柳氏的话又掐起了手指头：

"什么无缘无故，缘故就出在你身上。按八字排起来，你满月时是注定要在爹娘中克死一个的，无奈你爹妈命太硬克不了，可克不了，你本是要自伤的，万幸是那头大水牛当了替死鬼，你家中人等这才躲过这一劫。"接着黄大仙又压低了声音，"实话实说，曾家大院死了这7口人，祸根就在你身上，事情远还没了哩，你还须再克19个人哩……到最后还要克自己……"

那曾柳氏一听这话，膝盖骨一软，战兢兢地便在黄大仙跟前跪了下去：

"大仙师父，你快解救我们一家人吧，只要不再让我克人，让我上刀山下火海都行！"

那曾文宝也在一旁跪了下去："你行行好吧，大仙师父！"

黄大仙微微一笑，捋着颔下三绺须子再一次眯起眼来，看定曾柳氏：

"其实并不要你上刀山下火海，我自能为你消灾驱邪，但须你诸事听从我安排，万万不可违拗。"

那曾柳氏连声说道："该怎么做，师父尽管盼咐，小女子自是不敢违拗的。"

黄大仙听罢，又是微微一笑："这就对了，有道是心诚则灵。好了，你们起来吧，将门打开，把众人都招呼过来。"

曾文宝走过去拉开了门闩，把一家人招呼进来时，只见黄大仙已盘腿坐在大床中间了。他微闭了双眼，两掌相叠护在丹田之处，令人肃然起敬。见众人都已走进房来，他才微微将眼睛张开一道细缝，对着恭恭敬敬地站在那里的曾家大小，将刚才的那番话又重复了一遍，直见到众人都大惊失色之后，他才口气一转：

"其实众弟子信女都不必忧心忡忡，在下可为曾家消灾解难。曾柳氏虽系扫帚星、剪刀命、八字带射人的箭，但本和尚为其脱胎换骨后，自可保曾家消灾化难，自此上下平安！"

站在前头的人狮媳妇曾胡氏一听，扑通一声跪了下去：

"大仙，只要你肯高抬贵手，我们曾家是不会亏待你的。"说着，将刚刚封好的30个银元递了上去，"这，你先收下，大礼还在后头。"黄大仙接过那红纸卷着的银元，在手中掂了掂，揣进怀里：

"出家修行之人，慈悲为怀。为人消灾解难的事大，银两上的事小。施主尽可随意结缘，不必多加破费，大事还在后头呢！"说着，闭下口来。众人见状，忙问：

"什么事？大仙尽管交代，我们照办就是了。"

大仙这才接着往下说：

"曾柳氏今晚必得留在这个房间，本和尚将择时为其施法……其余各人包括文宝，今晚均不得踏入这个房间，否则三天之内还将再——死人！"

听到自己晚上要与这个和尚关在房内，曾柳氏死活不肯。那大仙见状，一脚跨下床来：

"成事在天，谋事在人，天人合一，才能成事。女弟子既然不愿听从小僧指点，这事就到此为止，我再不管下去了，你们好自为之了。"说罢，抬起脚来就走。曾家上下见状，忙团团围住大仙，苦苦挽留。那曾胡氏更是沉下脸来恶狠狠地盯住侄媳妇曾柳氏说：

"曾家都让你克死7条人命了，难道你还忍心克下去？难得大仙师父肯尽力为我们解难消灾，你怎可不从？"老曾吴氏死后，接着"虎豹狮象"4个男当家没了，大嫂、二嫂两妯娌也都去了，如今曾家大宅就数三房曾胡氏做大了，见侄媳妇还在一旁扭捏，这便使出做大的威风来镇住了她。那曾柳氏自思祸根出在自己身上，心中理屈，便不再争辩，只好听从三婶娘的话了。

/ 九 /

当夜掌灯以后，曾胡氏亲自下厨为大仙烧了几样拿手好菜，连同一壶酒送进文宝房内，招呼大仙不必客气，那大仙也忘了要辨荤素，只连连叫好，自饮自吃起来。

曾胡氏送完酒菜出来之后，就将曾文宝安排到另一个房间去了，接着又依照大仙的吩咐，送进来一大脚盆热水，随后便把曾文宝媳妇曾柳氏推进房来，黄大仙见诸事具备，便吩咐曾胡氏：

"把大门闩上，别让任何一个外人进宅，你们各自回房歇息，夜里无论听到什么声响，都不得靠近这个房来，否则凶多吉少。切记切记！"曾胡氏听罢回身带上房门，只将曾柳氏与黄大仙关在房内。自己走上厅堂，把聚在那里的一家人都打发回各自房间去了。

黄大仙听到房外传来阵阵关门闩户声，心中大喜，知道好事已成了一半。这便解下腰中葫芦连同怀里揣的那30块大洋搁到枕头下，一脚跨下床来，大步走了过去上了门闩，回身走到曾柳氏身后，拦腰搂住了她。这曾柳氏还未明白过来，双脚已被抱离了地面（她没想到这和尚的蛮力比文宝的大！），送到床上去了，这曾柳氏也不知道黄大仙接下来要干什么，只是直愣愣地哆嗦着身子躺在床上。只见黄大仙从怀中掏出一包粉末，撒进热腾腾的大脚盆里，伸手一搅，随之一股醉人的檀香便在房内弥漫开来，那香味一冲鼻孔就让人浑身酥酥发软。那黄大仙对着大脚盆口中念念有词，之后，脱下黄道袍又褪去内衣裤，一丝不挂地就坐进大脚盆中漱洗起来，躺在床上的曾柳氏一见，唰地一下脸红到了耳根，忙闭上双眼转过身去。没想到这样过了片刻，便感到自己又被人从床上抱了起来，放到地上来了。接着便听到黄大仙喘着粗气贴在耳边的声音：

"快脱了衣服，把身上的邪气洗了。"见着曾柳氏已慌了神，浑身哆嗦着不知如何是好，他便自己动起手来，解开了曾柳氏的偏襟衫布缩纽，又松开了她的裤带，尽管曾柳氏不住地挣扎着，最终还是被黄大仙上下剥得精光了，随后又半推半搂着将她放进大脚盆里。此时，黄大仙已顾不得念他的咒了，只是哆嗦着双手，为曾柳氏浑身上下搓洗起来。如此匆匆洗过之后，才张开双臂，把身上还带着热水珠的曾柳氏从盆中抱了起来，四脚朝天地平放到床上去了……

/ 十 /

下午黄大仙到曾家大宅时，便一眼看中了曾柳氏，待到人豹儿媳曾黄氏也走过来的时候，黄大仙更觉得那小娘儿也娇美得叫人心痒。可惜他黄大仙今天只能施法于其中一人，便叫过两人来，在自己面前走了三圈，这三圈一转，黄大仙便看出了高低：那曾柳氏走动起来，更是让人眼花缭乱。黄大仙禁捺不住，装模作样地为曾柳氏断掌纹，借机拉起曾柳氏的手，这一拉手，已叫黄大仙浑身酥麻了，曾柳氏那双手暖乎乎、肉绵绵，简直就捏不出一块骨头来。

这曾柳氏时值18年华，正当一个女人最迷人的季节，这一个月来接连不断服丧的折腾，使得她白天显现出些许憔悴。现在一经洗浴，是如此的娇柔俏丽、光彩夺人，她不但面容姣好，身材皮肉更是难以形容的摄人心魄，皮肤白得像精磨的面粉。黄大仙再往下一望，不禁脱口而出：

"没想到果真是一只白虎！"

听到黄大仙这一说，曾柳氏才想到要抬起遮在脸上的那双手臂，张开两只巴掌，相叠着紧紧捂在自己的小腹下。那黄大仙又随着她的手掌往下看去……

……黄大仙再没有耐心往下看了，他喘着粗气，胸口猛跳起来……

/ 十一 /

要是"虎豹狮象"四兄弟在世，黄大仙就是流干了涎水也不敢打曾家大宅女人的主意，如今"虎豹狮象"俱已归天，曾家大宅已折了顶梁柱，他也就无所畏惧了。现在，曾家这个最娇俏的孙媳妇，就赤条条地躺在自己身旁了。

　　……这黄大仙算是半路出家的和尚，他本是泉州西门外人氏，少时曾随父亲剃头为生，那时常有一游方和尚来剃头削发，见这黄大仙（那时叫黄春生）乖巧伶俐，能说善道，又读过几年书，肚里装有一些文墨，凡天文地理，古今中外，正史野史，皆能随机应变，说得条条是理，便有心收为徒弟。黄大仙心想自己一天到晚站在人后，也只能挣下几个零钱，还不如当和尚吃四方饭、挣四方银轻松。经那游方和尚一撺掇，也不问爹娘答不答应，便随其四方云游去了。这黄春生悟性极高，凡事一点就懂。时日不久，便渐渐悟出了"出家"赚钱秘诀，心想这营生连剃头刀都不必添置，只需把发去光了，就可挣来银两。于是便自对着镜削了发，又仿着《白蛇传》，自封了个"法海禅师"，接过那游方和尚送给他的一身黄袍，自己闯江湖去了。先是在西门外混迹，但总是没有多少入息。后来见着南门外出洋的人多，那边凡红白喜事人家，打发和尚道士、神婆神棍时出手特别大方，于是，便找到南门外黄姓聚居的黄湖村，同姓一个"黄"字，这法海禅师便据此寻根问祖，竟认起了本家。

　　当时黄湖村口有座小寺，叫古莲寺，寺中年老的住持人称广德禅师，黄大仙便投靠在其门下。不久，广德禅师圆寂，黄大仙为其料理后事毕，便回西门外物色了几个无业后生住进寺中，充当弟子，自己当起了住持。

　　以后凡有施主遇事求佛，黄大仙便避入后殿，只差弟子接待，自己于暗处静听事由，待施主离开时，即差手下暗中随后而去，将事由探得一清二楚，而后亲自出马上门。如此，与施主谈论起来，自然头头是道，听者必以为这黄大仙是未卜先知。如此一传十，十传百，几年之间，泉州南门外一带竟都知道有个法海禅师黄大仙。时当乱世年头，人心惶惶，不可终日，大家都盼着有个活仙时时指点迷津，以避凶趋吉。而今出了黄大仙，原来一个冷清的古莲寺，竟日渐香火兴旺，化缘箱中，无时不化满善男信女的添油钱，黄大仙自此腰包鼓了起来。而他发财之后，对各方达官士绅，绿林好汉等头面人物，更是尽力巴结，逢年过节，必送上厚礼结缘，于是无论官场或是其他各路，路路畅通，左右逢源，如鱼得水。如此十几年的时间，只凭那张能呼风唤雨、驱神逐鬼的嘴，便财源滚滚而来。他背地里将银两大把大把捎回家去，交代同胞兄弟暗中放贷收利。他老爹自然早已不再操动剃刀了，临终之时，老爹将黄大仙叫到床前，嘱他适可而止，早日还乡，以便娶媳传后。这黄大仙听着也不置可否，只在心中思忖：我小小一个庙寺，胜过几个偌大商行，做的是免本万利的口舌生意，不必交捐，不必纳税，现在事业正如日中天，何苦早早回到凡世，受那人间之苦。他估算自家积下的财产，已是几辈享用不尽了，今后若真是年纪大了，不再端这个饭碗时，他也不会再回到西门外乡间去了，他早已安排好了还俗后的退路。抗战前他曾托人将大笔款项存入南洋银行生息，将来脱下黄袍，他尽可出洋当寓公去。至于传后之事，更不在话下，黄大仙每当心血来潮之时，便会先造出一番道理，哄得一个个妙龄女郎同宿，如此到处播种，岂能无后？至于还俗之后欲求长久妻妾——有钱还愁娶不来个把黄花闺女侍候左右？就拿今夜来说，他看上了曾柳氏，还不是一番胡言乱语、连吓带哄就让她上了床？想到这里，他嘴角掠过一丝暗笑，翻身一滚，趴到曾柳氏身上去了……

那曾柳氏连声哀求：

"求求你，大仙，别，别这样，你要多少银两我们都花得起……"

黄大仙听着，又一阵暗笑：这小女子跟我比银两，真是不知天高地厚。他心中早已火烧火燎，口里却还语无伦次地说："快别作声，我这是给你脱胎换骨哩，改八字哩，你这只'白虎'，你知道我这可是要折了阳寿哩……"

任凭身下曾柳氏苦苦哀求，黄大仙仍是坚定不移地对曾柳氏实施起"道法"来……

不久之后，曾柳氏那苦苦哀求声变成了阵阵的呻吟声……

最先听到曾柳氏呻吟声的当然是曾文宝了。他被以三婶娘为首的一家人软硬兼施地隔离到另一个房间去之后，就一直竖着耳朵在听着曾柳氏的动静。他再傻也未傻到分不清自己媳妇那呻吟声是为了什么。当第一阵呻吟声响起之时，他已跨到门槛前就要冲出房间去了，但一想到家中7口人的死，更想到一家人横眉瞪眼的模样，竟没了那个勇气，只好又躺到床上，在黑暗中干瞪着大眼。

后来，也不知道过了多久，他听到了从窗外传来的一阵猫叫声，那显然是一公一母两只发情的野猫在唱春,那颤抖的叫春声先是一前一后间歇着悠扬升起,接着是雌雄两个声音交织起来的惊心动魄的呼唤,后来便是声嘶力竭分不清公母地搅和在一起的疯狂的呐喊了。

当这阵阵的猫叫春声渐渐低落下去的时候,曾文宝又一次听到从自己的房间里传来了曾柳氏的呻吟声,而且从这呻吟声中,他仿佛还听见了黄大仙在呼哧呼哧地喘着粗气——那该死的猫叫春声也在同时又响了起来,而这第二次响起来的交响曲是更加高昂而激烈,更加热情奔放,更加勇敢而无畏了!那一对发情的猫显然已经走到窗棂下来了,所以那声音是更加清晰而撩人了——这猫叫春声与那边曾柳氏的呻吟声此起彼伏,一声声地撩得曾文宝火烧火燎,终于,他再也按捺不住了!

他爬下床来,拉开房门,却见到三婶娘横提着一根木扁担怒目圆睁守在门外,仿佛早就知道他会奔出房间,那架势完全像是一个地地道道、杀气腾腾的母夜叉:

"你敢跨出一步,我就打断你的双腿,你媳妇已克去了7条人命,你难道还让她再克下去!"这曾文宝自小在三婶娘的眼皮底下长大,他知道这三婶娘绝对是一头货真价实的雌老虎,他知道自己只要迈出这房门一步,双腿便真要断在三婶娘那根扁担下了……

那黄大仙对曾柳氏实施了第一回合的"道法"之后,精疲力尽地从曾柳氏身上滚落下来,躺到一边,很快地响起了鼾声。

这样睡过去大约一个时辰之后,他又醒了过来,于是精力又回到这个和尚身上了,他回味着刚刚结束的那场阴阳美差,想着想着,便觉得浑身再次升起了一阵燥热,于是他再次扳过曾柳氏的身子……

/ 十二 /

这黄大仙虽嗜好此道,但却有一个特点,他经手过不计其数的妙龄信女,对每个需要"脱胎换骨"的女人,他只"做"一次,绝不重复,唯独对曾柳氏是第一个破例。他第一次爬到曾柳氏身上之时,便发觉这小媳妇与他过去"做"过的信女完全不同,她那身恰到好处的白肉,让人感到这女人浑身上下没有一根骨头存在,他觉得自己就如同是卧进了一团暖洋洋的发面里,而且这团面还在继续"发"着,无所不在地朝身上拥来,让人感到是在不停地往那热乎乎的面团之中陷下去。

更让人惊异的是她腋窝里散发出来的是一种类似于玫瑰的淡淡的芳香,这种撩人的气味,出现在春夏之交、万物复苏的晚上,尤其让这个和尚宁愿把命搭上,也在所不惜……

这黄大仙白日里人前诵经、事佛吃素,而每夜却暗中差手下可靠弟子,寻来牛鞭、狗鞭、驴鞭等壮阳之物,合着海狗肾、洋参、肉苁蓉、鹿尾巴等大补之药,炖烂了在后殿兀自进食,难怪乎有一身使不完的蛮力。

如此下来,直到黎明来临,黄大仙已4次奋不顾身地对曾柳氏实施了"脱胎换骨之术"。五更鸡啼的时候,他已躺死在床上,连翻转身子的气力都耗尽了。后来,窗棂竟露白了,黄大仙才不得不硬挺起精神爬了起来,穿上衣裳披上道袍,同时推搡起还处于茫然之中的曾柳氏,帮她穿上衣服,梳理一番,打发她坐到床下的踏斗柜上。他自己走过去拉开门闩后,又神色庄严、高深莫测地坐到床上去了。

/ 十三 /

天光大亮时,知道黄大仙的大功已经告成,曾胡氏便推开房门,招呼黄大仙出来用餐。毕竟是已年过40,经不住一夜的"操劳辛苦",黄大仙在跨过门槛时,竟膝盖一软,差点没跪了下去。早饭后,曾胡氏又恭恭敬敬地送上来70块银元:

"大仙师父,我们曾家可没有亏待你啊,你也可别留一手哩。"黄大仙接过银元,连同昨日收下的那包一起交给他的弟子收好了,颤着声音说:

"曾柳氏可以作证,我已是尽力而为了……"然后,吩咐曾胡氏备下笔墨,将一方黄纸铺到桌上,操起笔来在纸上勾勾画画几个来回,便画得一符,交代曾胡氏于当夜将符烧了,符灰泡汤,一家大小分着喝了,切记!

切记！最后，才双手作揖对曾胡氏深深施了一礼：

"放心过日子吧，再有什么风吹草动可随时找我，随请随到。"说罢，迈着方步上轿走了。曾文宝看着黄大仙走远了，这才发狂似的奔进自己房内，只见曾柳氏双眼肿得如两个熟透的桃子，正坐在那里兀自流泪。

/ 十四 /

曾家的破财与曾柳氏的破身，并没有破除曾家大宅的噩运。5 天之后，先是亲手交给黄大仙 100 个银元的曾胡氏发病了，到第二天早上，便起不来床了，她赶紧吩咐快去请过来黄大仙。御桥村距黄湖村有七八里路，去请黄大仙的人回来时，已是近午了：

"那黄大仙已于昨日圆寂了，也是上呕下泻的症。"还说，大仙死后，他的徒弟们从他床下刨出两瓮银元，足有上千，为分银元事，众徒弟正大打出手，而黄大仙日夜随身的那把葫芦剑，原来是用弹簧弓连接起来的，已被他的徒弟丢到一旁去了。曾胡氏听罢深深叹了一口气：

"看来，连神仙也救不了自己……"说着，沉思良久，心里似乎明白了什么，便吩咐曾文宝把侄媳妇曾柳氏叫了过来。

自那一天黄大仙走后，曾柳氏就一直板着一张脸，直到三婶娘发病，她都没有进房来探视过，她在心里怨恨三婶娘，曾家这么多女人，凭什么就硬将她推给那个野和尚？

见曾柳氏走近床前，曾胡氏哆嗦着伸出手臂，握住侄媳妇的手：

"你就别怪婶娘了，婶娘是不忍心看着这么一大家人……绝了……"说着，她松开侄媳妇的手，转过头去，把涌上喉口的一糊涂秽物喷到一旁，就那样断气了……

在曾胡氏出葬后的 20 来天里，曾家大宅又死了 16 个人！这就是说，从清明节到端阳节来到之前，两个来月的时间里，曾家大院已抬出去 25 具死尸！第 26 个病死的是曾文宝的四婶娘曾刘氏，曾刘氏一断气，曾文宝两兄弟及曾柳氏顿时傻了眼：这一段时间内，曾家为请医生，为办丧事，不仅已耗尽了家中细软，几十亩山地也都易了业主，祖宗留下的那片不小的墓地一下子挤进去20多具棺材，到曾刘氏归西时，她那副棺材尽管只是由6片薄杉木皮将就凑起来的，大小还不到老曾吴氏那副棺材的三分之一，可现在曾家那片墓地却怎么也摆不下了。曾家墓地紧邻林家祖墓，中间一条5尺宽的隔道是两家共有的，双方都在自己的地沿边立上石敢当为界，谁家也不能占用隔道。曾刘氏殁后，土公（仵作工）横比直量，要开坑埋入这具棺材，怎么也得占用隔道巴掌宽的地方。俗说"银厝角、金墓边，寸土寸金"，指的是盖房子、修墓茔想要占用旁邻寸土寸地，既要对方同意还要出得起价钱，更何况曾家向来欺着林家，平日里路上相遇也各都阴着脸，这话怎么开口？此时虽还未到五月端阳，但天气已日渐热了起来，曾刘氏殁后第三天，就见腹部鼓胀了起来，下身开始渗出脏水来，散发出阵阵腥臭，再不能耽搁下去了！第四天一大早，曾柳氏带上家中仅剩的那只娘家陪嫁的金戒指，叩开了林家小院的门：

"林家婶娘，我有事求你哩。"

朱秀娥见是曾柳氏，暗自吃了一惊。曾林两家是素不往来的啊，这曾柳氏有什么事求上门来了？但随即一想，来的都是客，也就微微一笑将曾柳氏让进门来：

"有什么事？屋里坐着说。"

曾柳氏接过朱秀娥递过来的水，低着头坐了下来：

"林家婶娘，眼看我们曾家就要死绝了……四婶这一死，曾……家……墓地葬不……下……了。"看到曾柳氏泪眼涟涟的憔悴模样，朱秀娥想起去年她刚嫁到御桥村时，真是比画上的人儿还俏丽！自己到御桥村来都有20年了，她见过村中多少新娶的媳妇，没一个能比上这曾柳氏，即使是当年人称"泉州南门外一枝花"的小姑仔林仁玉，跟这曾柳氏一比，也只能算是不分上下，可不到半年光景，她都折腾成啥样了：

"天灾瘟疫，由不得人啊！伤心也是不管用啊……有什么事，你就直说吧。"

"林家婶娘，我这是求你的，你要是摇头，我也不怪你，立马就走。"曾柳氏说着，又淌出泪来，"我知道，我们曾家向来对不起你们，做下了许多缺德事，包括文宝他爸、他叔还有文宝……"

朱秀娥万万没有想到，曾家会有这么一天，让唯一活下来的这个媳妇到林家小院来向她当面忏悔，更不曾想到曾家大院会有求于她的这么一天。真是世事难料啊！伸手不打陪罪人，看着曾柳氏那张凄哀的哭脸，她的心自软下了一半：

"人都死了，还有什么恩怨不能了断的？那些事，你就别往心里搁了。"

那曾柳氏听到这里，竟扑通一声在朱秀娥面前跪了下去：

"林家婶娘，你既是愿意宽恕曾家往日的罪孽，我这就开口求你了……"曾柳氏便哽哽咽咽地谈起了下葬四婶娘曾刘氏的难处来，"……想葬水田里吧，现在雨季又汪汪的都是水……所以只能葬在墓地里了……又欠着那么一巴掌宽的地……"

朱秀娥听清了事情的原委，略一思索，想到"虎豹狮象"四兄弟都已死了，曾家已败落到这个地步，得饶人处且饶人吧：

"文宝家里的，你坐上来说吧。"朱秀娥说着扶起了曾柳氏，"都是村里村邻的，若只是巴掌宽的那么一回事，你就让土公照着开坑吧……"

曾柳氏伸出自己的手掌说："我比画过了，就这么宽，坑开好了，林家婶娘你可上山查看……"

朱秀娥说："这，我就信你的了。"

曾柳氏见朱秀娥这么爽快就答应了，便愈觉得曾家往时欺侮这样的厚道人家真是昧了天良！她一边千恩万谢，一边掏出那个戒指搁到桌上：

"林家婶娘，我知道金墓边寸土寸金的道理，曾家正在落难之中，这只是一点心意，日后再报答……"一边说着，一边已抬脚走过天井了。

朱秀娥一把抓起桌上的金戒指，几步追到大门旁："快收回去，这年头，大家日子都过得不容易，我要不答应你，摆下金山银山也没用，我既答应了你，哪怕是一分钱我也绝不收的。"

/ 十五 /

曾家大院两个月之中死了 26 口人的事，终于惊动了晋江县政府。后来，县政府防疫局总算派来了一行人，这行人浑身上下白衣裹得严严实实，脚蹬长筒雨靴，脸上蒙着好大一个口罩，只露出一双眼睛来。他们把曾家大院逐个房间都查看了一遍，也没查出个子丑寅卯。最后，他们叫过来曾文宝夫妇，将阿宏送来金华火腿的事刨根掘底反反复复盘问了几番，这才下了结论：

"正是这个阿宏将日本人在浙江撒播的那场瘟疫引进了你们家！"文宝两口子听着，将先后发生的事情联系在一起一想，还真是那么一回事！过后，防疫局运来许多石灰粉，把曾家大宅上上下下撒了个遍。

邻里见状，便也争先恐后买来灰粉，撒在自家院宅。由此传开去，四乡五里家家户户都忙着买来了石灰粉，一时间里，泉州一带灰窑生意兴旺，供不应求……

但是石灰粉并没有阻止这场可怕的瘟疫，到后来，连烧灰的、卖灰的都染上瘟疫死了，也就买不到石灰粉了……

……1942年初夏从曾家大院传播出去的这场瘟疫，很快就在泉州南门外蔓延起来，接着就越过城门，向泉州城内，向泉州城四郊扩散开去，说不清有多少人家在这场瘟疫中成了绝户，更说不清这场瘟疫到底死了多少人。当时正处于兵荒马乱之中，谁能真管得了这事？倒是后来有人说，日本军队本是要一路南下进攻泉州的，由于探知这场鼠疫，便绕开了——算是一劫换了一劫。

……曾家大宅在这场瘟疫中前后死了26口人，曾柳氏一直将信将疑家中这些冤鬼是被自己克死的，而照当初黄大仙的说法，她得克死27个家人！现在偌大的一个大宅连她在内只剩下三口人了，另外两个是丈夫曾文宝与小叔子曾文玉，多少日子以来，她一直提心吊胆——天爷，她还要克的一个是谁呢？

瘟疫终于过去了，总算不见文宝、文玉两兄弟有个头热肚疼的，曾柳氏便渐渐放下心来。后来，自个往深处一想，终于明白过来了：那野和尚不也见阎王去了吗？自己跟他有过一夜……他莫不是因此当了替死鬼吧？活该！过后不久，她鼓起勇气在枕边将这个想法对曾文宝说了，两夫妻对于那一夜的羞辱也就因此解脱了。

第十三章　张飞小姐

/ 一 /

又是一个国耻日来临了。

自1937年"七七卢沟桥事变"以后，旅居南洋的华侨便将这一天定为"国耻日"。从1938年到1942年，这该是第5个国耻日了。依照往年的惯例，每到这一天，马尼拉城华人区所有中国人开的店铺都要停业一天，所有的华侨在这一天都要忌荤吃素，以记国耻。并将当日节省下来的菜金捐作抗日费用，这是不分贫富贵贱的，一切不愿做亡国奴的菲律宾华侨都会这样做的。此外，还有集会、游行、示威……

1942年初马尼拉沦陷以后，日本人在这个城市驻扎了许多宪兵，残酷镇压华侨抗日救国运动，杀害了包括8名中国外交官在内的大批爱国志士，许多华侨抗日组织被迫撤出马尼拉，疏散去了外地，今年的这个国耻日谁来组织呢？

这个日子愈是临近，林子钟愈是心急如焚。马尼拉沦陷以前，每到这个时候，他都能与沈尔齐、黄杰汉、沈霏……这么多朋友在一起，商讨如何组织国耻日活动，那段时光真是过得轰轰烈烈！如今日本人占领马尼拉了，难道今年的这个国耻日就让它悄无声息过去吗？如今那些志同道合的朋友都不在马尼拉了，该怎么办？

/ 二 /

7月7日终于到了。

这一天大清早，当林子钟从后屋走到前面店堂的时候，一眼看到了塞进店门缝里的传单！他一看，那是菲华支队、血干团、抗反等抗日组织联合印发的"七七"国耻日致旅菲华侨书，那上面写得清清楚楚，今年"七七"还和往年一样，所有店铺停业一天……

——这就是说，华侨抗日组织还在马尼拉活动着，而且昨天晚上他们就从门前走过！

林子钟奔进后屋，将传单递给林仁和：

"老爸，你看，我们并没有停下来！"

说罢，他转身走到门口。

天还很早，王彬街上的晨雾还没有褪尽，但放眼望去，可以发现，一夜之间，街上四处都贴上了标语！

1942年7月7日，在马尼拉，尽管这个城市已沦陷多时，而在王彬街，为了不忘中华民族的这个耻辱日，千家万户的中国人的店铺门户紧闭，停业一天。

/ 三 /

8点刚过，千家万户的人们跟往年一样，不约而同地走出家门，拥向树日街头的马尼拉市华侨青年会。

树日街也是王彬华人区的一条街道，当年这条街道是十分繁华的，而位于树日街头的马尼拉华侨青年会大厦，虽说只有4层，可是在1942年，它却如鹤立鸡群般地站在那里，俯视着身旁的楼房平屋。

林子钟来到这里的时候，人还不多，他抬头一看，只见从青年会三楼的窗口，垂直挂下来一幅大标语：

"不忘国耻，誓报国仇！"

为防夜长梦多，这是黎明前才由菲华支队的战士挂上去的。

不久之后，拥向树日街头的人越来越多了。最后，青年会前面的那段路便被人群堵得水泄不通了。马尼拉虽然沦陷了，但今年这个国耻日集会显然比以往到的人多，也到得早。

这时有人抬出来两只大木箱，那木箱上都贴着一张黑色封条，上面两行白字：

"七七国耻忌辰日

节食勇捐以救国难"

人们一眼就认出来，那箱还是过去的箱子，虽然封条是新贴上去的，但那两行字和往年写的一样。

人们朝箱前拥去，将今天一家人准备用来上市场买菜的那份钱投进箱里。那年头虽然大家手头都紧，但是这一天的菜钱是一定要省下来的，不在于钱的多少，而在于你记住了你是中国人，你不愿意做亡国奴！只过了一会儿，那两个大箱子都填满面额不一的钱钞，有硬币，有纸钞，有比索，有银元，这些捐款将很快被送往阿悦山游击基地，作为抗日斗争经费。

"七七"国耻日纪念会开始了。

这一天没有示威游行，也没有演讲，今天将要在这里销毁一批日货，而在销毁日货之前，菲华商总抵制日货委员会的主席林子良正在向人们解答着如何识别日货，特别是如何识别在沦陷区生产的冒充国货的日本货。他站在一张大八仙桌上，身旁也是由两张大八仙桌叠起来的台子，那上面摆满着各种日货样品，有罐头、肥皂、火柴……林子良一一将它们举起来，教人们如何辨认。

这时，人群里有人喊了起来：

"我们店里也有这种日货！"

"我们也有……"不少人跟着喊了起来。

"我们也搬来一起烧吧……"

……不到半个小时，青年会前面的大街中已堆起小山般的一堆日货。接着，有人朝那上面泼下汽油，随之，一股浓烟升上空中……

……那时候，距抗战胜利还有好几个年头，中国大片土地还在日本人的铁蹄之下，中华民族还没有足够的力量将侵略者赶出国门，中国人，只能以销毁日货的方式来表示对日本侵略者的抗争……

那火烧了一个多小时，升上空中的滚滚浓烟将马尼拉的日本宪兵引了过来。

/ 四 /

　　而在大批日本宪兵即将扑向树日街之时，1942年"七七"国耻日活动的组织者，已先行疏散大部分与会者离开了现场——这次集会是经过充分准备的，开会期间，菲华支队，抗反、血干团等抗日组织已派专人在各个路口把守望风，当大批日本宪兵出动的时候，他们赶在前面到会场报了信。

　　……现在，青年会前只剩下少数的来不及疏散的人们——这其中就有林子钟。

　　他不是来不及疏散，他是发现了一个人！

　　这个人就是"五一"节那天在国泰电影院前面演讲的那个年轻人，两个来月不见，他的上下唇虽已蓄上了短短的胡子，但林子钟还是一眼认出了他：一顶白礼帽，一副宽边眼镜，一件白衬衫——还是那样的装束！

　　那时候，这个年轻人还在忙着指挥那些滞留在会场上的人们疏散，而就在最后一批人跑离会场，拐向后街的时候，大批日本宪兵——包括军用摩托，还有几头硕大的军犬已扑进树日街来了，那年轻人对他身旁的战友喝道：

　　"你们先走，我来断后！"

　　林子钟又见到了那把左轮枪！

　　这时候，林子钟正贴身站在街口转弯处的墙角，他默默地看着这一切，他感到自己更不能走开了——他是中国人，自己也是中国人，他敢于留下来断后，自己为什么就不能？

　　他手中正紧握着一把铁铲，那是他刚刚用来帮着翻动那堆焚烧的日货用的，他一直把它握在手里！

/ 五 /

　　眼看着参加集会的人都走光了，当那个年轻人也快步撤离现场跑经林子钟身旁的时候，两条狼犬，一前一后已扑到他身后，他回头一望，举起左轮枪，枪声响过，跑在前面的那条狼犬脑袋开花，滚到路边去了。他来不及发第二枪，后面扑上来的那条狼狗已叼住了他的裤管……

林子钟顾不得多想，猛地跨出一步，高高举起铁铲，对着狗头狠狠地劈了下去……

那狼犬竟一声不响就瘫倒在地上了，他扔掉铁铲，一把抓住那个年轻人的手说：

"快，拐到青年会后面去！"

他几乎是提着那个年轻人，疾步跑向青年会大楼后，那里有一个停车场，虽有围墙，但那门从来不关。穿过这个停车场，离"林记商号"就很近了。

林子钟不知哪里来的一股力气，终于连提带拽地将那个年轻人拖进了林记商号！这才气喘吁吁地回过头一看，这一看，他傻了，他手上拉着的那位后生，何时变成了一个大姑娘？可他的手一路上都没有松开过啊！——他戴在头上的那顶白礼帽不知道什么时候跑丢了，大缕黑油油的头发从头顶掉在双肩上，那副宽边眼镜也不见了，那件衬衫湿着汗水，紧绷在身上，他喘着粗气，从那起伏的胸脯上分辨，这分明是个少女！

他再抬手朝脸上一抹，上下唇那两道短短的小胡子不见了。林子钟脱口叫了起来：

"怎么会是张飞小姐！"

/ 六 /

"五一"节那天，在那位捡破烂的菲律宾老人的掩护下，他们在慌乱中游过马尼拉环城河，逃进芭蕉林之后，马上就分手了，谁也认不出谁来！后来他们再没有相遇过，没想到现在又聚在一块了！两个人都记起了"五一"节那天的事，沈霏吐了一下舌头说：

"那天跑进死胡同里，后来想起来够吓人的！"

"不幸的是那个菲律宾老人就那样被杀了。"

"这仇哪一天才能报啊！日本人杀了多少菲律宾人，杀了多少中国人啊！华侨义山就枪杀了杨光生总领事他们，接着还有于以同、吴九如、洪清机、施教据、李福寿、苏财安数10条人命啊……他们都是多好的中国人啊。上月底，日本人在南吕宋吉马拉斯岛几天内就活活打死了90多名华侨……这些血债哪天才能讨还啊！……"沈霏说到这里，喉头哽住了，再也说不下去了。

沉默了片刻之后，她感觉到小腿上微微作痛，便低头一看，只见裤管已被狼狗撕下一块布片，从那里可以看到小腿上几道伤痕：

"好险啊！"

"真是好险，差一点腿脖子就被叮了去！"

"我是说，你那一铲子要有一点偏差，我这脚后跟早掉在树日街那边了。"说着，两人虽然都笑了起来，但细想起来心里都真的有点后怕。这时候林子钟已取来了药水，沈霏边用红药水抹着伤口边说：

"破了这一点皮，死了他两条狼犬，赚多了。"

/ 七 /

当年在马尼拉华侨社会中，许多人都是知道"沈霏"这个名字的，尤其是在菲华青年抗日组织中，谁不认识她？林子钟也是早就认识了沈霏的。在长期的抗日救亡斗争中，沈霏一直是一位勇敢的战士，她样样工作都走在前头，不怕艰难险阻，无论做什么事，她都是那样大胆泼辣，勇往直前，绝不含糊，一点也不像个姑娘。为了方便工作，她常常女扮男装，久而久之，她得了一个雅号"张飞小姐"，叫她"沈霏小姐"的反而少了。

2月底，沈尔齐离开佬允隆时对林子钟谈起了沈霏，现在，她就在眼前了！

"张飞啊，这段时间里，你都去了哪里？"林子钟提过来一条板凳，让沈霏坐了下来。

此时，林仁和走过来轻声说："你们到后屋谈去，我在店口看着。"

沈霏随子钟走进了店铺后屋：

"林先生，给我打盆水来，再把你的衬衫借件给我——不要白色的。"

"这件行吗？"林子钟从床头抽出一件干净的衬衫来，那是深灰色的，沈霏接了过来说：

"就这件！"

林子钟又打进来一盆水，回身带上门走出去了。

过了片刻，只听到沈霏在后屋喊道：

"子钟，你可以进来了。"

林子钟走过去一看，沈霏又变成"张飞"了：她已将白衬衫换了下来，穿上了那件深灰色的衬衫，披肩秀发又拢回头顶去了。像变戏法似的，此时，她头上戴的是一顶米黄色鸭舌帽：

"子钟，你刚才是问我前段时间去了哪里吧？我是去年11月底去了阿悦山的。后来又去了独鲁曼，一晃，半年就过去了。"

"这段时间来，你见过沈尔齐吗？他回唐山了吗？"

"快别提他了，提起他我心里就恼。他答应过我，一定让我参加第三批随军服务团回国的，可临了，就那样脚底抹油走了，也不告个别。你们男同志啊，什么男女平等啊，抗战不分男女啊……讲起来头头是道，做起来头头不是道！"

林子钟说："你这就错怪沈先生了，其实他是一直记挂着你的。"

"你是怎么知道的？"

"他离开佬允隆时，就给你留下了信，让我交给你。"

"给我的信，在哪儿？"

"我这就交给你。"林子钟说着，站到椅子上去，伸手将珍藏在阁楼上沈尔齐留下的那件军装掏了出来，取出装在衣袋中的那封信，交给了沈霏。

看到信封上的墨字，沈霏连声说："我认得出来，这是他的笔迹！"说罢，抖着双手，将那折得十分工整的信笺摊开了：

沈霏同志如晤：

余将于近日率菲华青年回国随军服务团奔赴唐山，本该当面向你辞行，但因你我都日夜在为抗日救国奔忙，行踪不定，只得留函告别了。

你向来待我一片真情，余非草木，孰能不知？人心皆肉，岂能无动于衷？奈今国难当头，中华民族正处于水深火热之中，我们当割舍儿女之情，全心全力，共赴国难。陈嘉庚先生言"敌未出国前言和者汉奸"，李东泉先生说"寇入侵时枪口对内者国贼"。对吾辈青年而言，就是"抗战期间谈情说爱者可耻"！

自"九一八"以来，中华青年殉国者何止千万，你我怎么能沉湎于儿女之情，而忘了救国？

余此番回国，赴汤蹈火，在所不惜！直至将日寇赶出国门，胜利到来之日，你我再续旧情。

然余已随时准备为国捐躯，若有幸战死沙场，你则完全不必抱哀，你当另觅一志同道合之战友相依相伴、结为终身，而不必再记挂我，至盼至盼！

余等回国后，菲岛抗日工作尽落你们留菲同志身上，还望你能一切服从组织，团结一切进步力量，将抗战大业进行到底，直到日寇投降！

又及：林子钟先生是可靠同志，你等尽可信任之，并共同开展工作。

沈尔齐
一九四二年二月二十日

沈霏一遍又一遍地读着那封信，她脸上一向流露着的那种泼辣甚至桀骜不驯的神色正在褪去，而一种女性特有的似水柔情渐渐浮了上来，在她脸上出现的这种柔情尤其动人。随后，两行泪水涌出了她的眼窝……然而，她很快就揩去了泪水，望着搁在大腿上的那件灰色军装：

"这是……"

"这是沈尔齐留下的，是他在唐山穿过的新四军军装。"

"他的军装！"她双手捧起了它，将整张脸埋了下去——在闻？在吻？

"我已经将它洗干净了。"

"为什么要洗——"沈霏没有将这句话说完，留在她心里的还有后半句：

"留下他身上的汗味不是更好吗……"过了很久很久，她才将那件军装细心地折好了，交给林子钟："还是留在你那里好……"

她无限深情地望着林子钟手中那件灰色的军装，直到他十分小心地将这件衣裳又放到阁楼上去，此时，她又想起了一个人，这个人就是沈尔齐的好朋友李东泉。她是在李东泉家里第一次见到沈尔齐的。

"七七卢沟桥事变"那一年，沈霏还是马尼拉一家华侨中学的学生，眼见着故国唐山正在遭受日本人的蹂躏，菲律宾华侨华人掀起了一场历时长久的大规模的募捐回国支援抗日高潮，沈霏所在的这家中学的广大师生也满腔热情地投入这个高潮。那时候，学校里有7个家境非常贫困的女学生拿不出分文捐献，心急如焚，万不得已之下，她们竟想出了一个方法：她们公开宣称，谁要是肯捐出2000比索支援唐山的抗日战争，她们其中的一个就嫁给他。当时沈霏的家境并不困难，而且一而再，再而三不断胡搅蛮缠地从父母那里掏钱交到学生会去，但是得知7位女生的计划之后，她竟瞒着父母参与了她们的行动，并在马尼拉的《华文报》上公开刊登"卖身救国"启事。当年，此事不仅轰动马尼拉菲律宾，甚至整个东南亚的华侨社会都为之震撼！

此事传到李东泉那里，李东泉通过该校校长把这8位"卖身救国"的女学生约到家里。在宽敞的客厅里，她们看到了坐在李东泉身旁的一个20来岁的青年，沈霏发现这个青年十分面熟，经李东泉介绍，才知此人竟然就是在菲华社会中大名鼎鼎的抗日志士沈尔齐！从此以后，16岁的沈霏就认定了，她这一生一世非沈尔齐不嫁了！

那天上午，面对这8位如花似玉、童稚未褪的女同胞时，李东泉仰天长叹："中国啊中国，你何以沦落到要让这些孩子'卖身救国'……"接着，两个须眉硬汉竟号啕大哭起来。

随后，李东泉当场把16000千比索交到沈尔齐手中，嘱他带回唐山，交给抗日政府。李东泉噙着老泪对她们说："……你们就当是我的女儿吧，你们都回学校去吧，好好读书，将来更好地报效中华……"

第二天，沈尔齐带领首批菲华青年救国义勇队，同时怀揣着李东泉先生为8位"卖身救国"的华侨少女捐出的16000比索离开菲律宾，去了唐山抗日前线……

由沈尔齐，沈霏又想起了李东泉，她已经很久没有见到他了，一问林子钟，才知道李东泉已西渡去了美国。而林子钟与沈霏都不知道，这位可亲可敬的前辈，此时已经病入膏肓，在遥远的大洋彼岸的美国加利福尼亚州，这位爱国老人躺在病床上，怀着对唐山故国以及菲律宾生死存亡的深沉忧虑度过了他生命的最后时光。

她抿着嘴，久久沉默地坐在那里。她的心中正在涌动着一股莫名的思愁。

……她父母终生没有生育，人到中年时才抱养了沈霏。养父母是如何的疼她宠她，怎么说都不过分。早些时候，看到沈霏成天忙着抗日四处奔波，老两口日夜提心吊胆，便想早日为她找一个倒插门女婿，而沈霏死活不肯。她明白告诉二老，除非是沈尔齐，除非沈尔齐愿意倒插门。她从不隐瞒自己对沈尔齐的恋情！二老心里其实也是十分敬重沈尔齐的人品的，便对女儿说："这事就托个人给沈先生挑明了吧。"女儿却说："忙什么忙，时候到了我自己说去！"对于比自己年长6岁的沈尔齐，沈霏爱得刻骨铭心。她感到人来到世上多不容易，能找到沈尔齐这样顶天立地的男子汉托付终身，共同为人间的正义，为国家，为民族奋斗终生，这一生也就值了！后来，养父母见她毫无"悔改"之意，仍然一天到晚四处奔忙，常常几天几夜不进家门，便将她反锁在二楼房间里，但是，沈霏还是打开窗户，从楼上跳了下去，不辞而别，去了阿悦山游击基地——这是1941年11月底的事了……

"……1942年2月22日——这封信都写了4个多月了！离开菲律宾时，他能记得我，也不枉我爱他一场了……"她似在喃喃自语，又似在对谁倾诉，过了很久很久，她抬起头来：

"子钟先生，我想留下一封信，让你转交给他。你有固定的住处，而我……"

"你写吧，见到他时，我一定转交。我去取来笔墨。"

……千言万语，你能写下什么？即使写下千言万语，又怎能写得尽你心中那份情……

对着铺开摊在桌上的信纸，沈霏默默地注视了好久好久，最后，她只在那上面留下几个字：

尔齐同志：

说好了！我们都等到祖国解放那一天。

沈霏

一九四二年七月七日

而后，等到墨迹干了，她才将信笺细心地折了又折，郑重地交给林子钟："请你见面时一定交给他，一定一定！我今晚又要离开马尼拉了。"

"一定一定，你放心好了！"

/ 八 /

……正如沈尔齐给沈霏的信中所言，"自'九一八'以来，中华青年殉国者何止万千。"——在那个时代生活过的不计其数的中国人，不管是国内的抑或海外的，总是将国家将民族的命运看得高于一切，在中华民族到了最危险的时候，他们前赴后继，早已把个人生死置之度外，更何况是儿女之情——这就是在20世纪30年代到40年代的那场残酷的战争中，中华民族终于没有亡国的最根本的原因吧！

……就在1942年7月7日，在沈霏写下这封信时，她所刻骨铭心爱着的沈尔齐已经战死唐山沙场多时了……

那一年，沈尔齐率领第三批菲律宾青年华侨回国随军服务团离开阿悦山之后，便乘船抵达香港。这期间，香港沦陷，在中共香港地下党组织的掩护下，他们一行与同时在香港的文化界民主人士何香凝、柳亚子、茅盾、邹韬奋等人撤入广东东江地区，之后，沈尔齐进入东江游击总队，任政治教导员。

1942年5月间，东江地区满山遍野的木棉树已经盛开了铜铃般大的殷红的花朵。在这个初夏里，沈尔齐参加了他一生中的最后一次战斗。那一天，与日寇勾结的国民党顽军出动大批人马包围了东江游击队，包括沈尔齐在内的16位菲律宾青年华侨就是在这场战斗中全部阵亡的——沈尔齐在掩护其他同志突围时，身负重伤，他是靠在木棉树上死去的，他的胸膛以及他身后的木棉树都布满了蜂窝般的弹孔……

……9年以后的1951年，其时抗日战争已胜利结束整整6年了，新生的中华人民共和国也于两年前成立。这一年的深秋9月，距国庆节还有三天的一个上午，一辆军用吉普车驶进龙眼树掩映着的清濛村，这是福建省人民政府华侨事务委员会的专车，省政府的领导同志专程给沈尔齐的母亲送来烈士证明书，同时还带来了一封家信：

慈母亲：

　　来信敬悉，儿平安，勿念。

　　儿为抗日救国，多年来未寄分文到家，致母亲生活更苦，心殊不安，惟今如不抗日救国，民众将永无翻身之日。故儿愿意牺牲一切，奋斗到底，望母亲能体谅儿正为光明事业而努力，勿怪儿之不孝，安心教养弟弟。此后凡吾乡保公所所征各种捐税，均告以儿已回国报效，请其准免征收。

　　此致敬请

　　康安！

　　　　　　　　　　　　　　　　　　　　　儿沈尔齐叩禀
　　　　　　　　　　　　　　　　　　　　　一九四二年五月十日

这封信是战友们在为烈士洗殓时从他身上找到的。由于战事频繁，信已写好多时，竟没来得及寄出去！沈尔齐16岁下了南洋，便再也没有回过家。近22年之后，在龙眼树下那座陋旧的小屋里，母亲终于等来了这封染着儿子鲜血的家书。

1954年10月14日，中华人民共和国中央人民政府向这位母亲正式颁发了"革命牺牲军人家属光荣纪念证"，上书：

　　查沈尔齐同志在革命斗争中光荣牺牲，丰功伟绩，永垂不朽，其家属应受社会之尊崇。除依中央人民政府《革命军人牺牲病故褒恤暂行条例》发给恤金外，并发此证，以资纪念。

主席毛泽东

……40年以后的1982年春天，已近花甲之年的林子钟从马尼拉回来，他带来了当年沈尔齐交给他的那件新四军军装——从南洋到唐山，几千里江山阻隔，几十个风雨春秋……

……1950年深秋，沈霏从马尼拉回到解放了的祖国。那时候，她已是一名成熟的共产党人了。在漫长的岁月里，她一直没有忘记自己在唐山中国的"根"，抗战胜利以后，她以更高的热情发动旅菲侨胞支援自己祖国的解放战争。

……最后一次有沈尔齐的消息已是多年过去了，那些年应当是一个女人生命中最美好的岁月：那是一段从天真烂漫的少女走向成熟的黄金年华。然而，为了自己民族的生存和最后的胜利，为了自己祖国的解放，她把自己生命中这最美好的年华都献给了血与火，献给了随时都要面对死亡的残酷战争。现在，战争终于结束了，她终于"等到祖国解放的那一天"！却永远也等不到她的沈尔齐了——1950年深秋，作为菲律宾各界华侨回国参加国庆大典的代表团团长，她第一次踏上了自己祖国的大地，并在国庆当天登上天安门城楼观礼台。过后，毛泽东主席、周恩来总理又在中南海亲切接见了她。国庆节以后，她来到福建，受到张鼎丞省主席、叶飞将军的热情接待——她就是在那个时候获悉沈尔齐的死讯的——这是她在省城福州逗留期间，之前菲华支队的总队长，现在已成为中共福建省委统战部主要领导之一的黄杰汉同志当时也在，叶飞将军将沈尔齐牺牲的经过简略地告诉了她，刚听到这些时，她一下怔在那里，好久好久之后，最终竟当着众人的面号啕大哭起来！

……她毕竟是一个女人！她苦等了他十几个年头了啊！为了自己的祖国，她献出了一个女人最宝贵的一切——她的青春，她的初恋。

那一年，她已30岁。

……一个月之后,菲律宾华侨回国访问团就要回马尼拉了,而作为团长的沈霏留了下来——沈尔齐永远地走了,他没能活着看到祖国解放的这一天,他是为此而死的!祖国终于解放了,而解放了的祖国有更多的工作要做,她留了下来,满怀热诚地参加了百废待兴的新中国的建设——中国!——这是她的沈尔齐为之洒尽最后一滴鲜血的故国啊!

几年之后,她被任命为沿海一个城市的副市长。

她终身未婚,这固然是因为作为领导干部,工作繁忙,而更重要的是她总抹不掉沈尔齐的形影。多年之中,她身旁不乏优秀男人的追求,然而她忘不了沈尔齐——那是她的初恋!……是的,为了全身心地投身于当年那场拯救中华民族的斗争,即使是在初恋之中,他们也没有过拥抱,没有过接吻,甚至也没有过山盟海誓,但他们有过承诺!她深信他们之间已情情相许、心心相印——这就是她的初恋——而这种初恋才是刻骨铭心的啊——人世间本有太多太多的遗忘与背叛,千百次海枯石烂的誓言甚至千百次炽烈的相互拥有都可以背叛——而他们那刻骨铭心的初恋却将伴随着她直到垂暮之年……

/ 九 /

吃过晚饭之后,天已经完全黑了下来

沈霏对林子钟说:"我们可以走了。"

林子钟说:"还早着呢,你不是说9点钟上码头的吗?现在还不到7点半。"

"我想回家看看,半年了……"

"是啊,是该回去看看了。"

两个人迈出门来,走进昏暗的街道。

沈霏的家在沙仑那街,那里离林记商号是有一段路的。

这是一座不大的二层楼房,与并排在沙仑那街上的那些楼房大体相似,这幢楼房是沈霏一家人经商与居家的所在。楼下作为店铺,沈霏养父母就在这里经营布匹,店号为"沈记布庄",楼上是一家人的起居寝室。

来到沈记布庄门外时，沈霏放轻脚步走上前去，只见大门已经从里面闩上了。她将脸贴于门缝上往里一看，里面黑灯瞎火。沈霏举起手来，犹豫了一下，又把手放下了。她拉住林子钟的手，绕道走到沈记布庄楼后来了，远远望去，可以看到从楼下的窗口里露出来的微弱灯光！

沈霏的心跳了起来——那是父母的灯光！

两个人同时跨上前去，4只手一齐攀在窗棂的铁栅栏上，玻璃窗是从里面关上的。

透过玻璃窗，可以看到里面的一张桌子，桌上点着一盏灯。穿出窗口的亮光显然来自这盏灯，桌旁新罢了一张木床——沈霏感到呼吸一下子急促起来，胸口一阵猛烈的心跳，她甚至感到了一阵眩晕——她在灯光下看到了自己的父母！

父亲是躺在床上的，而母亲就坐在他身旁。夜还不深，父亲怎么就睡了呢？在沈霏的印象中，父亲是一个十分勤奋的人，他白天打理布庄，夜里督促沈霏做完功课后，还要在灯下记账直到深夜，一年到头都是这样的……

沈霏周岁那年，父母将她从教会育婴堂里领回家来，回想从小到大的20年来，由于自己的任性与娇纵，她曾经给父母带来多少烦恼与伤心！

现在，她长大了，而父亲老了，母亲老了！她却不能与他们相依为伴，不能侍候他们，不能给他们一点慰藉，还要让他们日夜为自己担惊受怕。想到这里，沈霏感到深深的内疚！她真想立刻就奔向前去，跪在父母膝前求他们原谅……

……她看到母亲扶着父亲坐了起来，她看到母亲用汤匙将——那显然是什么药——喂进父亲口中。啊，父亲是病了？

……父亲确实病得不轻！自从沈霏爬窗离家之后，老人一直心急如焚，神情恍惚，更无心经营生意了，沈记布庄已关门停业好长一段时间了。老两口早已年过六旬，已是风烛残年了！当年从育婴堂里领养沈霏，转眼20年过去，20年！当年抱回来的一团软乎乎的女孩，已出落成一个水灵灵、人见人爱的大姑娘！20年！就是一块石头揣在怀里也要发烫啊！也舍不得掉了啊！更何况是两口子一口粥一口奶，一把屎一把尿拉扯大的女儿——说不见就不见了！

/ 十 /

沈霏的目光久久地落在父亲身上，她看到父亲面容是那样憔悴，才几个月不见，父亲竟一下子老得认不出来了！接着，她发现父亲双手把一尊瓷娃娃捂在怀里！沈霏能够认出来，那是4周岁生日时，父亲送给她的储钱罐，那是一尊彩绘女瓷娃娃，女娃笑容可掬，约有一尺高，胸前一个小口袋。小时候，每当正月初一早上，沈霏给爸妈磕头恭喜时，都会得到两个银元的压岁钱，当爸爸笑吟吟地看着女儿把两枚银元塞进瓷娃娃这个口袋时，便会一手抱起她，一手指着瓷娃娃说："瞧，我们霏霏越长越像这个彩娃娃了。"后来，沈霏一年年长大了，而父亲一年年老了，再也抱不动她了。

……爸爸说过，只要往瓷娃娃肚里塞满银元，手一按，这个口袋就会自动打开，淌出所有银元来。然而当年住在马尼拉的唐山人，不管家境是穷是富，作为女孩家，是不会轻易倒出那里面的存钱的。有一天她们到了出嫁的年龄，这装满钱币的瓷娃娃便作为压箱的嫁妆随身带走。可是，在沈霏11岁那年，那是"九一八事变"后的第二年春天。有一次她放学回来刚踏进家门，就抱起瓷娃娃缠着爸爸按开那口袋。爸爸说，你还没有把钱装满，谁也按不开它。沈霏说：那我摔破它。说着就高高举起了瓷娃娃，老爸见状，忙紧紧抓住她的手：

"霏霏，告诉老爸，你要钱做什么？"

沈霏说："学校里正捐款回唐山打日本人，老师说，唐山前线的抗日军民够苦的，挨饿受冻，我把这些钱买了面包捐到唐山去！"

老爸想了想说："别摔瓷娃娃，你看它多像你。你舍得摔它？"最后，是老爸又掏出10来个银元填满了钱罐，按开了按钮，总共倒出38枚银元。小沈霏又拉着老爸的手就要上街买面包去。老爸说："吃了饭再去买吧！"小沈霏瞪了老爸一眼："早一点买了送回唐山去，那边军队正在挨饿呢！"结果是父女俩顾不得吃午饭就上街了。这38枚银元买了满满一马车面包送到学校时，正在那里整理捐款捐物的马尼拉妇救会的几位大姐顿时傻了眼：

这一马车面包如何运回唐山？商量了一下，便决定义卖这些面包，将款项寄回唐山。消息传开，当天下午的义卖场上，人山人海，那马车面包竟卖了4000元！这笔钱及时寄回唐山十九路军军部……

……1932年1月29日，"一·二八事变"的第二天，正在上海指挥十九路军浴血抗击日本侵略军的蔡廷锴将军接到菲律宾救国联合会急电："……望吾英勇十九路军健儿誓死守沪……旅菲律宾华侨誓作你们后盾……"到3月间，十九路军共收到菲律宾华侨捐款8万美元，这里就有义卖沈霏所捐面包的那笔款。经办此事的马尼拉华侨妇女救国会为此附函十九路军军部……

后来，十九路军军长蔡廷锴将军到菲律宾碧瑶岛养病时，还特意跟沈霏见了面……

……往事历历在目。10来年的岁月就那样过去了，在父亲生命的黄昏里，他只能抱着那尊他自以为长得很像女儿的瓷娃娃，寄托自己的思愁……

……攀在窗口外的沈霏哭了——既然已来到父母的窗外，她是应当走进去为病中的父亲喂一匙药、喂一口水的——自从离开父母亲以后，她才发现自己其实对养父母是爱得那样深沉，她其实从来就没有存心要惹父母生气……

……然而，她终于没敢惊动自己的父母，她生怕自己一旦跨进门去，便没有勇气离开病中的父亲再跨出门来，而她是必须在9点钟赶到码头上乘船去阿悦山的——那是命令！

……爸爸，妈妈，你们一定要把病治好，你们一定要好好活下去，打败日本以后，女儿一定回到二老膝下侍候你们，女儿一定说服……沈尔齐……倒插门……

过了很久很久，沈霏感到林子钟在轻轻地摇着自己的肩膀：

"沈霏，得走了，都8点半了。"林子钟在灯光里看到了房间里的那个挂钟——他们已攀在窗外一个多小时了！

……沈霏无声地哭着，抽搐着身子，松开了攀在窗栏杆上那两条早已麻木了的手臂，默无声响地离开那座楼房，一步三回头地在黑暗中走向马尼拉码头。

……当夜9点整，她在雾里的海边登上了一艘小船，离开了马尼拉……

第十四章　归心似箭

/ 一 /

子夜过后不久，忽有一阵阵猛烈的枪炮声划破沉静的夜幕，枪炮声是从马尼拉北大岷区传过来的。直到黎明即将到来时，枪炮声才渐渐停息了。尽管此时马尼拉城已平静下来，而林仁和整个晚上悬在半空里的心却没能落到实处来，他在牵挂着彻夜未归的儿子。他一夜未眠，凭感觉，他知道天快亮了，便下床点上灯，撕下了一张日历。灯光里，他看清了今天是——

1945年2月3日

林子钟是深夜里枪响以前离家的，他是跟李氏宗亲会的李祖英一起走的。李祖英是洪门总会抗日锄奸团的分队长。他们走后近一个小时，城郊便传来了连绵不绝的枪炮声，林仁和心里明白，子钟他们半夜出去一定与这些枪炮声有关！儿子出去后，他就再没有合过眼——那枪炮声，一声声震在他的心坎上！

此时，枪声停了，天也破晓了！

终于，响起了轻轻的敲门声，还有儿子那亲切的声音：

"老爸！"

听到这个声音，他快步奔向前屋，拔开门闩。

虽然看见儿子完好无缺地跨进门来，他还是又将儿子上上下下地打量了一番，昏暗中他发现儿子肩上的衣裳破了一道口子，里面的胳膊上还凝着血迹：

"你怎么啦，你昨夜去了哪里？"

"没事的，挂破一点皮，老爸，升上去了！"

"什么升上去了？"

"国旗！国旗升到青年会顶楼上了！你出来看！"

他拉起老爸的手一步跨到街上，顺着儿子的手指望去，只见在不远处，在树日街南端华侨青年会顶层钟楼上，中国国旗正在晨曦中的微风里飘动，原先插在那里的太阳旗已经不见了：

"那青年会是我们中国人的啊！现在终于可以挂上中国的国旗了……"林仁和说着，禁不住老泪盈眶了。

"那日本旗已被我们扯下来了，日本人完了！"

"他们是该完了——马尼拉沦陷三年多了吧？三年了……"

"是三年多了——老爸，今天清早，华支、抗反、血干团、特工队联合组成的光复马尼拉先头部队配合美国军队攻进北岷区了——老爸，看，这是今天的《华侨导报》！"

林仁和接过那套红的报纸，一股油墨的芳香扑面而来！这份报纸向来只是一份油印小报，今日改为对开的铅印报了，儿子指着第一版上的新闻说：

"老爸，这是延安消息，还有，这是重庆电讯。你看，中国大陆抗日力量已转入全面反攻阶段，你看苏联红军已于去年年底攻陷德国法西斯巢穴东普鲁士，你看，美军于1月9日在菲律宾北吕宋牙渊湾登陆后，已摧毁大批日军据点，解放了菲律宾大片国土。今日凌晨在马尼拉北部地区发起进攻……"

"……这么看来，战争就要结束了啊……"林仁和低声地自言自语着。

是的，战争就要结束了！

抗日战争已进入了全面反攻的最后阶段，然而胜利的步伐却是异常的艰难且缓慢。马尼拉驻扎了众多装备精良的日本军队。三年多来，他们在这座菲律宾最大的城市构筑了难以计数的防御工事。除了马路上的明碉暗堡之外，还有这座城市大街小巷上的高楼平房……这一切都成了与日本侵略者做垂死顽抗的工事。他们哪怕将整个马尼拉打成残垣断壁，打成一片废墟，也不愿放弃最后疯狂的挣扎。而对于发起解放战争的这一方——包括美军，包括菲律宾联军，包括各路华侨抗日武装部队而言，他们是为了解放这座城市，而不是要摧毁这座城市，尤其对于华侨抗日武装战士而言，马尼拉是他们亲爱的奶娘城！数百年来，马尼拉哺育了他们以及他们的祖辈！古往今来，马尼拉哺育了多少如何塞·黎刹，如罗曼·王彬这样的为了菲律宾的独立与解放，鞠躬尽瘁甚至洒尽鲜血的优秀儿子！而近年来，在反击日本侵略者的这场战争中，还会有多少优秀华侨儿女的名字，将书写在中菲两个民族的史册上！

马尼拉这座奶娘城对他们恩重如山，情深似海！他们每打一枪，每发一炮，都像是打在自己的身上，他们不忍心损伤马尼拉的一砖一瓦！

这是一场多么艰难的进攻！

……光复马尼拉的巷战居然打了整整 20 天——从 1945 年 2 月 3 日开始，到同年 2 月 23 日结束……

1945 年 2 月 23 日，马尼拉全城解放！

战争结束了！

战争终于结束了……

继 1945 年 2 月 23 日马尼拉全城解放以后，在随后的 4 个多月里，菲律宾华侨抗日武装配合菲律宾联军以及美军部队，浴血奋战在菲律宾 14 个省份，终于在 1945 年 7 月 4 日解放菲律宾全境！

战争结束了！一切都成为过去了：刀光剑影，烽火硝烟，还有——生离死别……

对于漂泊南洋的，活着看到这场战争终于结束了的番客来说，当枪炮声终于不再响起的时候，他们最先想到的就是——回到唐山去！

——那是他们的故国！那是他们的摇篮血迹！那是他们的根之所系！

8 年了！8 年了啊！整整 8 年了啊——人生能有几个 8 年？这 8 个春秋的漫长的别离！战乱中的南洋游子，你有多少思念，你有多少乡愁，你有多少屈辱……要向唐山母亲诉说，你有多少眼泪要依在唐山母亲怀里倾泻……

千万种情结最终化为牵肠挂肚的三个字：

回唐山！

从 1945 年 8 月开始，先是马尼拉往返香港的船班恢复了，于是那些迫不及待的人便陆陆续续取道香港转返中国内地。接着，马尼拉直达厦门的船通航以后，背上行囊涌向码头的番客更是络绎不绝了。

每每见到从王彬街上走向码头的人流，林家父子便觉得心头一阵猛跳——他们不是也该回去了吗？经过了多年的战乱，唐山那座红砖小院还在吗？孤苦伶仃地守着那座小院的母亲，还有聋瞎的外祖母，苦命的舅妈，泉州城内巍峨的两座塔，溜石湾里起落的潮讯，古老的御赐桥，那山，那水，那乡间小路……这一切都在召唤着他们，这一切都使得他们归心似箭！

可是他们能这样回去吗？三年了，林家父子一直在苦苦地寻找着朱永明！战争还没有完全停下来的时候，他们一直寝食不安地盼望着战争结束后能得到朱永明的消息。现在战争终于结束了，菲律宾全境光复了，可是朱永明至今杳无音讯！对于林仁和来说，他不敢想象回去之后，该怎样面对自己的妹妹，怎样面对又聋又瞎的岳母的询问！而对于林子钟来说，7年前，可是舅舅朱永明将他带到南洋的，那时候，他还小，如今他长大了，他就独自一个人回去，而舅舅呢？

很长时间以来，林家父子一直都提心吊胆着，他们都有一种不祥的预感：那就是朱永明已不在人间了！当战争胜利的那种欢乐过去之后，这种不祥的预感就更强烈了！可是父子俩面对面的时候，谁也不忍心将这种预感说出来！他们就那样憋着，就那样等着：活要见人，死要见尸——总得给唐山的亲人捎回一个确切的消息！后来，由于一直得不到朱永明的消息，他们便先给家里寄了一封信，又让林子钟在林记商号前照了一张相片随信寄去。（林仁和原先也是想一起照的，但那几天他眼疾又犯了，双眼肿得厉害）子钟如今已满22岁了，当年到了这个岁数早该是婚娶的年龄了。而林仁和也年近半百，为独子成亲，便是他余生中最重大的事情。那是关系到林家香火延续的大事啊！子钟的照片随信寄出去之后，父子俩才松了一口气——先向家里报个平安，不必急着赶回唐山去，他们可以在菲律宾多留一段时间，继续寻找朱永明的踪迹了。

/ 三 /

一个多月以后，一封寄自唐山，寄自泉州南门外的信送到林记商号！这时候，已经是新历11月底了。见到信封上那娟秀端正的字迹，父子俩一眼就认出了那是朱秀娥的亲笔信！

——唐山的亲人活着！

——那是林仁和的妻,那是林子钟的娘,那是在将近9年的战乱中孤苦伶仃守着那座红砖小院的番客姆朱秀娥——还活着!

而随信寄来的那张"相亲"的照片,更让林仁和涌上来一种温情,他从杨月珍娴静端庄的相片上,分明看到了当年朱秀娥善良贤惠的影子,他认定了杨月珍将又是林家的一个好媳妇!对于林子钟来讲,在婚妻成家的这桩事上,只要双亲认可,他绝不违父母之命!他知道自己婚后还要出洋,而杨月珍一旦成了他的妻子,她将与孤苦伶仃的母亲终生为伴,她将在那座红砖小院里,代他尽一份孝心,陪伴母亲到老……

这门亲事就这样定下来了,老爸说:

"子钟,你去沙仑那街看看,中华批局开张了没有。"当年的马尼拉,开着多家为番客收寄侨汇的批馆,但林仁和只认准了这一家,长年来,由中华批局汇给朱秀娥的"线丸",从来分毫不差。

林子钟很快就回来了,他告诉老爸"中华批局"开张了。

"好,开张了好,把门关上。"

父子俩走进后屋,搬开床铺,将铺下的两块地板砖掀了起来,那里面埋着两个陶瓮子,一大一小都装满了银元。那是林家父子从佬允隆回到王彬街经营林记商号后的赢利,那是他们三年来的血汗钱。那小瓮里已装进了400个银元,那是三年来他们父子俩的工资,扣掉日常费用以后兑成银元投进去的。那大瓮里的480个银元,是林记商号三年来的纯利,那是替李东泉先生存着的——林家父子不忘1942年清明节的那个承诺:这店铺他们替李先生经营着,哪一天李先生从美国回来了,他们还要把林记商号交还他。三年来,林记商号的进出账目,无论是货物或现款,他们都日记月结,一清二楚,至于两个人的工资,林家父子则是参照王彬街上一般店员的工资提留的,他们一直在盼望着李先生能早一天回来,好把林记商号盘交给他!

现在,属于他们的财产,有400个银元,林仁和从中数出50枚银元后,又将瓮子埋好,然后一齐走进中华批局,将这笔款子汇回唐山,交朱秀娥作为林子钟"结衫带"的费用。

他们已决意回去了!战争结束都4个月了,王彬街上所有能回去的番客几乎都回过唐山了。战后以来,父子俩一直苦苦寻觅朱永明的下落,至今杳无线索，他们知道一时间里是不可能找到朱永明的踪迹了，所以他们不能再等下去——他们要回去了！

他们开始繁忙地筹买带回唐山的物件。那时候，战争刚刚结束，当年撤出菲律宾的美国人现在又都回来了。马尼拉的大小商店里都充斥着美国货，吃的、穿的、用的应有尽有。林家父子还有400个银元，除了留足林子钟的完婚用款和往返旅费外，父子俩把所剩的钱都买了带回唐山的东西。他们买来了肥皂、火柴、罐头、饼干甚至缝衣针、缝纫线……应有尽有。他们计算着该给家乡的哪些亲朋至交、邻里故友送上份子礼。林仁和是23年没有回去了，而林子钟到南洋也满7年了——作为番客，好不容易回一趟唐山，是富是穷，都是要体体面面、风风光光地走进家门的。末了，父子俩不忘多买来几包芒果干，这是地道的菲律宾特产，林子钟知道，无论是妈还是外婆或者姑妈，他们就爱吃菲律宾的芒果干。备买完这一切之后，林家父子又去了一趟旧货地摊，林仁和在那里挑了一套七成新的旧西装还有一条领带，林子钟也想在这里挑一套，可老爸好歹不肯：

"你这可是回去成亲的，这是一辈子的事，就是多花几个钱，你也得买套全新的西装！"后来，林子钟只好依着老爸的意思去了商店，挑最便宜的价钱买了一套新西装。

/ 四 /

朱秀娥的第二封信又到了！她在信中说：50粒"线丸"已如数收悉，子钟与月珍"结衫带"一事已经办妥，并已择下来年农历二月初七吉日为他们完婚，希望你们父子尽早回来……

林家父子是在除夕这一天收到朱秀娥来信的，虽然马尼拉已光复10个来月，虽然已到了新旧年交替的这一天，但是整个王彬街华人区里，在中国人的一年中这个最后的一天，理应是充满着节日的喜气，现在却是格外冷清，格外萧条！王彬街上的人都去了哪里？

王彬街上的华人大都回唐山了！8年未通音讯，归路绝断，如今战争结束，可以回去了！劫后余生，一家人能够在除夕夜团聚一堂吃上一顿围炉饭，那比金山银山还要珍贵！

这一天黄昏，太阳刚刚落下，看着街头巷尾已没了人迹，林仁和早早在店门外放了一串辞岁爆竹，便将店门闩上了。走进后屋，只见子钟已在桌上摆了几样菜，还烫了一壶酒。平日里，一年到头，林家父子都是滴酒不沾的，今天是除夕，子钟斟上满满一盅酒，双手捧给父亲：

"老爸，过了今夜，又是一年了……"

林仁和接过酒杯满怀惆怅地说：

"是啊，过了今夜，又少了一年了……"然后，头一仰，一盅酒干了。

是啊，人要近了50岁，就常常要想到死亡，过了这一夜，林仁和就踏进50岁的门槛了！踏进这个门槛的人，来日不多了！过一天少一天，过一年少一年了！想起自己一生漂泊坎坷，至今一事无成，忽已白了少年头！南洋这边的那点基业，已毁于战乱，而唐山御桥村那座老屋，还是祖辈上留下的呢，老母自病至死，他生未事孝，死未送终，大小事儿都让朱秀娥一人扛着……他愧对前人，愧对后代啊！

"子钟，再给我一杯！"

子钟说："老爸，你吃点菜，垫垫肚子再喝。"

"没事的，这酒纯得很！"

林仁和连连喝下几盅后，才搁下杯子，招呼着儿子吃菜。37度的纯米酿，酒劲还是很大的，只片刻工夫，林仁和便感到酒涌了上来，浑身发烫。抬头一看，儿子那张脸也让酒烧红了，再一看，桌上那个一斤装的酒瓶已经见底了：

"子钟，我们这顿饭本应当是在唐山，在御桥村家里吃的啊……"他扳起手指来一一数着，"……23年，不，过了今夜，就是24年了……这么多年没有与你妈在一起过年了，这么多年月就那样过去了……"

"老爸，我是……我是离家8年了，又是一个除夕夜了，也不知道妈一个人怎么过的这个除夕……"

"23年、24年、8年……哎，人生能有几个这样的年头？人哪，真不如草木呢，过冬的草木枯死了，可春水一到，又抽芽吐绿转活过来了，而人哪？就说你舅，说不见就不见了……"林仁和向来不胜酒力，几杯烧酒下肚，脑子已经朦胧起来了。

听到老爸提起舅父，林子钟的心又一下揪紧了："老爸，我真想就插上翅膀飞回去，可又怕着回去啊，我惦着舅啊……"

父子俩说着说着，最后都不再作声了。

/ 五 /

正月初三一早起来，林家父子就双双上码头上去打听船期了。虽然唐山路通了之后，马尼拉的番客，老老少少，能走的，都回去过了。但由于马尼拉通厦门的船每5天才有一趟，所以船票还是很紧的，林家父子好不容易买到的船票，已是正月十六的那趟船。买到这一天的船票，正合了林家父子的心愿：子钟的婚期是定在二月初七的，那么，他们最迟二月初二就可抵达厦门了，从厦门到溜石湾，回到御桥村时也就是二月初三那天了。总之，认真算来，这一趟他们是可以从容不迫地回到家中的，最晚二月初五也是能到的。而在这10多天里，他们还可以多做点生意，多挣下几个钱。

船票买下以后，子钟立刻给妈妈写了信，他心想这一趟回去，要妈妈高兴两次。他估计着信要比他早到10来天，妈妈接到这封信后知道他的行期，该是多么高兴啊！而随后几天里，他与老爸就真的回到她身边了，她当然是更高兴了！

10来天的日子过得那么慢！

到了正月元宵节的前一天，林家父子将小瓮里的银元通通倒了出来，凑足200元，上马尼拉中华批局兑成银票，这张银票带回唐山，在泉州南门兜中华批馆就能换成现银了。林仁和算了算，这200个银元用来操办林子钟的婚礼，那是绰绰有余的，婚事完后，还能剩下一些钱，留给朱秀娥婆媳俩作为家计之需。

该准备的都准备了，该做的事都做了。接着，就是等着正月十六上午8点钟——上船的那一刻到来了。然而，还有一件事：他们必须在今天再上一趟太白楼朱倪宗亲会，明天是元宵节了，那边驻会的人都会回家过节，所以他们今天必须过去辞行。说是辞行，其实林家父子着重记挂的还是那件事，他们要拜托朱倪宗亲会的乡亲们，在他们回唐山的那段时间里，多多留意朱永明的下落。

三年来，为寻找朱永明的下落，他们差不多将马尼拉朱倪宗亲会的门槛都踩烂了——多少次四处打听落空之后，父子俩还是找到这里来了。今天他们又走进了朱倪宗亲会。

/ 六 /

林家父子一走进门来，驻会的朱永泉老人马上就迎了上来，双手紧紧地拉住了他们："正要过去找你们呢——红奚礼示分会来的永志、永和二位先生也刚刚才到，来，坐下来。"

说着，他为林家父子递过来茶水。

听到朱永泉先生这么说，林家父子相视了一下，心里一震，知道朱永明有下落了！

"来，介绍一下，这位是永明的姐夫，这位是永明的外甥……"

"林先生，你们来了。好，我们也是刚到的。瞧，一杯水还没喝完呢——我们都是男人，什么事都直说吧，朱永明先生——他，殁了……"

尽管这是意料中的事，但一经证实，林家父子还是觉得如同听到闷雷响起，端在手上的茶水泼了一身，大张着口却许久说不出话来。末了，还是林子钟用微微颤抖的声音开了口：

"诸位朱先生，这消息可靠吗？有道是活要见人，死要见尸……"

"人命关天，岂能乱传。我们红奚礼示那边朱倪分会也是昨晚才得到确凿消息的——这是朱永明的遗物。"朱永泉说着，解开了桌上的一个包袱——那里面是一件血迹斑斑的衬衫，衬衫下面，是一把7寸长的匕首，还有一双黑色万里鞋，"这是朱志清先生的太太沈玉芬女士昨天才送到我们分会来的，这些东西她已保存了三年……"

林子钟接过那件衬衫，抖开一看，这衣服显然已经洗过，但那上面的血迹是洗不去的。由于时日久长,那上面的血迹已变成浅棕色。衬衫的前胸后背上,穿过蜂窝般的密密麻麻的破洞,那当然是子弹留下的痕迹。而在那缀满弹洞的衣襟上,几行清晰的墨字赫然可见——那是一个人的名字——林仁玉!

林家父子4只手同时抓着那件衬衫:

"是的,这是他的……"

接着,林子钟强忍着心中的悲哀说:

"这确是我舅……朱永明的遗物,那字千真万确是我舅的笔迹……朱先生,你们能否详细告诉我们,我的舅,他是怎么死的,他如今葬在哪里……"

"非常遗憾,直到现在,我们还不知道朱永明先生安葬在哪里。我们只知道,朱志清先生是于1942年正月初二为朱永明先生收殓的,这还是沈玉芬女士告诉我们的。"

"那我们上红奚礼示去拜访朱志清先生吧,他应当能够清楚。"一直沉默着的林仁和开口说。

听到林仁和这么说,一旁的三位朱先生脸色更加暗淡了。

"……见不着了,朱志清先生也于前年遇难了,是被日本人杀害在南吕宋的……"

林子钟听着,沉着声音说:

"又是一笔血债!"

林仁和想了想说:"朱先生,能不能带我们见见沈女士,一来表示我们的谢意,二来,我们还想详细查询一下,或许能再得到一些消息。"

朱永志说:"那你们先坐一下,我们上街把一些事办了,午后我们一齐上红奚礼示去。"

/ 七 /

趁着红奚礼示来的二位朱先生上街办事的空儿,林家父子商量了一下,便让林子钟上码头将后天的船票退了:他们苦苦寻觅了三年,如今终于有了朱永明的下落，而朱永明详细的死因，朱永明葬在哪里……这些都没问清楚，他们怎能不明不白就回去呢？而要打听这些事，他们知道绝不是一天两天的事，单是去一趟红奚礼示，往返的路程都要一两天的工夫。

当天中午，他们草草吃过饭，4个人便包乘一辆马车上路了。一路上马不停蹄地快跑，到达红奚礼示时，已过了黄昏。在二位朱先生的带领下，林家父子来到立人学校。学校早已放学了，校园一片寂静，他们终于在办公室里找到了沈玉芬女士。这位不到40岁的女人，娘家祖籍也在泉州南门外，是清濛村的。1933年厦门师范毕业以后不久，便嫁到了溜滨村，1934年，她随当医生的丈夫朱志清来菲律宾后，就一直在红奚礼示华侨立人学校执教，而她的丈夫就在红奚礼示朱倪宗亲会附近开了个小诊所。一晃之间，她到菲律宾已经十几个年头了，在得知林家父子的来意后，沈玉芬女士神色凄然地说：

"三年多了……那一天，是正月初一，也是这个时候，志清回到家里，只匆匆忙忙地说了一句：日本人在郊外杀死一个朱姓中国人，整整一天了，还没有收尸入土，我得去看看……他顾不上吃晚饭，就随身后的两个菲律宾人走了。志清是开业医生，那时还兼着红奚礼示（朱倪宗亲分会）的秘书长，这事他得管。那一夜他没有回来，直到第二天晌午才回家，他告诉我：死者是除夕被杀害的，是从马尼拉来的，整张脸都血肉模糊辨认不清了，但是姓朱应当错不了，来报信的两位菲律宾人早就认识他了。志清带回来一包血衣，要我把那血衣洗好晒干，保存下来，将来或许能找到死者亲属……他只说了这些，就立即赶往马尼拉去了，说这事得赶紧报告中国领事馆。我们当时不知道领事馆已被日本人封了，所有领事都被抓走了——志清吗？啊……"提到她的丈夫，她再也忍不住了，她泣不成声地抽搐了起来……"志……清……他是前年9月11日遇害的。他带了宗亲会凑钱买的一些药物去了南吕宋，那里正流行着痢疾，不少朱倪宗亲都染上了这种病，志清是带了不少金鸡纳霜去的，他是在吉马拉斯岛被日本人抓到的……日本人正在那里扫荡……他是……被……装进麻袋活活打死的……丢进……海里……连尸体也没留下……他是……前年8……月……30日离家的……一走……再也没有回来……"沈玉芬说着说着，最后竟止不住眼泪滂沱，悲恸地号哭起来……

……她才35岁啊，丈夫死后，不到两个月，她的唯一的刚满7岁的儿子也因病夭折了，儿子是怎么长到7岁的？由于工资微薄，她雇不起保姆，不到满月，她就背着儿子走上讲台，一堂课下来，背脊上常常被儿子尿湿，儿子能爬了，她就在讲台旁墙角里铺上一张席，儿子哭了，她跑过去，解开怀，就蹲在那里奶孩子，孩子爬累了，自己就静静地睡去了，儿子降生在多灾多难的年头，也殁于多灾多难的年头……丧夫失子，接踵而来的巨大灾难完全压垮了这个苦命的女人……自从丈夫死后，她再也没有勇气回到家中去，她怕想起丈夫，她怕想起儿子，而家里却到处是丈夫和儿子的影子！她甚至怕见到任何麻袋——任何样式的麻袋，都会让她联想到丈夫装在里面被乱棍打死的恐怖场面——她会忍不住凄厉地嘶叫起来……她坚信：要不是丈夫被日本人杀害，儿子也绝不会死的，丈夫毕竟是医生，他会治好儿子的……战后，她曾经想过要回唐山去，就在故乡出家为尼，了此残生——如果丈夫不是被抛尸大海，如果能够带上丈夫和儿子的骨殖一起回唐山——她一定会这样做的。然而，她终于没有走，丈夫是死在菲律宾的，她深信丈夫的冤魂还在菲律宾漂泊，她不忍心让丈夫一个人孤零零地留在南洋……她留了下来……

她一直住在立人学校里……

……我没有经历过那场战争，我是在那场战争结束之后才来到人间的，是我的母亲，是我的父亲，是我的祖母祖父——是他们告诉了我这一场战争——告诉了我这场在20世纪30年代到40年代日本法西斯强加在中国，强加在亚洲的这一场人类有史以来最肮脏，最无耻，最野蛮，最残酷的战争——他们经历过那场战争，他们不能够忘记那场战争……多年以前，母亲在撒手人寰的时候，交给我这支笔，嘱咐我要把这一切写下来……

……沈玉芬无声地流着泪，沉默了好久好久，终于又泣不成声地开口了：
"……你们问那个菲律宾人吗——我也不认识，但能够清楚地记得那是一老一少，从装束上看，是马来族，直到今天，我再也没有见过他们……"

第十五章　埃德加·斯诺

/ 一 /

从立人学校出来，天已经完全黑下来了。

"二位朱先生，我们这就告辞了。"林仁和抬头望了一下阴暗的天空说。

朱永志忙说："到马尼拉有不短的一程路，虽说那里业已光复，但世事尚未太平，你们这样回去，我们实不放心。"

朱永和也极力挽留："现在已过了晚饭时间，既已到了红奚礼示，怎能让你们空着肚子回去，再说，张飞小姐约好了今晚到我们宗亲会来，大家聚一聚。"

林家父子当然知道"张飞小姐"是谁了，林子钟仔细一想，都有近两个月没见到她了！

"老爸，今晚就住下来吧，王彬街那边，最近几天，每个路口，夜夜有我们的自卫队巡更，肯定出不了差错，再说了，这沈霏一向以来，来无影，去无踪，想见都见不上一回，难得今晚她会上红奚礼示来。"

林仁和听着儿子说得在理，便不再婉拒，随着二位朱先生朝前走去。

/ 二 /

红奚礼示朱倪宗亲会，离立人学校仅有一箭之遥，抬起脚来，说到就到了。二位朱先生将林家父子引上二楼之后，便下楼准备夜饭去了，片刻工夫，下面传来了油水下锅的吱嚓声，随后，一个女子的声音便随着油炸葱头的香味飘上楼来：

"朱先生，做什么好吃的，算我一份！"

林子钟听出这声音有点沙哑，却十分耳熟。他正寻思着，果然听到朱先生说：

"张飞，你来得正好，汤还没滚，再加半瓢水，多下一把粉丝，有你吃的。"

"你先上楼看看，林仁和、林子钟也来了呢！"

"是吗，难得有这个机会！"那略显沙哑的声音刚落下，随着几声楼梯的通通声响过，张飞小姐已上楼来了，"仁和先生，子钟啊，刚好我也正找着你们——今天要不见面，我明天就上王彬街找你们去呢。"

"什么事啊——都这么长时间没看到你了。"林子钟说罢，细一打量，发现沈霏比上回见面瘦了很多，也晒黑了。

"是这样的，新近克拉克空军基地来了一个美国人。"

"克拉克基地不都是美国人吗？"林子钟说。

"这可不是一般的美国军人，他可是到过我们唐山，到过延安的！"沈霏说。

一听"到过延安"，林子钟眼睛亮了起来。

"更重要的是他在延安见过沈尔齐！"

"真有这回事？"

"前几天我向他细细问过了，他说的不假，他确实是在延安见了沈尔齐！"

"哪天我也认识认识他，问问唐山那边的情况，问问延安的情况——稀客啊！"

"真是再巧不过了，这位美国人约好了我今晚在克拉克（美国空军基地）见面，他还让我多约几个朋友去，说是要多多了解几年来菲华社会武装抗日的情况，我明天上王彬街找你就为了这事，刚好你们来了，省得我再跑一趟了。"

说话之间，二位朱先生已在楼下招呼他们吃饭了，沈霏听着，也不客套，倒像主人那般催林家父子下楼来了。

楼下这边，二位朱先生已在桌上摆下了一大盘粉丝、一盆紫菜汤，碗筷也都备齐了。

"二位朱先生，我可不是蹭饭来的哟，我本想招呼你们一齐上街口大排档去的，没想到刚走到门口就听你们吱嚓的下锅声，也好，省得多绕一段路，待会儿吃过了，我们直接上克拉克去。"

看得出来，沈霏是这里的常客了。可不是，阿悦山游击基地，离红奚礼示小镇不远，几年来，沈霏常往返于小镇与游击基地之间，朱倪宗亲会前面这条路是必经之道，日久天长，沈霏与朱倪宗亲会的同胞自然混熟了，上上下下走过路过，白天晚上，甚至三更半夜，饿了渴了，或什么紧急事，她抬手拍响宗亲会的门，都会有人接应，有时身上多了几个银元，沈霏嫌带着麻烦，总是捐到朱倪宗亲会来，虽说宗亲会都会打收据给她，然而，她至今身上都找不出一张来。

吃罢夜饭，朱永志留下来陪着林仁和，朱永和陪着沈霏、林子钟走了出来。在门口，沈霏拦下一辆夜行的载人马车，也不及问好价钱，就推着朱永和、林子钟一齐登上马车，望着美国驻菲律宾克拉克的空军基地，一路小跑而去。

/ 三 /

半小时之后，他们三人已走进克拉克基地的会客厅了，招呼他们的是两个美国军人和一个穿便装的美国人。

"沈小姐，感谢您和您的同胞能准时赴约，"那个穿便装的美国人，看着手表说，"现在刚好是8点半。"

"谢谢您，能成为您的客人，我们感到荣幸。"沈霏说着，把手伸给面前那个穿便装的美国人，同是沈霏，但此时不是在朱倪宗亲会，而是在美国空军基地的客厅里，她一下变得矜持老成了。"这是我的两位同胞，菲律宾沦陷期间，都曾英勇地参加过抗日斗争，还有我的一位同乡，一位同是姓沈的女性，叫沈玉芬，我不忍约过来了。"

"沈小姐，能告诉我这是为了什么吗？"

"那是一位非常不幸的女性，两年前，她的丈夫被日本人杀害了。"沈霏在说出这些话时，还未知道，因了这场战争，她的沈尔齐已先于沈玉芬的丈夫在唐山战死！

"是啊，是不能让她来……心灵上的创伤……往往是不能……再去触动的……"那位穿便装的美国人说到这里，突然停了下来，话锋一转，"沈小姐，我们是见过面的，你们中国人说过一回生二回熟，我们算是熟悉的朋友了，可作为主人，我是应当向您的这两位同胞做自我介绍的，"他顿了顿，"我是美利坚合众国《星期六晚邮报》的记者，埃德加·斯诺。"

听到这里，沈霏也及时向美国朋友介绍了朱永志、林子钟二人。

"没想到您就是埃德加·斯诺先生，您所写的关于我们祖国，特别是关于延安那边抗击日本侵略者的许多报道，我读过的……听说您到过延长，还在那里见过沈尔齐先生……而我，离开唐山都前后 8 年了。"林子钟说。

"是的，几年之中，我已不止一次到过中国，到过延安——那是我终生难忘的中国西部之行——正是那一次，在毛泽东先生的窑洞里，我有幸结识了沈尔齐先生——是来自你们菲律宾的华侨，沈尔齐先生的英语讲得很流利，这给我留下了深刻的印象，他曾邀请我来菲华社会采访……"埃德加·斯诺深情地回忆起当年做客延安的情景，"……一切都过去了……遗憾的是，我这次到菲律宾来，竟没能见到沈尔齐先生……"

听到斯诺再次提起沈尔齐，沈霏不禁轻轻地叹了一口气："……战争都已经结束了……可是沈尔齐至今没有消息，他如今在哪里啊？"

凭着一个资深记者的敏锐，埃德加·斯诺能从沈霏那轻轻的叹息中听出：沈尔齐之于沈霏，那绝不是普通的战友之情、同志之情，那绝对是一种恋情！……两人都分开好几年了，而且战争已经结束了，怎么沈霏会至今不知道沈尔齐的踪迹？

……战争是残酷的，什么不幸都可能随时发生！可是埃德加·斯诺又不想安慰她。他知道，处于沈霏的位置，任何一种安慰，都会增加她寻找与等待沈尔齐的信心与决心，这将使她在所有的等待与寻找都破灭时，更加痛苦！

斯诺正寻思着，忽听到沈霏这样说道："战争结束了，我得回唐山找他去！""菲律宾的战争或许可以说是结束了……第二次世界大战也可以说是结束了……可是，在你们祖国，或许还要……"埃德加·斯诺似是自言自语，又似是对着沈霏这样说。

"斯诺先生，你是说——你的意思是说……"沈霏追着斯诺的话题问道。

"我是说，在你们故国，抗日战争，全面的抗战是结束了，但是我担心，那里可能又在酝酿着一场战争,那是中国人——打中国人的战争。"斯诺说。

"中国人打中国人,是怎么回事?"沈霏着急地问道。

"是的,是一场内战,确切地说,是中国共产党与中国国民党的战争。"斯诺说。

"您是怎么断定的?"沈霏问。

"多年里,我一直关注着你们中国,关注国共两党之间的……斗争,一直没有真正停止过……这场战争,我是说全面的内战是迟早一定会爆发的,只是日本军队的入侵,才推迟了这场战争……其实,即使在抗战中,这种战争也没有真正停止下来,比如皖南事变……"

"……内战……国共……之战……"沈霏思考着这些话,她忽然又想到沈尔齐了:他是共产党员,他在唐山一定会参加那场战争的,她这样想着,禁不住问起斯诺来,"您多次去过我们中国,而我却至今没有去过,您会比我们了解得多……斯诺先生,您是怎么看待这场战争的……还有胜负的问题。"

"我想,但愿这是中国的最后一场——内战,在中国,从历史上看,不流血的变革要比流血的变革艰难得多……不只在中国,几乎所有的东方国家,封建的印记太深了……不存在和平变革的机遇,而流血的变革……几千年了,在中国……那是血流成河,尸积如山的变革,但那仅仅是改朝换代而已……历史并没有发生本质上的飞跃,社会还在原地踏步……但愿国共之间的这一场内战,是中国大地上的最后一战——内战。"

"斯诺先生,您为什么能够希望,这次内战是中国的最后一次内战?"

"这是一个很深奥的话题……复杂的话题……这样说吧,我多次去过中国的解放区,我在那里发现了民主自由的曙光,这是历代以来中国所缺少的一种曙光,却是人类现代文明社会的两大要素,我想中国共产党在'以武装夺取政权'之后,一定能实现和平的变革,在全社会实行民主自由的社会制度。"

"斯诺先生,您能预见吗,这场战争——什么时候开始,要打多久?"沈霏问道。

"我想,我想,这场战争将很快爆发,而结束呢——那可能是一场漫长的战争。"

"为什么,斯诺先生?"

"因为在中国，保守力量——我是指执政的中国国民党的力量——或者如你们共产党人所说的——反革命的力量太强大了。"

"斯诺先生，您看，中国共产党能打赢这场战争吗？"

"那是一定的，最后必然要打赢这场战争的。"

"为什么？"

"因为在你们唐山中国，共产党代表了一种进步的新生的力量，这种力量是充满生命力的，它必然要取代一切保守的、没落的反动势力，——沈小姐、林先生、朱先生，今天晚上，直到现在，都是你们在采访我，请允许我开始采访你们，好吗？"

应斯诺先生的要求，三个年轻的华侨将他们自"九一八事变"以后的亲身经历说了一番……

他们谈到了沈霏义卖面包的事；谈到了几个华侨女学生"卖身救国"的事；谈到了王彬街上烧毁日货；谈到马尼拉护城河桥墩上那个为了华侨学生被日本兵枪杀的菲律宾拾荒老人；谈到阿悦山上峥嵘的游击岁月……老资格的美国记者埃德加·斯诺，几次被他们的诉说感动得热泪盈眶，他一再说："这一切，我一定要写出来，告诉全世界人民……"

/ 四 /

采访直到深夜里才告结束。

从克拉克基地回来，林子钟与沈霏两人都怀着心事，林子钟担心的是，唐山那边真要再打起来，回家的路又断了！而沈霏呢，作为华侨共产党人。她想的更多了，她由唐山的内战首先想到沈尔齐，还有，她对于斯诺先生所说的有些不太理解，有些又完全不能理解——1946年2月的沈霏毕竟太年轻了！

……多年之后，沈霏已近古稀，她似乎有了一种大彻大悟，才总算理解了埃德加·斯诺在1946年春天说的那些话。

第十六章　椰林深处

……那一场战争终于过去了。

现在,让我们回到红奚礼示远郊来。穿过椰林遮阴的小道,走进椰林深处的这个菲律宾马来族渔村,扶着竹梯,爬进一座拦腰悬架于 4 棵高大的椰树干上的竹吊楼。

这是 1946 年 4 月下旬的一个下午,太阳已经偏西了。穿过椰林的海风轻轻地摇曳着小小的竹楼。这座竹楼的主人,以及他们从那场海难中救上来的中国人,他们正在回忆着那场还未远去太久的战争——那场曾经给他们带来巨大灾难与屈辱的战争。

"……林先生,沈玉芬女士提到的那两个菲律宾人就是我们,就是我和比罗……"扶西说。

"是的,那一天,是我和父亲找到朱志清先生家的……"

"缘分啊,真是缘分!我们之间竟有这样深的缘分……"林仁和无限感慨地说。

"扶西先生,比罗先生,如此说来,你们是知道我舅父的葬身之处了?"林子钟着急地问。

"知道的……"扶西低声地说着,三年前的那一幕又血淋淋地呈现在眼前,女儿芭拉赤身裸体、仰天躺着的尸首,朱永明那张额头破碎血肉模糊的脸还有那匹可怜的大灰马……

"……你们已经知道,芭拉是在 1942 年 2 月 14 日,也就是你们中国人的除夕下午,驾着马车送永明先生去红奚礼示城区的。那一段路程,她是应当在午后就早早地回家的。你们知道,我们这里离红奚礼示城区还不到 15 公里呢,可是那一天直到太阳落了,她还没有回来……那个夜晚,我们整整一夜都没有合上眼,我们一直在等着芭拉回来……可怜的芭拉,她直到天亮也没有回来……我们是在第二天下午找到他们的尸体……他们的身上停着黑压压的一群乌鸦,他们在野地里……已经躺了一天一夜……我们架上马车,把永明朱先生,把芭拉还有那匹大灰马……都……带回渔村来了……志清朱先生吗?他来过我们村里行医,我们知道他与永明朱先生同姓,还知道他在红奚礼示朱倪宗亲会做事。最后,我们决定去找他,把这件事告诉他……你们要去墓上吗——"扶西说着站了起来,走到窗前往外一看,"天不早了,好吧,我们这就去,回来后再吃晚饭吧。"

爬下竹楼,踏着夕阳,走过一段林荫小道,他们终于见到水天一色的大海。此时,大潮已经涨满,辽阔的沙滩已没入水中,在离海滩不远的一处坡地上,一片盛开鲜花的凤凰树,似在夕阳里燃烧,而在开满血红花朵的凤凰树下,有三个隆起的墓堆,呈品字形卧在那里,扶西领着他们走了过去:

"前面的这一处,是埋葬那一匹大灰马的,可怜的大灰马,多好的一匹马啊,你们是想象不出来的,芭拉是怎样爱它啊……后面并排的两座,左边的是永明先生,右边……是芭拉……很遗憾,那时候我们没能按你们中国的风俗,找到一口杉木棺来安葬他。但是我们从山上提来一桶桶洁净的山泉,是我和比罗用泉水将永明朱先生揩洗得干干净净的,我们村里人找来了一匹漂白的亚麻布,我们是用这匹新织的亚麻布裹着永明朱先生入土的——这是我们这里最崇高的葬仪。这墓是朝着北方的,我们知道,你们唐山中国就在那个方向……在这片坡地上,穿过大海,永明朱先生能望到你们的国家……"

林子钟走了过去,在葬着朱永明的那座墓茔正前方站定了。然后,他朝左边的方向转过头去,只见半轮西下的如血残阳正沉浮在遥远的海天之间……

——是的,这座坟墓是面朝北方的,那是唐山……从那个方向,从北方的海面上涌来的一层层波浪,正在一次次地亲吻着这处坡地。而那呈"品"字形的三座墓茔——那不正是一匹骏马拉着马车驰骋在大地上吗——是的,是那匹大灰马,马车上坐的是朱永明和芭拉……

"……前后5年了，5个清明节了，每到中国清明节的这个日子，我们都依照你们中国人的风俗，到这里来为永明朱先生培土化纸，我们还在墓前插上一束玉兰花……"

——可以看见，在朱永明的坟头上，有一束凋零了的玉兰花，那当然是今年清明节扶西父子插上去的，尽管已经过去了20多天，然而，处于菲律宾这个多雨的季节，那花束竟然还没有完全枯黄，它的枝叶上甚至还可以发现些许残绿，或许它的底部正在长出新根……

"……永明朱先生是为给我送药而死的，是为救芭拉而死的，尽管他最终没有救下芭拉……我们，我们全村人都会记住他的——你看，他们都来了……"

他们一起回过头来，只见在林间小道上，一大群马来族男女老少从苍茫的暮色中，从椰林深处的那个渔村，朝这里聚集过来……

（第一部完）